诺贝尔文学奖获奖者小说丛书

海边恋情

[波兰] 显克微支　著
石城　费腾　译

Na jasnym brzegu

HENRYK SIENKIEWICZ

江苏文艺出版社
JIANGSU LITERATURE AND ART
PUBLISHING HOUSE

图书在版编目（CIP）数据

海边恋情 / （波）显克维支著 ； 石城 费腾译. --
南京 ： 江苏凤凰文艺出版社，2013.11（2022.8重印）
（诺贝尔文学奖获奖者小说丛书）
ISBN 978-7-5399-6434-8

Ⅰ. ①海… Ⅱ. ①显… ②石… Ⅲ. ①中篇小说－小说集－波兰－近代②短篇小说－小说集－波兰－近代
Ⅳ. ①I513.44

中国版本图书馆 CIP 数据核字(2022)第 145807 号

书　　名	海边恋情
著　　者	（波）显克维支
译　　者	石　城　费　腾
责任编辑	孙金荣
出版发行	凤凰出版传媒股份有限公司 江苏文艺出版社
出版社地址	南京市中央路 165 号，邮编：210009
出版社网址	http://www.jswenyi.com
经　　销	凤凰出版传媒股份有限公司
印　　刷	三河市燕春印务有限公司
开　　本	880 毫米×1230 毫米　1/32
印　　张	9.5
字　　数	210 千字
版　　次	2013 年 11 月第 1 版　2022 年 8 月第 2 次印刷
标准书号	ISBN　978-7-5399-6434-8
定　　价	49.00 元

（江苏文艺版图书凡印刷、装订错误可随时向承印厂调换）

目　录

海边恋情……………………………………………………………… 001

炭笔素描……………………………………………………………… 071

哈尼娅　……………………………………………………………… 150

海边恋情

（一）

在一辆敞篷马车里，画家西维尔斯基坐在艾尔曾夫人身边，对面坐着艾尔曾夫人的一对双胞胎儿子：罗莫拉和勒莫。画家时而和夫人交谈几句，时而又因为一些问题陷入沉思。沉思时的西维尔斯基望着大海：眼前的景色实在太美了，目光会情不自禁被它吸引。他们是沿着所谓的老科尔尼萨路从尼斯去往蒙特卡罗的。这条路修建在陡峭的悬崖边上，沿着海岸线高高地延伸开来。道路左边，一堆嶙峋的岩石挡住了视线。岩石表面总体呈灰黑色，夹杂着深褐色和青墨色，上面光秃秃的，寸草不生；道路右边是辽阔的地中海，碧蓝色的海水一眼望不到边际。从他们所在的位置往下看，海面上的渔船就像一个个漂浮着的小白点儿。海鸥在海面翱翔，远远望去，甚至不能立刻分辨出哪个是渔船，哪个是海鸥。

艾尔曾夫人依偎在西维尔斯基的肩上，看上去十分陶醉，似乎自己也不知道该做些什么，只用她那梦幻般的眼睛望着碧蓝的大海。

西维尔斯基感觉到她的触碰，一种无法形容的快感涌遍全身。他心想，要是此刻罗莫拉和勒莫都不在场，他一定要用手臂把这个年轻的女人紧紧地搂在怀里。

但是当他一想到，要是他那样做，就不能再犹豫，也不能再三心二意，非得把事情挑明不可，他心里又不免害怕起来。

“请把马车停一下。”就在这时，艾尔曾夫人突然说道。

西维尔斯基停下了马车，艾尔曾夫人没有立即说话，车里沉默了一会儿。

“与蒙特卡罗的喧闹相比，这里是多么宁静啊！”年轻的寡妇说道。

“我只听到了音乐声，也许是从法兰克港的军舰上传来的。”画家闭着眼睛，缓缓说道，似乎很久前，他就已经沉浸其中了。

的确，一阵阵清风从下面飘来，送来橘树花和向日葵的香气，也送来了铿锵顿挫的乐曲声。悬崖下边有很多别墅，这些别墅的屋顶熙熙攘攘点缀在海边，差一点就要淹没在茂密的树林之中。而别墅的另一边是一大片由白色的杏花林和粉红色的桃花林铺成的花海。再往下看，便是沐浴在阳光下的法兰克港和停泊在港口的船只。

下面的生活热闹非凡，恰好和上面死一般沉寂的荒山形成奇妙的对比。荒山的上面是辽阔的天空，这天空看来是那样的澄清和透明，犹如刚擦净的玻璃，给人心静淡然之感。在这里，一切都只能褪去高傲的外衣，即便是这静静的巨石，也显得那么渺小。而眼下这辆华丽的马车，看起来只是趴在岩石上的小虫，孤独而骄傲地在高地上爬行。

“生命在这里都终结了！”西维尔斯基说道，眼睛盯着光秃秃的悬崖。

艾尔曾夫人在他的身上贴得更紧了，用娇嗔和绵长的声音回答着，就好像刚从睡梦中醒来，而眼前就是最心爱的人一般。

“在我看来，生命恰好是从这里开始的。”

西维尔斯基愣了一会儿，激动地说道：

“也许你说得对。”

他用询问的眼神看着艾尔曾夫人。她也抬头悄悄瞟了他一眼，但又立马垂下她的眼帘，像是情窦初开的少女一样羞涩。尽管她已经是前排坐着的那两个孩子的母亲了，但此刻，她却更像是豆蔻年华的少女，仿佛她的眼睛经受不住情人眼光的炽灼，连白嫩的脸蛋都被灼成了粉红色。两个人陷入美妙的沉默中。正在这时，下面奏起了新的乐章，让整个氛围显得既微妙，又不尴尬。

这时候，在远处的海面上，靠近海港的入口处，出现了一缕白烟。勒莫似乎并不知道西维尔斯基先生正和他母亲沉浸在一种美妙的感觉中，他立刻从自己的位置上跳了起来，打破了这难得的寂静，大声喊道：

"看啊！那是'福米达波号'！"

艾尔曾夫人不满地看了一眼她的小儿子，十分恼恨他的打扰。因为在这个时刻，每一句话都足以决定她未来的命运。

"勒莫，别胡闹！"她说道。

"可是，妈妈，那真是'福米达波号'呀！"

"这孩子真是太不听话了！"

"怎么了，妈妈？"

"他是个笨蛋，不过这次他的确说对了，"罗莫拉突然插嘴道，"昨天我们去了法兰克港，"说到这儿，他转向西维尔斯基，"先生，您昨天不是看见我们骑车过去的么？他们告诉我们说，整个舰队都到这儿了，就差'福米达波号'了，不过它将在今天到达。所以这艘肯定是'福米达波号'，不会错。"

一听这话，勒莫赶紧说道：

"你才是笨蛋哩！"他把每个字的最后一个音节都读得很重。

接着，这两个孩子便互相用胳膊肘撞着对方，打闹起来。艾尔曾夫人知道，西维尔斯基对这两个孩子的说话方式和他们所受到的教育都是深为不满的，于是，她赶紧命令他们不许说话。然后又说道：

"我早就对你们还有克勒索维奇先生说过，你们之间除了说波兰话外，不许使用别的语言。"

克勒索维奇是个从苏黎世来的大学生，身患肺病。艾尔曾夫人是在里维拉认识他的，不久便聘请他来当她孩子的家庭教师，不过那也是在她认识西维尔斯基之后的事情了。之所以要聘请家庭教师，是因为她听到那位富裕但刻薄的维亚德洛夫斯基说过："有身份的家庭是不会把孩子教育成商品推销员的。"

艾尔曾夫人的苦恼不是多余的。这时候，由"福米达波号"引起的一番吵闹，确实扰乱了这位画家敏感的情绪。过了会儿，马车继续前行，车轮在石板路上发出辚辚的响声。

"是你答应把他们带来的，你对他们的要求真是太仁慈了。"艾尔曾夫人试图重新找回刚才美妙的氛围。"不过，我们可以另挑一个有月光的晚上重游此地，你觉得今晚怎么样？"说到这儿，她故意朝西维尔斯基先生露出一个娇羞的微笑。

"我倒是随时都愿意奉陪，不过我想今晚是没有月亮的，而且你的宴会一定会很迟才结束。"

"我是真心邀请你的。既然这样，那就等哪天月圆了，你叫我一起来欣赏吧。今天真是遗憾，如果我只是邀请你一个人来吃饭就好了！"艾尔曾夫人的神情看上去有些许的失望。"尽管站在这么高的地方，让我略微感到心悸，不过我想等到月圆之夜，皎洁的月光撒在这一片山顶上，一定会很美。啊！西维尔斯基先生！如果你能知道此时此刻我的心跳得有多么厉害就好了，你看看我的脉搏，隔着手套都能看得清清楚楚。"

一边说着，她把自己的手伸了过去。她的手上戴着一副很紧的芬兰手套，手套把她的手几乎勒成了圆筒状。西维尔斯基立即用双手紧握着它，像观察珍贵的艺术品一样，仔细打量起来。

"不！我并不能看清你的脉搏。"他说道，"不过我可以听出来。"

他慢慢低下头，将耳朵贴在手套的纽扣上，接着又把她的手紧紧贴在自己的脸上，然后轻轻吻了一下，说道：

"小时候，我喜欢抓小鸟玩。它们的心脏也是像这样跳动的。你的心和那些被我抓住的小鸟跳动的频率是一样的。"

她淡淡地笑了笑，重复道：

“和被抓住的小鸟一样。”

过了会儿，她又问道：

“那后来，你是怎样对待这些被抓住的小鸟呢？”

“我越来越喜欢它们，非常细心地照顾它们，可最后，它们总是飞走了。”

“忘恩负义的东西！”

“现实生活也常常如此，”画家有点激动地说道，“我一直在寻找一个可以和我永远在一起的人，但是现实总是让我失望，到后来，我几乎都要绝望了。”

“不！你应该很有信心才对。”艾尔曾夫人说道。

听到这话，西维尔斯基心想，既然事情已经开始，那就赶紧让它结束吧。至于事情发展成什么样，只能听天由命了。他觉得此时，自己就像是一个被蒙住了眼睛和耳朵的人，正要往水里跳。他知道非跳不可，但又感到没有时间再让他多做考虑。

“也许你应该下来走走，”他说道，“车子可以跟在后面，而且这样我们谈起话来也更加自由些。”

“好的。”艾尔曾夫人愉快地回答道。

西维尔斯基用手杖捅了捅车夫，示意他停车。车子停住了，他们都从马车里走了下来。罗莫拉和勒莫一下车就朝前跑去，在距离几十步的地方停了下来。他们向下俯瞰海边的房屋，时不时捡起一块大石头朝下面的棕榈树林扔去。西维尔斯基和艾尔曾夫人走在后面。可是今天他们似乎不太走运，正当他们想利用这个宝贵的机会单独说说话，恰好看见一位从摩纳哥回来的骑士迎面走来，停在了罗莫拉和勒莫的面前，身后还跟着一个英国人打扮的马夫。

“那是德·辛丹！”艾尔曾夫人不耐烦地说道。

“是的，我认出来了。”

没过多久，那长着一张马脸的辛丹男爵便骑着马来到他们身旁。在走过来之前，辛丹犹豫了一下，不知道该不该过去打搅他们。但是他又想，如果他们不愿意被人打扰，也就不会把孩子带在身边了。想到这里，他跃身下马，把缰绳交给了马夫，并向他们问候致意。

"你好！"艾尔曾夫人冷淡地说道，"这是你训练的时间吧？"

"是的！因为今早我和维克斯贝一起去打鸽子，就没有骑马，我怕会心跳加速。不过，我还是比他多打了七只鸽子。对了，你们知道'福米达波号'今天要到达法兰克港吗？后天舰队司令还要在甲板上举行舞会呢！"

"我们看见它进港了。"

"我正准备去法兰克港会见我的一位军官朋友，不过现在已经太迟了。如果夫人允许的话，我可以和你们一道回蒙特卡罗去。"

艾尔曾夫人点了点头，他们便一道朝前走去。辛丹是个爱玩马的人，他立刻谈起了他刚骑来的那匹"猎马"。他说：

"这匹马是我从福斯多夫手里买来的。福斯多夫赌三十点和四十点赌输了，急需用钱。他本来手气不错，连碰了好几个六点，后来就没那么走运了。"他说到这里，转身看了看他的马，"这是匹纯种的爱尔兰马，我敢用我的脑袋打赌，在全科尔尼萨再也找不到比它更好的猎马了，只是……"，辛丹清了清嗓子，朝艾尔曾夫人狡黠地笑着，"它性格刚烈，很难驯服，只有最好的骑士才能骑上去。"

"它有什么怪癖吗？"西维尔斯基问道。

"只要你骑上它的马背，它就会像个孩子一样听话。我已经习惯它了，不过你是上不去的。"

西维尔斯基从小就酷爱各种运动，听了这话，他立刻回答说：

"怎么就不能骑上？我来试试！"

"先生，你不要去试！至少别在这陡峭的悬崖上！"艾尔曾夫人喊道。

但是西维尔斯基已经把一只手搭在马背上了。眨眼的工夫，他一个飞身，稳稳地坐在马鞍上，而马儿连一丝一毫的反抗都没有。这种情况只有两种解释，要么是这匹马根本就没有什么怪癖，要么就是它懂得在这道路崎岖的悬崖边上，还是老实点好。

不到一分钟，西维尔斯基和那匹马就一起消失在大路的转弯处了。

“他骑得挺不错!”德·辛丹说道，“可是他会把我的马弄伤的。这儿根本找不到一条适合骑马的路。”

“你的马真是温顺!”艾尔曾夫人说道。

“我很高兴它温顺。夫人，您知道在这儿骑马是非常危险的，刚才我一直担心西维尔斯基先生的安全。”

尽管这么说，他的脸上依然难以掩饰一丝难为情的表情。首先是因为他说这匹马很难骑上，而事实证明他是在说谎。除此之外，他和西维尔斯基之间有一些私人的恩怨。德·辛丹虽然对艾尔曾夫人从来也没有正式地追求过，但他也不希望别人来妨碍他已经取得的地位。就在几个星期之前，他本和西维尔斯基相谈甚欢。但是德·辛丹是个傲慢的贵族，有一次，他在艾尔曾夫人的宴会上说：

“照我看来，从男爵开始才能算得上是人!”

当时西维尔斯基正好心情不好，于是他便问道：

“这从哪方面说起呢?”

德·辛丹把他的问话深深地记恨在了心里。他甚至还同维亚德洛夫斯基和科瓦茨基商量过怎么来对付他。直到后来，他才知道西维尔斯基家的族徽上有一个亲王的王冠，这让他很是意外。再加上有关西维尔斯基臂力过人和枪法精准的消息，终于使得这位男爵愤怒的神经些许平静下来，这才没有酿成什么严重后果，只是在他们两人的心上留下了一些不快。特别是当艾尔曾夫人倒向西维尔斯基的时候，这种不愉快便完全成了柏拉图式的了。

不过画家的心里好像更加不满。毕竟没有人想到过这件事情会发展到以婚姻作为结局。可是在他们的熟人当中，大家的确都开始谈论起他对艾尔曾夫人的感情了。于是，西维尔斯基便起了疑心，他怀疑德·辛丹和他那一伙人都在讥笑自己是个头脑简单的人。固然他们在言谈中并没有表示出这种意思，但是西维尔斯基对此却深信不疑。所以，这令他感到愤恨，主要也是由于艾尔曾夫人的缘故。

不过，画家此时心里倒是很高兴，因为这匹马的温驯，更由于这恰好说明了辛丹是个喜欢无缘无故瞎说一气的人。所以他一回来，便故意兴奋地说道：

"这真是一匹好马啊！它温顺得就像一只绵羊。"

说完他跳下马来，三个人一起向前走去。啊！实际上是五个人，罗莫拉和勒莫也紧紧地跟在他们后面。艾尔曾夫人对辛丹没有什么好感，也许是为了摆脱他，便开始谈论起艺术和绘画来。而这个年轻的男爵对此是一无所知的。辛丹打断了艾尔曾夫人的话题，开始大谈赌场里的种种传闻，还祝贺艾尔曾夫人昨天的好运气。艾尔曾夫人只能耐住性子听着，在西维尔斯基面前提到她赌博，让她觉得很难堪。尤其是这时候，罗莫拉也插嘴说：

"妈妈，你不是对我们说，你从来不赌博的吗？你给我们一个路易玩玩，好不好？"

"我昨天去拜访科瓦茨基顾问，是邀请他今天来参加午宴的。时间还多，顺便在一起玩了会儿牌。"艾尔曾夫人解释道，但又好像并不专对哪个人说似的。

"给我们一个路易玩玩吧！"罗莫拉又重复了一遍。

"要不就给我们买一个小轮盘赌桌吧。"勒莫接着说道。

"你们不要闹了！快坐到车上去。"她说完，转身向辛丹先生道别。

"是七点吗？"辛丹问道。

"是七点！"

过了一会儿，西维尔斯基又回到了这位漂亮的寡妇身边。不过这一次，为了欣赏夕阳西下的美景，他们坐在了前排的位置。

“人们都说蒙特卡罗比孟多尼更安静。”年轻的寡妇说道，“可是他们并不真正了解这里。这里的生活已经让我厌倦了！没完没了的喧闹，熙熙攘攘的人群，还有那些你不得不去应酬的熟人。有时候，我真想逃离此地，去到一个安静的角落度过剩下的冬天。在那里，我可以只和我最珍贵的朋友聊聊天。你最想去什么地方呢？”

“我最喜欢圣拉斐尔，那里的意大利松树林一直延伸到海滩。”

“是的！可是那离尼斯太远了，你的画室在尼斯呀！”她轻柔地说道。

他们俩沉默了一会儿，直到艾尔曾夫人又问道：

“安提贝斯怎么样？”

“真的！我怎么把安提贝斯给忘了。”

“而且，那儿离尼斯也很近。吃完午饭，你多留一会儿，我们再仔细谈谈，看看逃离到什么地方去最合适。”

“你真的很想离开那些人吗？”西维尔斯基直视着她的眼睛问道。

“让我们坦率地谈谈吧！在你的问话里，我感觉到了一种怀疑。难道你认为，我这么说是为了让自己看起来比外表更高雅吗，或者不那么轻浮？你当然有权这么想，因为你看到我一直生活在这种交际之中。不过我可以告诉你，我们都生活在一个不能自主的环境里，社会主流给了我们既定的方向，不管我们想要过什么样的生活，现在都不得不随波逐流。也许对我来说，我身上有女人的软弱性，又没有亲人的帮助，似乎很难振奋起来，这些我都承认。但是，这并不妨碍我向往得到一个安静的角落，憧憬一种更为平静的生活。不管别人怎么说，女人就像藤类植物，如果我们不依附着树干向上爬，就只能在地上蔓延。就因为这个，人们总是错误地认为，我们是自愿在地上爬的。我说的在地上爬，是指那种空虚的社交生活，没有什么崇高的精神实质。但是我，我又有什么能力抗拒这样的生活呢？有人要我把我的朋友介绍给他认识，于是他开始来拜访我了，接着是两次、三次、十次……我又能怎么样呢？拒绝他吗？什么理由？……于是，我只能接待他，为的是我结交的朋友越多，我和他们的关系也就更一般了。这样一来，任何人都不会得到什么特殊的地位。”

“你是对的。”西维尔斯基说道。

“但是你得知道，社交生活就是这样形成的，单靠我自己的力量根本无法摆脱它。可是它又常常使我感到厌倦，饱受折磨，为之憎恶，甚至烦躁得真想大哭一场。”

“我相信你，夫人。”

“你应该信任我，但也请相信，我的内心比我的外表要更好一些，我并不是一个庸俗无聊的人。当你心里产生了怀疑，当听到别人说我的坏话时，你只要想一想，我总还有好的一面的。如果你不这样想，那对我来说将是最大的不幸了。”

“我对天发誓，你在我心里永远是最美好的。”

“你应该这么想。”她娇嗔地说道，“即使我身上一切高尚的品质都被压制下去了，但只要和你在一起，它们就会慢慢恢复起来。问题在于和什么样的人相处。西维尔斯基先生，我真想对你说些心里话，可是我又害怕……”

“请你说吧……”

“不过，请你不要认为我是一时感情冲动，或是把它想成其他更坏的事……我不是个容易感情冲动的人，我现在是很冷静，很清醒地在说这些话。虽然这让人感觉有些奇怪，但我只是在说些心里话。陪在你身边，我似乎又找回了以前的自己，它是那么的平静，那么的开朗，就像我的少女时代一样……虽然我现在已经是个老太婆了……已经三十五岁了。”

西维尔斯基的脸上容光焕发，他深情地看着她，慢慢把她的双手举到自己唇边，说道：

“啊！对我来说，你还只是个孩子哩，我已经四十八岁啦！看！那就是我的写照！”一边说着，他指着那边快要下山的太阳。

她顺着他手指的方向看了过去，夕阳的余晖映照在她白嫩的脸上，一双大眼睛闪闪发光。她仿佛是在自言自语地轻声说道：

“伟大的、亲爱的太阳！”

他们又陷入了美妙的沉默。夕阳将霞光均匀地斜照在两个人的脸上。这西沉的太阳看起来是那么的伟大，轻盈飘散的云朵在夕阳下看起来就像是一片片棕榈树林，折射着金色的光芒。近岸的海面已经被阴影遮住了，再远处的海面又是一片霞光万丈。悬崖下，那些寂静的柏树在淡蓝色背景的衬托下变得更加鲜明。

（二）

被艾尔曾夫人邀请来的客人们，晚上七点钟都在巴黎饭店会齐了。艾尔曾夫人预定了一间餐厅和一间相邻的小客厅，供客人们饭后喝咖啡用。虽然艾尔曾夫人事先说过只是很普通的聚会，大家不必太拘礼，可是男人们很明白她的意思。他们来的时候，都穿着晚礼服，打上了白领带。艾尔曾夫人自己也穿了一件淡红色的低领连衣裙，裙子的背后有大大的褶皱，长裙从胸前一直拖到地上。她看起来既年轻又充满活力，秀丽的面容，玲珑小巧的头部，西维尔斯基刚认识她时就被她给深深吸引。她弯腰的时候，那丰满的肩膀，尤其是在裙子边缘露出的一片肌肤，都是那么的白嫩，仿佛珍珠一般。她的手臂从肩头到胳膊肘都显得十分丰满，裸露的肩膀更是给人留下深深的印象。她看起来很愉快，兴致很高，浑身都散发出一种幸福女人所特有的光彩。

在众多被邀请的客人当中，除了西维尔斯基、德·辛丹，还有科瓦茨基顾问，以及他的侄子齐格蒙特。这个年轻的贵族涉世未深，却十分高傲。他盯着艾尔曾夫人时，眼睛炯炯发亮，而他丝毫不掩饰自己的这种行为。还有瓦列里·波热茨基公爵，他四十岁，头发有点秃了，头尖脸大，看起来像是兹特克人。另一个是维亚德洛夫斯基，他是加利西亚石油矿的矿主，十分富有，为人却有点阴险，爱好艺术和收藏。此外还有克勒索维奇，他是个大学生，是罗莫拉和莫勒的临时家庭教师。艾尔曾夫人之所以请他来，是因为西维尔斯基喜欢他那张"狂热的脸孔"。

这位女主人最关心的问题，尤其在这个时候，是怎样才能使她的沙龙更具有艺术气息。然而一开始，大家都在忙着谈论街谈巷议和赌场发生的事情，这让她很难把话题转移到这方面来。维亚德洛夫斯基称赌场为"斯拉夫人之家"。因为在那里，说斯拉夫语的人要比说其他语言的人要多得多。维亚德洛夫斯基在蒙特卡罗的大部分时光，都是在嘲笑自己的同胞和其他斯拉夫民族的兄弟中度过的。这是他的嗜好，他很喜欢这样，而且每次一聊起来就滔滔不绝。这时他正说起两天前他在地中海俱乐部的时候，一直玩到早上六点钟，那时候整个赌场只剩下七个人还在赌博，全是斯拉夫人。

"我们天生就是这样！"他说着，转身朝向女主人，"在别的地方，人们都是这么报数：九，十，十一，十二……可是真正的斯拉夫人脱口而出：九，十，老吉，王后，国王……哈哈！真是这样！我们这些最初来到科尔尼萨的人都是有点积蓄的，但是这里却把我们榨成了干酪。"

尖脑袋的瓦列里公爵听了这话，用一种像是发现了某个不为人知的真理的腔调说：

"不管什么嗜好，只要超过一定限度都是有害的。"

不过他认为，在地中海俱乐部里，有不少人是外国名流，和他们结识是大有裨益的，毕竟处处都可以为国效力嘛。比如三天前，他在那儿认识了一位英国人，是张伯伦的朋友。这位英国人向他问起了国家的情况，于是他把自己国家的政治经济情况、社会动态，特别是社会需求都写在了一张名片上。这样一来，毫无疑问，这张名片即使不能被送到张伯伦手中，也能到达萨里斯布利勋爵的手中，这样反而更好。他们也许因此能在法国舰队司令举行的舞会上见到萨里斯布利勋爵。舞会举行期间，整个“福米达波号”都将被照得灯火通明。

克勒索维奇不仅是个肺病患者，而且还是个愤世嫉俗的人。他憎恨自己生活的社会，但是作为罗莫拉和勒莫的家庭教师，他又必须周旋于其中。他一听到那个关于名片的话，便像野狼一样咧嘴大笑，露出一副凶相。艾尔曾夫人为了转移大家对他的注意，便开口说道：

“不管怎么样，这里的人是创造了许多奇迹的。我听说他们要在尼斯到马赛的整条路上都装上电灯。”

“杜克罗斯工程师是有这样的计划，只可惜他两个月前就死了。他对电气非常痴迷，甚至还在遗嘱里写出当他死后要在他的坟前装上电灯。”

维亚德洛夫斯基接着说：

“那么，他的墓碑上应该写上：啊！主啊！愿他安息吧，让电灯的光芒永永远远照耀着他，阿门！”

老科瓦茨基顾问却责怪维亚德洛夫斯基，说他不该拿这么严肃的事情来开玩笑，这种事情是不能拿来开玩笑的。接着他又批判起整个里维拉来，说这里的一切都是虚伪的。在这里，随处可见“侯爵、伯爵、子爵”，但是你可得小心，因为他们随时会掏走你的手帕。至于说到舒适，也是一样。他在猪城的一间办公室，至少有这里五间客房那么大。医生们都劝他来尼斯呼吸新鲜空气，可是“英国人的后院”臭得像是克拉科夫的养猪场。上帝可以作证，他的侄子齐格蒙特也可以作证。

但是齐格蒙特此时正盯着艾尔曾夫人，从头一直看到胸部，看得入了神，他叔叔的话，一句也没听见。

“那就搬到波的吉拉去吧，至少意大利的灰尘都是带着艺术气息的，而法国的灰尘却是龌龊的。”西维尔斯基说道。

“画家先生，那你为什么还住在尼斯呢？”

“因为我在其他地方没有找到合适的画室。如果我要搬走的话，我一定会到安提贝斯那儿去。”

说完这话，他冲艾尔曾夫人眨了眨眼。她的嘴角扬起一丝幸福的微笑，随即低垂下眼睑。过了一会儿，她似乎想要把话题转到艺术上来，于是她谈起了在鲁姆马耶举办的那场画展，以及她两天前参观过的绘画，她提到法国记者克劳斯把这些画作称为“印象颓废派”。维亚德洛夫斯基听到这里，便举起叉子，用皮浪（古希腊哲学家）的口吻说道：

“颓废派到底是什么样的呢？”

“从专业角度来说，颓废派是指那些只对艺术趣味感兴趣，而不关心艺术本质的一群人。”西维尔斯基回答道。说完他环视了一眼大家，对自己刚才的表现很满意。

然而，波热茨基还在记恨刚才老科瓦茨基关于“侯爵、伯爵、子爵”的一番言论，他对此相当不满。

“就算是流氓，到这里来的也一定是高级流氓，他们是不屑于掏走你口袋里的手帕的。当然这里也能看见江洋大盗，但除了这些人以外，来的都是些世界上最有名望，以及最富有的人，富豪和贵族们在这里相互拜访，相互尊重，这样，世界才能发展。科瓦茨基先生应该先读一读《悲剧的田园诗》。然后你就会相信，除了那些低贱和卑微的人以外，这里还有‘社会上最上等的人’，如同‘福米达波号’上的人一样。正是因为有了这些人，“福米达波号”上的电灯才能闪耀光芒。”

显然，波热茨基忘记了大家已经谈论过关于“福米达波号”上要安装电灯的事情，因此这个话题并没有引起大家的共鸣。相反，他们倒饶有兴趣地谈论起《悲剧的田园诗》来。年轻的克瓦茨基在谈到小说主人公时说道：

“虽然他是个心地善良的家伙，但却非常愚蠢。居然为了朋友而放弃自己心爱的女人，换做是我，就算是为了十个朋友我也不会这么做，哪怕是自己的亲兄弟。毕竟，人各有所爱嘛。”

这时维亚德洛夫斯基打断了他，因为谈论法国小说也是他的嗜好之一。于是他开始对作家和作品发表起自己的“高见”：

“最使我感到气愤的就是这种挂羊头卖狗肉的事情。如果这些作家都是现实派，那么他们就应该写些真实的东西。先生们，你们有没有注意过他文中的女主人公？悲剧就是从这里开始的！很好！这些女人们总是在和自己作斗争，在挣扎，而且这糟糕的场面竟占据了大半本书。可是，天知道，我只要刚读完第一页，就能猜到整个剧情的发展和结局，这是多么枯燥无味啊！可剧情往往总是如此。我同意他们在文学作品中写这些风流的女人们，但是我不能容忍他们总是用女人来祭祀悲剧啊！更何况，我既然知道这些支离破碎的灵魂在悲剧发生之前有男人，而在悲剧发生之后又能得到情人，那悲剧本身又有何痛苦而言呢？经历了一场悲剧，她们还是像以前一样去迷惑男人，然后重新上演一出新的悲剧，最后结果又是一样，反反复复，来来回回，只不过是一场又一场悲剧的轮回罢了。一个多么荒谬的谎言啊，全部充斥着道德的沦丧和对真实的伪造，人们的思维都被搞混了。想一想，大家都热衷于这样的小说，还认为这是很好的作品，把这些女人在客厅里的滑稽戏当做是高雅的正剧，还如此严肃认真地对待！这样一来，谁还能说出正派女人和妓女的差别？而那些没有窝巢的斑鸠，却能在社会取得了一席之地。然后这些法国镀金品便成了我们的玩物，她们在这些作家的保护下就敢无所不为了。我认为，这样的作品既毫无原则可言，也没有高雅艺术的特征，缺乏社会责任感，更谈不上道德观念，除了赤裸裸的欲望和虚伪的姿态，其他什么也没有。”

维亚德洛夫斯基是个聪明人，他不会不知道，自己的这番言论无疑是向艾尔曾夫人扔去了一块石头。不过他是个令人讨厌的人，他是故意说出这番话的。艾尔曾夫人听了他的这番言论，话里包含的真理越多，她就越不高兴。西维尔斯基本想说几句挖苦话来回敬他，但是他又觉得不应该把维亚德洛夫斯基的话当作有所指，于是他便想到了从另一个方面来转开话题，他说：

“在法国小说里，我倒是对另一方面印象比较深刻，那就是这是个不孕女人的世界。在任何其他地方，当两个人相爱了，不论是合法还是非法，他们结合的结果必定是生孩子。但在法国小说里，谁也不生孩子，这是件多么奇怪的事情啊！也许这些作家在创作小说的时候，根本就没有想到过，爱情是不会不受到惩罚的。”

“有什么样的社会，就有什么样的文学！”老科瓦茨基说道，“大家都知道，法国的人口正在减少。特别在上流社会，孩子几乎成了稀罕的东西了。”

“不过这样一来，社会就更舒适更文雅了，”德·辛丹说道。

“这些作家都是吃饱了没事做才拿起笔来，他们就应该和他们的作品一起消失！”先前一直在冷笑的克勒索维奇说道。

“你在说什么？”辛丹问道。

这位大学生把自己愤怒的脸孔转向辛丹，一字一顿地重复道：

“我说，这些作家都是些吃饱了没事干的寄生虫！”

波热茨基像是发现了新大陆一样，说道：

“每个阶级都有它自己的义务和取乐的方式，我就有两种爱好：政治和摄影。”

宴会快要结束了。一刻钟以后，所有人都来到隔壁的客厅里喝咖啡。艾尔曾夫人发现，随性一点的态度比较容易取悦西维尔斯基先生，因为他是个艺术家。于是她点起了一支细长的香烟，舒服地斜靠在沙发扶手上，翘起了二郎腿。可是，由于她身材娇小，而且臀部宽大，当她翘起二郎腿的时候，裙摆被撩得太高了。小科瓦茨基故意扔了一盒火柴到地上，然后开始在地上摸索起来，他趴在地上，找了很久的时间，以致他叔叔都看不下去了，轻轻推了他一把，生气地低声说道：

“你在做什么？知道你是在什么地方吗？”

年轻的贵族站起身来，凑到他叔叔耳朵旁，轻声说：“我还真不知道这是什么地方哩！”

艾尔曾夫人凭经验知道，即使是受过良好教育的男人们，只要他们有机会放纵一下自己，野蛮的本质会立刻暴露无遗，特别是在毫无保护的的女人面前。不过这次，她并没有注意到小科瓦茨基的行为，但是她却看见了他回答叔父时那轻蔑的和无耻的笑容。她感觉得出来，他们一定是在谈论自己，顿时她对当天在场的所有人都感到了厌恶，除了西维尔斯基和克勒索维奇。不过，她对克勒索维奇也颇有微词，因为他对她这一阶层的妇女抱有社会性的仇恨，但却爱上了她。

那天晚上，维亚德洛夫斯基的一番话使得艾尔曾夫人备受伤害，感觉他像是要把每一勺咖啡里都加入毒药，把每一分钟里都注入毒素，以回报她今晚的美酒佳肴的招待。虽然他只是泛泛地谈论女人，也没有超越礼貌的界限，但是在他这番言论的背后，不仅包含着龌龊的内容，还有对艾尔曾夫人的性格和行事风格的影射。这些影射才是最让人无法容忍的，让她觉得十分难堪，尤其是在西维尔斯基面前。而西维尔斯基在听到这些话时，也感到十分痛苦和气愤。

最后，等到客人们都走了，只剩下画家和她两个人的时候，她心中这块石头才算是落了地。

“啊！”她大声说道，深呼吸了一口气，“我觉得有些头痛，我自己也不知道怎么回事。”

“是他们让你疲惫了!”

“是的！是的！厌倦得很!”

“那你为什么还要邀请他们呢?”

她急促地走到他面前,仿佛已经不能控制自己情绪似的:

“请你坐下来,西维尔斯基先生！不要动！我也不知道怎么了……也许你会认为我是无可救药的,但是我需要你,先生！就像病人需要吃药那样……啊！就是这样,在善良的人身边就这么呆着,哪怕一小会儿也好……呣,就是这样!”

她坐在他身旁,把头靠在他的肩膀上,闭上了眼睛。突然,她的眼里噙满了泪水,但她却把手指放在嘴唇上,示意西维尔斯基不要说话,让她就这样静静地待会儿。

“只要一会儿……一会儿就好……”

西维尔斯基此时心情很激动,他一看到女人流泪,心就会立刻像蜡一样软下来。她对他的信任让他感动,他感觉心里充满了柔情。他知道,决定性的时刻来了,他用手臂搂住了她的腰,说道:

“永远和我在一起吧！请赐予我保护你的权利!”

艾尔曾夫人没有回答,大颗的泪珠从她的眼里滚落下来。

“嫁给我吧!”西维尔斯基又说道。

她把手搭在他的另一个肩膀,像孩子依偎在母亲怀里一样依偎在他的怀里。

西维尔斯基低下头来,吻着她的前额,接着又吻干了她的泪水。渐渐地,爱情的火焰燃遍他全身,刹那间,他感觉自己内心被爱涨满了,急需一个出口去释放自己的爱。他用自己有力的臂膀抱住她,使劲地让她贴在自己胸口,用嘴唇去亲吻她的嘴。

然而她却挣扎起来。

“不！不!”她用气喘吁吁的声音说道,“你不能像其他人那样……以后吧！不！不！不要这样！可怜可怜我吧!”

西维尔斯基紧紧地抱住她,她却拼命向后躲着。此时此刻,他的确和别人没什么两样。就在这时，门口响起了敲门声，两个人急忙分开。

“谁在敲门?”艾尔曾夫人不耐烦地问道。

克勒索维奇那阴沉的面孔出现在了门口。

“抱歉，夫人！罗莫拉在咳嗽，可能是发烧了。我想有必要来通知您一声。”他的声音略微有些发抖。

西维尔斯基站起身来，说道：

“我去请医生来!”

艾尔曾夫人又恢复了她平日里的冷淡神情。

“谢谢你！如果有必要，我会让宾馆里的人去通知。不过现在，我得先去看看孩子。谢谢你！我得走了，明天见，谢谢!”

说着，艾尔曾夫人把一只手伸向西维尔斯基，他轻轻地吻了一下。

“明天见！天天见！那……再见了!”

艾尔曾夫人走出了房间。这时候，周围只剩下她和克勒索维奇两个人，她用询问的眼光看着他，问道：

“罗莫拉怎么啦?”

这个大学生的脸色比平时还要苍白，他近乎粗鲁地回答说：

“一点事也没有!”

“这是什么意思?”她皱起眉头问道。

“这是告诉您……夫人，您赶我走吧！否则……我会发疯的!”

说完，克勒索维奇便转身走了回去。艾尔曾夫人一个人在那里站了会儿，眼中燃烧着怒火。她眉头紧皱，不过很快，她的额头又渐渐舒展开来。她，艾尔曾夫人已经三十五岁了，这是事实，但这又是一个新的证据，证明即使是现在，还是没有男人能够抵挡得住她的魅力。过了一会儿，她又走到镜子前，像是要证实她的这个想法似的。

这时候，西维尔斯基正坐在回尼斯的车里，他不断地用自己那沾满葵花香气的手抚摸自己的脸。他的心情久久不能平静，但他感到很幸福。当他闻着艾尔曾夫人所喜欢的这种香味时，身上的血直往头上涌。

（三）

第二天早上醒来，画家觉得头很重，好像前一天晚上喝了很多酒一样。更糟糕的是，他的心里充满了惶恐。舞台的布景在夜灯照耀下，是那么辉煌动人，而到了白天，却只是一幅拙劣的绘画。生活中也常常出现类似的情况。西维尔斯基并没有觉得意外，他早已知道事情会是这样的结果。只不过现在，当真的捅破那层窗户纸，他还是会感到一种不可名状的恐惧。他明白，昨天他还有路可退，可是今天却不行了，这让他感到很惆怅。虽然他一再告诉自己，已经没有时间多考虑了，但这并不能使他安心。过去那些关于艾尔曾夫人，尤其是在和她结婚这件事情上的反对理由，现在又以巨大的能量重新回到了他的心中。过去常常有个声音在他耳边告诫他，“不要当傻瓜！”现在这声音俨然叫嚣得更厉害了，冲他喊着“你真是个傻瓜！”现在，不管他怎么劝说自己，或是用“生米已煮成熟”的理由来解释，都丝毫不能使这个声音停下来。因为理智告诉他，他干了一件蠢事，而这都归根于他的软弱。

一想到这里，他就为自己感到深深的羞愧。如果他是个年轻人，还能用年少无知来作为借口。如果他是来到里维拉之后才认识艾尔曾夫人，并且对她过去的经历一无所知，那也可以用不了解她的为人和她的过去来为自己解释。可是他早就认识艾尔曾夫人。虽然他们过去见面不多，不过关于她的事情，他倒是听说了不少。因为在华沙，人们议论她要比别的女人多得多，大家都管她叫“骚婆娘”。当地的“讽刺家们”都把她当做是磨炼自己口舌的工具，就像我们在磨刀石上磨刀一样。尽管如此，也不能阻止男人们乐此不疲地去参加她的沙龙。那些对她反感的女人们,因为她与当地上流社会亲疏不同的关系,还是不得不接待她。有些女人,尤其是那些主张社会舆论不要太过严厉的女人,甚至还为这个漂亮的寡妇辩解。另外一些,对她特别反感的女人们,也不敢把她拒之门外,因为她们谁也不想担负起这个带头的罪名。有一次,当地一位喜剧作家听说艾尔曾夫人是个“贱女人”,他这么形容她:“她既不是什么贞女,也不是什么贱货,她只是介于这两者之间。”

但是,在大城市里,一切事情都会被看得淡漠一些,这让艾尔曾夫人后来的境遇有所好转。她的女性朋友们常常说:“我们的确不能对海伦要求得太多。而且她也的确有她自己的长处。”于是不知不觉之间,她们开始承认,她拥有比其他女人更大的自由权利。有时候人们会谈起在她丈夫生前,他们就已经有好几年没有同居了。人们还会议论她把罗莫拉和勒莫教育成了小丑,或者说,她根本就不关心他们。不论如何,如果不是因为艾尔曾夫人那么的漂亮,那么有钱,也不像现在这样招待客人,那么关于她的那些恶意评论也就不会这么引人关注了。但是,男人们倒很乐于讨论这个“骚婆娘”,甚至有些男人,虽然心里爱着她,可出于嫉妒还是会攻击她。只有那些总是自以为比别人幸运的人,才没有议论她。总而言之,对艾尔曾夫人的议论甚至达到了这样的程度:有人说,她冬天住在城里的时候有一个情夫,到了夏天又换成了另一个。

西维尔斯基对于这一切是有所耳闻的。他所知道的甚至比别人都要多,因为他在华沙的时候,认识一个叫布罗尼索娃的太太,她是这位漂亮寡妇的闺蜜。她向他谈起,艾尔曾夫人曾经经历了一场灾难,这致使她生了一场重病。“可怜的海伦,她当时是受到了多么大的痛苦啊!只有上帝知道。幸好上帝慈悲,才让这件事提早发生,使她避免了更大的伤害。”西维尔斯基相信,这件“提早发生的事情”纯属子虚乌有的谣言。但他也要比其他人都清楚,这个女人的过去绝不是清白的,至少,她不是个可以托付终身的女人。

但是，所有的这些传闻却激起了他对艾尔曾夫人的好奇，吸引着他去接近她。当他听说她在蒙特卡罗的时候，他就想要去接近她，进一步了解她。此外，作为一个艺术家，他也是想从专业角度实地考察一下，为什么这个被说得很坏的女人，却对男人有着那么大的魅力。

刚一开始，她让他感到失望，虽然她长得很美，那丰满的身体对男人有着致命的吸引力。但是他发现，她对人缺乏真诚和善意。在她眼里，只有在某个方面是她所需要的人才能得到她的关心，对于别人，她则像石头一样冷漠。西维尔斯基还注意到，她的精神世界很空虚，对艺术和文学丝毫没有兴趣。她只知道从中吸取自己需要的东西，而从不想到去回馈。而他，是个艺术家，一个有思想的男人，他清楚地知道，她虽然具有高雅的外表，可是精神内涵却是自私、粗鲁和野蛮的。他对这类女人早就有所了解。他知道她们之所以能够驾驭男人，是因为她们拥有一种特殊的能量，这种能量来自于坚定的性格和无情的个人主义。关于这类女人，他时常听人说起："噢！那是个冷漠无情，却又十分聪明的女人。"但每当他谈起这类女人的时候，通常会报以鄙视的态度。在他看来，她们并不具备很高的精神素养，甚至连常识都没有。她们有的只是为自己捞取一切，而从不给予的才能，这和禽兽并没有什么两样。

他发现，不论是艾尔曾夫人，还是罗莫拉和莫勒，他们都是这样一种人。他们的文明程度仅仅停留在最肤浅的表面，灵魂深处仍旧和原始人一样庸俗而苍白。除此以外，他对她的那种"世界主义"感到反感。她就像是一枚用得非常光滑的钱币，很难看出来它到底是哪个国家的了。西维尔斯基之所以如此反感，不仅仅因为他有着与众不同的思想，还因为他熟知真正的上流社会，像英国、法国、意大利的上流社会，人们不仅不会歧视某些人所生活的国家，而且对这种无视国家荣誉，宣称世界主义者的无根野草是非常鄙视的。

维亚德洛夫斯基说，罗莫拉和勒莫会被教育成商品推销员或是旅馆看门人，这话一点也没说错。众所周知，艾尔曾夫人的父亲的确是有爵位的，可是她的祖父却是个管家。西维尔斯基是个有高度幽默感的人，他认为一个管家的子孙不仅不会说正宗的波兰话，而且还会像个巴黎人那样，连“r”的音都发不出来。真是滑稽可笑极了。另外，这两个孩子也让这位艺术家感到不满。他们都是漂亮的孩子，甚至可以说是非常非常的美。可是，用西维尔斯基那艺术家的敏锐洞察力来说，这两个相貌相像的孩子，有着鸟儿一样美丽的脑袋，和轮廓完美的脸蛋，但这种美丽并不是世世代代传下来的，而是出于一种偶然，来自双胞胎生理上的巧合。尽管他对自己说，他们的妈妈也很美丽，但他还是打心底里觉得，无论母亲还是孩子，都不配拥有这样的美貌。他们在外貌，或是财产上，都属于暴发户。直到他和他们一起相处了很久以后，这种印象才慢慢有所减弱。

从他们相识的那时起，艾尔曾夫人便被他吸引住了。她知道，他比她周围的其他任何人都要更有价值。他出身名门望族，拥有巨大的财产，又有广阔的名声。虽然他的确已经不年轻了，可是艾尔曾夫人也是个三十五岁的半老徐娘，而且他那强壮的体魄足以弥补他逝去的青春年华。并且，像她这种不受尊重，常常被别人在背后议论，甚至恶言相向的女人，如果嫁给他这样的男人，她就可以重新获得别人的尊重和很高的社会地位。她也曾对于他有不同的爱好和多变的性格产生过顾虑，但是她知道他性格温顺，而且和其他艺术家一样，他的灵魂深处留有相当的天真，这让艾尔曾夫人自信自己有能力去驾驭他。她这么考虑，不仅仅因为她知道她已经把他迷住了，而且她自己也不可控制地被他给吸引住。她对自己说她已经爱上了西维尔斯基，并对此深信不疑。

和许多聪明人一样，他也遇到了相同的情况。当情感爆发的时候，他完全失去了理智，甚至还做了感情的俘虏。他不仅没有想办法克服它，反而找理由为它们辩解。西维尔斯基虽然知道她种种不堪的过往，但他不以为然，并为她的那些经历寻找理由，为她解释，他一直在努力扭转自己的想法。

“不错。”他自言自语道，“不论是她的性格还是她的行为，都不能为她的未来作保证。可是谁又能证明，她不是对以前的生活厌倦了呢？谁又能说，她不是从灵魂深处渴望能过上另一种生活呢？她有的时候确实有点卖弄风骚，但是同样的，谁又能证明，她这么做不是出于对我的爱呢？让我们来想象一下，一个人即使是有很多的缺点和恶习，难道他就没有好的一面了吗？这种想法简直太幼稚了。人类的灵魂本来就是一个混合体！只要有了合适的条件，那么她好的方面自然就会得到发展，坏的方面也会随之消失。艾尔曾夫人已经过了她的青春年华，如果非要说她不再希望过上平静和安宁的生活，不再有对欢乐和幸福的憧憬，那真是太可笑了。恰恰是因为这样，她甚至会比任何其他女人更要珍惜一个正直的男人所给予她的一切保护。”

最后那条理由，他认为一针见血，入木三分。以前健全的判断力曾告诉他，艾尔曾夫人是有意来抓住他的。不过现在，他却这样认为：“她并没有错，每个女人，即使是最高尚的女人，当她们想和自己爱的男人在一起的时候，都会想要去抓住他。”对生儿育女的希望又使他对未来放下心来，他认为，到了那时，即使她有一些爱好，但是因为有两个孩子需要抚养，她将不得不放弃那种空虚的交际生活，因为她没有这种空闲的时间了。而且等到孩子们长大了，她的青春年华早已老去。到那时，对她来说，家庭生活将比交际生活更具有吸引力。最后，他对自己说道：“生活总是需要安排一下的。在我老之前，我要和一个我喜欢的漂亮女人快活地过上几年，和她在一起，每个普通的日子都将会像过节一样。”

的确，他觉得在艾尔曾夫人身上是不太可能发生什么重大的意外事件了，毕竟她已经不再年轻，发生意外的可能性也将随之而去，虽然这对艾尔曾夫人不免有些侮辱的意味。当然他自己并不会承认，这样的想法是他乐观的基础。他在不停地欺骗自己，就像那些理智被感情俘虏的人一样。

但是此时此刻，在经历了昨晚那些事情以后，当他清醒过来，他又开始感觉到非常的不快和不安。他不得不考虑两件事情：首先，如果一个月以前，有人告诉他自己向艾尔曾夫人求婚了，那么他一定会笑话这个人是个傻子。其次，他知道和她保持友谊关系，使他们那种关系始终处于不确定中，那种总是需要从对方的眼神、谈话或是动作中相互揣摩的感觉非常美好，总是欲言又止，不敢戳破蒙在自己感情上的面纱，相互吸引却又故作毫不在乎，那种朦胧的情感比起现在来，无疑具有更大的魅力。对西维尔斯基来说，准备订婚远比成为未婚夫要来得有趣得多。现在他又在想，也许成为丈夫要比当未婚夫更加无趣，想到这里，他真想就让这种生活去见鬼吧！有的时候，他觉得他们的婚事已定了，他无处可逃，不管他愿意不愿意，他都必须将艾尔曾夫人和罗莫拉还有勒莫放置在自己的生命之舟内。想到这些时，他就会觉得难以忍受。作为一个高尚的人，他不会去责怪艾尔曾夫人，于是他只能责怪罗莫拉和勒莫，责怪他们那像小鸟一样的脑袋，责怪他们不会说标准的波兰语。

“我虽然也有自己的烦恼，但我却像鸟儿一样自由，我可以把我的整个灵魂都倾注到我的绘画中去。”他自言自语道，“而现在，鬼知道会怎么样。”想到这里，他对绘画的担忧打断了他之前的思绪，把他的思想引到了另外一个方向。关于艾尔曾夫人还有婚姻的问题，都被放到了第二位。他现在首要的烦恼是他的绘画作品《梦与死》，他已经在这幅画上花费了好几个月的时间。而且他很看重这幅画，因为他要用这幅画去反对那些关于死亡的普遍观点。西维尔斯基常常和其他画家进行讨论，他总是强烈地抨击基督教把骷髅作为死神的标志而引进生活和艺术之中，他认为这是对死神的最大侮辱。在希腊人的认识当中，死神是一个有翅膀的神，这才是正确的。还有什么能比骷髅更恐怖，更丑陋呢？如果死亡呈现的是这样一种形象，那完全不符合基督教中所说的，死亡是通往全新生命的大门。按照西维尔斯基的想法，这种概念来源于阴郁的日耳曼精神，他们创造了哥特式的建筑，庄严而雄伟。然而它们却是那么地令人恐惧，仿佛教堂不是通往天堂的光明之路，而是坠入地狱深渊的通道。西维尔斯基对于文艺复兴没有把死神的象征纠正过来这一点深为惊讶。假如死神不是永远沉默的，假如他想要为自己辩解，那么他肯定会这么说："为什么人们一想到我，就会联想到骷髅？我不想变成骷髅，也绝不会变成骷髅的！"在西维尔斯基的绘画中，睡神轻盈而温柔地向死神献上了一个少女的躯体，死神俯身对着她，轻轻地吹灭了少女头上点着的一盏灯。

西维尔斯基在创作这幅画的时候，一再对自己说，"必须让人一看到这幅画，就由衷地感叹'啊！这是多么地安静呀！'"他希望通过图画中的线条、色彩、形象和神情，将这份宁静的感觉传达给赏画的人。他也想过，如果他能把这点表现出来，那么这幅画本身就将说明一切，这无疑将成为一幅构思新颖、立意深刻的划时代作品了。除此以外，他还有其他考虑：为了顺应当下艺术界的主流观点，他自己也认为，绘画应该避免表达文学思想。但是他明白，一幅摒弃了文学思想的绘画和一张本身毫无意义、只是反映外界事物的照片相比较，还是有很大差别的。照片有的只是形态、色彩、背景，仅此而已！而一位杰出的画家的任务就是要扼杀思想！他又想起，每次去观看绘画作品，比如英国画家的作品，总是令他印象极为深刻。从他们的画布上，你会为他们高度的精神修养和丰富的内心情感所折服，他们的思想已经远远超越一幅优秀的作品本身。他们的才华不仅仅表现在画布上，由内而外都可以毫无疑问称得上是顶级的大师。而在波兰，你能看到的完全是一番截然相反的景象。除了少数波兰画家以外，其他的画家虽然也很有才华，但是他们的作品缺乏思想，而他们自己本身也不具有立意深远的想法，思维不发达，也从未接受过良好的教育。供他们生存的，只是从法国饭桌上打扫下来的残羹剩饭，都是一些早就过时的迂腐学说。他们从来没有想过要表达自己的艺术见解，更没有想过要独立创造符合波兰历史文化民风背景的真正的艺术作品。西维尔斯基深知，他们所需要的正是这种不需要思想的理论。他们虽然名为艺术家，但精神世界却是一片空虚。这当然是一件轻松惬意的事情。阅读、思考、创新——让这些劳动都见鬼去吧！

西维尔斯基认为，如果一幅画表现出了灵魂的状态，那么它不仅能被农民所感受，而且也应该是精细的、敏感的，积极的和经得起推敲的。他常常为此和同行们争论，而且是毫不妥协、毫不让步地和他们争吵。“我并不要求你们画得像法国人、英国人、或是西班牙人那样好，我只希望你们能有所改进！首先，你们应该具备自己的风格，如果连这点都做不到，那他不如去当个铁匠要来得好。”他觉得，一幅画，无论它表现的是一堆稻草，还是在院子里寻找食物的母鸡，或是土豆田，还是放牧的马群，又或者是池塘一角的静水，最重要的、凌驾于其他一切之上的东西就是灵魂。因此，在画自己的肖像时，他也竭力把自己的灵魂渗透进去。在他其他的画作中，他也努力地把这种灵魂表现出来，正如他最近的一幅作品《梦与死》构思的那样。

睡神和死神的形象已经画好了，但是少女的形象他还没有开始着手创作。西维尔斯基知道，这个少女不仅要十分美丽，而且要富于个性。漂亮的模特倒是来了不少，但都缺乏个性。拉吉特太太，他画室的房东太太，也是他的一个老熟人了，她答应给他找一个合适的模特，但是事情的进度却很慢。有个新模特答应今天上午要来，但直到现在还不见踪影，这时已经十一点了。

所有这一切，包括昨天所发生的事情，都让西维尔斯基开始怀疑自己，这不仅有关他的安宁的生活，也涉及到他未来的艺术事业，尤其是他的这幅画。睡神看起来好像过于沉重了，而死神看起来又有点傻气。最后，他对自己说道，既然自己现在无法工作，那倒不如去海边走走，也许咸咸的海风和明亮的阳光会让思绪变得清晰，灵魂变得干净。

就在他刚要出发的时候，前厅却响起了门铃声。接着，身穿苏格兰外衣的罗莫拉和勒莫，露出小鸟似的脑袋出现在他的画室。跟在他们后面的是克勒索维奇，他的脸色看起来比平时更加苍白了。

“先生，你好！妈妈让我们把这些玫瑰花拿来送给你，并且请你去吃早餐。”两个男孩大喊道。

说着，他们摇晃着那浑身是刺的香水玫瑰，把它交给了西维尔斯基，然后好奇地在画室里四处走动，东张西望。最后，他们在那些裸体速写面前停了下来，这让他们觉得十分惊奇。他们互相用胳膊推搡了一下对方，说道：

“快看啊！”

“看见了！”

这使西维尔斯基大为恼火，他看了看自己的手表，说道：

“如果我们想赶上吃早餐，最好现在就立刻动身。”他拿起帽子，和他们一块儿出门了，画室附近没有马车，他们只得徒步过去。画家和克勒索维奇走在后面，他问道：

“你的学生怎么样？”

克勒索维奇转过脸来，脸上的表情略带讽刺和仇视，说道：

“我的学生？噢！没什么！他们就像鱼儿一样健康。他们穿着苏格兰服装，看起来也很合身。他们会给大家带来欢乐，但不是给我。”

“为什么呢？”

“因为我明天就要走了！”

“要走了?”西维尔斯基有点惊讶,“什么? 我怎么没有听说! 谁也没有向我提起过。真是令人遗憾!”

“可他们一点也不觉得遗憾。”克勒索维奇回答道。

“也许他们并不了解你。”

“他们永远都不会了解! 不论是现在,还是在他们将来的有生之年,永远不会!”

“我希望是你想错了。”西维尔斯基冷淡地说道,“不过不管怎么样,我还是觉得很可惜。”

“是的!”这个大学生又喃喃自语起来,“可惜……可惜的是时间。他们不需要我,他们又怎么会在乎我呢。最好是他们想要变成什么样就变成什么样。谁想要播种大麦,就得要除草耕田,杂草越少,越好种田。关于这一点,我们还有很多可以聊,但都不值得去多说,特别不值得我来说。反正微生物最终会把我给吞噬的。”

“肺病对你并没有多大的威胁。艾尔曾夫人请你当家庭教师之前,她曾向医生询问过你的病情。不过你不要惊讶,她这么做也是出于对孩子的担心。医生说你的病不会造成什么危险。”

“当然没有危险,因为我发现了一种抵抗微生物的特效方法。”

“什么方法?”

“这方法将会在报纸上公开发表的,这样的发现绝对不能不公布于世。”

西维尔斯基看着克勒索维奇,像是在确认这个说话的人是不是因为发烧在说胡话。这时候他们已经走到了车站,车站挤满了来来往往的人。

尼斯的人们像往常一样,每天早上都要坐车到蒙特卡罗。在西维尔斯基买车票的时候,维亚德洛夫斯基看见了他,朝他走了过来。

“早上好,你这是要去蒙特卡罗吗?”

“是的，你买车票了吗？”

“我有月票。这时候车一定很拥挤。”

“我们只有站在车厢的过道里了。”

“这是真正的大迁徙了，不是吗？而且人人都要带点钱去。早上好，克勒索维奇先生！以你的高见，这边生活怎么样啊？用你那一派的观点评价一下吧。”

克勒索维奇眨了眨眼睛，似乎没明白别人在问他些什么似的，过了会儿才回答道：

“我已经加入沉默的阵营了。”

“我知道，我知道……一个强大的阵营，要么沉默不语，要么就爆发！”说完，他大笑了起来。

这时候，开车的电铃响了，催促人们赶紧上车。月台上也传来了吆喝声：“上车！上车！”过了会儿，西维尔斯基、克勒索维奇、维亚德洛夫斯基，还有两个小男孩一起站在了车厢内的过道上。

“对我这种有坐骨神经痛的人来说，站着真是一件快乐的事情！”维亚德洛夫斯基说道，“你看，这里人真多，你休想找到一个座位！这可是纯粹的民族大迁徙！”

别说车厢里了，就算是过道，都挤满了各个民族的人。有波兰人、俄国人、英国人、法国人、德国人，他们都是去征服银行的，而银行不是支持就是损害这些人，如同伸向海里的岩石，把海里的波浪撞得粉碎。女人们挤在窗口，她们的身上散发出一阵阵鸢尾花和向日葵花的香气。阳光照亮了她们帽子上的假花、她们的呢绒大衣、她们耳朵上戴着的真真假假的首饰，还有胸前那闪闪发亮的东西。她们的脸上画了眉，擦了玫瑰香粉，满脸洋溢着快乐和对赌博的期待之色。即使是最有经验的眼睛，也没有办法把那些打扮得像交际花一样的妓女和打扮得像妓女一样的贵妇区别开来。男人们的纽扣上，都插着一支紫罗兰，他们向这些女人投去询问的、下流的眼光，打量着她们的衣裙、脸蛋、手臂还有大腿。他们看起来是那样地冷淡，却又观察得那么细致，就像是在观摩橱窗里的展销品一样。这些拥挤的人群，就像是在集市上一样混乱和匆忙。有时候，火车会钻进黑暗的隧道，过一会儿，又是阳光、蓝天、碧海、棕榈树林、橄榄树林、别墅，还有一片片杏花，再随后又是黑暗笼罩着一切。车站一个接一个地出现，每到一站，新的人群又会涌进来，每个人都穿着讲究、华丽，就像是要去参加什么重大节日。

“这是一幅多么真实的人生图画啊！”维亚德洛夫斯基说道。

“什么是真实的图画？”

“这是说火车。我可以在早餐之前就着这个话题说出一大番道理来，不过我宁愿等吃了早饭再来讨论。你要不要和我一起吃早餐呢？”

“谢谢！不过请你原谅，艾尔曾夫人已经邀请在先了。”西维尔斯基回答道。

“如果这样的话，那就太遗憾了。”他大笑了起来。

他从来也没想过西维尔斯基会和艾尔曾夫人结婚，这种想法在他的脑海里连一秒钟都没有出现过。他一直都认为，画家和艾尔曾夫人的关系和其他人一样。不过，由于他本人是艺术家的崇拜者，特别是他很崇拜西维尔斯基，所以他倒是很高兴西维尔斯基可以一举击败其他对手，获得她的芳心。

“他代表着财富，”他心里想，“波热茨基代表门第，小科瓦茨基代表青春，辛丹代表了时髦的花花公子。所有这些人都具有重大的价值，而这个特别的女人却选择了西维尔斯基，她的品位还真是不低呢。”

他又望了望画家，嘟囔了一句：“我胜利了，你将在光荣中死去！”

“你在说什么？”西维尔斯基问道，由于火车的声音太大，他没有听清他的话。

“没什么！只不过引用了一句贺拉斯的诗。我是说，既然你已经拒绝了我，那我只好去找辛丹、波热茨基和科瓦茨基一起吃早餐来自我安慰一下了。”

“那我想问问你，你为什么说是自我安慰呢？”西维尔斯基问道。他突然走上前去，直盯着他的眼睛，几乎是用威胁的眼光看着他。

“因为没有了你和我们在一起呀！”维亚德洛夫斯基冷冷地回答道，“不过，我的先生，你又是怎么想的呢？”

西维尔斯基咬紧嘴唇，没有回答。但是他在想，“真是做贼心虚！如果我只是和这个国家的任何一个普通的姑娘结婚，即使别人在说风凉话，我也绝对不会把这些话和她联系起来。”

火车到站了。艾尔曾夫人正站在站台上迎接他们，她看上去精神焕发，既年轻又漂亮。显然，她也是刚刚才到达车站，因为她的呼吸有一点急促，脸上还泛着红晕。不过，这些也可以看做是激动的表现。当他在和西维尔斯基问好的时候，将双手伸了过去。维亚德洛夫斯基心想：

“是的！他把我们所有人都打败了。她看起来是真的爱上他了。”

维亚德洛夫斯基几乎是用赞许的眼光看着她。艾尔曾夫人身穿白色的法兰绒长裙，她的双眼炯炯有神，尽管脸上扑了一层薄薄的香粉，但是在他看来，她从来也没有像现在这样年轻、漂亮。有那么一瞬间，他为自己并不是她前来迎接的那个幸运儿而感到遗憾和沮丧。他突然想起以前，自己曾说过许多讽刺她的话来博取她的注意，实在是太愚蠢了。不过，当他一想到自己可以去嘲笑辛丹和其他失意的人，便又释然了。

问候过后，西维尔斯基感谢她送来的玫瑰。她听了显得有些局促不安，不时地用眼睛瞥一下维亚德洛夫斯基，好像让他听见这些感谢的话，会有些难为情似的。

维亚德洛夫斯基心里知道，这时候，他还是离开他们比较好。不过他仍然和他们一起乘坐电梯来到了高处，那里有赌场和花园。在途中，艾尔曾夫人似乎又恢复了镇定自若。

“吃早餐去，吃早餐去！”她开心地说，“我的胃口大得像条鲸鱼呢！”

维亚德洛夫斯基嘟哝了几句，说他还不如去做约拿（约拿是《圣经》中的人物，他曾在大鱼的腹中待了三天三夜还依然活着）。但是他不敢说得太大声，害怕被西维尔斯基听见了，揪住他的衣领，把他从电梯里扔出去。要是从这样高的地方摔下去，那可不是开玩笑的。

一到花园，他就马上和他们分开了。不过他又回头看了看，他看见艾尔曾夫人靠在西维尔斯基的肩膀上，对着他的耳朵在说些什么。

“他们可能在讨论早餐后吃什么点心吧。”他心里想。

不过他想错了。她把她那漂亮的脸蛋转向画家，轻声问着：

“维亚德洛夫斯基知道了吗？”

“他还不知道，我是在火车上遇见他的。”西维尔斯基回答道。

他听到这里，觉得艾尔曾夫人已经把婚事看做是确定的了，需要把这个消息告诉大家。想到这儿，他心里不免有些不安。可是，当他看见艾尔曾夫人的亲密态度，她的美貌，他又觉得很满足，心里美滋滋的。

他们是和罗莫拉、莫勒，还有克勒索维奇一起吃的早餐。整整一个小时，克勒索维奇一句话也没有说。咖啡过后，艾尔曾夫人允许克勒索维奇带着两个孩子到下面的罗卡布伦玩，然后她转身对西维尔斯基说道：

“你是愿意骑马还是散步？”

“如果你不累的话，我更想走走。”他回答道。他心想，最好还是到她房间去，哪怕是做一次“到天堂的短暂旅行”，或是体验一下那种醉人的“解脱”也好。可是他又觉得，如果她不愿意这样，恰好是证明，她是非常严肃地对待他们的感情的。他在心里告诉自己，这样的话，他反倒应该感谢她。

“好啊！我一点也不累。不过我们要去哪儿呢？你想不想看他们打鸽子？”

“我很乐意。只不过那样一来，我们就不是单独的两个人了。辛丹和小科瓦茨基饭后都要去那儿练习射击的。”

“是的。不过他们不会妨碍我们，只要有了鸽子，他们就会对周围的一切视而不见，听而不闻。就让他们看看我和这样的大名人走在一起好了！”

她斜过头来，眼睛含笑地看着他说：

“也许这位大名人不愿意这么做呢！”

“哪里！就让他们看见好了！”西维尔斯基回答道，将她的手送到自己的唇边，吻了一吻。

“那我们下去吧，我很喜欢看打鸽子。”

“走吧！”

过了一会儿，他们来到了通往射击场的大阶梯上。

“这儿多么明亮、多么优美，我是多么的幸福啊！”艾尔曾夫人感叹道。

尽管身边没有其他人，她还是轻声问道：“你呢？”

“我的光明就在我的身边！”他把她的双手紧紧按在自己胸前，说道。

他们又往下走去。今天的天气的确要比平常更加晴朗，蔚蓝的天空，远处的大海也是一片湛蓝。

“我们就在这里停会儿吧。在这里看鸽笼特别清楚。”艾尔曾夫人说道。

他们的下方有一个半圆形的草地，一直延伸到海边。鸽子笼就放在这半圆形的草地上，一字排开。每隔一会儿，便有一只笼子被打开，受惊的鸽子便会飞向天空。紧接着便是一声枪响，鸽子应声而落，坠落在草地上，或是掉入了海里。而在海面上，许多渔民正驾驶着小船，等着收获这些猎物。

不过也不是每次都能打中。有些鸽子没被打中，就径直飞向了天空，绕了一圈又飞了回来，在赌场的屋顶上栖息下来。

“在这儿，我们看不见射手，不知道鸽子是谁打的。”艾尔曾夫人愉快地说，“让我们来猜猜看，如果第一只鸽子被打中了，那么我们就待在蒙特卡罗，如果它飞走了，那我们就去意大利。”

“好！快看，它飞出来了。”

在那一刻，鸽笼被打开了，但是鸽子像是受到了惊吓，躲在笼子里不敢出来。人们便往草地上扔木球，想把鸽子引出来，随后响起了枪声。鸽子并没有立即落下来，不过它好像已经受了伤。它先是径直飞向了大海，然后才渐渐地向下落。最后，消失在了阳光里。

“它也许是落下来了，也可能没有落下，未来是不可知的！”西维尔斯基笑着说。

“一定是那个讨厌的辛丹打的！我敢肯定一定是他！我们下去吧！”艾尔曾夫人说道，她看起来像个生气的孩子。

于是他们俩朝着下面的射击场走过去。这座射击场被仙人掌和南方花草包围着，墙上也爬满了稀疏的杂草。每有枪响，艾尔曾夫人都会停一停。她穿着白色的法兰绒长裙，站在台阶上，衬着那翠绿的背景，看上去简直就是一尊女神雕像。

“再也没有什么其他布料比法兰绒更适合做衣裙了。”西维尔斯基说道。

“哎呀呀！你们这些艺术家！”年轻的寡妇说道。她的语气带着点讽刺的意味，此刻她有点儿生气，西维尔斯基在这种时候居然在想布料的事情，而不是在想她。

“我们走吧！”

几分钟之后，他们走进了打鸽场。在那里他们只看到辛丹一个熟人，他正和一个匈牙利伯爵赌打鸽子。这两个人都穿着棕色的英国打猎装，戴着一样的帽子，帽子都微微向后倾，虽然他们都穿着得十分讲究，但这两个人都是一副蠢相。正如艾尔曾夫人预料的那样，辛丹完全投入于打鸽子这件事情当中，丝毫没有注意到他们。过了好一会儿，他才走过来朝他们打招呼。

“打得怎么样？”艾尔曾夫人问道。

“打得不错！今天我赢定了！”说完，他又转向西维尔斯基问道，“你打吗？”

“当然，不过今天不打。”

“我今天打得特别顺手，玩得真痛快！”辛丹说道，他眼睛出神地看着艾尔曾夫人。

之后他又被人叫回去继续打鸽子。

“他是想说，他在情场上是落寞的……”西维尔斯基说道。

“这个笨家伙，他还能指望有什么别的结果？”

虽说她说了些对辛丹不满的话，但是辛丹在西维尔斯基面前表现出对她的倾慕，并没有让这个标致的脸蛋儿表现出任何的不悦。反而，她觉得这再一次证明了她自己是多么地美丽和娇媚，是大家争相追求的对象。

沉默片刻之后，画家说道：

“我想问你一件事。刚才吃饭的时候，我不方便当着克勒索维奇和孩子们的面问你。克勒索维奇在路上的时候对我说，他要离开了，今天是他最后一天做孩子们家庭老师，这是真的吗？怎么会这样呢？”

“是的！首先，我不放心他的身体。几天前，我带他去看了医生，医生的确说过他的肺病不会有什么危险，否则我一刻也不会留他的。可是不管怎么样，他的状况看上去越来越糟了。还有，他的脾气古怪，容易被激怒，常常让人难以忍受，这是第二个原因。另外，你也知道他的思想，虽然我知道，他不会把这些思想灌输给罗莫拉和莫勒……孩子们决不能受到这样观点的影响，我不希望他们还是孩子的时候就知道有这样观点的存在，不希望他们认识对他们这个阶级表示强烈不满和激烈反对的人。而且，你也希望他们能用自己国家的语言和别人交流，我也是一直这么要求的。我明白，应该让他们懂得自己国家的语言，现在人们都很重视这一点，我承认大家这么想是对的。但即使在这样的问题上，克勒索维奇的思想也是过于偏激的。"

"我感到非常惋惜。他的眼角已经有了皱纹，这代表着他狂热的个性。他的脸长得很特别，是一张很有趣的脸。"

"又回到你们画家的那一套说法了。"艾尔曾夫人笑着说道。但是过了一会儿，她又变得严肃起来，甚至有些焦虑不安。

"还有一个原因，"她说道，"我很难说出口，但我还是要告诉你。因为我的这个可爱的大名人是这样的可爱，这样的善良和诚实，又能体谅一切。我如果不对他坦诚相见，倾诉衷肠，我还能对谁去开诚相见呢？你知道吗，我发觉克勒索维奇头脑发昏，竟然疯狂地爱上了我。在这种情况下，我怎么还能把他留在身边呢？"

"你说什么？他也爱上了你？"西维尔斯基十分惊讶，他大声问道。

"是的！"她回答道，说着便低下了眼睛。

她竭力想要装作这件事情让她觉得很痛苦的样子。但是，正和刚才听了辛丹的话一样，她的嘴角还是扬起了一丝女人的自尊心和虚荣心得到满足时才会有的微笑。西维尔斯基捕捉到了这个笑容，一种不快和愤恨之情油然而生。

"我也染上这种传染病了！"他一字一顿地说道。

她凝视他良久，然后低声问道：

"你说这话是出于嫉妒，还是无情无义呢？"

"你做得对！"他并没有回答她的问话，"如果是这种情况，是应该把克勒索维奇辞退了。”

“今天和他结完账以后，一切都将结束了。”

随后他们陷入了沉默，只能听见辛丹和那个匈牙利人打鸽子的枪声。然而，无论如何西维尔斯基都无法原谅自己偶然间发现的她的那个微笑。他对自己说：“是的。艾尔曾夫人对克勒索维奇所做的行为是得体的，并没有什么令人不愉快的事情发生。他也没有什么好生气的。”可即使这样，他心中还是燃起了一团怒火，从心底里感到气恼。以前，在他刚刚认识艾尔曾夫人的时候，他曾看见她骑着自行车在前面跑，就在她身后不远的地方，紧紧地跟着辛丹、小科瓦茨基、波热茨基、维克贝斯和瓦克斯福德。当时，这伙人给西维尔斯基留下了极不好的印象，一种雄兽追逐雌兽的印象。现在，这些画面又一次清晰地浮现在他眼前，这触动了他那敏感、细腻的艺术家神经，让他感到非常的痛苦。他暗自想到，大家都在追逐她，一旦我遇到障碍摔倒了，后面的人就会追上她。

但是他的思想却被艾尔曾夫人打断了。她说她站在阴处久了，觉得有点冷，想要去太阳下面走走。

“我们回旅馆去吧，去给你加件外套。”西维尔斯基直起身来，说道。

于是，他们转身往高处走去。当走到台阶半中腰的时候，她突然停了下来，说道：

“你是对我不满意吗？可我又做错什么了呢？难道是我做了我不该做的事情吗？”

在走了一段路之后，西维尔斯基的心情稍微平复了一些，她的不安开始让他有些过意不去，于是他回答道：

“请原谅我这个老怪人吧，请你原谅我。”

艾尔曾夫人很想知道他为什么不高兴，但是任凭她怎么问，他都不回答。后来，她就半开玩笑地抱怨起艺术家来，她说他们都是性格古怪而又孤僻的人，遇到点小事都要大惊小怪的，而且总喜欢把自己的想法憋在心里，不说出来，然后再默默地躲进自己的画室。就像今天，她已经三次发现他有这样的情绪起伏了！怎么能这样呢？这太不好了！所以为了惩罚这个讨厌的画家，她决定要罚他留下来吃午饭，甚至要陪她一直呆到晚上。

但是西维尔斯基说他必须要回画室去了。然后向她说起了自己做艺术家的种种苦恼，他为作品《梦与死》寻找模特所遇到的种种困难，还有他对这幅画所寄予的莫大希望。

“我知道了，我有一个最可怕的敌人，不是别人，而是艺术。”年轻的寡妇笑着说道。

“这不是敌人，而是女神，”西维尔斯基回答道，“是你、我都应该为之服务的女神！”

听了这话，漂亮的寡妇顿时皱了皱眉头。正好这时他们回到了旅馆。那天，西维尔斯基觉得自己已经走完了通往天堂三分之二的路程，当他离开她的时候，他浑身上下都充满了幸福的喜悦。而且，他深信，只要一结婚，天堂的大门便会向他敞开。

当西维尔斯基坐进车厢的时候，他已经冷静了下来，他感谢艾尔曾夫人让他重新获得了这样的信念。

（四）

艾尔曾夫人在更衣就餐之前，叫来了克勒索维奇，想要付钱给他。她对他抱有某种好奇，她很想知道，这个年轻人会采用怎样的方式和她告别。她在自己的前半生中，见过太多的普通人，他们就像是一个裁缝做出来的衣服，都是同样的款式。而眼前的这个年轻人，却很特别，他一开始就引起了她的注意。而现在，他将要带着他那颗破碎的心离开这里，在这样的时候，她对他的兴趣就更大了。她敢肯定，他的内心积累的情感必定会以某种形式爆发出来，而她也正打心底希望他能表达出来。她对自己保证说，她当然并不是真心实意的，如果他超过了一定的界限，她用一个眼神或者一个动作，就能叫他停止。

但是，克勒索维奇进来的时候，神色冷淡，看起来更像是愤恨而不是爱慕。艾尔曾夫人一看见他就心想，作为艺术家的西维尔斯基一定会对他的头部比较感兴趣，因为他的头部确实很特别。他的头部像是钢铁铸成的，脸上带有粗鲁而又固执的表情，表现出过人的意志力和智慧。西维尔斯基早就看出来，他是这样一种一旦接受了某种思想观念，就会根深蒂固，很难再改变的人。他们的行为也不会为任何的怀疑所动摇，因为在他们身上，固执而倔强的性格往往和心胸狭隘联系在一起。过激的行为就是在这样的土地上滋长起来的。艾尔曾夫人虽然擅长交际，但是要认识到这些道理，对她而言未免太浅薄了。克勒索维奇如果是个漂亮的小伙子，也许还能引起她的注意，可是他并不漂亮，所以刚开始的时候，她只是把他当做一样东西来看待。直到西维尔斯基无意中提到了他，她才开始注意起这个大学生来。现在，她礼貌地、和蔼地接待了他，付给他钱，尽管还是用着平常那种冷漠而不在意的声调，但言辞之间已经包含了亲切和关心。她向他表示惋惜，因为她不久就要离开蒙特卡罗，所以不得不把他辞退。克勒索维奇机械地把钱塞进了口袋里，回答道：

“我昨天已经亲自对夫人说过，我不愿再教罗莫拉和勒莫了。”

“好的，这使我安心多了。”她抬起头看着她，说道。

刚开始，艾尔曾夫人试图使他们的谈话成为一种礼节性的谈话，她也希望克勒索维奇能用同样的口吻和她交谈。但是她却从这个年轻人身上感受到一种固执的情绪，好像非要把一切都说清楚不可。

“夫人付给我的钱是真的吧？可不要给假钞让我在路上用啊！”他说道。

“你这是什么意思?”

“我的意思是,”说到这里,他强调了一下,“夫人既然不是因为要走才辞退我,我也不是因为这个原因而要离开。这里一定有别的原因,至于这原因是什么,你我都心知肚明。”

“即使我知道,我也不想听到,也不愿意提起。”艾尔曾夫人高傲地回答道。

他向她走进了一步,双手背在身后,把头伸向前面,露出威胁的神情。

“我一定要告诉你! 首先,因为我很快要离开这里,其次,还有别的原因,你明天就会知道!”他加重语气大声说道。

艾尔曾夫人站起身,做出像是舞台上被激怒的皇后的姿势,说道:

“你这是什么意思!”

他又向前走了几步,现在他们的脸几乎快要贴在一起了。他神情紧张地说道:

“这就是说,我本应该憎恨你,憎恨你们整个阶级,但是我却无可救药地爱上了你。这意味着,我是自甘堕落,因此我要自己惩罚自己。不过,正是因为这个原因,我毫无所失,可是夫人您却要赔偿我所受到的损害,否则就会有灾难发生!”

艾尔曾夫人一点也不觉得害怕,因为她从来不害怕男人。她也不担心克勒索维奇的肺病,因为医生早就告诉她不必为了这个而担心。不过她的惊讶倒是真实的,至于愤怒和恐惧都是假装出来的。她的心中突然惊奇地冒出一个想法:“谁若是把我撕碎,那他才是真正的雄鹰!”对于那些过惯了冒险和放荡生活的女人来说,任何一种特别迎合女性自尊心的冒险行为,在她看来都是具有无比的魅力的,她的道德观也不会受到任何的损害。如果克勒索维奇哀求她给他片刻的欢乐,像是亲吻她的衣角或是谦卑地、泪流满面地跪在地上,她一定会立刻把他赶出去。可是,他是这样地气势汹汹，近乎疯狂，而且他还是属于另一个阵营的代表人物，每当她这个阶级的人说起他时，都觉得他拥有可怕的能量。她觉得他像个魔鬼，异于常人，和以前所见过的男人都不一样，这样的人却又让她感到非常刺激。她正喜欢那些新奇和异乎寻常的东西。她想到，如果她反抗的话，那么这次冒险将会达到无法预料的程度，甚至变成一桩有损名誉的丑闻，因为这个疯狂的人是什么事情都能干得出来的。

克勒索维奇接着说了下去，他嘴巴里的热气都喷到了她的脸上。

“我爱你，但我并没有什么可损失的。我已经没有了健康，没有了前途，我甚至自甘堕落。我再也没什么好失去的了，你懂吗？即使你现在大叫，让十个人，或者上百人冲进来，我也丝毫没有什么可怕的。但对你就不一样了。事后我会彻底离开，这个秘密永远都不会被人知道，我发誓！”

艾尔曾夫人现在所关心的只是怎么样可以顾全自己的面子。她要维持自己身上伪善的道德，为的是欺骗自己。

她用她那双假装害怕的眼睛望着这个疯子的脸孔，问道：

“你想要杀了我吗？”

“我想要得到你的补偿，不是用钱！”他回答道，声音有些哽咽。他的脸色变得更加苍白，他抓住她的肩膀，紧紧抱住了她。她开始挣扎，但是她的挣扎却像是一个昏过去的女人一样，似乎是由于恐惧而失去了知觉和力气……

（五）

西维尔斯基到了法兰克港便下了火车朝港口走去，因为他突然想起，他还要乘船回尼斯。他一到港口，就去找了一个他认识的渔民，渔民很高兴再见到这个慷慨又大方的主顾，用里古拉人爱吹牛的口气保证：即使要把他送到科西嘉岛去都可以，哪怕狂风把大海刮个底朝天都不怕。

这不过是一次短途的旅行，海上也没有一点儿风浪，航行就更加容易了。西维尔斯基坐在舵旁，小船在平静的水面上划动起来，平稳地驶向大海。不久后，他们便驶过了一艘艘奢华的私人游艇，靠近了庞大的舰队。舰船那漆黑的庞大身体，在南国阳光的照耀下，显得那样壮观，看上去格外清晰分明。在“福米达波号”的甲板上，为了迎合第二天晚上的派对，已经早早挂上了一串串彩色的电灯，西维尔斯基也在这次派对的受邀之列。高大壮硕的水手们，在这庞大的舰船上，显得像侏儒一样弱小。军舰上的铁弦，烟囱，桅杆倒映在“透明”的海面上，好像在照镜子一样。偶尔有军用小艇游梭于军舰之间，从远处看，就像是一只黑色的甲壳虫在有规则地伸展着自己的脚。舰队后面是空阔的海面，跟其他的海港出口一样，即使没有风，海水也会有起伏的波浪。西维尔斯基所乘坐的小船随着波浪上下荡漾，这感觉让他心胸开阔，西维尔斯基感到舒服极了。他们已经驶近码头右边巨大的岩石，岩石上面有一条尘土飞扬的灰色小路，再往前走是一个供士兵们操练演习的大操场。等他们绕过被海浪冲击着的岩石，就驶入了广阔的海面上。

驶过港湾，海面上吹来阵阵微风，渔民便扯起了船帆。西维尔斯基没有回尼斯，反而让渔民将船舵转向了外海。

他们一直向前行驶。微波荡漾，夕阳西沉，黄昏快要降临了，岩石和大海都被染成了绯红色。四周的一切都显得平和而寂静，却又是那样的浩瀚。西维尔斯基情不自禁地想：和此时环绕在自己身边的辽阔大海相比，人生是多么的渺小啊！突然之间，有一种感觉涌上他的心头：他觉得自己已经摆脱了自己与他人的一切牵绊，正在走向无穷的远方。艾尔曾夫人、罗莫拉、莫勒，所有的朋友，还有海岸上的人群，以及充斥在他们之中的狂热、不安、无耻的自尊心和下流的情欲，此时此刻都显得微不足道了。作为一个善于剖析自己感受和思想的人，他立刻为自己有这样的想法而感到惶恐不安，因为他想起，自己如果是真心爱着艾尔曾夫人的话，那么他对她的感觉是不会因为外界对她的评价和议论而改变的，也不会被外界的思想和看法所左右和搅乱，更不会因此就使她在他心目中的形象变得暗淡。相反，她的倩影应该占据在他心中最重要的位置，并且永远都不会消失。有过这样的先例：西维尔斯基不禁想起了他以前爱过的一个女人，这个女人后来嫁给了别人，让伤心欲绝的西维尔斯基远走他乡。就是那时候，他第一次游历了意大利、罗马、西西里岛和非洲海岸。但是不管去任何地方，都无法抹去他心中对所爱女人的思念。无论在佛罗伦萨和罗马的画廊里，还是在辽阔的大海或是无垠的沙漠，他的眼前总是会浮现出她的倩影，仿佛她总是陪伴着他，而他也总是通过她来感受一切。那时他每走到一处，心中都会对她说“你看，这里多美啊”，好像她也深深喜欢着他所欣赏到的那些风景。昔日的情景和今日的境况是如此不同，西维尔斯基不禁为之黯然。

这失落的情绪只停留了片刻，广阔而宁静的大海又重新让他心情愉悦起来。他们已经驶出那么远的距离，海岸线都已经遥遥不可见了。太阳已经沉了下去，天空中开始点缀起一颗颗闪烁的星星。喜欢在傍晚围着小船嬉戏的海豚，用背鳍划过海面，不一会儿又藏入海水里，一切又重新恢复宁静。海面一如既往地平静，船帆似乎完全失去了作用。不久，月亮从山后探出了脸庞，把银色的月光均匀地洒在海面上，远方那仿佛连着天边的海水也沐浴着这皎洁如华的月光。

南国之夜开始了，它是那样的明朗，又那样的静谧。西维尔斯基向渔民借了一件外套披在身上，紧接着又陷入沉思：

“我周围的一切不仅美好，而且真实。一个人如果想健全地生活，就必须依附于大自然，只有这样才能得到发展。就像树枝必须依附着树干才能生长一样，人也是这样，必须遵循同样的规律才能生存下去。只有这样，生活才是真实的，也是合乎道德的。因为就其实质而言，道德并不是什么别的东西，只不过就是人和自然相处的一致法则罢了。比如说，作为一个艺术家，我才会感受到现在围绕着我的是纯粹和宁静。如果我只是一个普通人，我是不会体会到这种境界的。因为我的生活和我周围那些人的生活都脱离了自然，都是违背自然规律的，没有成为自然的结果，生活就变成了一种欺骗，让我们身上的一切变得虚伪，甚至连我们对自然的真实感觉也会最终失去。随之而来的我们的关系就都建立在了虚伪之上，我们的心灵开始扭曲，灵魂呈现病态，连激情也变得虚假！我们相互欺骗，同时也欺骗自己，以至于最后谁都不敢再去相信别人。人们开始不断地质疑：他是否真的希望得到他所想要的东西？他是否真的能做到他承诺的事情？”

在这样宁静的夜晚，在星空照耀下的这片无际的大海中，西维尔斯基感受着整个大自然，感受着大自然所表现出来的质朴、宁静和伟大，他突然之间开始怀疑人与人之间的关系其实就是一个大骗局。他开始觉得自己对艾尔曾夫人的感情是一种欺骗，而她对他的爱也是一种欺骗，还有她对孩子的感情，以及她对其他人，对整个社会的态度和感情都是那么虚伪。那明亮的海岸上的生活布满欺骗，他的现在与未来全都是欺骗。“这简直就像是为我布下了天罗地网，我要怎样才能逃脱出去呢？”西维尔斯基暗自苦恼。事实上，他是对的，正如他所想，整个生活就是一个大骗局。可是知道了这个事实以后又能怎么样呢？难道要回到自然中去吗？开始过一种半原始、半农民的生活吗？还是脱离社会，成为一个革命家？西维尔斯基又觉得自己太老，已经不适合做这样的事情了，而且自己又多疑，势难胜任。要成为革命家，就必须具备像克勒索维奇那样坚定的信仰，才能把对恶魔的憎恶变成斗争的动力，而不是让憎恶随着时间渐渐淡薄。于是，他的大脑又开始了新的沉思："一个人，如果不具备改变这个世界的能力，那么他只好找个地方去遁避一个时期，休息一下。明天他在马赛，再过几天，也许他又会在大海之中，远离海岸几百里之遥，全身心都脱离了这病态、虚伪的生活所构筑的骗局。这样一来，所有的烦恼都迎刃而解，甚至是一刀两断了。"

此时此刻，他突然急切地想要把这个想法付诸行动，于是他吩咐渔民把船驶向尼斯。

"一只野兽看到自己正陷入网里，"他想道，"首先想到的便是该如何挣脱出去。那是它的第一法则，合乎它的天性，也合乎道德标准。单是艾尔曾夫人是不能成为我的罗网的，它还由很多别的因素组成。我深深地感到，如果我娶了她，那就等于我要接受这种虚伪的生活，这甚至不是她的过错，而是事物发展的必然。在这样复杂的情况下，逃避是被允许的。"

接着，他又开始设想起自己逃避后会遇到的生活：辽阔的沙漠和海洋，陌生的国家和人民，他们过着的朴实、真实的生活。种种意料之外的事情接连到来，未来的生活与现在截然不同。

"我早就应该这么做了！"他对自己说道。

接着，他又有了一个想法，这样的想法似乎只有艺术家才会有。那就是，如果他中断与"未婚妻"的关系去了巴黎，那这种行为一定会变成"坏文学"的材料。但是，假如他逃去赤道，逃到生长胡椒的地方，那么这种离弃的意义就会因为距离的遥远而缩小，那么这一行为就会产生很不一样的结果，具有更大的独特性，这样一来，事情似乎就变得合乎情理了。

"我要逃得远远的！"他心想。

终于，尼斯像一串灯光出现在他的面前。在这串灯光的中心，是一座叫做"散步场"的建筑，它伫立在那儿，就像一座巨大的灯塔。小船被强风吹动着，很快就靠近了海岸。那些灯光在波浪上晃动着，连成一条光柱。西维尔斯基出神地凝视这些灯光，猛然间清醒：

“这就是城市！这就是生活！”

所有他刚才的那些想法就像虚空的黑夜中所产生的梦幻一样，一下子消失得无影无踪。刚刚他还觉得那些合理又切实可行并且容易办到的事情，现在都变成了可笑而荒谬的胡思乱想，甚至是不诚实和胆小的表现。“一个人的生活，不管是什么样子，他都必须认真对待。像我这样在自然规律的制约下生活了大半辈子的人，更有义务继续去遵守这些规则。对我有利的，我就利用，一旦使我厌烦了，我就回到自然中去。这么说来其实也是很容易的事情。”

接着，他又开始更加细致地思考起来，不再关于那些理论，而是关于艾尔曾夫人。

“我有什么权利离弃她呢？如果是因为她的人生是虚伪的、不诚实的，或是因为她的历史不是清白的，可我本来就知道这些事情，我本可以选择不必向她求婚。可是现在，除非我发现她做了对不起我的事情，或是她有意隐瞒坏事，欺骗了我，我才有抛弃她的权利，中断和她的关系。可是，她什么也没有辜负于我，她对我是真心的，是诚实的。而且她身上确实有一些地方吸引着我，否则我也不会向她求婚了。有时候，我觉得我是爱她的，这时候我就会质疑自己，为什么要让她这么痛苦呢？我的逃避，对她来说不仅仅是侮辱，更是打击！”

他现在总算明白了，想要逃走，并且将这个想法付诸行动，这对于一个正直的人来说，就是两个极端。关于逃跑，他只能如此幻想一番而已。他大可以直接到艾尔曾夫人的面前去，去收回自己的那句话。但是他知道，临阵逃脱不仅违背他坚强执着的天性，而且还损害他们整个阶级的荣誉。而且一想到自己对一个女人作出这样不公平的事情，他就感到非常愧疚。此时，他反而觉得艾尔曾夫人越来越可爱，越来越亲近了。

小船终于到达海港，停靠在了码头。西维尔斯基付完钱，坐进了马车，吩咐车夫把他送到画室去。马车来到大街上，西维尔斯基置身于熙熙攘攘的人群中，眼前是刺眼的灯光，耳边传来的是阵阵喧嚣，这让他又开始怀念起那个广阔、静谧的大海，怀念那种纯粹而宁静的境界和那样广袤的真实。就在他快到画室的时候，他的脑海里又浮现出一种思想：

“这真是一件奇怪的事情，我是一个害怕女人、而又极不信任她们的人，最后竟会选择了一个比其他女人都要厉害，更叫人害怕的女人！”

这也许是命运的安排。如果不是在西维尔斯基进门时，仆人就递给他两封信的话，他一定会彻夜不眠地思考这个问题。其中一封信是“福米达波号”送来的请帖，邀请他参加明晚的舞会，另一封来自房东拉吉特夫人。

房东太太告诉他，她要到马赛住几天。同时还通知他，她已经为他找到了合适的模特人选，就是最挑剔的人也会对她中意的。这个姑娘明天一早就会来见他。

（六）

第二天早晨九点，房东太太所说的美人准时来到了他的画室。西维尔斯基早已穿戴整齐，焦急地等待着她，心中充满了不安。庆幸的是，事实证明他的焦虑是多余的，当他第一眼看见这个姑娘，就感到十分满意。姑娘身材高挑，体型匀称，非常文静，她的头很小巧，脸蛋也很秀气，前额端庄，眉毛修长，充满了青春的活力。抛开这些不说，自打第一眼，西维尔斯基便被她那张特别的脸蛋儿吸引住了，她的眉目间透露着少女般的妩媚和羞涩。“她的举手投足都是如此优雅大方，”西维尔斯基心想，“如果她的内心也和她的外貌一样美，那我可真是找对人了！我要和她签下长期合同，把她留在我的身边。”

她那羞怯的神态和仿佛受到惊吓的眼神让他深为触动。他当然知道，许多模特会故意装作害羞的样子。但是，他下意识地相信她，觉得她不是那样的人。

“你叫什么名字，我的孩子？”他问道。

“玛利亚·莎菲。”

“你是尼斯人吗？”

“是的。”

“那你以前当过模特吗？”

“没有，先生。”

“有经验的模特知道该做些什么，生手总是有些麻烦的，你从小到大就从来都没做过模特吗？”

“没有，先生。”

“那你为什么现在却想要来做模特呢？”

她犹豫了一下，脸色有些绯红。

“拉吉特太太告诉我，我可以挣到一点钱。”

“这是没错。但是，你看上去显然有些害怕。你在怕什么呢？我又不会吃了你！你每次要收多少钱？”

“拉吉特夫人说，先生每次付五个法郎。”

“拉吉特太太搞错了，我每次付给你十个法郎。”

女孩的脸上立即露出喜悦的神色，脸颊也红得更厉害了。

“那我什么时候开始呢？”她问道，声音却有些颤抖。

“马上开始！”西维尔斯基回答道，指了指那幅尚未完成的画，说：“那儿有一个屏风，你到后面去脱衣服，只要脱到腰部就行。今天，我只需要画头部、胸部以及腹部的一部分。”

她一听这话，惊恐地看着他，双手慢慢地垂了下来。

“您……在说什……么？先生。”她断断续续地问道，眼睛里布满惊恐和慌张。

“我的孩子，”画家有点不耐烦地回答道，“我能理解，第一次会比较困难。但是你要么当模特，要么就离开！我只要头部、胸部和腹部的一小部分，我非常需要，你明白吗？而且你要知道，这对你来说没什么坏处。你可以再考虑一下，不过要快点，如果你实在不愿意，我只好去找别人了。”

他这么说的时候，心里其实也在不安，因为他是希望她能留下来的，他就不用再费心思去找别人了。两人都沉默不言，姑娘的脸色十分苍白。过了一会儿，她还是走到了屏风后面。

西维尔斯基一边把画架放到窗前，把它摆放稳当，一边心想：

“她会习惯的，只要一个星期，她就会为自己现在的这种羞涩感到可笑。”

接着，他又摆好了沙发，用来让模特躺在上面。然后他提起画笔，开始觉得有些不耐烦了。

“哎！你在那里干什么？准备好了没有？”

没有声音回答他。

“快点弄好出来！这不是在开玩笑！”

从屏风后面传来一种近乎哀求的、颤抖的声音：

“先生，我家里很穷，但是……这样……我……我不能这么做……如果先生可怜我，那就只给我画头吧，我只收三个法郎好了……两个也行……先生可怜可怜我吧……”

说话的声音渐渐变成了抽泣声。西维尔斯基转向屏风，他丢下了画笔，惊愕地张大嘴巴。他感到无比的惊讶，这个模特说的是他祖国的语言！

“您是波兰人吗？”他大声问道，忘记了他刚才称呼的还是“你”。

“是的，先生！我的父亲是意大利人，但我的外祖父是波兰人。”

又沉默了片刻，西维尔斯基回过神来，他说道：

“那您穿上衣服吧！我只画您的头部好了。”

很显然，她并没有脱去衣服。因为当她听到他讲这句话的时候，几乎是立刻从屏风后面走了出来。她满脸羞涩，心神不安，神色仍带着惧意，两颊上挂着泪痕。

“真的很感谢您，先生！您是……请您原谅我……但是……”她喃喃地说道。

“请您放心吧！这儿有椅子，您坐下安静下来，我只画您的头部好了。真见鬼！我并不是想骂您。您来看看这幅画，我需要个合适的模特让我画完这个人。既然您觉得这么为难，那就只好算了，尤其您还是个波兰人。”

她的眼泪刷地又流下来。她用她那双湛蓝的眼睛望着他，神情感激。他拿出了一瓶葡萄酒，倒了半杯递给她，说道：

“您喝一些吧。我还有点饼干，真是见鬼，我不知道把饼干放在哪里了。请您先冷静一下。”

他真诚地看着她，眼中充满同情，过了一会儿，他又说道：

“真是可怜的孩子！”

随后，他就把画架放回原来的地方，说：

“今天不画了！今天您的情绪太激动了。明天一早，我们再开工。下面我们还是谈谈好了。真有趣，谁会知道玛利亚·莎菲会是个波兰小姐。您的外祖父是波兰人，是吗？他还健在吗？”

“是的，他还在。但是早在两年前，他就不能走动了。”

“他叫什么名字？”

“奥利谢维奇。”她回答道，带着点外国口音。

“我知道这个姓氏。他离开波兰有很多年了吧？”

“我外祖父已经六十五年没有回波兰了，起初他是在意大利军队里服役，后来在尼斯的银行里工作。”

“他多大年纪了？”

“快九十了！”

“您的父亲是姓莎菲吗?”

“是的！我的父亲是尼斯人，他也在意大利的军队里服过役。”

“他还活着吗?”

“已经去世五年了。”

“那您的母亲呢?”

“我母亲还在，我们一起住在老尼斯。”

“这很好！现在还有一个问题，您的母亲知道您来做模特儿这件事吗?”

姑娘回答这个问题的时候有点犹豫，“不，妈妈还不知道。拉吉特夫人告诉我说，这样我每天可以挣到五个法郎，因为我家里太穷了……实在太穷了……我就来了……我没有别的办法!”

西维尔斯基从头到脚打量了一眼这个姑娘，看得出她说的都是真话。她浑身上下都透露出家庭的贫穷。从她破旧的帽子到褪了色的衣裙都是如此，连每根纱线都褪去了本来的颜色。她的手套也是补过的，上面的颜色都花了。

“您现在回家去吧，”画家说道，“告诉您的母亲，有个叫做西维尔斯基的画家，想要请您当模特儿，给他画头部。您还得告诉她，这位画家经拉吉特夫人的介绍，将会亲自上门拜访，请您和您的母亲一起，到他的画室作画，他每天支付您十个法郎。”

莎菲姑娘一时说不出话来，她不知道该用什么样的语言来表达此刻对画家的感激。她有些惶恐不安，声音里充满了欢乐却又不断流着泪水。他看出了她的心情，说道：

“好了！好了！我一个小时之后就会过去。我知道您是个诚实的姑娘，也请您相信我。虽然我有些粗鲁，但我是能够理解许多事情的，也会体谅您的心情和难处。我们可以事先把一切都商量妥当，这样就不会再有什么麻烦了。啊哈！还有一件事，我现在不把钱给您，这样可以免去您的一番解释。不过，再过一个小时，我就会过去，亲自把应该付给您的钱带去交给您的妈妈。我年轻的时候也曾遭遇过困难，我知道及时的帮助是多么重要。您用不着谢我，莎菲姑娘！再见，过一小时再见！”

问清她的地址后，西维尔斯基把姑娘送下了楼梯。一小时之后，他雇了一辆马车，吩咐车夫去老尼斯。刚才发生的事情是那样的稀奇，他没再多想什么，只是感到心情非常地痛快，正如一个正直的人做了自己应该做的事情那样。

“如果莎菲小姐不是个诚实善良的好姑娘，那我就是里古里亚地区最愚蠢的一匹骡子了。”他心里想道。但是他不相信会有这样的事情发生。相反的，他非常自信，他认定了自己所遇见的一定是个不折不扣的好姑娘。同时，他也十分高兴，因为这个诚实女性的灵魂是生长在这样一个年轻而又漂亮的肉体当中。

马车最终在一座破旧的房屋面前停了下来。看门人用一种很轻蔑的态度把莎菲夫人的住处指给西维尔斯基看。

“真是穷困啊！”画家踏上那污迹斑斑的阶梯时心想。过了一会儿，他敲响了房门。

“请进！”屋内有人应声道。

西维尔斯基走了进去，一个大约四十岁的女人接待了他。她身穿黑色衣服，身材纤瘦，脸色阴郁，显然遭受过不少生活的磨难。但即使是这样，她的身上也丝毫没有那种小家子的俗气。玛利亚小姐站在她的旁边。

“我已经知道了刚才的事。我和玛利亚十分地感激您！您真是位好人，上帝会保佑您的。”莎菲太太说道。

她一边说着，捧起了他的一只手，弯下身子准备亲吻，西维尔斯基立刻把手缩了回来，他极力想打破这种庄严的气氛和初次见面的拘谨，于是便转向玛利亚小姐，用手指着她，以一种老朋友的口气调侃道：

“啊！这个家伙把什么都说啦！”

玛利亚小姐用微笑回应他，她看上去仍然有些局促不安。西维尔斯基觉得此时的她看起来比在画室的时候更加美丽和亲近。他注意到，她的脖子上系着一条红色的丝巾，这是刚才没有的，显然是她特地为他打扮的，这就说明她并没有把他当老头子看。这时，莎菲太太回答道：

“是的！玛利亚都告诉我了，是上帝眷顾我们，让我们遇到了先生这样的好人。”

“莎菲小姐告诉了我你们生活上的困难。不过，请夫人相信我，即使生活再困难，有这样一个女儿还是很幸福的。”西维尔斯基说道。

“是的！”莎菲太太平静地答道。

“倒是我应该感谢你们！因为我一直在寻找合适的模特，但一直没找到。结果，突然从天上掉下这么一个人来，她是如此的美丽，仿佛就是为了我的画而存在似的。现在，我总算对我的那幅画放心了。但我必须现在就确定下来，免得我好不容易找到的模特儿又飞走了。”

说着，他拿出三百法郎，请求莎菲太太收下这笔钱，并向她保证：这是一桩对双方都有利的交易，多亏了玛利亚小姐，他的这幅画一定能卖个大价钱。接着他又向莎菲太太提出，希望能见见玛利亚小姐的“老外祖父”，因为他一向是很喜欢老军人的。

玛利亚小姐听到这话，急忙跑进了隔壁房间。过了一会儿，就听见了轮椅的声音，“老外祖父”被推了出来。出于礼貌，老人事先披上了一件军大衣，上面佩戴着他得到的所有荣誉勋章。

眼前的这位老人一张小小的脸上满是皱纹，雪白的胡须和头发，一双蓝色的眼睛，看着人的时候，眼神像孩子一样清澈。

“外公，”玛利亚小姐弯下身子，让外公能看见自己的嘴唇，她声音不大，说得缓慢而清晰：“这是西维尔斯基先生，他是我们的同胞，也是一位画家。”

老人家把他那双蓝色的眼睛转向客人，然后紧紧地盯着他看，还不停眨着眼睛，像是在集中注意力一样。

“同胞？……是同胞……”他嘴里不停地念叨，“是同胞，是同胞。”

然后，他笑了起来，看看自己女儿，又看了看孙女，接着又看了看西维尔斯基。有好一会儿，他一直在努力组织语言想要表达出他想说的话，终于用颤抖的声音响起：

“春天……到了……是吗？”

很显然，他心里有很想说出的想法，却怎么也表达不出来。过了一会儿，他颤动着把头靠在轮椅的后背上，开始望向窗外，脸上是微笑的表情。只是，他似乎一直被想说出的想法困扰着，于是嘴里一直重复在说：

“是的，是的！……一定会是这样的！……”

“外公常常就是这样。”玛利亚说道，语气中满含担忧。

西维尔斯基激动地看着老人。

莎菲太太开始讲起了他的父亲和丈夫。他们俩都参加了反抗奥地利和争取意大利独立的战争。他们在佛罗伦萨住过一段时间，直到罗马被占领之后才回到了尼斯，这里是莎菲的家乡。在尼斯，莎菲太太的爸爸奥利谢维奇把女儿嫁给了这个年轻的战友。后来，他们在尼斯亲戚的帮助下，双双去了银行工作。生活一直过得很顺利，直到几年前，莎菲在一场铁路事故中丧生，奥利谢维奇也因为年迈失去了在银行的工作。从那时起，他们的日子开始越过越穷，一家人的全部经济来源，只有意大利政府付给这位退伍老军人的六百里拉养老金。虽然这笔钱不会让人饿死，但是要维持生活却很不容易。两个女人只好靠做些缝纫的活计和教书来补贴家用。但是等夏天一到，当尼斯的一切都沉寂下来的时候，他们就很难找到工作了，于是他们不得不动用他们的积蓄。两年多以来，老人的双脚已经完全失去了知觉，还常常生病要治疗，这样一来，他们的日子每况愈下，越来越难过活了。

西维尔斯基听着她的话，得到了两点信息：第一，莎菲太太的波兰语说的不如她女儿好。这显然是因为，这位老军人早年参加战役的时候，并没有很多的时间和精力去教育他女儿。相比之下，他后来花在外孙女身上的心血要多得多。第二点对西维尔斯基来说更为重要，那就是这个外孙女，这样美貌的一位姑娘，尤其在尼斯这个海滨城市，每年都有上百万的人来到这里寻欢作乐，只要她愿意，她本可以挥金如土，她会有马车，有仆人，能住上华丽的别墅。可是她现在却穿着一条破旧的衣裙，唯一的装饰品也仅仅是一条红色的丝巾而已。她不为浮华所动，不为丑恶和虚伪所侵袭，她的内心里一定有某种强大的力量在支撑着她。而要做到这些，她必须具备两样东西，纯洁的天性和正直的家风，毫无疑问，这两样她都有了。

他呆在这家人中间感到非常舒服和愉快。他发现，贫穷并没有把这两个女人身上的良好教育泯灭掉，也没有削弱她们身上天生的、出自内心的善良品质。无论是母亲还是女儿，都把他当做上帝派来的救世主来看待，并且，你从她们的言谈中可以看出，他们高兴的更多是因为他们遇到了一位正人君子，而不是仅仅因为她们得到了他的帮助的缘故。当然，这三百法郎可以在很长一段时间内免除他们一家人生活上的烦恼和忧虑，让她们能够比以前略微体面地生活。但是他觉得，这对母女俩对他的感激，是因为他在画室中对待她们时表现得正直而热心，是因为他能够理解这个姑娘的痛苦，她的羞耻心和她的牺牲精神。但对西维尔斯基来说，最令他兴奋的莫过于他看出了莎菲小姐的羞涩里隐藏的情绪，她动人的注视中夹杂着一种不安的情绪，这种不安只有当一个年轻的姑娘在面对一个她想要感激的人时才会出现。而且这两个人，按照西维尔斯基的说法，“依然还在运转中”。他已经四十五岁了，虽然他还有颗年轻的心，但他也会时常怀疑自己。而那条红色的丝巾和姑娘脸上羞涩的神情，让他感受到了真正的快乐。在后面与她们的交谈中，他竭力表现出尊敬和谦和的态度，就像是在和最上流社会的妇女交谈一样。他察觉到，他这样的举止越来越受到她们的称赞，这让他自己心里也觉得更加满意了。与她们握手告别时，当莎菲小姐低垂下眼帘向他伸来温暖而纤嫩的手用力地和他相握，他觉得自己激动得快晕过去了。此时，他的脑海里已尽是这个姑娘，以至于车夫不得不连续问了他两次要把他送去什么地方。

在回去的路上，他又想起，把莎菲小姐的头配在另一个模特儿的身体上，似乎不太合适。于是他考虑用一张薄纱盖在这位睡着了的少女胸部上，这样也许能让画面看起来更美。

"等我回去之后，立刻把别的模特儿找来，然后把她遮盖起来。先把身体部分画好，这样明天就可以专心画头部了。"他对自己说道。

他又想到，像莎菲这样的模特儿，不能随时带在身边实在是太可惜了。

正这么想着，马车已经停在了画室门口。西维尔斯基付完钱下了马车。

"有您的一封电报！"看门人一见到他就对他说道。

画家仿佛从梦中惊醒，回答道：

"啊！好的，请交给我吧！"

他从看门人手里接过电报，迅速打开，浏览起来。他刚看了一眼，脸上就露出了惊愕和恐惧的神情，电报上写着：

"克勒索维奇一小时前开枪自杀，快点来！海伦。"

（七）

艾尔曾夫人见到西维尔斯基的时候，脸上神情慌乱而懊恼。

她的眼睛干干的，有些红肿，像是发了炎一样，整个人有些烦躁不安。

“你有没有收到什么信?”她急忙问道。

“没有。只有你的一封电报，这是多么不幸的事啊!”

“我以为他会写信给你。”

“没有！这是什么时候发生的事?”

“今天早上。我们听见从他房间里传来了枪声，服务员跑进去的时候，他已经断气了。”

“就在这间旅馆里吗?”

“不是，幸好他昨天已经搬到康达明去了。”

“他为什么要自杀呢?”

“我怎么知道!”她不耐烦地回答道。

“据我所知，他是从不赌博的。”

“是的，他们还在他身上发现了钱。”

“你是昨天解雇他的吗?”

“是的，不过那是应他自己要求做的。”

“他是不是把这件事看得太认真了?”

“我怎么知道！如果他想要自杀，那就应该走得远远的。他就是个疯子，这就足以解释一切了！为什么他不到别的地方去自杀呢?”艾尔曾夫人气恼地说道。

西维尔斯基出神地看着她。

“你先冷静点!”他说道。

显然她误解了他的意思，紧接着又说：

“这件事情让我非常不高兴，可能还会给我带来许多的麻烦!谁知道呢，没准我还得到法院里去解释，去作证……我又知道些什么呢？真是件可怕的事情！除了这些，恐怕还会有许多的闲言碎语。首先就是那个维亚德洛夫斯基……我想要请求你去告诉你的朋友，就说克勒索维奇因为赌博输掉了我的一笔钱，这是他自杀的原因。可是如果要去法院作证，那就不能这么说了，因为这样可能会被判作伪证，但是在人们面前必须这么说。如果他能到孟敦或者尼斯去自杀就好了！还有，只有上帝知道，他在死之前会不会故意写些什么东西来报复我呢？如果有什么东西寄给了报社，那就糟糕了！这样的人真是什么都做得出来的。我本来就想离开这里，现在看来，我是不得不走了……”

西维尔斯基越来越专注地盯着她那张怒气冲冲的面孔，和那张撅起的小嘴。最后，他感叹道：

“这真是件可怕的事情啊！”

“的确是可怕！但如果明天我们俩就离开这里，别人会不会更加说我们的闲话呢？”

“我不这么认为。”西维尔斯基回答道。

然后，他又询问了克勒索维奇开枪自杀的旅馆，说他要去那里看看，打听一些消息，并安排丧葬。

艾尔曾夫人竭力反对他去，西维尔斯基有些气愤又有些无奈地说道：

“夫人！他不是一条狗，而是一个人！至少该把他埋葬了吧？”

“会有人去埋他的。”她回答道。

西维尔斯基最终还是和她告别，离开了旅馆。走在旅馆的楼梯上，他用手摸着额头，又将帽子戴在头上，口中默默念着：

“这真是件可怕的事情！太可怕了！”

以往的经验让他知道人类的自私可以达到何种程度。他也知道，女人不管是在自私自利还是自我牺牲上，都是胜过男人的。这让他想起了，他的一生中曾经遇到过类似的女人，她们的外表富于魅力，然而内心却藏着肮脏的、野兽般的自私自利，一旦涉及到自身利益，任何道德观念就都会被抛弃掉。即便回想起这些，艾尔曾夫人的行为还是让他感到难以接受。

他自言自语道："这个不幸的人曾经是她孩子的家庭教师，他们曾共同生活在一个屋檐下，而且他还爱上了她……可是她呢？她连一句同情的话都没有，一丝常人的怜悯之情也没有，丝毫没有表示出对这个逝去的生命的惋惜，什么都没有！她竟然还在生气，责怪他给自己带来了麻烦，恨他没有走得远远的，恨他破坏了自己的兴致，抱怨可能要为此去法庭作证，责备他不该让她招致别人的议论。她根本一刻也没想过他到底为什么会自杀，在他身上究竟发生了什么事情，他是不是为了她才自杀的？在她恼怒的时候，她甚至忘记了，她正在我面前暴露出她丑陋的本性。即使在她的内心里一点同情心也没有，但至少出于理智，她也应该在我面前表现出似有恻隐之心的样子啊！这一切都只能说明她是一个心如蛇蝎的人！面子！面子！一切都是为了面子！她穿的是法国衣服，说的是法国话，但灵魂里却是只有非洲原始人才有的野蛮和凶残本性！文明只是扑在她脸上的香粉，华丽而肤浅！……这个女人居然还让我欺骗我的朋友，说克勒索维奇是因为输了她的钱才自杀的。呸！她真应该为她的行为遭到报应！"

他想着想着，不觉间已到了康达明。很快他就找到了那家出事的小旅馆。在克勒索维奇自杀的房间里，正有一个法医和一个法官在做调查，他们看见西维尔斯基来了都很高兴，希望他能提供一些死者生前的情况，以协助调查。

"死者留下了一张字条，要求把自己葬在公墓里，把他留下来的钱，按通讯地址汇到苏黎世去。除此之外，他还把生前所有的文件都烧毁了，火炉里的纸灰可以说明这一点。"法官说道。

西维尔斯基看了一眼克勒索维奇。他躺在床上，眼睛可怕地睁着，嘴巴像吹口哨似的张大开来。

"死者觉得自己的病无法治愈了，他曾向我说起过这点。他很有可能是由于这个原因自杀的。而且他从来不去赌场。"画家说道。

接着，他把自己所知道的关于克勒索维奇的一切情况都告诉给他们，还留下了一笔足够买墓地的钱，随后便离开了。

在路上，他想起了克勒索维奇以前对他说过的关于微生物的话，以及他对维亚德洛夫斯基的回答，说他参加的是"沉默的一派"。于是他开始相信，这个年轻的大学生早就有了轻生的想法，而他自杀的原因就是因为他预感到他是注定要死的。

但是他明白，这其中一定还有别的原因，那就是他对艾尔曾夫人那痛苦无望的爱情，以及他们的离别。这种想法让西维尔斯基充满了伤感。克勒索维奇的尸体，那惊恐的、瞪得大大的眼睛，和那像吹哨子一样的嘴巴，它们不时地出现在他的脑海里。他觉得任何一个人陷入这可怕的黑夜中都会感到害怕，而整个生命和死亡的必然性相比，真是一场悲剧的滑稽戏。他带着这种沮丧的心情回到了艾尔曾夫人那里。

当得知克勒索维奇没有留下任何文件时，她才深深舒了一口气。她说她要送去一笔钱作为克勒索维奇的安葬费。直到这时，她才带着一丁点怜悯的语气谈起这件事来。但是无论她怎样挽留西维尔斯基，哪怕几个小时，都被画家拒绝了。画家告诉她，他今天心情很不好，必须得回去了。

"那我们晚上再见面好吗?"她伸出手来和他握别的时候问道，"我真想晚上绕到尼斯去，和你一起走。"

"到哪里去?"西维尔斯基惊讶地问道。

"你忘记了吗？到'福米达波号'去啊!"

"啊？你还有兴致去参加那个舞会?"

"若是你知道我此时有多么难过，你就会可怜我的，特别是发生了这样不幸的事情……说句心里话，我真为这个年轻人感到惋惜，为他感到伤心……但是我必须要去！就是为了不让别人无事生非，我非去不可!"

"是吗？再见!"西维尔斯基说道。

一刻钟以后，西维尔斯基坐在回去的火车里，他暗自想道：

“如果我和你去参加‘福米达波号’的聚会，或是跟你到别的什么地方去，那我也和你一样无可救药了！”

(八)

第二天一早，当莎菲太太和玛利亚小姐来到画室时，西维尔斯基的心情好多了。他一看见这位姑娘美丽而青春的面孔，快乐的感觉顿时就涌遍全身。

画室里一切都已准备就绪，画架摆放好了，供模特儿用的沙发也放置妥当，上面还蒙上了罩布。拉吉特太太得到了最严格的命令，不允许放任何人进来，就算是维多利亚皇后本人来了，也拒不接待。西维尔斯基来回扯动着窗帘，把外面的光线挡住，而后他又遮上了天窗。他一边拉动着绳子，眼睛却出神地盯着他秀色可餐的模特儿。

这时候，母女俩都脱下了帽子，玛利亚小姐问道：

“我现在该做些什么呢？”

“你先把你的头发披散下来。”西维尔斯基说道。

当她把双手都举到头上准备解开发辫的时候，画家朝她走了过去。从玛利亚小姐的表情看得出来，画家的要求让她感到有些困惑和不安，然而她又觉得很好奇，第一次做模特儿让她有些许的激动。西维尔斯基凝视着她有些惊慌的脸孔、低垂的眼帘、略微向后倾斜的身体，以及那线条优美的身段，他觉得自己像是在尼斯这个大垃圾堆里找到了一颗宝贵的珍珠。

不一会儿，她把她那头秀发披散了下来，一直垂落到肩上。接着又摇了一下脑袋，把头发舒展开来，这时候她的身体便全被头发遮住了。

“真是个仙女！”西维尔斯基大声说道。

接下来便是最困难的工作了，如何摆好模特儿的姿势。

西维尔斯基能看得出来，这个少女的心跳动得很厉害，胸部起伏非常急促，脸颊也透露着绯红色。她必须克服这种在她身上出现的、连她自己也很难控制住的本能的反抗，她抱着不安的心情去听从他的安排。她内心的不安和一种无法形容的快乐交织在一起。

“啊！她可不是一般的模特儿！”西维尔斯基对自己说道，“她和别人是完全不同的，我不能仅仅用一个艺术家的眼光来审视她。”实际上，连画家自己也有些恍惚不安。当他把她的头部放置在枕头上的时候，他的手都有点微微颤抖了。但是，为了让他俩都能避免尴尬，摆脱这种不安的情绪，他便装作爱唠叨的样子，和她说笑起来：

“就像现在这样，静静躺着就好！一个人总得为艺术做点什么才对！瞧！你现在的姿势真是棒极了！太完美了！在这红色背景的衬托下，你的侧脸真是太好看了，多美啊！要是你自己也能看到就好了！但这对于你整个人的美而言不算什么！不许笑！你应该是睡着的呀！现在，我要开始画了。”

于是他画了起来。他按照自己的习惯，一边勾勒着模特的轮廓，一边说说笑笑。后来他问起了莎菲太太的往事。他从她那里得知，玛利亚一年之前曾经在贾吉凯维奇伯爵夫人家里获得一份语言教师的工作，那位伯爵夫人是罗兹一位大企业家阿特拉门特的女儿。但是当她知道玛利亚的父亲和外公都曾在意大利的军队服过役的时候，就把她辞退了。这对他们来说是个很大的打击，因为莎菲母女俩的共同心愿就是希望玛利亚能给一个长期在尼斯过冬的夫人担任教师，免得一家人彼此分离。

画家的灵魂顿时又觉醒了。他皱起眉头，聚精会神，他从笔杆上头观察沙发上躺着的姑娘，飞快地画了起来。他不时放下手中的调色板和画刷，来到模特儿面前，轻轻托起她的脸颊，矫正她头部的姿势。这时，他弯下腰，似乎弯得比艺术本身的要求更低，当他感受到那年轻身体的温度，一股充满活力的气息扑面而来。他凝视她那纤长的睫毛和微微张开的嘴唇，仿佛有一道愉快的电流穿透他的骨髓，让他的身体都开始颤抖起来。这时候，他努力告诉自己：

“一定要把持住，老家伙！真是见鬼，一定要稳住自己！”

他是从心底里喜欢她的，她的局促不安，她的脸红，她的羞涩以及她眉目间隐藏的情意，都让他感到无比兴奋。所有的这一切都证明，对于她来说，西维尔斯基并不只是个老头子。他感觉到，她也是喜欢他的。她的外公一定对她讲述过他们祖国同胞们的丰功伟绩，那会使她浮想翩翩。而这时候，她又正好遇到了这样一位正直又富有名望的同胞，仿佛童话故事一般，在她最危急的时候出现，给予她最需要的帮助，诚挚而又不求回报，她怎么能不对他抱有好感呢？怎么能不对他表示感激和亲切呢？

所有这一切都让西维尔斯基兴奋，让他觉得时间过得非常快，不知不觉就已经到了中午。到了十二点的时候，玛利亚小姐向他提出一定要回去，因为家里只有爷爷一个人，她得回去做饭给他吃。西维尔斯基于是就请求她们下午再来，如果她们不放心老人一个人在家，那么她们可以请熟人照顾他一个下午，可以找房东太太，或者她的丈夫。这可是关于他这幅画的大事啊，一天来两次是对双方都有利的！如果找人照顾老人需要花费一笔钱，那么这笔钱可以由他来承担，并且，他，西维尔斯基会为此感到莫大的荣幸。因为顺利完成这幅画才是他目前最迫切和重要的事情。

一天来两次对莎菲太太来说是再好不过的事情了，一想到家里穷困潦倒的境况，她对西维尔斯基的提议非常赞成。于是她们答应，下午两点的时候再来，西维尔斯基高兴极了，决定亲自送她们回去。

走到门口的时候，他们遇到了房东太太。她递给西维尔斯基一捧带刺的玫瑰，说是有个穿着怪异的仆人带着两个漂亮的孩子送来的。他们本打算要进画室，但是她遵从了画家先生的吩咐，没有让他们进来。

西维尔斯基夸奖她做得很好，然后他接过玫瑰，全部送给了玛利亚小姐。过了一会儿，他们就到了英国散步场。这时候的尼斯，在西维尔斯基看起来比平时都要热闹和亲切。过去，他总是觉得这儿充满了各种各样的嘈杂声，但现在却显得有趣而生动。西维尔斯基继续向前走去，在路上，他遇见了辛丹和维亚德洛夫斯基，他们一看见他便停住打招呼。而西维尔斯基只是朝他们礼节性地点了点头，便走了过去。当他和他们擦身而过的时候，他看见辛丹戴起眼镜，望着玛利亚小姐，不停地赞叹说："真漂亮啊！"他们甚至还跟在后面走了一小会儿。但等到了散步场对面的时候，西维尔斯基便雇了一辆马车，把两位女士送回了家。

在路上，他本想邀请他们全家共进午餐，但是当他一想起玛利亚小姐外祖父的模样，便知道这样有诸多不便。而且，他和他们认识也刚不久，如果这时候请他们吃饭，也许会招致莎菲太太的怀疑。所以，他心里决定，暂时不请他们吃饭，等她们找到佣人照顾她外祖父的时候，他就借口说要节省时间，这样便可以光明正大把她们留在画室吃午饭了。正想着，马车已经来到她们家门口。简单地告别之后，他立即去到一家一流的餐厅，随便点了几个菜，狼吞虎咽地吃起来。画家此时并没有心思细细品味可口的饭菜，连吃的是什么他都不知道。艾尔曾夫人、罗莫拉和勒莫，还有那捧带刺的玫瑰，反复出现在他的脑海里，不过都只是一闪而过。几天以前，这个漂亮的寡妇还有他们之间的关系，曾是最困扰他的事情，让他感到头昏脑涨。他还清楚地记得，那次在法兰克港乘船回来的时候，他的内心经历了痛苦的挣扎。可现在，他告诉自己："对我来说，这一切都不再重要，也不复存在了，我再也不会去想它。"他既没有丝毫的不安，也没有任何悲伤的情绪。相反的，他感觉似乎那副压在他肩头的重担终于被卸了下来，现在他可以把全部的思想都集中在莎菲小姐身上了。他的眼睛里，脑海里全部都是她，她的身影不断地在他的回忆和幻想中出现。只要他闭上眼睛，就能看见她那披散开来的秀发，和她微闭的双眼。当他回想起一小时前，他刚用双手触碰过她的秀发，弯腰向着她的躯体，感受她身上的温热，他就觉得整个人像喝醉了酒一样陶醉。于是他再一次问自己：

“嘿，老家伙，你到底是怎么了呀?”

当他回到家里时，他又收到了艾尔曾夫人的电报，上面写着：“晚上六点，我等你吃饭。”西维尔斯基索性将电报扭成一团，塞进了自己的口袋。等莎菲母女到来的时候，他已经完全将这件事情忘得一干二净。等他完成当天工作已经是下午五点了，他还在犹豫着要去哪里吃饭，还在为晚上不知道该怎样度过而感到闷闷不乐呢!

（九）

第二天，拉吉特夫人来到画室给他们三个人送午饭，她告诉西维尔斯基，一小时以前，那两个漂亮的孩子又来了，不过这次，陪同他们来的不是那个穿着怪异的仆人，而是一位年轻貌美的太太。

“那位太太说一定要见您，但是我告诉她，先生已经到安提贝斯去了。”

“是到杜龙去了，去杜龙了!”画家愉快地补充道。

次日，拉吉特太太没能把这个消息告诉任何人，因为这次来的只有一封信，而西维尔斯基连看都没看一眼。这一天，他帮玛利亚小姐“摆正”姿势的时候，他本想把玛利亚小姐的肩膀稍微抬起一些，于是他把手放在了她的肩膀下面。可这时，他们的胸是那样地贴近，她呼出的气息都扑到了他的脸上。玛利亚小姐显得十分激动，而他也对自己说，如果这样的时刻可以一直持续下去，那么即使用他的生命去交换，也是在所不惜的。

那天晚上，他是这么对自己说的："你又在想入非非了，但这次却和以前不同，这次你将整个灵魂都投入了进去。这次你之所以这么着迷，是因为这个姑娘就像是置身于尼斯这个垃圾堆之外的一颗纯洁的珍珠，而这种纯洁并不是她刻意掩饰或是故作高尚的结果，甚至不是她自我熏陶的结果，而是出于她的纯洁的天性。这样的姑娘上哪儿才能找到第二个呢？这一次，我不是在欺骗自己的感情，也不是我自作多情、胡思乱想，而是上帝赐予我的礼物，是命运事先的安排。"

他觉得自己像是在做一个甜蜜的梦，但不幸的是，美梦终究会醒来。两天以后，西维尔斯基又收到了一封电报，这封电报是从信箱孔里塞进来的，正好当着两个女人的面落在了地上。

莎菲小姐正要把头发披散下来，刚巧看见了这份电报，于是她把电报捡起来，交给了西维尔斯基。

他很不情愿地打开一看，脸上顿时流露出不安的神色。过了一会儿，他说道：

"很抱歉，女士们！我接到了一个消息，所以我现在不得不暂时离开你们一会儿。"

"出什么事了吗，先生？"莎菲小姐不安地问道。

"没有！不过恐怕我下午都不能赶回来画画了。不管怎么样，今天的工作就到此为止了，明天我一定会安下心照常画画。"

简短而又亲切的告别之后，他匆忙地离开了。片刻之后，他坐进了一辆马车，吩咐车夫去蒙特卡罗。

刚过了散步场，他又拿出那份电报，重新读了起来，上面写着：

"今天下午我等着你来，你要是不坐四点的火车到达，我一定会采取行动的。吗啡。"

西维尔斯基是被这个签名给吓住的。因为当他看见这个签名的时候，他脑海里立刻浮现起克勒索维奇自杀的事情，然后它便一直在他脑海里徘徊，这让他不禁打了个寒颤，心里开始担忧起来。“谁知道这个女人会做出什么样的事情呢？我即使没有伤害到她对我的真正的爱情，也一定是伤害到她的自尊心，让她感到伤心，甚至绝望了。我真不应该这样对待她，我应该在收到她第一封信的时候，就立刻回信给她，和她说清楚，然后断绝关系。无论如何耍弄别人是不应该的，不管她是好人还是坏人。我这次一定要和她把问题挑明了不可，我必须立马过去，不必等到四点钟的火车了。”

于是，他催促车夫加快速度。有时候，他竭力让自己相信，以艾尔曾夫人的性格，她是断然不会自寻短见的，而且这也不符合她的处事原则。可是他又疑虑重重，觉得她那样极端的个人主义，在受到伤害之后会促使她做出一些极端的事情。

他又想起，在艾尔曾夫人的性格里，颇有几分固执和坚决，甚至不乏果敢和勇气。如果她能为孩子们着想，也许就不会做出那些疯狂的事情。但是这真的能阻止她吗？她真的疼爱这些孩子吗？他一想到可能会发生的事情，就有点毛骨悚然。他觉得良心上有点过意不去，内心又开始挣扎起来。然而莎菲小姐的倩影依然不停地出现在他的眼前，这让他感到深深的悲伤。他反复告诉自己，他这次去，是要和艾尔曾夫人断绝关系的，坚决地、彻底地断绝关系。可是，他从心底里，从灵魂里都感到了极度的不安。如果这个女人卑劣而固执地说：“不是你，就是吗啡！”那他该怎么办？随着不安和担忧的加剧，他的心里开始出现了恐惧、厌恶，和愤恨。因为他觉得，只有“坏文学”中，那些虚假的女主人公，才会提出这种问题。

可他在想，如果她真这么做了，那该怎么办呢？在这个社会，尤其是尼斯这种地方，属于这种“坏文学”的女人是不计其数的。

在这些思想的纠缠之中，在飞扬的尘土之中，他终于来到了蒙特卡罗。他吩咐车夫停在巴黎旅馆前面,他还没有下车就看见了罗莫拉和莫勒,他们在那个拉吉特太太称之为穿着奇装异服的仆人的陪同下,正在草地上打球。

他们一看见他,就立刻跑了过来,

“你好,先生!”

“你们好!你们的妈妈在楼上吗?”

“不在!妈妈和辛丹先生一起骑自行车去了。”

他沉默了片刻。

“唔!你们的妈妈是和辛丹先生一起骑自行车去了?”西维尔斯基又重复了一遍,“这很好!”

过了一会儿,他又说道:

“是的!她真的以为我四点以后才会到达这里!”

接着,他突然放声大笑起来。

“一台正剧正以喜剧结束,不过,这里正是里维拉啊!……我竟然把这给忘了!我真是一头蠢驴!”

“您要等妈妈回来吗?”罗莫拉问道。

“不了。孩子们,你们听着,告诉你们的妈妈,我是来向她告别的。很遗憾,我不能再等她了,因为我今天就要走了。”

说完,他就吩咐车夫返回尼斯。那天晚上,他又收到一封电报,上面只有两个字,“无耻!”

他看了以后反而觉得特别高兴,因为电报下面没有“吗啡”这个签名了。

(十)

两周以后,《梦与死》终于完成了。西维尔斯基开始着手第二幅作品的绘画,这幅画他暂且定名为《乐神》。可是他画不下去了,他推脱说这里的光线太强。每次开工的时候,他都没有在画画，而是盯着莎菲小姐那张娇媚的脸庞，像是在捕捉适合乐神的表情似的。他是那样专注地盯着莎菲小姐，这样的注视让她脸红，他的心跳也会跟着越来越激烈。直到后来的一天早晨，他用一种奇怪的声音说道：

“我看出了一件事，你们俩都很喜欢意大利。”

“是的，我外祖父非常喜欢意大利，我们也很喜欢。”莎菲小姐回答说。

“我也是，我的半辈子都是在罗马和佛罗伦萨度过的。那里的光线不像这边的这样强烈，可以整天画画。啊！真是这样！有谁不喜欢意大利呢？你知道，我有时候是怎么想的吗？”

玛利亚小姐低下头，微张着嘴巴，认真地看着他，这个姿势说明她在专注地听他滔滔不绝地发表言论，他们通常都是这样。

“我认为每个人都有两个祖国，一个是他最亲近的祖国，另一个就是意大利。你只要想想，所有的文化，所有的艺术，所有的知识，一切的一切，都是从那里派生出来的。我们拿文艺复兴举例，……真的，就是这样！……我们如果不是意大利的儿子，至少是意大利的孙子。”

“您说得真对！”玛利亚小姐说道。

“我不记得我是否说过，我在罗马的玛格特街上也有一间画室。自打这里的阳光变得强烈以后，我就一直很想回到那边的画室去……如果我们大家能一道去罗马，那就再好不过啦！以后我们还会去华沙……”

“可惜这很难实现啊！”玛利亚小姐凄然一笑，回答说。

西维尔斯基突然走到她身边，握着她的两只手，极其深情地看着她的眼睛，说道：

“这不难，我能做到！亲爱的，你知道要用什么办法吗？”

她高兴得脸色通红，他将她的手紧紧按在自己胸前，说道：

“把你的一切都给我吧！……”

炭笔素描

第一章　在这一章里，我们的主人公们会陆续登场。在他们身上将会发生什么样的故事呢？敬请期待吧！

羊头镇镇长的办公室里是那样的安静，安静得就像播种罂粟的时节。镇长是个名叫弗兰齐什克·布拉克的富裕农民。他坐在办公桌前，在纸上涂来涂去，十分投入。镇里的文书佐乌齐凯维奇先生在窗前站着，不停地用手挥赶着身边飞舞的苍蝇。

办公室里的苍蝇可真多，和牛棚里的一样多。所有的墙壁都被苍蝇污染得失去了原有的颜色。除了墙壁以外，办公室里其他的东西也都被污染了，比如办公桌上摆放着的相框，还有镇长办公用的纸张、印章、公文簿和十字架，也都是污迹斑斑了。

镇长的身上也沾满了苍蝇，看上去跟普通的陪审员没什么两样。佐乌齐凯维奇先生在头发上擦了香膏，喷了香水，这让他招来更多的苍蝇。成群结队的苍蝇在他头上打转，有的苍蝇落在他那留着分头的发缝里，形成了一块块活灵活现的、移动的黑色斑点。佐乌齐凯维奇先生时不时轻轻地举起手来，然后突然打下去，紧接着，随着啪的一声响，那群苍蝇便会嗡嗡地飞散开来。这时，佐乌齐凯维奇先生用手在头发里摸索，从头发中间把打死的苍蝇拈了出来，扔在地上。

现在是下午四点，人们都下地干活去了，整个镇子一片宁静。在办公室窗户外面，一头母牛在墙上来回磨蹭，它呼哧呼哧喘着，头时不时伸到窗口，嘴边还挂着一条口水。

为了驱赶苍蝇，这头母牛用自己的脑袋反复蹭着脊背，有时还用短角去牴墙。这一幕恰好被站在窗前的佐乌齐凯维奇先生看见了，便大声呵斥起来。

“嘿！你这个畜生……”

接着他对着镜子照了照自己，又用手理了理头发。

镇长终于打破了沉默。

“佐乌齐凯维奇先生，”他用玛茹尔人的腔调说道，“你来写一下这个‘报告’吧，我实在不太会写，而且你又是文书。”

碰巧这天，佐乌齐凯维奇先生的心情不是很好。一般情况下，只要他一不高兴，任何事情就都得镇长亲自动手去做。

“没错，我是文书，可那又怎么样？”他轻蔑地说道，“文书是专给县长或者警察局长写报告的。至于像你们这样的镇长，还是劳驾你们自己写吧！”

接着他又傲慢地加了一句：

“对我来说，镇长算什么？不过是个普通农民罢了。不管你怎么美化农民，抬举农民，可农民终究还是农民！”

说完，他又理了理头发，照了照镜子。

镇长被他的话刺痛了，生气地说道：

“你们看看他！难道我就没有和警察局长一道喝过茶吗？”

“对我来说，一起喝茶又算得了什么呢？”佐乌齐凯维奇不以为然地说道，“我想，也许就只有茶，连阿拉克酒都没有加吧？”

“不是的，是加了阿拉克酒的！”

“那好，就算是加了阿拉克酒，我还是不写这份报告。”

镇长火冒三丈，大声问道：

“既然先生你认为自己是这样高贵的上等人，那你为什么还要死皮赖脸地恳求我让你当镇文书呢？”

“谁恳求你了？我之所以能当这个文书，是因为我和县长的关系。”

“哦，还真是老熟人呢！每次县长来这里，你连屁都不敢放一个！”

“布拉克！布拉克！我警告你，管好你的嘴巴，少在这儿废话！你们这些农民还有你的这些文书，就像卡在我嗓子眼儿里的鱼骨头，真是叫我难受极了！一个有教养的人和你们一起相处久了，也会变得庸俗不堪。你可不要惹恼我了，一旦我发起脾气来，就会让你和这些文书都去见鬼！”

“你真要这样？那你以后要干什么去呢？”

“怎么了？难道我不当文书，就只能去啃木头吗？对于一个有教养的人，有的是办法养活自己，你就少替那些有教养的人瞎操心吧！甚至就在昨天，督查官托乌比斯基还对我说过：‘哎，佐乌齐凯维奇先生，你应该去当副督察官的呀！因为你知道草是怎样长出来的。’你知道，副督察是干什么的吗？他每天骑马到各处庄园看看，然后和乡绅们打打牌。我只要和他通融一下，我的口袋就会被塞得满满的。如今有哪个酿酒厂不徇私舞弊呢？就在我们的羊头镇，不是连斯科拉贝夫斯基先生都在做手脚吗？你的这些话只能对傻瓜去说，没人会在乎做你的什么文书，一个有教养的人……”

“没有了你，地球一样会转！”

“世界倒是不会完蛋，可你就只好把刷子放进柏油桶里搅一搅，然后用它去写你的报告！当你的天鹅绒衣服下面的身体还没感受到棍打的疼痛时，你一定会觉得挺愉快的！”

镇长开始搔起他的头皮来了。

“只要一说你几句，你就立刻跳起来了！”

“那你就给我少说几句吧！”

“算了！算了！”

于是办公室里又恢复了安静，只听得到镇长的笔在纸上发出缓慢的沙沙声。终于，镇长伸展一下身体，在外衣上擦了擦笔，说道：

“终于好了，多谢老天爷的帮忙，我总算把这份通知写好了！”

“那你就念来听听吧，看看你都胡扯了些什么？”

“我可不是在胡诌！凡是要说的话，我都一字不落地写了上去。”

“我说，你就快点念吧！”

镇长双手捧起那张纸，开始念起来：

“致夫热强什村村长：以圣父、圣子和圣灵的名义，阿门！司令大人下了命令，要我们把征兵名单在圣母节前准备好，包括放在教区神父那里的户籍，以及我们在你们那里工作的小伙子们。你明白吗？这些统统都要写好。凡是年满十八岁的，做工的，都要在圣母节前打发回来。如果你没有把这件事情办妥，那你就会受到训斥，我也会和你一样。阿门！”

这个虔诚的镇长每到星期天都必定会去聆听牧师讲道，他们通常都是用阿门作为结尾的，于是他就认为所有文章都以这个作为结尾，这样是符合庄严文体的要求的。可是佐乌齐凯维奇听完却大笑起来。

“这就是你写的东西？”他讽刺道。

“如果你觉得不满意，那就请你自己去写吧！”

“我确实要写，因为你，我真替羊头镇感到害臊！”

佐乌齐凯维奇一说完，便坐了下来。他拿起一支笔，先在纸上画了几个圆圈，像是在养精蓄锐，然后便奋笔疾书起来。

没过一会儿，这封通知书便完成了。佐乌齐凯维奇理了理头发，开始念起来：

“羊头镇镇长致夫热强什村村长：接上级命令，征兵名册应于某年某月某日准备齐全。特告知夫热强什村村长：凡羊头镇农民的户籍存放于教区办公室的，应立即提出，按期送至我镇。现今还在你村做工的羊头镇农民，也务必于该日遣返我镇。”

镇长认真地听着每一个字，他的脸上露出了专注和满意的神情，看上去就像他对待宗教时的虔诚一样。每句话在他听来都是那样庄严和优美，而又不失官方风范。比如开头那一句："接上级命令，征兵名册……"镇长非常欣赏这个"接"字，他觉得像这样准确的字眼，他这一辈子也不会用。而且即使他用这个字开了头，后边也无法再接着写下去。但在佐乌齐凯维奇的笔下，这些字就像流水一般，一泻千里，甚至在整个县办公室里，再也找不到人比他写得更好的人了。镇长提起公章，用力在那张纸上盖了一个大印。他是如此用力，把桌子都给震得抖了起来。至此，一封公文便算大功告成，手续完备了。

"哎呀，你真是太聪明了！多聪明的脑袋瓜子！"镇长说道。

"这算什么！"现在佐乌齐凯维奇的态度已经温和下来，他说道，"一个人之所以是文书，就是因为他会写书。"

"你也写书啊？"

"那还用问？你看看办公室里那些文书都是谁写的？"

"真的！"镇长答道。

过了一会儿，镇长又接着说道：

"他们一定会像闪电那样迅速把名册送来的！"

"但是，下一步，你就该好好考虑考虑，要怎样把村里的那些无赖除掉。"

"怎样才能把他们除掉呢？"

"我告诉你，县长经常说羊头镇的人很不像话，因为他们经常酗酒。他还说，要是布拉克不把这些老百姓管好，就要找他算账，要他负责。"

"唉！这个我知道。"镇长答道，"什么事情都要把责任归咎到我头上。就像那次，罗扎尔卡·科瓦利哈生孩子，法院判了她二十五大板，告诫她不要再犯第二次。一个没有结婚的闺女这样做是很不光彩的，这只是为了教育她。但是这样判决的是谁？是我吗？不是我，是法院这样判决的。这又关我什么事呢？可是他们却把责任都推到了我身上。”

正好这时候，那头母牛又用脑袋撞了一下墙，办公室都震动了。镇长愤怒地大声叫道：

“哎呀呀！这该死的东西！”

一直坐在桌子旁边的文书，这时又照了照镜子，然后说道：

“你这是活该！你为什么不去管管他们呢？酗酒的事情也是这样，一颗老鼠屎坏一锅汤，难道人们不明白谁是羊头镇的老鼠屎？是哪个人把大家带进酒店的？”

“的确，这是人人都知道的事情。不过说到喝酒，大家在地里干活，累了一天了，喝点酒也很正常，是可以理解的。”

“不过，我告诉你，只要把热巴一个人除掉，村里的一切就都会好起来！”

“什么？你是要我把他的脑袋敲掉吗？”

“脑袋倒不用你敲掉。现在不是要弄征兵名册吗？你可以把他的名字写进名册里，让他去抽签，这就够了。”

“可是他已经结了婚，而且孩子都一岁多了。”

“上级怎么会关心他的情况呢？再说他也不会去上诉的。就算他去上诉，又有谁会去理会他呢？在征兵的这个时期，每个人都忙得很，没空管别人的事。”

“嘿！文书先生！文书先生！我猜，你这样做可不是为了反对酗酒，而是为了他的老婆。这可是亵渎神明的罪过啊！”

“这和你有什么关系！你也好不到哪儿去，你不想想你的儿子今年都十九啦，他得和别人一样去抽签。”

“这个我知道，但我绝不会让他去的。万一他非去不可，我也会把他赎回来。”

“哈！如果你是个大富翁的话……”

“上帝可怜我，让我手里积攒了一些钱。尽管数目不大，但作赎金也许还是够的。”

“你得付八百卢布的现金呢!”

“既然我说过我要付钱,哪怕是现金我也会付的。只要老天保佑我以后还能继续当镇长,不出两年,这笔钱又会回到我手里来的。”

“也许能回来,也许回不来。不管怎么样,我也是需要钱的,我是不会让你独吞的。一个有教养的人总比一个愚蠢的人开销要大得多。如果我们用热巴来顶替你儿子,那你可以省下一大笔钱了。这八百卢布可不是从天上掉下来的。”

能够省下这样一大笔钱,这让布拉克动了心,仿佛幸运女神正在向他招手,他说:

“啊! 那就这样定了。不过这可真是一件危险的事情。”

“这事不用你出面。”

“这正是我所担心的。坏事是你做的,可没准将来过错还得归罪到我的头上来。”

“那就悉听尊便吧! 你去付你的八百卢布好啦!”

“我可没有说我不心痛那笔钱呀!”

“你不是说那笔钱迟早还会回到你手里的么,那你还心痛什么呀! 不过,你也不要对你那镇长的位置抱太大希望,他们还不了解你的全部底细,要是他们知道的和我知道的一样多……”

“办公费你拿的可比我还要多!”

“我指的不是办公费,我是说更早时候的事。”

“嗨,那我不怕的! 我可都是按照上面的命令做事的。”

“好吧! 你还是到别处去解释吧!”

佐凯齐乌维奇说完这句话,便拿起他那顶草绿色的帽子走出了办公室。太阳快要落山了,人们陆陆续续从地里往家走。没多久,文书碰见了五个割草的男人,他们个个肩上都扛着一把大镰刀,他们朝他鞠躬,嘴里说着“赞美基督!”而文书呢,他只是略微点了点他那涂满香膏的头,并未说那句“永远永远”的答话。因为他觉得，一个有教养的人是不适合说这句话的。而他，佐凯齐乌维奇，正是这样一个有教养的人，这是大家公认的。只有那些别有用心或者居心不良的人才会怀疑他的教养。对这些人来说，只要有人在才能上稍微胜过他们，他们就会觉得像是眼睛里被人撒了盐一样，令他们寝食难安。

如果我们给一切知名人物都立下传记，那么，我们将会在文书这个出类拔萃的人的传记中看到这样的描述：他是在驴子城上的小学，那是驴子县的县城，羊头镇就属于这个县。十七岁那年，佐乌齐凯维奇才读到二年级。如果不是因为那个狂风暴雨的时期突然来临，他的学业就不会被中断，也许现在他的学术造诣就会比现在更高。由于那时受到老师们不公正的对待，佐乌齐凯维奇和当时的年青人一样，心中充满了愤怒，于是他站到了那些激情澎湃的同学们的前列，和那些迫害者们大闹了一场。他撕毁了书本，折断了尺子和钢笔，拒绝了智慧女神，最终进入了马尔斯和贝罗娜的军界。在那个时期，裤子不是穿在皮靴的外面，而是要塞进皮靴里面的，人们满怀激情地高唱着："向你们致敬，大贵族先生！"然而这份激情中却饱含着辛辣而又讽刺的嘲笑。兵营里的生活，到处是歌声，满室的烟雾弥漫。驻防时偶尔也会有一些浪漫经历，因为在这些驻地里，那些胸前、背上、头上和其他地方都挂满了小十字架的少女们，"为了祖国和祖国的英勇保卫者们"，是会毫无保留地付出自己的一切的。这样的生活，我可以说，正适合佐乌齐凯维奇这个热情奔放而又好动的年轻小伙子。这种生活恰好能够让他去实现那些曾经一次次震撼着这类青年心灵的幻想。他们在学生时代曾偷偷阅读《雷那德·雷那迪尼》和一些其他作品，青年们的想象力被激发了，思维得到了发散，灵魂受到强烈撞击，这让他们产生了上面所说的心灵的幻想。

然而，这种生活也有它阴暗的一面，或者说冒险的一面。佐乌齐凯维奇表现出超出常人的勇敢，达到了令人难以置信的地步。幸亏伏热强什的那道栅栏直到现在还保存着，这道栅栏即使是最好的马也不一定能越过去。可是在一个雷电交加的夜晚，受到继续保卫祖国的激情的激励，佐乌齐凯维奇先生一下子就跳过去了。如今那样的时代已经过去很久，但是佐乌齐凯维奇每次来到伏热强什，都会再看一眼这道栅栏，连他自己都觉得难以相信当时的情景。他心里嘀咕道："真是活见鬼！换做今天，我可是无论如何也跳不过去的。"

那次，连战地报道都提到了这位超人的壮举。可是从那以后，像保护自己眼珠那样保护着佐乌齐凯维奇先生肩背的命运女神，仿佛被他的勇敢给吓坏了，突然之间就离他而去。那次事件过去以后还不到一个星期，有一天早晨，佐乌齐凯维奇先生那曾多次经受过严峻考验的肩背突然遭到了重击。幸亏老天爷保佑，他不是被子弹或刺刀所伤，伤到他的是一种由牛皮腰带和铅头做成的可怕工具。这种工具，把我们这位讨人喜欢的主人公原本那光滑的脊背打得伤痕累累、血迹斑斑。

从这时候起，他的思想和感情都发生了巨大的变化。他趴在羊头镇酒店的硬板床上彻夜无法入睡。他开始胡思乱想起来，想呀，想呀，就像伊格纳齐·罗约瓦那样，终于得出了这样一个结论：一个人只能用他所特有的才能去服务大众。知识分子就应该用智慧去服务大众而不是用肩背。智慧可不是每个人都有的，可是人人都有背部。他决定以后再也不会让自己的背部去受苦了，在这条他之前走过的道路上，他到底还能为祖国做出什么更大的贡献呢？难道还要他去再跳一次栅栏吗？不，已经够了！"还是让别的人去跳吧！"他想道。那么，还是要继续去流血吗？难道他的血流得还不够吗？不，再也不能了！现在应该用点不一样的方式，用和平的方式去为大众服务，而且要用知识分子的身份，也就是用知识去为大众服务。他觉得自己拥有丰富的知识，加上他熟悉驴子县的几乎所有居民的情况，他相信自己一定能很好地服务大众。

于是他走上了一条全新的道路，甚至于，他梦想是当副督察官呢！

不过，文书这个职务他干得还不错。良好的教育总是能博得人们的尊敬。前面我已经说过了，我们的这位招人喜爱的主人公，对驴子县的每一个居民都有所了解，人们都非常尊敬他，其中也不免夹杂着一定的戒心，生怕得罪了这位不平凡的人物。乡绅们见到他都要向他点头致意，至于农民们，老远就脱帽鞠躬，嘴里说着："赞美基督！"

可是，在这里，我必须要向读者解释清楚，为什么佐乌齐凯维奇先生不以通常的"永远永远！"来回答"赞美基督"呢？我已经说过了，他认为一个有教养的人这样回答是不合适的，当然也还有别的原因。凡是独立和放荡不羁的人，大都是勇敢而又激进的，而且佐乌齐凯维奇先生一直深信"灵魂只是一股气而已"。此外，文书最近正在读一部名叫《西班牙的伊萨贝拉》，又名《马德里宫廷秘史》的作品，这本书是由华沙书商布勒斯拉维尔先生出版的。这部小说从各方面说来都写得不错，深受佐乌齐凯维奇先生的喜爱。甚至有的时候，他激动得真想丢下一切跑到西班牙去。当他一想起马弗利吻着伊萨贝拉脚上的袜子时，他就心里思忖："既然马弗利能够成功，那我为什么就不能成功呢？"他差点就去了西班牙，因为他当时还有一种想法："一个人在这个愚昧落后的国度里，只会虚度年华、浪费青春"，幸亏还有别的原因，也就是国内的袜子，把他留住了。个中奥妙在这篇史诗中，以后就会谈到。

实际上，由于阅读了布勒斯拉维尔先生出版的那部让我们觉得骄傲的《西班牙的伊萨贝拉》，佐乌齐凯维奇对教会产生了怀疑，以至于后来，凡是和教会有直接或间接联系的一切，他都有所怀疑，这便是他不按习惯用"永远永远"来回答那些割草人的原因。他只是朝前走去……他走呀走呀直到遇见一群从收割地里回来，肩上扛着镰刀的姑娘。这时候她们正好要经过一块儿有积水的洼地，她们一个跟着一个，像一群要过河的鹅，都撩起裙子，露出了红润的小腿。直到这时，佐乌齐凯维奇才开口说话：

“小山雀们，你们好啊！”接着他就站在那条小路上，每个姑娘经过他身边的时候，他都从腰间把她抱起来，亲吻她，还要把她扔到河里。不过他不是真的要把她们扔进水里，只是想开个玩笑，吓唬吓唬她们而已。这些姑娘们便大叫了起来：“哎呀呀！哎呀呀！”边叫着，嘴里还笑个不停，笑得露出了牙齿。等到她们都过去了，这位文书先生听着她们的议论，心里乐坏了。一个姑娘说：“我们的文书真是个漂亮的小伙子。”另一个说：“他的脸蛋像苹果一样红润！”第三个姑娘说：“他头上有一股玫瑰香气，当他拦腰抱起你来的时候，你就晕头转向了。”

文书继续朝前走去，心中充满了欢乐。但当他走近一座茅屋的时候，他听到有人在议论他，于是他在篱笆外面停了下来。篱笆的另一面是一片茂盛的樱桃树果园，里面摆放着许多蜂箱，离蜂箱不远的地方有两个女人在说话，一个在围裙里放了一些马铃薯，用小刀在削皮，另一个说道：

“哎呀！我的斯达霍娃，我真是担心啊！我好害怕他们把我的弗兰涅克拉去当兵，我真怕得要命呀！”

“那你得找文书去啊，”斯达霍娃答道，“去找文书去呀！如果他帮不了你，那就没有人能帮助你了！”

“我的斯达霍娃，你说我该拿什么东西去送他好呢！空着手去求他一定是不行的。镇长倒还好说，不管你送他的是鸡蛋，还是黄油，或是一匹麻布、一只母鸡，他都会收下，也不会说什么挑剔的话。可是这些东西，文书连看都不看一眼，他可实在是傲慢得可怕啊！想要求他办事，就得打开钱包，至少要给他一个卢布的东西才行。”

“你们等着瞧吧！”文书自言自语道，“看我会不会要你们的鸡蛋还有母鸡，我是这种受贿的人吗？你们还是拿着你们的母鸡去求镇长吧！”

他这样想着，一边用手扒开樱桃树枝，想要看看那两个女人到底是谁，正在这时，从他身后传来了马车的辚辚声。文书回头望去，只见马车上坐着一个年轻的大学生，头上斜顶着一顶帽子，嘴里还叼着一支香烟。赶车的正是弗兰涅克，就是刚才两个女人谈到的那个人。

大学生把身体向外探了探，看见了佐乌齐凯维奇先生，便向他挥了挥手，大声说道：

“你好啊！佐乌齐凯维奇先生！最近镇上有什么新闻？你为什么老是在头上擦两寸那么厚的油膏呢？”

“我是您恩主先生的仆人！”佐乌齐凯维奇先生回答道，深深地鞠了一躬。可是等马车走远了，他便朝车子那边诅咒了一句：

“祝你还没有到家就跌断脖子！”

文书先生最难以忍受的就是这个大学生了。他是斯科拉贝夫斯基夫妇的表侄子，每年夏天都要到他们家来度假。佐乌齐凯维奇不仅仅是讨厌他，而且还很害怕他，就像害怕火一样。因为他总是挖苦别人，简直就是一个大无赖。他还常常故意讽刺和嘲笑佐乌齐凯维奇先生，在这一带只有他一个人瞧不起文书，因为他不会有请求他的一天。有一次他甚至在全村大会上，当面指着佐乌齐凯维奇，说他是个大笨蛋，还叫农民们千万不要听他的话。文书心里记恨着，一直想找个机会报复他，可是……他又能拿这个大学生怎么样呢？若是换了别的人，他多少总知道一点儿底细，可是对于这个大学生，他却一无所知。

这个大学生来得真不是时候，遇见他之后，文书就只好闷闷不乐地继续向前走，一直走到离大路稍远一点的那座农舍前面才停了下来。他看到这座农舍的时候，脸色好转，并且渐渐明亮起来。这座农舍也许比村里的其他房子都要简陋，但却被收拾得很整洁。房前打扫得干干净净,院子里生长着一簇簇菖蒲。篱笆旁边堆了一堆木柴,一把斧头插在木柴上。稍远一点儿的地方是一间杂物间,门敞开着,它的旁边是一座板棚,既当牛棚,又做马厩。再过去是一片田地,一匹马在那儿吃草,边吃边走来走去。牛棚前面有个大粪堆,上面躺着两头猪。一群鸭子在粪堆周围找东西吃,脖子伸得老长。木柴旁边的一只公鸡正在木屑中间扒来扒去,当它找到了一颗谷粒或是一条虫子时,便会大声"咯嗒,咯嗒"地叫起来,那些母鸡一听见召唤,立马蜂拥而至,彼此用尖嘴抢啄着它们眼中的美味佳肴。

在农舍的大门前面,一个女人正在劈大麻,嘴里还哼个不停:"啊依,达大大!啊依,达大大!啊依,大大那!"她旁边躺着一条狗,两只前腿向前伸着,在不停地摇动着脑袋驱赶着那些落在它残缺耳朵上的苍蝇。

这个女人很年轻,大概只有二十岁,长得非常俊俏。她身穿一件白衬衫,腰上系着一条红色的带子,头上戴一顶农妇通常戴的那种帽子。衬衣下面一对健壮的乳房高高隆起,像两颗蘑菇一样。她的肩膀和臀部都比较宽,腰部却很细,体态轻盈灵活。总而言之,她是只母鹿。

她身材纤瘦,头不大,脸色稍微有点苍白,但在阳光的照射下,却呈现出一种金黄的光泽。她有一双乌黑的大眼睛,眉毛标致得就像是画上去的。另外,她还有一个好看的鼻子和一张樱桃小嘴。一头乌黑的秀发从帽子下面披散开来。

文书刚刚走上去,躺在女人身边的那条狗就跳起来了,竖起尾巴狂吠起来,边叫边露出尖利的牙齿,看上去倒像是在笑似的。

"克鲁契克!"这女人用尖细而悦耳的声音叫道,"还不给我躺下!不然就叫虫子咬死你!"

"晚上好!热巴太太!"文书开口说道。

"晚上好!文书先生!"女人答道,并没有放下手里的工作。

“你男人在家吗?”

“他到林子里干活去了!”

“这太糟糕了! 我代表镇公所找他有点事。”

镇公所里的事情找到普通老百姓头上,这对他们来说,意味着灾难。热巴老婆放下工作,惊慌地望着他,忧心忡忡地问道:

“哎呀! 有什么事呀?”

这时,文书跨进了院门,站在热巴老婆的面前。

“你和我亲亲嘴,我就告诉你。”

“走开!”她回答说。

但是,文书先生却抱住了她的腰,把她拉向自己的身边。

“先生,放开我,不然我要叫了!”热巴老婆一边叫喊,一边用力推开他。

“我的美人儿! ……玛丽霞!”

“先……先生,你这是在冒犯神灵呀! 先生!”她一面说,一面竭力地挣扎着,可是佐乌齐凯维奇的力气太大了,紧紧抱住她不放。他们开始搏斗起来,在搏斗的时候,热巴老婆被大麻绊倒了,文书也顺势一道摔了下去。

“啊! 上帝啊! 快救命啊!”热巴老婆大声叫喊起来。

就在这一瞬间,克鲁契克冲上来帮忙了,它竖起背上的毛,狂吠着,向文书一口咬去。文书先生是脸朝下背朝上地躺着的,穿的是一件短大衣。克鲁契克便咬住了他没有被上衣遮住的后裤裆,牙齿穿过了裤裆,又咬住了里面的短裤,再穿过裤衩,咬住了他的皮肉。克鲁契克咬住了一口皮肉之后,便拼命地摇动着它的脑袋,撕扯着。

“耶稣玛利亚!”文书大叫起来,忘记了他是属于“自由思想派”的。

在克鲁契克的帮助下,热巴老婆终于挣脱了文书,站了起来。文书先生受到重创,一下子跳了起来。克鲁契克抬起了前脚,但没有松口，直到文书拿起了一块柴木向后乱打一气，克鲁契克的背上挨了一下，这才哼哼叫着躲开了。

可是没过多久，它又重新扑了上来。

“快把狗赶走！快把这魔鬼弄走！”文书大叫道，一边拼命挥动着那块木柴。

女人叫开了那条狗，并把它赶出了院门外。

这时她和文书都一声不吭地站在那里，互相瞪着对方。

“啊呀！我真是不幸！你为什么这样望着我？”热巴老婆终于大声问道，她对这次流血事件感到害怕。

“你们会得到报应的！”文书先生大叫道，“你们会得到报应的！等着瞧吧！热巴就要去当兵了！我本来是要救他的……可是现在……除非你们找到我门上来……你们会得到报应的！……”

她的脸一下子变得煞白，仿佛有人用斧头狠狠地在她的脑袋上砸了一下，她把手摊了开来，张着嘴，想要说什么。这时候，文书从地上捡起了他那顶有绿带子的网帽，一只手挥舞着那块木柴，另一只手捂住了刚刚被撕开的裤子内裆，飞快地离开了。

第二章　其他几个人物和不祥的预兆

一个钟头以后，热巴和同伴木匠卢卡斯坐着地主家的大车，从森林回到了家。热巴这个结实的小伙子，长得像棵白杨树一样高大，是个真正干斧头活的男子汉。他每天都到森林里去干活，他是被雇去砍伐松树的，因为地主把那些没有分给农民的森林，全部都卖给了犹太人。热巴挣的工资最多，因为他干起活来特别卖力。他干活时，总是先往手心里吐一口唾沫，搓一搓双手，随后拿起斧头，挥动一下，接着便猛地砍下去，整棵松树都被震得抖动起来，每次斧头砍下去的时候，都会溅起一阵木屑。等到要把木头装上大车的时候，他又是第一把的好手。

那些犹太人手里拿着尺子，在树林里走来走去，他们有时会抬头望望松树的枝梢，像是在搜寻乌鸦窝。他们都很惊讶热巴竟然有这么大的力气。那个驴子城里的富商德里希拉曾经对他说道：

“哎呀，热巴！让魔鬼把你抓去吧！唉，这里有六个格罗什，你拿去买酒喝……不，等等，还是给你五个格罗什吧……”

但是热巴根本不在乎这几个钱。他只是挥动着大斧，接着树林里便爆发出一阵如雷似的响声。有时，为了娱乐一下，热巴还朝着森林大声叫喊起来：

“嗬嗬嗬！啊啊啊！”

他的声音在树林里穿梭，随后又变成回声传了回来。

过了一会儿，喊声消失了，森林里又只剩下热巴挥斧砍树的声音。有时候，如同森林中经常听到的那样，那些松树也用它们的树枝窃窃私语。

偶尔，这些伐木工人也会放声高歌，而热巴在唱歌方面也是数一数二的。你真应该听听他和伐木工人们合唱的那支歌，这是热巴亲自教给他们唱的：

森林为什么轰隆，
布乌乌！
还发出可怕的响声
布乌乌！
一只蚊子从橡树上掉下，
布乌乌！
摔断了一根脊椎骨
布乌乌！
心地善良的苍蝇，
布乌乌！

拼命地朝蚊子飞近，
布乌乌！
它问这只可怜的蚊子，
布乌乌！
要不要去请医生，
布乌乌！
啊！我不要医生，
布乌乌！
只要把本堂神父找来，
布乌乌！
也不需要任何药物，
布乌乌！
只要一把铁锹和铁锄，
布乌乌！

在酒店里，无论干什么，热巴也总是第一名。他爱喝杂醇酒，而且他喝醉以后，就特别爱打架。有一次，他把在地主家做长工的塔马齐的脑袋打了一个窟窿，女管家约兹伏娃都说这个窟窿实在砸得太深了，她都可以在那个窟窿里看到他的灵魂了。还有一次，那时候他才十七岁，在酒店里把一伙休假的士兵揍了一顿。那时当镇长的是斯科拉贝夫斯基，他把他带到办公室，只是在他头上轻轻地敲打了两下，还都只是做给别人看的。事后镇长很和气地问他：

“热巴，你的胆子真大啊！你是怎么打败他们的，你可是一对七啊！”

“这不算什么，老爷！他们的双脚都没力气了，因为赶路走得太累了，我只是轻轻碰一碰他们，他们就一个个地倒在地上了。”

斯科拉贝夫斯基先生设法把这件事平息下去了。他早就对热巴另眼相看了，有些偏爱他。这让农妇们私下议论，说热巴是他的儿子。“你仔细看看，这个狗崽子真有股贵族气派!”她们这样说道。

当然，这不是真的。大家都知道热巴的母亲，但却没人知道他的父亲是谁。热巴自己租了一座房子和三亩地，后来这些都归他所有了，他开始在自己的土地上耕作。由于他一直干得不错，所以家境也还算不错。后来他结了婚，娶了一个特别好的老婆，这样好的老婆，真是打着灯笼也找不到第二个了。若不是他那么喜欢喝烧酒，那他的家庭情况一定会比现在更加富裕的。

可是这又有什么办法呢！如果有人劝他不要这样，他就会立马对那个人说：

“我用我自己挣的钱买酒喝，跟你有什么关系!”

他不怕村子里的任何人，只有在文书面前他才老实一些。每当他远远地看到那个戴绿边帽子、有高高鼻梁、还有山羊胡子、穿着高筒皮靴的文书在路上晃悠的时候，他就会马上摘下自己的帽子来。文书也知道热巴的小秘密，那是在革命起义时期，有人让热巴去送点文件，于是他就去送了。

可是这又算得了什么呢？那时候他才十五岁，这么小的孩子，只能替人放鹅、放猪什么的。可是后来，他再想起这件事情，觉得既然帮别人送了文件，就要担负起一定的责任，于是他便开始对文书有了一丝忌惮。

这天，他从森林里回到了家中，他的妻子哭泣着跑上前来，边哭边悲伤地说道：

“啊，我可怜的人呀！过不了多久，我的眼睛就再也看不到你啦！我再也不能给你缝衣、洗衣啦！也不能给你做饭了！我可怜的人，你就要到世界的尽头去了，这实在是太不幸了。”

热巴感到莫名其妙，不知道是怎么回事。

“你怎么啦，我的老婆？你是不是发烧了，还是什么毒虫咬了你?”

“我没有发疯，也没有被虫子咬过，我很正常，只是那个文书到我们家里来过了，他说，不管怎么样，你是躲不过这次征兵的……唉！你就要走了，你就要去天涯海角了！”

他开始详细地询问她到底发生了什么，事情怎么会变成这样的。她把全部经过都告诉了他，只是没把文书先生调戏她的事情说出来，因为她害怕热巴会去痛骂文书一顿，或者上帝保佑，更糟糕的话甚至会去揍文书一顿，这反而会把事情弄得更糟，这是害了他自己啊。

“傻女人！”热巴听了以后说道，“你为什么要哭呢？他们不会把我拉去当兵的，因为我已经超过了征兵的年龄。而且，我是个有房有地的人，还有你这个傻婆娘和这个同样苦命的小虾米。”

他说着，用手指了指摇篮，那个他所说的苦命的小虾米正躺在摇篮里。这就是他们那个刚满一岁的儿子，虽然还很小，但已经长得很结实了，他两脚胡乱蹬着，声音特别洪亮，尖叫的时候甚至能把人的耳朵给震聋。

热巴老婆用围裙擦了擦眼泪，说道：

“这一切又有什么用呢？他知不知道你以前把那些文件从这座森林送到那座森林去的事？”

听到这话，热巴便搔起头皮来。

“他确实知道！”

过了一会儿他又说道，

“我要去找他谈谈，也许没什么可怕的！”

“你去吧，去吧！”女人说道，“你带一个卢布去吧！到他那里去不带卢布是不行的。”

热巴从箱子里拿出了一个卢布，便去找文书先生了。

文书是个单身汉，没有单独属于自己的房子，他住在湖边的一所公寓里，也就是所谓的“砖房”。他在这个公寓里拥有两间房子，还有一扇侧门是供他使用的。第一间房间空空荡荡，只堆放着一些稻草和一双高筒靴；第二间既当作客厅使用，同时兼作卧室。里面放着一张床，他几乎从来也没收拾过，床上有两个没有枕套的枕头，枕头的表面上都已经露出里面的羽毛了。床旁边有一张书桌，桌上摆放着墨水、笔、公文簿和十几本由布勒斯拉维尔先生出版社出版的《西班牙的伊萨贝拉》。两付穿脏了的英国式衣领，一盒香膏，一卷卷烟纸，还有一根插在锡烛台里的蜡烛。红红的烛芯露在外面，灯芯周围有一些苍蝇溺死在烛油里。

窗户旁边挂着一面大镜子，窗户对面放着一个衣柜，衣柜里面全是文书先生各式各样的衣服：五颜六色的裤衩、衬衫、领带、手套、便鞋等等。除此以外，还有一顶大礼帽。文书先生只要一去驴子县城，就会戴上这顶礼帽。

除了这些之外，在靠近床边的那只沙发上还放着文书先生的外裤和棉内裤。文书先生自己正躺在床上，读着一本由布勒斯拉维尔先生出版的《西班牙的伊萨贝拉》。

他的境况，当然我们指的不是布勒斯拉维尔先生的，而是文书先生的境况，是悲惨的，确实非常悲惨，只有像维克多·雨果那样的文采才能把这种悲惨的境况描写出来。

他感到自己的伤口非常地疼痛，火辣辣地。平时，在阅读《伊萨贝拉》的时候，他总是感觉到无限的快乐和满足，可是现在不仅没减轻他的疼痛，甚至还加深了他在与克鲁契克搏斗之后所产生的痛苦。

他有点儿发烧，甚至有点儿神志不清了，很难集中精神。他时不时还会产生一些可怕的幻觉，正好这时他读到：年青的塞拉罗在战胜卡尔利派之后遍体鳞伤地来到了艾思库列阿，年轻貌美的伊萨贝拉一见到他，非常激动，脸色都白了，薄绸子的衣服在她胸前波浪似的起伏抖动着。

“将军，你受伤了吗？”她声音颤抖地问塞拉罗。

读到这里，这位不幸的佐乌齐凯维奇先生便认为自己就是那个塞拉罗。

“啊，哎呀！我受伤啦！”他用嘶哑的声音回答道，“至高无上的女王啊！请你原谅，我不能告诉你是在哪里受的伤，道德不允许我说。啊啊！至高无上的……”

“将军，赶紧坐下来休息一下吧！坐下吧！坐下吧！把你在战场上的丰功伟绩告诉我。”

“告诉你可以，但是我万万不能坐下啊！”塞拉罗伤心地叫道，“啊！原谅我吧，我的女王！那该死的克鲁契克……不，我是想说，那可恶的堂·约瑟！哎哟！哎哟……”

“亲爱的塞拉罗！我的爱人！我要亲自为你包扎伤口！”女王轻声说道。

塞拉罗的头发都竖起来了，他觉得自己有点进退两难，他怎能拒绝女王的好意呢？可是他又怎么可能让女王来包扎自己的伤口呢？豆大的冷汗从他的前额上冒了出来，突然间……

突然间女王不见了，房门砰地一声被打开了，门口出现了一个人，正是那个堂·约瑟，塞拉罗的死敌。

“你是谁？你想干什么？”塞拉罗问道。

“是我，热巴！”堂·约瑟阴郁地答道。

佐乌齐凯维奇清醒了过来，艾思库列阿又变成了砖房，蜡烛依旧在燃烧，烛油里的苍蝇被烧得啪啪作响，溅出了蓝色的油点。门边站着热巴，而在他背后……啊，他吓得连笔都掉在地上了……从那半开着的门里，克鲁契克的脑袋和前爪正好伸了进来。

这只怪物用眼睛紧紧盯着佐乌齐凯维奇先生，看起来像是在笑。

佐乌齐凯维奇先生额头上冒了更多的冷汗，他的脑海里出现了这样的想法：“热巴是来打断我的骨头的，而克鲁契克也会帮着他一起对付我……”

“你们两个来这儿想干什么?”他胆战心惊地问。

热巴把卢布放在桌上，谦恭地回答说：

“尊敬的文书先生，我是为了……征兵的事来的。”

“滚！滚！快给我滚开！”佐乌齐凯维奇怒吼起来，这下子他又神气起来了。

他怒火中烧，跳起身来，想朝热巴冲过去，但是就在这时，他觉得那在与卡尔利派战斗时受伤的伤口又开始剧烈地疼痛了，于是他又倒回了枕头上，不停地发出低哑的呻吟声：

“哎呦！哎呦……”

第三章　思考与发现

伤口开始发炎了。

我看到一些漂亮的女读者，开始为我的主人公掉眼泪了。在还没有人昏倒之前，我得赶紧补充一句，我的主人公并没有因为这个伤口而就这样死去，他还要活很久呢。如果因为这个他就死了，那我就没有办法把这篇小说继续写下去了，既然他没有死，我也只好继续写下去。

实际上，他的伤口真的是发炎了。但出乎意外，发炎倒给这位羊头镇的文书带来了好处。事情转变的原因其实很简单。这伤口打乱了他原本的计划，痛定思痛，他开始思考得更仔细了，并且突然发现，他过去所干的尽是一些蠢事。现在我就请大家听下去。文书大人对热巴老婆，按照华沙人的说法，早就垂涎三尺了。这也并没有什么奇怪的，因为她实在是个大美女，以至于你在整个驴子县里再也找不出可以和她媲美的，所以他想尽一切办法都想把热巴除掉。如果热巴真的被送去当兵了，那么文书先生就可以对自己说：“放心大胆地去寻欢作乐吧！”可是要让热巴去顶替镇长的儿子去当兵，那可不是那么容易的一件事。文书的确是个有权力的人，而佐乌齐凯维奇又是文书当中最有权势的一个。然而，在征兵这件事情上，他可没有决定权，做不了主。征兵一事还需要经过当地的警察局，经过征兵委员会、县长和驻军的长官。而对于让热巴去顶替镇长儿子当兵这件事，所有这些大人物都觉得和他们没有多大关系，他们也没有很大的兴趣。“把他写进征兵册里去，以后又怎么办呢？”我的这位可爱的主人公问自己。他们一定会核对那份名册，一定会把教区的档案要去，而且热巴也一定会申诉的，他不会吃这个哑巴亏的。于是他们就会训斥他一顿，甚至会罢黜他文书的职务，这样一来，一切都完了。

即使是最伟大的人物，也会因为一时感情的冲动而干出蠢事，但他们之所以伟大，就在于他们能及时地认识自己的错误。佐乌齐凯维奇对自己说，他答应布拉克把热巴写进征兵名册去，这是他干的第一件蠢事；他到热巴老婆那儿去，乘她劈麻时对她进行偷袭，这是他干的第二件蠢事；用征兵的事情来恐吓她和她的丈夫，这是第三件蠢事。这是多么崇高的时刻啊！在这样的时刻，一个真正伟大的人物就会对自己说：“我真是个蠢驴！”这样的时刻也蔓延到了羊头镇，就像是插上了翅膀，从那庄严而又崇高的国度里展翅高飞，来到了这个地方，因为在这里佐乌齐凯维奇郑重地对自己说了：“我是个蠢驴！”

然而，当他经过这次流血事件后（他激动地认为是心口在流血），他还会放弃他原来的计划吗？并且，他为此而牺牲了一条新裤子，这条新裤子的工钱还没有付给斯鲁尔呢。还牺牲了一条内裤，这条新内裤也是新的，他自己也不知道是不是才穿过第二回，在这样的情况下，他会放弃这个计划吗？

不！绝对不会！

相反地，现在他除了要把热巴老婆搞到手以外，还多了一个愿望,那就是:报复他们夫妇和克鲁契克。佐乌齐凯维奇对自己发誓:如果他不能把脂油灌进热巴的皮里去,那他就是个十足的笨蛋。

第一天,他换药时,他在苦思冥想一个阴谋;第二天换药时,他在想方设法改善计划;第三天换药时他仍然在挖空心思谋划。你们说他想出了什么锦囊妙计没有?他什么也没有想出来。

第四天,看门人从驴子城的药店里给他买来了止痛膏,佐乌齐凯维奇把这药抹在纱布上,贴到了伤口上。这药膏的效果是多么神奇啊!几乎同时他大声叫了起来:“我找到了!”的确,他是找到了些什么。

第四章 这章可题为“引君入瓮”

几天以后,我也不太清楚到底是过去了五天,还是六天,在羊头镇的小套间里,坐着镇长布拉克、陪审员哥穆瓦和年轻的热巴。镇长举起酒杯说道:“别再吵了!这有什么可争吵的!”

“可是我说,法国人决不会向普鲁士人屈服的!”哥穆瓦说完,一拳重重地敲在桌子上。

“普鲁士人是很狡猾的,狗杂种!”热巴说道。

“狡猾又怎么样?土耳其人会帮助法国人的,土耳其人是最强大的。”

“难道你不知道,最强大的是哈鲁班达(加里波第)!”

“你起床的时候一定是肩膀先着地的吧?你从哪里扯出这样一个哈鲁班达来?”

“我还需要把他扯出来吗?大家不是在说,六年前他带着强大的兵力乘船从斯维瓦河下来,只是华沙的啤酒不合他的胃口,比不上自己家乡的好,他才回去的。”

“你可别在这儿吹牛了!斯瓦布人个个都是犹太人!”

“哈鲁班达可不是斯瓦布人!”

“那他是哪儿的人呢?”

“是什么人? 他一定是皇帝,就是这么回事!”

“啊! 你真是聪明透顶!”

“你既然这样聪明,那么我来问你,我们的始祖姓什么?”

“这还用问,那当然是亚当!”

“那是他的教名,我问的是真名实姓。”

“这我怎么会知道呢?”

“你看看,我就是知道,他的姓名是斯克鲁西瓦。”

“你又在胡说八道!”

“如果你不相信的话,那就听我说吧:海之星啊,你用自己的乳汁把主神哺育长大,是你‘毁灭了’我们始祖播下的死亡种子。怎么样? 那不是叫‘斯克鲁西瓦’吗?”

“噢,真是这样!”

“还是让我们来喝酒吧!”镇长说道。

“祝你健康!”

“祝你健康!”

“愿天主赐福!”

“赐福,赐福!”

“让上帝赐予我们幸福吧!”

三个人都把酒喝干了。当时正处在普法战争期间,于是陪审员哥穆瓦又把话题拉到了政治问题上来。他说:

“法国这个民族也是不诚实不可靠的。我倒是没有见过法国人,不过听我父亲说,当他们在我们这里宿营时,对我们整个羊头镇来说,可真是个灾难。他们对女人非常有兴趣! 我家隔壁住着斯达西,他就是瓦伦提的父亲,当时,他家里住进了一个法国人,也许是两个。夜里,斯达西惊醒了,他说道:‘卡西卡,卡西卡,我看见了有个法国人在你身边转来转去!’她回答说:‘我也看到了。'斯达西又说:'你快点告诉他,让他滚开!'他的女人说:'你去对他说吧,他根本不懂波兰话,你有什么办法呢?'"

过了一会儿,镇长布拉克说道:

"唉,还是让我们再来干一杯吧!"

"愿上帝赐福!"

"愿上帝赐福!"

"嘿!为健康干杯!"

他们又把酒喝干了。因为他们喝的是阿拉克酒,热巴喝干了酒以后,把杯子用力地放在桌子上,说道:

"这酒真不错!真不错啊!"

"再来一杯怎么样?"布拉克问道。

"那就倒吧!"

热巴的脸越来越红。布拉克不断地给他斟酒。他对热巴说:

"你是个汉子,不过尽管你能用一只手把一麻袋豆子提到肩上去,但你却害怕打仗。"

"这对我来说有什么可怕的!如果真的要打仗了,那我也会去打仗的。"

哥穆瓦插了一句:

"有的男人个头很小,胆子却很大,而有的男人身高体壮,却胆小如鼠。"

"这不对!我就不胆小如鼠!"热巴说道。

哥穆瓦继续说道:

"你说你不是胆小如鼠,这又有谁知道呢?"

"我是会去的!"热巴说着,伸出自己的拳头,像一块面包那么大,"我只要朝你们的脊梁骨打一拳,你们就会像旧木桶一样散架!"

"也许不会。"

"那你想要试试吗?"

“安静点！难道你们真想打架？来来来，咱们还是喝酒吧！”镇长插言道。

他们又喝起酒来，不过布拉克和哥穆瓦只是用嘴唇稍微碰了碰酒，热巴却把一杯杯烈酒一饮而尽，喝到后来，他的眼珠都翻白了。

“现在让我们来亲吻拥抱吧！”镇长说。

热巴在亲吻和拥抱时放声大哭了起来，这表明他确实是醉了。接着，他开始诉起苦来，看上去很悲伤，因为他想起了两个星期以前的一个晚上，他的那头青灰色小牛死在了牛棚里。

“啊！这是多么好的一头小牛啊，而上帝却把它带走了！”他伤心地叫道。

“唉！别再为那头小牛伤心啦！上面的一份文件已经送到文书那里了，说凡是地主的森林都要分给农民。”布拉克说道。

热巴回答说：

“这才是公正的！难道森林里的那些树是那些地主种的吗？”

然而过了一会儿，他又伤心地抱怨起来。

“啊，那真是一头难得的小牛呀！只要它一吃奶，就用头牴着母牛，它的屁股撅得都要挨近房梁了。”

“文书说……”

“文书对我来说又有什么用呢？”热巴气冲冲地说道，“它对我来说，就和伊格纳齐一样重要……”

“别多说啦，还是再来喝酒吧！”

他们又喝了一杯。热巴稍微平静一点儿了，安静地坐在板凳上。就在这时候，门开了，门口出现了文书的绿边帽、翘鼻子和山羊胡须。

热巴一看见他，就立即把他那顶早已歪到脑后的帽子扯了下来，扔到地上，然后站起身来，低声含糊地说道：

“赞美基督！”

“镇长在这里吗?”文书问道。

“在!”三人齐声答道。

文书走近前来,酒店老板什莫尔跟着送进一杯阿拉克酒。佐乌齐凯维奇接过酒,轻轻地闻了闻,露出了不屑的表情,然后在桌旁坐了下来。

大家沉默了片刻。最后,哥穆瓦打破了沉默,说:

“文书先生……”

“什么事?”

“森林的事是不是真的?”

“真的!不过你们全村的人得联合起来签写一份申请书。”

“我可不要在那上面签名!”热巴说道,他像所有的农民一样,对签名都有一种厌恶心理。

“没有人会请求你的。你若是不签名,你就会一无所得。这是你自己愿意的。”

热巴又开始挠起脑袋来。这时文书把身子转向镇长和陪审员,用一种官方的语气说道:

“关于分林子的事是真的,不过各户都得用篱笆把自己的那份土地围起来,免得发生争吵。”

“围篱笆花掉的钱比那些树值的钱还要多!”热巴插了一句。

文书没有理他,依然对着镇长和陪审员说道:

“关于篱笆的费用,政府已经拨款了,每户五十个卢布,这笔钱可是超过围篱笆的费用的,人人都会有结余。”

热巴的眼睛闪闪发亮了,尽管他还是醉醺醺的。

“既然是这样,那我也要签名。但是钱在哪儿呢?”

“钱在我身上,这是要签名的申请书。”文书说。

他边说边拿出一张折成了四折的纸来,念了一堆这帮农民都听不懂的内容,不过他们虽然没听懂,但都显得很高兴。如果热巴能清醒一些,他就会看见镇长正在对陪审员眨巴着眼睛。

这之后，怪事出现了！文书拿出钱来说道：

“那好，谁第一个签名？”

他们依次签了名，等到轮到热巴的时候，佐乌齐凯维奇把那份申请书拿开了，说道：

“你不是不愿意签的吗？这可完全是自愿的！”

“我为什么不愿意签？”

文书便喊了一声：

“什莫尔！”

什莫尔出现在门口。

“哎，文书先生想要点什么？”

“你快来这儿做个证人，今天在这里发生的一切都是出于个人自愿的！”

接着他就对热巴说：

“也许你是真的不想签吧？”

热巴已经在上面签了名，而且还在纸上留下了一大滴墨迹。然后他从文书手里接过来钱，整整五十个卢布，到手之后就立马塞进了自己的腰包，他大声喊道：

“快拿烈酒来！”

什莫尔送上酒来，他们又一杯接一杯地喝了起来。热巴双手撑在膝盖上，有点儿昏昏欲睡了。

他的头点了一下，接着又是一下，后来便从凳子上滑了下来，躺在地上，嘴里还在嘟囔着：

“上帝啊，请可怜我这个有罪的人吧！”随后便睡着了。

热巴的老婆并没有来找他，因为她知道，只要他一喝醉酒，就会打她一顿，以前这样的事经常发生。等到第二天热巴清醒过来，他又会向老婆赔礼道歉，热情地吻着她的双手。在他清醒的时候，他从来没有对她说过一句严厉的话，可是一旦他喝醉了，她就免不了要挨打受骂。

热巴在酒店里睡了整整一夜。第二天，太阳升得很高时他才醒了过来。他环顾了一下四周，擦了擦眼睛，才看出这不是他的家，而是酒店，这里也不是昨天晚上的那个单间，而是带有柜台的那个散座大厅。

“凭圣父、圣子与圣灵之名！”

这时候，太阳已经高高地挂在天空了，阳光透过彩色玻璃照射到柜台上。他看到什莫尔站在窗前，身穿一件披衫，头缠包布，摇头晃脑地大声祷告着。

“什莫尔！狗养的！”热巴大声叫道。

但是，什莫尔并没有理睬他，依然身子前后摆动着，并从腰上解下了一根皮带吻了吻，继续着他对上帝的祈祷。他感谢上帝给了人间这样一个明媚的早晨和高悬空中的太阳，感谢上帝把黑夜送走，他赞美着上帝的伟大和万能。

这时候，热巴开始在自己身上来回摸索着，检查自己的东西。凡是在酒店过夜的农民都是这样做。他摸到了那笔钱。

“耶稣玛利亚！这是什么呀！”

就在这时候，什莫尔也结束了祈祷，他脱下披衫和头巾，把它们收进了里间，随后慢慢地走了出来，显得严肃而又平静。

“唔！你有什么事呀？”

“我的这些钱是从哪里来的？”

“怎么，你不知道吗？笨蛋！昨天你不是和镇长说好了，你代他儿子去抽签，他付给你这笔钱作为报酬，你们还签订了契约。”

这时候，热巴的脸色变得像白墙一样煞白，他把帽子扔在地上，用力地踩着，大声吼叫着，连酒店的窗玻璃都震得嘎嘎作响。

“嘿，你这个混蛋，快给我滚出去！”什莫尔一字一顿地说道。

半个小时之后，热巴回到了自己的草房，他的老婆正好在做早饭。一听见他开院门的响声，她就怒气冲冲地从灶旁跑了出来，口中训斥道：

“你这个酒鬼……”

但是，当她看到他的那张脸时她吓住了，她几乎认不出那是他了。

“你怎么啦？”

热巴走进屋内，刚开始他连一句话也说不出来，只是坐在椅子上，眼睛呆呆地盯着地上。

在他的老婆不停地追问下，他终于说出了发生的那些事情。

“他们一起出卖了我，就像犹大出卖了耶稣一样！”末了，热巴说了这句话，他也不管犹太人把耶稣出卖给法利赛人是出于不同的原因……

这时轮到他老婆嚎啕大哭起来，热巴也跟着她抽泣起来，连摇篮里的婴儿也哇哇哭叫着。站在门外的克鲁契克，也发出悲怆的吠叫声，使得邻近的女人们，还没来得及放下手中的炒勺，就连忙跑了出来，彼此打听着：

“热巴家里又发生了什么事啦？”

“一定是热巴又打老婆了，还会有别的什么事！”

然而这时候，热巴的老婆哭得比热巴自己还要伤心，因为这个不幸的女人非常爱他，超过世上的一切。

第五章　在这一章里我们要开始认识羊头镇的司法界及其主要领导人

第二天，村法庭举行例会，除了几位地主（乡绅陪审员以外），全镇的陪审员都出席了。这些乡绅陪审员为了不脱离本阶层的人，便采取了英国的政策，即不参与原则，这个原则受到了杰出活动家约翰·布赖特的特别称赞。然而这并不排除“知识阶层”对镇上事务的间接影响。假如“知识阶层”中的某个人犯了什么案件，那他只需在开庭的前一天，把佐乌齐凯维奇先生请到家里，然后对这位知识界代表献上美酒和雪茄烟，案件就会轻而易举地得到解决。接着，到了吃午饭的时间，你只要彬彬有礼地邀请佐乌齐凯维奇，说："请，请！佐乌齐凯维奇先生，请入席吧。"佐乌齐凯维奇就会入席就座。第二天他就会装作无所谓的样子对镇长说："昨天我被邀请到密奇塞夫斯基家、斯科拉贝夫斯基（或者奥西切辛斯基）家吃午饭。你看！他女儿也在家里，我知道这是什么意思。"在午宴上，佐乌齐凯维奇竭力保持温文尔雅的形象，面对着桌上各种各样他从未见过的菜，他总是先观察别人，人家怎么吃，他也怎么吃，表现得和别人一样。和乡绅的这种亲密交往给他带来了极大的欢欣和满足，不过他从不表现出来。

他是一个充满智慧的人，无论走到哪儿他都能随机应变，应付自如。在这样的场合里，他不仅不会有任何的怯场，反而能侃侃而谈。有时他还提到"那个正直的警察局长"或者"那个有才干的县长"，说他昨天还和县里的这些头面人物玩过一个戈比一点的牌。总而言之，他竭力表现出，在驴子县，这儿所有那些有权有势的人物都把他当作手足一样来看待。他的确注意到，当他说这些话时，那些女士们都用奇怪的眼光望着她们的盘子、碟子，但他把这看做是一种时尚。吃过午饭之后，他不止一次地感到惊异，因为还没有等到他告别，乡绅就拍着他的肩膀说，"好吧，祝你健康，佐乌齐凯维奇先生！"不过，他也认为这又是上流社会中流行的一种习俗罢了。当他和主人握手告别时，他感到主人的手里好像有什么在"沙沙作响"。于是，他便会弯曲了他的手指，往乡绅手心里伸过去，把他们手里那些"沙沙作响的东西"挖过来，同时他也不会忘记加上这样一句："尊敬的先生，我们之间何必这样多礼！至于您的案子，您完全可以放心，尊敬的先生！"

确实，那位尊敬的先生完全可以放心，因为佐乌齐凯维奇先生早有布局，已把布拉克镇长和陪审员哥穆瓦牢牢地控制在自己手中。不管是什么案件，只要他们三人联合起来决定了，那其他陪审员仅仅通过一下，只需要走个过场就行了。这毫不奇怪，因为在每个集体中，通常才干杰出的人都发挥出极大的作用，并且可以有效控制事情发展的方向。

由于佐乌齐凯维奇先生有很强的管理能力和杰出的天赋，镇里的大小事务都被他处理得有条不紊。可惜却有一样不幸，那就是佐乌齐凯维奇先生只是在某些案件中才发表自己的意见并向法庭做出解释，讲述应该如何从法律的观点来看待和判决这一案件。至于其他的案件，如果事先没有人用那种沙沙作响的东西关照过，那就只有让镇法院独立去处理，他在整个案件的审理过程中就会一言不发地坐在那里。往往在这种时候，那些陪审员们便会觉得失去了拿主意的人，感到十分不安，很是狼狈。

在贵族当中，更准确点说，在这些地主当中，只有一位叫弗洛斯的小进步村的二地主，在最初的时候作为陪审员参加过镇法院的会议。他声称“知识界”是应该参加这些事务的。可是出乎他的意料的是，大家对此事的反应都很糟糕，乡绅们都把他看成是“赤党”，这点从他的姓名“弗洛斯”就可以明显地看出来。而农民们呢，对于自己的独立性有着共同的坚持，他们认为地主不能和农民坐在一条板凳上，他们的最好证据就是：“你看，别的地主都不这样做。”总之，农民们都指责弗洛斯先生，说他这个地主一点没有地主的样子。而佐乌齐凯维奇先生也不喜欢他，因为他没有用过那沙沙作响的东西去博得他的友谊。不仅如此，有一次，弗洛斯先生以陪审员身份来参加会议，在会上，他甚至命令佐乌齐凯维奇闭嘴，于是佐乌齐凯维奇对弗洛斯先生的不满更加深了。其结果就是，在一个美好的早晨，在整个陪审团的面前，他听到坐在他旁边的一个陪审员说了下面这一段话：“尊敬的先生，您可真的不是一个乡绅。奥西切辛斯基先生是乡绅，斯科拉贝夫斯基先生也是乡绅，可是您，尊敬的先生，却不是乡绅，您只是一个暴发户!”那时弗洛斯先生正好买下了克鲁哈沃拉庄园,一听到这番话,他就撒手不管这一切了,把乡里的事务交由乡里去办,就像过去城里的事由城里人办一样。贵族们都说“他出局了”,同时为了维护不参与原则,他们还引用了一句已成为民族智慧的谚语:“农民难教。”

人们不再为镇务会议有“知识阶层”的参加而感到苦恼,在处理各种案件的时候也不需要上述人士的帮助,单靠羊头镇上层的智慧就能明察秋毫。按照“巴黎的智慧适合于巴黎,加里西亚的自治适合于加里西亚”这一原则,羊头镇的智慧对羊头镇来说也就绰绰有余了。此外,不容置疑的是,农民的实际判断力,或者换句话说,那所谓的“健全的农民智慧”,要比任何一个外来的知识分子有用得多,在维斯瓦河畔的国家及其管辖的地方都是如此。而且这个国家及其管辖地方的居民们,从他们刚出生起,就已经具备了这种“健全的智慧”。对于这一点,我认为是无需加以论证的。

刚才说的这一点已经在羊头镇得到了充分的证实了,就在本文所谈到的这次会上,他们正在念一份上级来的公文,询问羊头镇是否愿意自费在自己的区域内修筑那条通往驴子城的大道。总的来说,到会的那些元老们都不太赞成这个计划,因此,一个当地的议员便发表了一个“明智的”意见,认为那道路无需修筑,因为大车可以从斯科拉贝夫斯基家的草原上通过。如果斯科拉贝夫斯基先生当时在场,他一定会找出许多理由来反驳这一提议的。可是他当时并不在场。因为这位乡绅恪守不参与原则,这一修正的提案差一点就要被一致通过了,准确地说,如果不是佐乌齐凯维奇先生前一天曾在斯科拉贝夫斯基家吃过午饭,那这个提案一定会被通过的。在吃饭的时候,他还给雅德维佳小姐讲述了在马德里杀死两位将军的故事,这是他从布勒斯拉维尔出版社出版的《西班牙的伊萨贝拉》一书中读来的。饭后当他和斯科拉贝夫斯基握手告别的时候，又得到了他手中那沙沙作响的东西。现在文书先生不仅没有去记录这个修正的提案，反而停止了挖鼻子，放下了手中的笔，这样的动作通常表示他要发言了。

“文书先生有什么话要说?”会上的人一齐问道。

“我只想说，你们真是群傻瓜!”文书镇静地回答。

真正的议会演说，哪怕只是简单的几句话，也是有巨大的能量的。上面这句话一说出来，就表明这既是对修正案的反对，也是对羊头镇首脑们的行政方针政策的抗议。这些首脑们便惶恐不安地你望着我，我望着你，开始搔起他们那高贵的思维器官来了。这一举动不容置疑地表明他们是在深入思考这一问题了。最后，在经过了很长一段时间的沉默之后，终于有一位代表用询问的口气说道：

“你为什么说我们是傻瓜?”

“因为你们就是傻瓜!”

“那是毫无疑问的!”一个声音说。

“草地毕竟是草地呀!”另一个声音接着说道。

“春天冰雪融化的时候，我们也没办法从那儿走啊。”第三个声音接着说道。

就这样，提出经过斯科拉贝夫斯基家草地的修正案被否决了，他们最终决定要接受上级政府的计划，并且根据提供的预算，把修筑道路的费用摊派下去。起初，他们打算只让地主斯科拉贝夫斯基负担这笔费用，因为他家的草地再也不会受到损害了。可是这个新的提案，也被佐乌齐凯维奇先生给否决了。于是这些司法界的首脑们便个个都想方设法把自己的负担转嫁给别人，同时又能让自己的同胞觉得自己是为了大众作出了重大牺牲的，并且从中感受到内心的快乐和满足。公正已经在羊头镇司法界的首脑心中深深地扎下了根，除了镇长和陪审员哥穆瓦外，每个人都无法逃避这一负担。他们主动承担了监督的责任，以便使道路的修建进行得又快又好。

不过应该承认，镇长和陪审员哥穆瓦的这种大公无私的奉献精神，正如超出一般道德标准的种种道德一样，引起了其他陪审员的不满，甚至遭到了一个陪审员的抗议，他气愤地说道：

“为什么你们就能不出钱呢?”

“既然你们出的钱都已经足够了，我们又何必再出什么钱哩!”哥穆瓦回答道。

这样一个很好的理由，我想，不仅羊头镇的头脑健全的人，就是任何一个别的人也找不出反驳的话来，甚至就连那个提出抗议的陪审员在沉默片刻之后也用完全赞同的口气说道：

“那倒是真的!”

这件事情算是了结了。他们本可以继续处理其他案件，可这时候，有两只小猪出乎意外地闯进了这间司法大厅。这两只小猪发疯似的从没有关紧的大门窜了进来，漫无目的地在大厅里乱跑乱撞，还在人们的脚下钻来钻去，发出刺耳的尖叫声。

毫无疑问，会议只好中断，这些司法界的人物也加入了追赶不速之客的行列中。在短时间里，这些代表们竟十分难得地一致吆喝道：“啊哧！啊哧！噢！你们这些倒霉鬼!”这时候，两只小猪从佐乌齐凯维奇的双腿中间钻了过去，在那条浅黄色的裤子上留下了令人恶心的绿色污迹，正如我们在报纸刊载的外省通讯中所读到的那样，这种绿色污迹是无法洗掉的，后来，不管佐乌齐凯维奇先生用甘油香皂去洗，还是用自己的牙刷去刷，也没能刷洗干净。

最后，多亏了羊头镇代表们过去拥有的，现在也依然存在的果断和毅力，两只小猪终于被抓住了后腿，无论它们多么努力地反抗挣扎，最终还是被扔出了门外。会议的议事日程又继续进行了下去。

按照这个程序，现在要审理一个名叫希罗达的农民控告上面提到过的那个地主弗洛斯的案件。事情是这样的，一天夜里，希罗达的几头牛来到弗洛斯家的苜蓿地里吃了一整晚，因为吃得太撑了，所以在一清早就离开了这个贫穷的山谷，到达了一个更加美好的牛的极乐世界里。伤心欲绝的希罗达把这一不幸的事件提交到了法院，请求得到公正的裁决和补偿。

法院深入调查，以其特有的敏锐性做出了判决，判决如下：尽管希罗达是故意把牛放进了弗洛斯的地里的，但是如果他的地里长的是燕麦或是小麦，而不是那“鬼东西苜蓿”，那么这些牛现在一定还活得好好的，又大又壮，绝对不会遇到这种可怕的饱胀病，也不会因此而丧命了。

他们从这个大前提出发，通过既是逻辑的，又是法律的道路，达到小前提。法院以这个原则作出判决：造成牛群死亡的原因不是希罗达，而是弗洛斯先生，所以弗洛斯先生应该赔偿希罗达的牛。为了警戒后人，弗洛斯先生还应付给镇公所五个卢布作为镇里的基金费。如果被告拒绝支付上述这笔款项，那么法院将会向他的佃户伊克·兹维诺斯征收。

接着，他们又审理了几件民事案件。这些案件因为和这位大智大慧的佐乌齐凯维奇先生均无直接或间接的关系，所以全是由法庭独立做出判决的，而且是羊头镇这些大人物们本着公正无私的立场做出的判决。

多亏了“知识界”奉行的是上面提到的英国式不参与原则，使得会议的和谐和一致很少受到干扰，只是偶尔被中风呀、烂肠子啊和疽疫之类的言谈所打断，而这些话语通常是诉讼的双方在表示祝愿时无意说出来的，或者是由法官们自己说出来的。

我认为，正是由于这种不参与原则，才能使得所有的案件都能以这样的方式得到判决：无论是胜诉一方，还是败诉一方，都要向镇公所交纳一笔不小的费用。这样做，间接保证了村子里的制度。比如保证了镇长和文书希望在镇里得到的独立自主性，又教育了村民不要随随便便打官司，从而使羊头镇的道德水平达到十八世纪哲学家们做梦也达不到的程度。还有一件事也值得注意一下，对于这件事我们姑且不表示赞扬也不表示责难，那就是佐乌齐凯维奇先生在记录交给镇公所的款子的时候，往往只把一半记入他的账本里，而将其余的一半单独收管，以备“不时之需”。而这笔钱的使用权，归镇长、文书和陪审员哥穆瓦三人所有。

最后，按照程序，是法庭审理刑事案件的时候了。于是他们命令乡警去把犯人带上来，让他们站在法庭前面。我无须多说，羊头镇所采用的监禁制度是最新式的，而且最符合文明的一切要求，这就是单独监禁。当然，这种制度并不是所有人都赞同，也有人诽谤它，但这种制度的存在是不容置疑的。就算是到了今天，在羊头镇镇长的畜栏里竟也有四个单间那么多。犯人们单独住在那里与各种牲畜为伴。关于这些动物，在《青年使用的动物学》书中有这样的描绘：“猪，一种由于自身的肮脏而被如此称呼的动物。”既然造化不给它们长角，那就证明造化自有安排。囚犯们被关在这样的牢房里，终日与这样的动物为伍，这样既不会妨碍他们去思考问题，还能让他们忏悔自己曾经犯下的过错，从而让他们在以后的日子里重新做人。

这时候，乡警匆忙来到那所监狱，从牢房里把犯人带到了法庭前面。押来的不是两个男犯人，而是一男一女。读者从这里可以轻易地推测出，羊头镇法庭所要审理的这件案子是如何触及到人的心灵深处以及人微妙的天性。的确，这个案件是非常微妙的。

某个罗密欧，又叫瓦赫·勒赫尼奥，和某个朱丽叶，又名巴希卡·查比安卡，他们都在一家农户做工，一个当长工，一个当女佣。这里也没什么好隐瞒的，他们相互爱上了对方，谁都离不开谁，就像涅瓦曾德赫离不开曾德哈一样。总而言之，他们相爱了，我不知道这是不是柏拉图式的爱情，不过他们确实爱得非常热烈。然而不久嫉妒却悄悄地钻进了罗密欧和朱丽叶之间，因为有一次朱丽叶看见罗密欧和庄园里的雅格娜在一起聊了许久。从此，那个不幸的朱丽叶便一直在等待一个机会。直到有一天，罗密欧一早就从地里回来了，回来得比平时早很多，而且他一回来就非要吃饭。于是双方发生了争执，他们除了口头的争吵，还发生了擦枪走火的事情，比如几十下拳头和铁勺的敲击。这些碰撞所留下的伤痕清晰可见，朱丽叶娇俏的脸变得一块青一块紫，罗密欧那具有男子汉气概的前额上也割破了一道裂口。现在法庭需要判决的是哪一方面有理，是谁该付给对方五个兹罗提，或者说得确切些，是七十五个银戈比，用来作为欺骗对方感情和这次争吵的赔偿。

西方腐败的空气还没有侵袭法庭的健全的精神实质，因此从他们的灵魂深处来说，对妇女解放是深恶痛绝的，认为它与斯拉夫民族那种田园牧歌式的气质是完全敌对的。于是法庭便把第一个发言权给了罗密欧。他正用手捂着那被打破的额头，开始诉说道：

"尊敬的法庭！这头母猪很长一段时间以来就一直在找我的麻烦。我和其他的好人一样，回来吃下午茶，可是她却偏要找我的茬，说：'你这个狗杂种，东家都还在地里，你这么早回来干什么？'她说，'你想躺在炉灶边，对我挤眉弄眼是不是？'可是我从来也没有向她挤眉弄眼过。自从她那次看见我帮助地主家的雅格娜从井里打水以后，就生我的气了。她把给我的盘子往桌上一扔，盘子里面的饭菜都差点洒出来了，后来她甚至都不许我吃东西，常常这样骂我：'你这个狗崽子，你这个见异思迁的人，你这个付方丈！'当她骂我是'付方丈'时，就在那一刻，我实在是气不过了，就打了她一巴掌，她就发了疯似的用铁勺子狠狠朝我的头上打。"

这位朱丽叶，听到这里再也忍不住了，她把握紧的拳头一直伸到罗密欧的鼻子底下，尖叫道：

“你说谎！你说谎！你就是条疯狗，在乱叫一气！”

接着，她觉得很心酸，哭了起来，然后又转身面对法庭，大声说道：

“尊敬的法官们！啊！啊！我是个不幸的孤儿，上帝啊，救救我吧！我看见他和雅格娜在一起，不过并不是像他说的那样在井边，真应该让他们都瞎了眼！我看到他们一起走进了黑麦地里，在里面呆了作五次祷告那么久的时间。你这个混蛋，你曾经深情地对我说过多少次，你说你是多么地爱我，为了我，你可以放弃一切！该死的臭男人，你会得到报应的，你就应该全身溃烂，让这条充满谎言的舌头变成木头！啊，我真命苦啊！我真是不该用铁勺去打他的头！我应该用大木棍去揍他！太阳还老高老高的，他就从地里回来了，还让我给他食物填饱肚子，当时我态度温和地对他说：‘你这个偷懒的家伙，主人还在地里呢，你怎么就回来啦？’可是我真的没有说过什么‘付方丈’，让老天爷来作证……我真的没有，可是他……”

这时候，镇长警告被告要遵守秩序，他用责问的口吻训斥她：

“你这讨厌的女人，为什么不把你的嘴闭上？”

法官们沉默了片刻，他们都在考虑判决的事，他们对整个事件洞察得多么仔细啊，为了保持法庭的尊严，他们并没有判处某一方交出五个兹罗提，但为了警告羊头镇每一对相爱的人，法庭判决他们两人在监狱里关押二十四小时，每人罚交一个银卢布给办公室。

“瓦赫·勒赫尼奥和巴希卡·查比安卡各交来办公室五十个银戈比。”佐乌齐凯维奇先生在账本上写下。

这时候，法庭审理已告结束，佐乌齐凯维奇先生站立起来，向上提了提他那浅黄色的裤子，又把他那件紫罗兰色背心往下拉了拉。陪审员们都准备走了，已经拿起了他们的帽子和鞭子。突然间，那扇被小猪闯入以后就一直紧闭的大门，砰地一声被打开了，门口出现了热巴。他的脸，阴沉得如同黑夜，跟在他身后的是他的老婆和那只名叫克鲁契克的狗。

热巴老婆的脸色如同夏布一样苍白，她那清秀娇丽的脸上现出一种忧愁而谦卑的神态，她那双黑色的大眼睛里噙满了泪水，沿着脸颊滚落下来。

热巴大胆地走了进来，头高高仰起，可是他一站到法庭面前，面对着全体陪审团，看到镇长的金属饰物，看见了十字架、山羊胡子、狮子鼻和一双大脚时，他刚才的神气劲儿都立即消失了，用非常微弱的声音说道：

“赞美！赞美！”

“永远！永远！”陪审员们一齐答道。

“你们来这里干什么？”镇长威严地问道。这时候，他的心里也有点儿发慌了，但又立即镇定了下来：“你们有什么事？打架了还是怎么了？”

文书先生出乎意外地插了一句：

“你就让他们自己说吧！”

热巴开口说道：

“尊敬的法官先生们！……愿最光明的……”

“你不要说，你别说了，还是让我来说吧，你安静地呆在那里！”女人打断他说。

她边说边用手帕擦了擦眼泪和鼻涕，用颤抖的声音讲述了整个事情的经过。唉，她这是来找谁的呢？她这是要在镇长和文书面前来控告镇长和文书。

“他们把他叫了过去，”她说，“他们承诺他，只要他答应签名，就能得到森林，于是他就签了字，他们给了他五十卢布。他当时完全醉了，根本不知道那是在出卖自己的性命啊！出卖的也是我和孩子的命！法官先生们，他当时真的是喝醉了，醉得不像是主创造出来的生物了。”她的眼泪哗啦哗啦地流，接着说道：“他当时喝得烂醉，一个喝醉的人根本不知道自己在做什么。就是在法庭上，若是有人喝醉了，犯了什么过失，法官们也会宽容他的，因为他根本不知道自己在做什么啊！上帝怜悯我们吧！一个清醒的人决不会为了五十个卢布就出卖自己的性命的！啊！请你们可怜可怜我，可怜可怜他和那无辜的孩子呀！我这个不幸的女人，要是没有了他，没有了我那可怜的男人，独自一人活在世上，我要怎么活下去呢！啊！上帝会为了这个赐福给你们的，会替不幸者来赏赐你们的。”

说到这里，她哭得再也说不下去了。热巴也大哭起来，时不时用手去擦他的鼻子，法官们神情紧张，他们面面相觑，看着镇长和文书，不知道该怎么办好。直到热巴老婆又能说出话来时，她又诉说起来：

“自从这件事情以后，我家男人就像中了毒一样，坐立不安。他说：‘我要杀死你，连同孩子一块儿杀掉，我要一把火把房子给烧了，’他说，‘我决不会去当兵，我决不会去的！’可是我又有什么罪呢？孩子又有什么罪过呢？他从此也不管地里的事了，也不去割草，斧头也丢在一边了，成天坐在家里唉声叹气。但是我一直在等法庭开庭，你们都是心向上帝的人，决不会让我们受到欺侮的！耶稣啊，钦斯托霍瓦的圣母啊！请您给我们求求情吧！求求情吧！”

一时间，法庭里鸦雀无声，只能听到热巴老婆的抽泣声，一个老陪审员喃喃说道：

“把一个人灌醉了，然后又出卖他，真是缺德！”

“是的，确实很缺德！”别人也附和道。

“愿上帝和他最神圣的母亲保佑你们！”热巴老婆跪在门边，大声说道。

镇长觉得十分羞愧，陪审员哥穆瓦也一样狼狈，他们两个都望着文书，而他一直在沉默不语地挖鼻子，等到热巴老婆说完了，他才停止挖鼻子，对那些正在嘀嘀咕咕的陪审员说道：

“你们这帮蠢货！”

法庭里一片沉寂，就像播种罂粟的时节。文书接着说道：

“条例明确写着，谁若是干涉自愿签订的契约，必定要受到海洋法庭的审判。傻瓜们，你们知道什么是海洋法庭吗？你们是不会知道的，你们这些傻瓜，海洋法庭就是……”

说到这里，他掏出了手帕，擦了擦鼻子，随后他带官腔，用冰冷的语气继续说道：“你们真是笨蛋，你们连海洋法庭是什么都不知道，就想把鼻子伸进这样的案件里，等到你们被打到痛不欲生的时候，你们就会知道什么是海洋法庭了。凡是有人自愿代替别人去应征，干涉任何一方的行为都是不允许的。既然已经签订了合同，而且还有证人在场，这是完全合法的！宪法和法律就是这样说的，在农民事务最高委员会第一次会议上制定的法律也是这样规定的。如果有人有所怀疑，就去看看诉讼程序和诉讼例案好了。他们在那个时候喝喝酒又算得了什么？你们这些傻瓜，不是也不管在哪儿，不管在做什么事情，都爱喝酒吗？”

假如正义之神这时候一手拿着天秤，一手拿着出鞘的宝剑，从镇长的炉子后面走出来，突然站到这些陪审员中间，都不会比海洋法庭、宪法、法律学、诉讼程序和诉讼例案更让他们惊恐不安的了。法庭又陷入了沉默，过了一会儿，哥穆瓦才轻声地说起话来，大家都望着他，仿佛是为他的勇气而感到惊讶。

“这倒是真的！一个人卖马要喝酒，卖牛要喝酒，卖猪也要喝酒，这已经成了习惯。”

“没错，我们也是按照习惯来喝酒的！”镇长说道。

后来，陪审员们的胆子也壮了一些，于是他们对热巴说道：“那还又有什么可说的！你自己种的苦果，只有自己把它吃掉！”

“难道你还是个六岁的孩子，不知道自己做的是什么事吗？”

“况且，他们也不会要了你的脑袋的。”

“等你当兵走了，你可以雇个长工，让他住在你家里，陪伴陪伴你的老婆。”

整个会场又渐渐恢复了活跃的气氛。

突然文书又开口说话了，大家都静了下来。他说：“但是，你们不知道什么该管，什么不该管。热巴威胁他的老婆和孩子，说要烧掉自家的房子，这种事你们就应该管一管，决不能轻易放过。既然他老婆来控诉了，就绝不能让她得不到公正处理就离开法庭。”

“不对！不对！”热巴老婆绝望地喊道，“我不是来控诉他的，我从来也没有受过他的欺侮。啊！耶稣！难道是世界末日到了吗？”

法庭最终进行了宣判，结果是，热巴夫妇想要控诉的事情一点也没有得到解决，法庭反而为了保障公共秩序和热巴老婆的人身安全，决定把热巴关在猪圈牢房里两天。并且，为了防止他将来不再有类似的糊涂想法，决定罚他交纳办公室两个半银卢布。

热巴像疯子似的跳了起来，大声叫喊：“我不会去猪圈的！”他交给办公室的不是两个半卢布，而是把他从镇长那里得来的五十个卢布扔在地上，叫道：“谁想要谁就拿去吧！”这一刻法庭的场面陷入一片混乱，乡警跑了进来，想要抓住热巴，只要他们一靠近，热巴就用拳头揍他们，他们也用拳头打热巴的脑袋。热巴的老婆大声哭喊起来，一个陪审员抓住她的脊背，把她推向大门，还朝着她的后背上打了一拳，顺势将她推出门外。其他的陪审员也帮助乡警一起抓住了热巴的头发，将他押往猪圈拘留所。

这时候，文书记下了“今收到瓦夫隆·热巴交办公室一卢布二十五个戈比”。

热巴老婆回到她那空荡荡的屋子，这时候，她几乎都要失去意识了。在她面前的东西，她一样都看不清楚了，路上的石头使她跌跌撞撞，她绞扭着向上举起的双手，大声悲号着：

“呜！呜！呜！”

镇长的心还算不坏，当他和哥穆瓦缓步走向酒店的时候，说道：

“我有点同情这个女人。也许我该再添给她二十五斤豆子，或者其他东西。”

刚才那个替热巴老婆打抱不平的老陪审员，对其他陪审员说道：

“我要走了，回家去了，我希望先生们下次开会时，再也不会发生这类的事情！”

他说完便坐进了马车，挥动了一下鞭子，马车便驶走了。他不是羊头镇人。

第六章　伊摩琴

写到这里，我想我的读者已经完全明白，并且高度赞扬我那位可爱的主人公的天才计划了。佐乌齐凯维奇先生，正像我们平常所说的，在这盘棋上已经把热巴夫妇“将”死了。把热巴写进征兵名册去，可能不会有什么效果，可是将他灌醉，然后让他自己签订契约，而且还拿了钱，这样一来事情就要简单多了。这是一个巧妙的谋划，它可以证明佐乌齐凯维奇先生在整个事情的进程中能够起到像在外交界时一样的重要作用。镇长本来已经做好准备要用八百卢布，也就是他积攒的全部现金去赎买他的儿子，然而当他听到这个计划，便立刻高兴地接受了。尤其是佐乌齐凯维奇先生，不仅拥有过人的智慧，而且处事得体，在这件事情上，他也只要了二十五个卢布作为报酬。可是佐乌齐凯维奇先生并不是因为贪婪才要这笔钱的，正如他不是出于贪婪才和布拉克平分办公费一样。我还要指出，佐乌齐凯维奇先生常常欠斯鲁尔的债，斯鲁尔是驴子城里的裁缝，专给周围地区的人供应“纯巴黎式”的服装。

现在，既然我走上了坦白的道路，我就不再隐瞒佐乌齐凯维奇先生为什么在穿着上这样讲究了。这无疑是出于爱美，可是也还有别的原因，那就是佐乌齐凯维奇先生陷入了爱情里。不过你们可不要以为他是爱上了热巴的老婆，他对热巴的老婆，照他自己的说法，只是有点“嘴馋”罢了。况且，佐乌齐凯维奇先生还是有一种更加高贵、更加复杂的感情的。我亲爱的女读者们一定已经猜想到，这种感情的对象不是别人，正是雅德维佳·斯科拉贝夫斯卡小姐。不止一个夜晚，当皎洁的月亮挂上天空，佐乌齐凯维奇先生就拿起他吹得很好的口琴，坐在砖房前面的椅子上眺望地主的庄园，用缠绵多情的声调，或是低回幽怨的声音哼唱起来：

从每天的黎明直到深夜，
我的眼泪在不停地流淌。
晚上我唉声叹气辗转反侧，
悲叹我失去了一切希望。

在夏夜富有诗意的寂静中，歌声一直传向了庄园。过了一会儿，佐乌齐凯维奇又唱了起来：

“啊，人们，人们，无情的人们！为什么要去毒害年青人的生命？”

不过，如果有人认为佐乌齐凯维奇先生是个痴情人，那我不得不说，你完全想错了。这个大人物可是时刻保持头脑清醒的，他决不会成为痴情的人。在他的梦想中，雅德维佳小姐就是伊萨贝拉的化身，他自己则是塞拉罗或者马尔福里。而这种关系的表现，也正如西班牙一样，只是亲吻长筒袜子以及类似的动作。但由于现实和理想相差甚远，这位铁石心肠的人物有一次泄露了自己的感情。那是一个傍晚，他看见木房旁边的绳子上晾晒着一条标有 J. S 记号和折缝处有王冠记号的裤子，他一眼就认出了这是雅德维佳小姐的。

在这样的时候，尊敬的读者们，请你们告诉我，谁还能克制得住自己呢？佐乌齐凯维奇当然也无法克制住自己，于是他走上前去，抱起一条裤腿猛烈地吻了起来。地主家的女佣人马尔戈什卡碰巧看见了这一幕情景，于是立刻张大嘴巴跑进庄园向主人报告说："文书先生在小姐的裤子上擦鼻子哩！"幸亏没有人相信她的话，他们也并没有在裤子上发现什么鼻涕之类的脏物，因此文书先生的感情也就没有被任何人发现了。

但是，他有希望吗？尊敬的先生女士们，你们不要把他想得太坏，他还是有希望的！每当他来到地主的庄园，心里就有一种声音，它的确还很微弱，但却在不断增强，在他耳边悄悄地说："也许就在今天，吃午饭的时候，雅德维佳小姐会在桌子下面踩住你的脚呢……"

"哈，多花点鞋油真的算不了什么！"他用那种恋爱中的人所特有的大方口气说道。

读了布勒斯拉维尔先生的出版物后，他相信被踩的可能性还是很大的。可是雅德维佳小姐从来也没有踩过他的脚……有谁能够猜得透女人的心思呢……她不但从来没有在桌子下面踩过他，甚至当她看他的时候，就像是在看一座篱笆、一只猫、一只盘子或者这一类东西。这个可怜的人，为了要引起她的注意，真是费了不少的心思啊！有时他会打上一条领带，领带的颜色从未有人见过；或者穿上一条有着古怪花纹的新的呢裤子。他在心里想："现在这样，她总该注意我了吧！"就连斯鲁尔本人给他送新衣服来的时候也说，"嘿嘿！你穿上这样的裤子，就是去向伯爵小姐求婚也配得上！"

不过，这一切的努力又有什么用呢？他前去庄园吃午饭，看见雅德维佳小姐走进来时是那么的高傲、纯洁，就像一位女王，令人望而生畏。带有大大小小褶子的连衣裙发出瑟瑟的响声，包裹着她那犹如大理石一般白皙的躯体。她坐了下来，用那纤细的手指捏着勺子，连看都不看他一眼。

“难道她不知道，这是多么昂贵的啊?”佐乌齐凯维奇绝望地想道。

但是，他没有死心。他暗自盘算道:“要是我当上了副督察官就好了，情况就会不一样了。从副督察官到督察只是一级之差，我只要有了一辆马车和两匹马，雅德维佳小姐就会在桌子下面握着我的手了。”佐乌齐凯维奇从握手一直想到了遥远的未来，由于这些想法太过于私密和亲昵，我们就不好公之于众了。

佐乌齐凯维奇真是个感情丰富的年轻人，这是显而易见的。一方面他怀有对雅德维佳小姐的崇高的感情，这种感情是符合这个青年人的贵族天性的;另一方面他又对热巴老婆有着非常强烈的那种“嘴馋”的欲望。的确，热巴的老婆是个公认的美人。如果这个女人不是出奇的固执，而且这种固执应该受到惩罚，那么这个羊头镇的“唐璜”也就不会那样为她煞费苦心了。一个普通女人的固执，而且又是冲着他来的，对他来说，的确是傲慢无礼而又前所未有的。所以热巴的老婆在他眼里不仅具有了禁果的魅力，同时也让他觉得她应该受到应有的惩罚。特别是在克鲁契克的事件以后，他更是下定决心将计划付诸实施。但是他知道，那个女人一定会自卫反抗的，于是他才策划了热巴和镇长自愿签订代征契约的计谋。这样一来，至少在表面上，热巴本人，甚至他全家的祸福都取决于他自己的所作所为了。

不过热巴的老婆在法庭上经过了那次失败的斗争以后，并不甘心认输。第二天正逢星期天，她决定到夫热强什村做礼拜，她想要找神父商量对策。那儿有两个神父，一个是地区的主持乌拉诺夫斯基神父，然而他的年纪已经很大了，一双眼睛鼓得圆圆的，就像鱼眼一样，头还不停地摇晃着。热巴老婆要找的不是这位老方丈，而是助理神父齐吉克，他是个虔诚而又聪慧的人，她觉得自己一定会从他那里得到好的主意和安慰的。她本想早点动身，赶在弥撒之前和齐吉克神父谈一谈，可是她还有许多事情要做，再加上她丈夫还关在猪圈拘留所里，所以现在她丈夫那一摊子事也得由她来做。等她把家里收拾好，喂了马、猪和母牛，煮好了早饭，并且把饭送给了拘留所里的热巴之后，太阳已经很高了，她知道她不能在弥撒之前赶到教堂了。

实际上，她赶到那里的时候，礼拜已经开始了。那些穿着绿色夹克的妇女们正坐在墓地里急忙穿上用手提来的便鞋。热巴的老婆也照样做了，随后她走进了教堂。齐吉克神父正在布道。老神父和平常一样，戴着圆顶帽子，坐在神坛旁边的一张椅子上，瞪着一双眼睛，脑袋不停地摇动着。福音书已经念过了，不知道出于什么原因，齐吉克神父突然讲起了中世纪卡吉米派的异端邪说来，他向自己的信徒们解释，应该如何采取符合教会准则的方法去对待这些异端邪说，同时他也谈到了当时针对它而颁布的圣谕。接着，他又用有力的语言，富含激情地，深入浅出地去警告他的那些羔羊：他们是普通百姓，贫穷得就像空中的飞鸟一样，可是却受到了上帝的怜爱。像魔鬼那样傲慢的人，他们播下的是毒麦而不是小麦，收获的是眼泪和罪恶。这时，他又顺便提到了康迪拉克、伏尔泰、卢梭和奥霍罗维奇，却完全没有讲到这些人之间的差别。最后他又详细地描述了那些罪孽深重的人在另一世界将遇到的不幸的事情。热巴的老婆立刻感到精神为之一振，虽然她不懂齐吉克神父说了些什么，但她心里想道：“他一定是特别善于演讲，因为他的声音是这样的洪亮而富有激情，以至于都汗流浃背了，而且大家听了以后都在叹气，好像要把最后一口气都吐出来。”

布道结束后，又开始了弥撒。啊！热巴的老婆也在祈祷，这个不幸的女人虔诚地祈祷着，比她前半生任何一次都要虔诚，不过现在，她越来越觉得宽心了。

庄严的一刻终于来到了。老方丈全身白衣，犹如一只白鸽。他从箱子里拿出了最神圣的圣餐盒，然后转身面对大家。他用自己那颤抖的双手捧着圣餐盒，仿佛在捧着太阳，一直把它举到脸前，他闭起双眼，低着头，在那儿站了一会儿，仿佛在养精蓄锐。最后他高声唱了起来：

在这样伟大的圣餐面前！
大家一起回答，成百个声音吼唱起来：
“我们匍匐在地，
让那些旧的传统，
为新的法规所代替，
而信仰将会弥补
与凡情不符的东西……”

歌声雷鸣般地响着，连门窗上的玻璃都被震响了，管风琴在吼叫着，大大小小的钟都已敲响；教堂门前的鼓声在擂动，香炉里升起了袅袅青烟，阳光透过窗户照射进来，把一团团烟雾映成了彩虹色。在这些喧嚣、烟雾、阳光和说话声中，那最神圣的圣餐盒突然地闪烁了一下。老方丈把餐盒放下，又一下子把它举起。这时候，这个手捧圣餐盒的白衣老人，就像是从天而降的神仙，一半身体隐没在烟雾里，发出了光辉。从他身上散发出的恩泽和欢乐，温暖着所有人的心和他们虔诚的灵魂。而这种恩泽和巨大的欢乐也把热巴老婆那颗苦难的灵魂置于上帝的庇护之下了。这个不幸的女人大声叫道：

“耶稣啊，隐身在这最神圣的圣餐盒里的耶稣啊，请您不要遗弃我这个苦命的人啊！”泪水从她眼里流出，然而这和她在镇长那里哭泣时的泪水完全不同，这是一种欢乐的眼泪，虽然它像加尔各答的珍珠那样大，但这是一种欢乐而又平静的眼泪。

热巴老婆趴在神坛前面，把脸贴在了地面上。后来她自己也不知道发生了什么事情，她仿佛觉得，是有一些天使，轻轻地把她从地上拉了起来，把她当作一片枯叶一样，带到了天上，带到了那永远充满幸福的地方。那里没有佐乌齐凯维奇和镇长，也没有征兵名册，在那里，能看见的只有一片光明，在光明之中是上帝的宝座，宝座周围光芒四射，她只好闭起眼睛。那里聚集着无数的天使，犹如一群插着白翅膀的小鸟。

热巴的老婆在那里趴了很长一段时间，等她起来的时候，弥撒已经做完了，教堂里的人都走得差不多了，烟雾已升至屋顶，最后一批人也已走出大门。一个年老的教堂职司把神坛上的蜡烛吹灭，这时热巴的老婆也站了起来，走向教堂的偏房去找神父说话。

齐吉克神父正在吃午饭，他们告诉他，有个哭泣的女人想见他，于是他就立即出来了。他是个年轻的神父，脸色苍白却显得很开朗，他那白净的前额长得很高，露出一付愉快的笑容。

“你这个女人，有什么事吗?”他用低沉而悦耳的声音问道。

热巴的老婆抱住了他的双脚，向他讲述了自己的遭遇，她一面哭泣，一面吻着他的手。最后她谦恭地抬起了头，用那双黑眼睛望着他说：

“啊，尊敬的神父，我是专门来向你求助的，希望得到你的帮助!”

齐吉克神父温和地说道：

“女人，你来我这里是对的，可是我只能告诉你一点意见：把自己的一切苦难都奉献给主吧。主在考验他忠实的仆人，甚至是非常严厉地在考验他们，就像考验约伯时，让自己的狗去舔他的伤口一样；或者像考验阿扎里亚斯那样，上帝使他的眼瞎了，可是上帝知道自己所做的事，他会嘉奖那些忠诚的人。你丈夫遭遇到的不幸，可以看做是上帝因为他酗酒而对他做出的惩罚。你要感谢上帝在他活着的时候就惩罚他，这样他死后就能得到宽恕了。”

热巴老婆抬起一双黑眼睛望着神父，随后就站了起来，一句话也没有说便离开了教堂。等到她走在路上的时候，她觉得喉咙里被什么东西卡住了一样。她真想大哭一场，可是却哭不出来。

第七章

下午大约五点钟的时候，在茅舍中间的大道上，远远地就能看到一把浅蓝色的阳伞，阳伞下，蓝色的带子在米黄色的帽子上飘荡，杏色的裙子上面点缀着天蓝色的镶边。那是饭后出来散步的雅德维佳小姐，走在她旁边的是她的表兄弟维克多先生。

雅德维佳小姐可真是一位貌美如花的小姐。她有一头乌黑亮丽的长发，漂亮的蓝眼睛，奶白的肤色；她的衣着考究，做工精美，看上去修身而又华丽。这华贵耀眼的服饰更加增添了她的娇美，展现出她那优美的处女身段，让她看起来仿佛在空气中飘动似的。雅德维佳小姐一手撑着精美的阳伞，一手提着衣裙。提起的裙子下面，露出了白裤腿的衬边和一对穿着匈牙利皮鞋的、纤秀的小脚。和她并排走着的维克多先生，有一头浅灰色的头发和刚刚蓄起来的胡子，看起来也像是个画中人。

这两个人看起来都十分年轻，健康，充满着朝气和活力。同时也很容易看出来，这两个人都过着一种更为高雅的、无忧无虑的生活，这种高雅不仅仅存在于表面世界里，而且在内心世界中也是一样，这种生活仿佛插上了翅膀，在更广博的思想的世界里展翅翱翔，有时甚至能在金光灿烂的幻想之路上飞驰。

在这些茅屋中间，和农民、他们的孩子以及和周围粗俗的环境对比，他们两个仿佛是从另一个星球来的人。只要想到，这一对华丽、健康而又富于诗意的璧人，和这个充满灰色现实、过着原始的、半野兽生活的村镇毫无关系，至少是没有精神上的关系的时候，倒也是一件叫人愉快的事。而他们确实与农村之间没有任何的联系，至少不存在精神上的联系。

这两个年轻人并排向前走着，肩并着肩，他们谈论着诗歌、文学，就像一般贵族少爷和大家闺秀平常所做的一样。那些身穿破衣烂衫的孩子，那些农民和村妇们，甚至连他们说的词句和语言都听不懂，一想到这点就觉得很有意思！尊敬的先生女士们，你们定会赞同我的话的！

这对高贵的青年人之间的对话并没有什么新鲜内容，都是一些听过成百上千遍的东西了。他们从这本书跳到那本书，就像花蝴蝶从这朵花跳到那朵花上一样。当一个人和自己心爱的人儿说话时，谈话内容就不会显得那么空洞和无聊了，这种谈话犹如一块刺绣布料，爱人们可以在这块布料上绣出表达自己情感和思想的金色花朵来。有时他们会敞开心扉，就像白玫瑰绽开了自己的花蕊，这样的谈话就不显得空洞和平淡了。而且，这样的谈话有时就像一只在天空飞翔的雄鹰，扶摇直上，直达苍穹，深入到内心世界里；有时，又像藤类植物，附着在思想的世界里笔直向上爬去。在另一边的酒店里，粗鲁的农民们喝着酒，用粗野的话语谈论着农民的事情。这一对人儿却像是在另一个国度里航行，他们的那只船真像古诺的歌中所唱的那样：

“象牙的桅杆
绿缎的船帆
纯金做的船舵。”

此外，我最好还是补充一句，雅德维佳小姐为了测试一下自己的魅力，已经把她的表兄弟搞得晕头转向了，在这种情况下，诗歌便更加可能成为他们的主要话题。

“你读过艾利最近出版的那本书吗?”男青年问道。

“维克多先生,你知道吗?”雅德维佳小姐答道,“我疯狂地迷恋着艾利,我读着他的诗,就觉得自己是在听音乐,会情不自禁地把乌叶斯基的这节诗和我自己联系起来:

“在白云中躺卧,
在寂静中消融。
泪水充满眼中,
听不见呼吸声,
只有大海的芬芳
迷漫在我的周围。
我们手握着手,
在飞翔,在航行……”

“啊!”她突然喊了一下,说道,“如果我认识他,我敢肯定,我一定会爱上他的,我们一定能互相了解,互相懂得对方的心思的。”

“幸亏他已经结婚了!”维克多冷淡地回答说。

雅德维佳小姐微微地低垂着头,合上了嘴唇,莞尔一笑,微笑的时候,脸上还露出了两只甜美的酒窝,她瞥了维克多一眼,问他:

“你为什么说‘幸亏’呢?”

“‘幸亏’是对有些人而言的。如果你刚才说的情况实现了,那么,这些人的人生将不会剩下半点乐趣。”

维克多说这话的时候一脸的悲伤。

“啊!你太恭维我了!”

维克多又把话题转到抒情诗上:

“你是一位天使，……”

“啊，不要再说这个啦，我们还是说点别的事情吧！难道你不喜欢艾利？”

“我刚刚开始恨起他来了！”

“哦，看看你那愁眉苦脸的样子！我还是想说，请你开朗一些。告诉我，你喜欢的诗人是谁？”

“索文斯基。”维克多忧郁地说道。

“可是我对他的感觉就是害怕，尽是些什么讽刺呀，火呀，血腥的！真够人受的！”

“可是这些东西根本吓不住我！”维克多先生说完这番话，看起来是那么勇敢，以至于一只刚从农舍跑出来的狗，一看见他这副模样，吓得夹起尾巴，惊慌地退回去了。

现在他们走到了那座砖房的前面，窗口露出了一付山羊胡子、一个翘鼻子和鲜绿色的领带。他们在一座漂亮的小房子前面停了下来，这座小房子爬满了野葡萄，后窗正对着池塘。

“你看这房子多么漂亮！这是羊头镇里唯一富有诗意的地方。”

“这是座什么房子？”

“原先是座幼儿园。当他们的父母在地里劳动时，村子的孩子们就在这里学习读书。爸爸为了这个才特意盖起这座房子来的。”

“那现在呢？这座房子做什么用呢？”

“里面堆满了盛烧酒的木桶。你知道吗，现在时代已经变了，我们得和那些农民作邻居，不过我们尽力不和他们建立任何的联系。”

“唔，唔！……然而……”维克多喃喃地说。

他还没有把想法说出来，他们就来到了一个大水洼前面，那里躺着几头猪，“脏得和他们的名字很符合”。为了绕过这个大水洼，他们必须从热巴家的茅屋旁边走过去，于是他们就朝热巴的方向走去。

热巴的老婆坐在门前的一根木桩上，两只胳膊撑在她的膝盖上，一只手托着脸。她脸色苍白，表情呆滞，像个石头一样。她的眼睛又红又肿，看得出来她的思想在放空，目光直望着远方。

她甚至没有听见有人从这里走过，可是雅德维佳小姐立即看见了她，便向她说道：

“晚安，热巴太太！”

热巴老婆立刻站了起来，冲上前去，紧紧地抱住雅德维佳小姐和维克多先生的脚，默默地哭了起来。

“热巴太太，你怎么了？”小姐问道。

“啊！我的好小姐！你真是我的曙光啊！也许是上帝把您派到我这儿来，请您帮助我的，这是我的荣幸呀！”

这次，热巴老婆又把整个事情说了一遍，叙述的过程中，还不时地亲着小姐的双手，实际上是亲着她的手套，这双手套都被她染得泪痕斑斑了。这位年轻小姐被弄得不知所措，在她那张美丽的脸蛋上，明显露出了一丝慌张，她不知道该说什么好，最后，她只好犹豫不定地说道：

“我的热巴太太，我又能给你什么意见呢？真的，我感到非常的遗憾，可是我实在也没什么办法，没什么能力帮助你啊……真的，……我又能替你出什么主意呢？……你去找找我爸爸看看，……也许我爸爸……好了，再见，热巴太太！……”

雅德维佳小姐一说完，便高高地提起她的杏黄色裙子，以致她的长统皮鞋上面扣住白袜子的绿带子都能看见了。随后她和维克多先生一道朝前走去。

“上帝保佑你，最美的花朵！”热巴老婆在她身后叫道。

雅德维佳小姐有点儿悲伤，维克多甚至在她的眼睛里看到了眼泪。于是为了驱散她的悲伤，他便谈起克拉舍夫斯基和文学海洋中那些较小的鱼儿来。谈话又渐渐活跃起来，不久他们两人便完全忘记了“那个不愉快的事件”。

“要到贵族庄园去吗？”热巴老婆对自己说道，“那才是我一开始就应该去的地方，在找镇长之前就该先到那里去的！如果我不能从地主老爷那里得到帮助，那还有什么别的地方能给我提供帮助呢？啊！我真是个蠢女人！”

第八章

地主庄园里有一座阳台，上面覆盖着葡萄藤。阳台正对着前院和两旁种有白杨树的道路。夏天，地主斯科拉贝夫斯基夫妇喜欢午饭后在这个阳台上喝点儿咖啡。现在他们也正好坐在那里，同他们在一起的还有教区主持乌拉诺夫斯基神父、齐吉克神父和酿酒检察官斯托乌比茨基。斯科拉贝夫斯基老爷是个心宽体胖的人，红脸、大胡子，他坐在椅子上抽着烟斗。他的太太在给大家倒茶。酿酒检察官是个怀疑论者，正在和那位老神父开玩笑，他说，

“嘿，请神父大人给我们讲讲那次著名的战役吧！”

老神父把一只手放在耳朵后边，问道，

“呃，什么？”

“请你讲讲那次战役！”检察官又大声说了一遍。

“嘿！是讲那次战役吗？”老神父问道。他看起来像是在沉思，然后开始小声地自言自语起来，眼睛向上望着，感觉像是在努力回忆什么。检察官露出一付想笑的神情。大家都在等着听故事，尽管他们已经听过不下一百遍了，他们经常逗引那位老人来讲那个故事。

老神父开始讲道：

“唉，那时我还是个助理神父，教区的管理者是格瓦庇什神

父。我说得没错，是格瓦庇什神父，就是他把那座教堂扩建了，愿永恒的光照耀着他。有一次刚做完弥撒，我就对他说：'神父，'他问：'什么事呀？'我告诉他，我觉得好像有什么事情要发生了，他说：'我也感到有什么事要发生。'于是我们两个都向远处望去，不久就看见从风车后面出来了一群人，有的骑马，有的徒步，他们还挥舞着旗帜，推着大炮。当时看到这些，我心想：'啊，从另一个方向出来的也许是羊群吧！'可那并不是羊群，而是骑兵。他们一看到对面的人就喊道：'停！'这一边的人停住了。这时候，骑兵们从森林里冲了出来，于是这些人往右，那些人往左，有时这些人往左边，那些人又尾随着他们，后来他们才发现这简直太难了！于是他们向另一边人进攻了。他们刚开始往山那头射击，空中就有什么东西闪亮了一下。我说，'长老，你看见了吗？'他说：'我看见了。'这时候枪炮齐鸣，那边的人冲向了河边，这边的人不让他们过去，这个打那个，那个又打别的人。一会儿，这边的人占了上风，过一会儿又是那边的人占了上风。大炮轰隆轰隆地响，硝烟弥漫，然后是刀对刀的战斗。可是马上我就看出来，这边的人攻势不行了。我说：'神父，那边的人快要赢了。'他回答说：'我也觉察出那边的人要取胜了。'他刚刚说完这句话，这边的人撒腿就跑，那边的人在后面穷追不舍，把他们淹死、杀死，不少人当了俘虏。我原以为，这场战斗要结束了，可是完全不是那么一回事！这个……唉……我说……真是……唉……"

说到这里，老人挥了一下手，然后深深地坐进沙发里，似乎又陷入了沉思，只是这时候他的头摇晃得比平时更厉害了，眼睛也比平时更鼓了。

检察官笑得连眼泪都快流出来了。

"长老大人，这是谁在跟谁打仗？那是在什么地方、什么时候打的呀？"检察官问道。

这位主持神父又把手放在耳朵边，说道：

“呃，什么？”

“啊哈！我快要笑死了！”检察官对斯科拉贝夫斯基先生说道。

“来一支雪茄烟好吗？”

“还是要来一杯咖啡？”

“不，不要，我笑得不能吃喝了。”

斯科拉贝夫斯基夫妇，出于对检察官的礼貌，也跟着笑了起来。由于他们每个星期天都要听一次这个故事，所以并不觉得十分好笑。突然，他们被阳台外面的一声低微胆怯的声音打断了，这声音说道：

“赞美天主！”

斯科拉贝夫斯基站起身来，走到阳台前边，问道：

“是谁在那儿？”

“是我，热巴家的。”

“有什么事吗？”

热巴老婆抱着孩子，把腰弯得低低的，她抱住了他的脚：

“我是来求救的，尊敬的老爷，也是来请求怜悯的！”

“我的热巴太太，你还是让我安安静静地过一个星期天吧！”斯科拉贝夫斯基打断了她的话，那口气让人觉得她好像每天都来打搅他似的。“你也看见了，我现在有客人，我总不能为了你，撇下他们不管吧。”

“那我愿意等等。”

“好吧，那你就等着吧！不过，我可没办法让自己分成两个人。”

斯科拉贝夫斯基说完，转身回到了他在阳台上的原先位置上。热巴老婆也退回到了花园篱笆前面，毕恭毕敬地站在那里。可是她得等很长一段时间了，地主和他夫人都在和客人谈笑取乐，他们的欢声笑语时不时飘到她的耳朵里，这使她心里很难过，因为她来这儿不是为了听这些的。过了一会儿，维克多先生和雅德维佳小姐也回来了，随后大家都进了大厅。太阳渐渐西沉。那个常常被斯科拉贝夫斯基先生叫做“没出息的”仆人雅舍克，来到了阳台，开始布置起喝茶的桌子来。他换了桌布，在桌子上摆上了玻璃杯，又将小勺子放进玻璃杯里，发出了乒乒乓乓的声音。热巴老婆等呀，等呀！她有一刻在想，要不要先回家去，然后过一会儿再来，可是她害怕回来的时候会太晚了！于是她便在篱笆旁的草地上坐了下来，给她的孩子喂奶。孩子吮着奶便睡着了，可是睡得不是很沉，因为从早晨起，孩子的身体就不太好。她也觉得自己从头到脚都一阵热一阵冷的。

有时她会感到全身酸痛，可是她并不在意，只是耐心地等着。天渐渐地暗了下来，月亮已经升上了天空。喝茶的桌子都已摆放好了，阳台上也点起了灯烛，可是那些人还没有出来，因为雅德维佳小姐正在弹奏钢琴。

热巴老婆在篱笆下开始念起晚祷“主的天使”来，然后她在猜想斯科拉贝夫斯基先生会怎样来帮助她。虽然她并不是特别清楚，但她知道，以他贵族的地位，并且和警察局长、县长都是老相识，只要他一句话，一切都能解决。再加上天主的帮助，她就一定能够逢凶化吉。同时她也想到，如果佐乌齐凯维奇和镇长出来反对，这位老爷也一定知道应该去哪儿寻求公正。她在心里暗暗地想：“这位老爷是个好人，为人和善，他一定会帮助我的。”她想得确实不错，因为斯科拉贝夫斯基确实是个具有人道主义的人。热巴老婆又想起，这位地主老爷对热巴一直是另眼相看的，再者，她那过世的母亲还曾给雅德维佳小姐喂过奶，这些想法让她感到宽慰。“别人爱说什么就让他们说去吧，”她对自己说道，“一个人遇到了不幸，不到地主老爷那里求助，还能到别的什么地方去求助呢？”想到这里，她觉得在这里等待几个小时，都没什么关系了。

这时候，那些人又回到了阳台上，热巴老婆透过葡萄叶子看到，雅德维佳小姐正在拿着一把银茶壶倒茶。正如她死去的母亲所说，“这种水充满着甘甜，你只要喝了一口，一整天嘴巴都是香的。”随后大家便喝起茶来，他们交谈着，一片欢声笑语。这时候，热巴老婆的脑子里才浮现了这样的想法：地主阶级永远比普通老百姓更幸福。她自己也不知道为什么这时候会有眼泪从脸颊上滑落下来。然而不久，眼泪又被另一种印象所取代了。正好这时候，那个“没出息的”仆人端着热气腾腾的盘子来到阳台上，她才想起她已经饿了，因为中午的时候她什么也没吃，只有早上喝过一些牛奶。

“唉，要是他们给我点吃的，就算是一块骨头也好啊！”她想道。她知道，他们一定愿意给她的，而且不止是骨头。可是她不敢去要，怕因此而得罪他们，要是当着客人的面闯进去，斯科拉贝夫斯基老爷一定会生气的。

晚餐终于结束了，检察官走了，半个小时后，两个神父也坐上了主人家的马车。热巴老婆看见地主老爷扶着老神父坐好了，这时她估摸着是时候了，于是她便朝阳台走去。

马车驶走了，斯科拉贝夫斯基先生对已经上了路的赶车人大声说道：“若是在堤坝上翻了车，我就要把你也掀翻在地。”说完他抬头看天，想推测一下明天的天气。末了，他终于看见了热巴老婆那件在黑暗中闪闪发白的衬衫。

“那是谁呀？”

“热巴家的。”

“啊，你还在啊！你要什么就快点说吧，因为现在很晚了。”

热巴老婆又把事情的经过向他叙述了一番，斯科拉贝夫斯基先生听着，一直抽着烟斗，末了他说道：

“我的热巴太太，要是我能帮得上忙的话，我是很愿意帮助你的。可是我有言在先，不再过问村里的事了。”

“我知道，尊敬的大人！”热巴老婆用颤抖的声音说道，“可是我心想，大人，你是会可怜我们的……”

她的话突然被打断，斯科拉贝夫斯基先生说道：

“这一切都是对的。可是我又能怎么办呢？我又不能为了你去违背自己的誓言，我也不能为了你去找县长，因为他已经说过，我总是用一些私人的事情去麻烦他。我还能说什么呢？你有自己的镇公所，如果镇公所不能解决你的问题，那你和我一样，都知道去县长那里的路。我还能对你说什么呢？今天，你去那儿说一番话，比我有用，现在的时代和以前可不同了。热巴太太，好了，愿主与你同在！”

“愿天主报答你！”热巴老婆抱住了老爷的双脚，用嘶哑的声音答道。

第九章　伊摩琴

热巴从猪圈被放出来以后，没有直接回到他的小茅屋，而是直接来到了酒店。大家知道，农民一遇到烦心事就喜欢借酒浇愁。他从酒店出来的时候，有了和他老婆一样的想法：遇到不幸的事情的时候，应该去找地主老爷帮忙，于是他到了斯科拉贝夫斯基先生的庄园。不过他把事情办糟了。

一个人，只有在清醒的时候才知道该怎么样说话，可是他喝醉了酒。当他听到了他老婆去的时候也同样听到的，关于不参与村事的话时，他开始胡搅蛮缠，说话也十分粗野。这不仅是由于农民固有的思想比较僵化，他不能理解这种崇高的外交原则，同时出于农民所特有的粗暴。他大声叫道：“所有的地主老爷现在都只关心他们自己！”结果他被轰了出去。

等他回到家里，他告诉了他妻子：

“我到地主家去过了。”

“你什么也没有得到吧？”

他用拳头敲了一下桌子，说：

“真应该一把火把他们烧死，这些狗杂种！”

“轻点，你这个混蛋！老爷对你说了些什么？”

“他让我去找县长，而他自己……”

“也许他说得对 ，我们真该到驴子城去走一趟。”

“我当然要去！我就是要证明，并不是除了地主老爷，世上就没有别的人了！”他立即回答道。

说来奇怪，去过庄园之后，热巴对地主的憎恨甚至超过他对文书和镇长的仇恨。尽管镇长和文书那样处心积虑地算计他，可是热巴却认为，他们本来就是干坏事的人，然而地主绅士却不同，他们有能力救他，却见死不救。

“我当然要去驴子城！”热巴又说了一句，“我要给他看看，没有他我照样能行！”

“你不要去，我的亲爱的！我的可怜的人，还是我去吧。你只要一喝醉酒，就会变得粗暴无礼，这样反而会把事情弄得更糟，加深我们的不幸。”

热巴一开始不想让步，可是一过中午，他又跑到酒店去，喝了个烂醉。第二天也是这样。这下子，女人便什么也不问，放任他不管。到了星期三，她就抱起孩子，动身到驴子县城去了。

家里的那匹马因为地里要用，她只好步行过去。天还没有亮她就起身了，因为到驴子城足足有三米拉难走的路。她心里想，说不定路上会遇到心地善良的赶车人，会把她捎上，至少也会让她坐在大车边上，可是她一个人也没有碰到。早上九点钟的时候，她实在是走得太累了，便在树林的边上坐了下来，吃了她用筐子带来的一块面包和几个鸡蛋，随后她就又上路了。太阳开始变得有些灼人，当她看到夫热强什村的佃户赫尔舍克正好拉着一群鹅到城里去卖的时候，她请求他让她搭车进城。

“愿主与你同在！我的热巴太太。”赫尔舍克说道，“可是这里的沙土太多了，我的马就是拉我一个人都拉得很吃力，你若是给一个兹罗提，那我就把你带走。”

这时候，热巴老婆才想起她身上只有一个捷克币包在手帕里，她拿出来给他，可是这个犹太人却说：

“一个捷克币吗？你就是把一个捷克币丢在街上都不会有人去捡的，那也算是钱！算了吧！”

他说完便调转马头，挥着马鞭朝前驶去了。路上越来越热，热巴老婆身上的汗水就像溪水一样滚了下来，然而她还是拼尽全力向前奔跑着。一小时后，她终于走到了驴子城。

凡是真正熟悉地理常识的人都知道，从羊头镇方向进入驴子城必须经过一座宗教改革后建成的教堂。从前，教堂里有一座很灵验的圣母像，直到现在，每逢星期天，教堂外面整整一条街上还是会坐满了乞求施舍的乞丐。不过这一天是个平常的日子，只有一个乞丐坐在栅栏下面，从破衣下面伸出一只没有脚趾的光脚，手里拿着一个鞋油盒盖子，嘴里哼唱道：

“神圣的、天上的
天使般的夫人啊！”

每次，当他看到有人经过的时候，他都会停止哼唱，把两只脚伸得远远的，开始哭喊，喊得像是有人在剥他的皮：

“大慈大悲的人啊，一个可怜的废人在请求怜悯，让仁慈的上帝把世间的一切都赏赐给你！”

热巴老婆一看到他，便打开了手帕，把她的那个捷克币拿了出来，走上前去，说：

“你有五个格罗斯吗？”

她想给他一个格罗斯，可是这个乞丐把他的整个捷克币都抢了过来，还对她骂了起来：

“你要是连一个捷克币都舍不得给天主，那天主也舍不得帮助你的。趁我还没有生气，你趁早滚蛋吧！”

热巴老婆见他这样，只好对自己说道：“那就当作是我奉献给天主的吧！”她又朝前走去。

当她来到市场时，她的心里开始有些发慌了。到驴子城来并不难，但在这儿太容易迷路了，这驴子城可不是开玩笑的。如果你到一个你不熟悉的村里去，你都还得打听谁住在什么地方，何况在这样大的城市哩！“我真要淹没在这座‘大海’里了！”热巴老婆心里想道。她没有其他办法，只好问人。要打听征兵委员的住址倒不难，可是等她找到他的住所时，她才知道，这位征兵委员已经去了省城。至于县长，人们告诉她，得去他的办公室找他。嗨，那他的办公室在哪儿呢？哎呀！你真傻！真是个傻女人！那不就在驴子城，还能在别的地方吗？

她就在驴子城里找啊找啊，终于，她看见那边有一座绿色的宫殿，大得惊人。大门顶上还画有一只鹰。这座宫殿前面特别热闹，门庭若市，车水马龙。门前停放着无数的大车、马车和犹太人的小车。热巴老婆还以为他们是在赶什么庙会哩！“县政府到底在哪儿呢？”热巴老婆抱着一个穿礼服的人的腿问道，“女人，县镇府不就在你面前吗？”

她正了正身子，走进了这座宫殿。她四处张望，里面满是走廊，右边是门，左边还是门，再往里面看过去，除了门还是门，各个门上都写有字。她在胸前画了个十字，胆战心惊地、轻轻地打开了第一扇门。她看到门后是一个大房间，隔断成一小间一小间，就像教堂里一样。一个隔板后面坐着一个人，身穿金纽扣的常礼服，耳朵上还夹着一管笔，隔板前面站着一大群男人，他们都是来交钱的。那个穿礼服的人抽着一支烟，然后低头写着收据，接着将写好的收据交给那些付钱的人，拿到收据的人都走出去了。这时候热巴老婆想，来这儿的人都是要给钱的，于是她又想起那个被乞丐拿走的捷克币来，觉得十分后悔。她惶恐不安地向那个有窗格的隔间走去。

可是那里的人连看都不看她一眼。她只好站在那里，就这么站呀站呀，差不多站了一个小时。一些人进来，一些人出去。窗格里面的钟在嘀嗒嘀嗒地响着，可她还是站在那里。后来人越来越少了，连最后一个男人都走光了，那位官员坐在桌子后面写起字来，热巴老婆才敢开口说话：

“赞美耶稣基督！”

“你是干什么的？”

“县长大人！……”

“这儿是会计室！”

“县长大人！……”

“我已经告诉你了，这儿是会计室。”

“请问县长在哪儿呢？”

这位官员用手里的笔指着一扇门说：

“就在那儿！”

热巴老婆又来到了走廊上。那儿？唉，到底是哪儿呢！这里到处都是门，数也数不清。该进哪座门呢？突然，她看到在这些你来我往的各色各样的人当中，有一个农民站在那里，手里拿着一根鞭子，于是她立即朝他走去。

“老伯！”

“你想干什么？”

“你是从哪儿来的？”

“我是从猪子村来的，你问这干什么？”

“县长在哪儿？”

“我怎么会知道！”

后来她又问了一个有金纽扣的人，不过他没有穿礼服，而且手肘上还有破洞。可是这个人连听都不愿意听，只说了一句：

“我忙得很!”

热巴老婆朝一扇比较华丽的门走去,这位可怜的女人没有看见门上的布告:“非本机关的工作人员一律禁止入内!”她当然不是这机关里的人。可是这个布告,就像上文中说过的,她并没有看见,况且,就算她看见了,她也不懂这是什么意思。

一打开那扇门,她就看到,这是一个空房间,窗子下面有一条长凳子,凳上有一个人坐在那里打盹儿。再过去是一扇通向别的房间的门,在那儿,她看到一些穿礼服和军装的人在走来走去。

热巴老婆向那个坐在凳子上打盹儿的人走去,她这次并没有害怕,因为这个人看起来好像是个农民,他伸出的双脚上穿着一双开了口的皮靴。

她推了推他的肩膀。

他惊醒过来,看了她一眼,大声喊道:

“不许进来! 你真胆大,还不快滚出去!”

这个可怜的女人飞奔而出,他在她身后砰地一声把门给关上了。

她发现自己是第三次来到了这条走廊上。

她在一座门边坐了下来,以农民所特有的耐心,决定坐在这里等,即使等到世界末日也要等下去。“总能找到一个人来问问的!”她心里在想。她并没有流泪,只是擦了擦眼睛,她的眼睛有些痒。她觉得整条走廊和所有的门都在她眼前开始旋转起来。

人们从她身旁走过,有的往左,有的往右,她周围的门时而被打开,时而被关上。人们在大声说话,听起来叽叽喳喳的,就像市场上一样嘈杂。

上帝终于同情起她来了。正好在她坐着的那扇门里,走出了一位体面的绅士,她曾经在夫热强什的教堂里看见过他。他碰了她一下问道:

“唉,女人,你为什么坐在这儿? 你有什么事吗?”

“我在这儿等县长。”

“这儿是法院执行官，不是县长。”

这位绅士指着走廊里面的一扇门说：

“在那儿，那扇有绿牌子的门就是，看见了没有？不过你现在不要去找他，他很忙。你就在这里等着，他一定会经过这儿的！”

这位绅士继续朝前走去，热巴老婆在他身后一直目送着他，那种眼神就像是把他看做自己的保护神似的，她心想，也许老爷可怜她，县长会很快接见她的。

然而她还是在那里等了很长一段时间，最后那扇挂着绿牌子的门终于砰地一声打开了，从门里走出一位上了年纪的军人，他匆匆忙忙走过走廊。嘿嘿，一眼就能认出，他就是县长，因为他后面跟着一群找他解决问题的人。有的从左边追上前来，有的从右边跑了过来，热巴老婆听到了他们的恳求声：“县长先生大人！”“只有一句话，县长大人！”“仁慈的县长大人！”可是他什么话也不听，还是继续朝前走来。热巴老婆一看见他，眼睛就立即模糊起来。“这是上帝的旨意啊！”她心里在想，于是她立马冲到走廊中间，拦在县长面前，双手高举着跪在地上，挡住了县长的去路。

县长看见她，便站住了，整个人群也停在了她的面前。县长问道：

“你有什么事？”

“最最神圣的县长大人！”

她紧张得说不下去了，感觉话都卡在嗓子眼里了，舌头也好像麻木了。

“你有什么事吗？”

“啊！啊……是……是……是为了征兵的事……”

“那怎么了？难道他们要把你拉去当兵，是吗？”县长问道。

那些来寻求县长帮助的人都大笑了起来，对县长的好心肠表示钦佩。但是他立即对这些巴结的人说道：

“请你们，请你们安静点！”

之后，他不耐烦地对热巴老婆说：

“你快点说呀，到底是为了什么事？我可没那么多的时间……”

可是，这些人的笑声已经让热巴老婆有点晕头转向了，她开始上句不接下句地说道：“布拉克！……热巴……热巴！布拉克……啊！……”

“她一定是喝多了！”人群中的一个人说道。

“她把她的舌头留在家里了！”第二个说。

县长更不耐烦了，又说了一句：

“你到底有什么事呀？你是喝醉了，还是怎么回事？”

“啊，耶稣玛丽亚！”热巴老婆大声叫喊起来，她感到这救命的最后一块木板已经从她手里脱离了，“最神圣的县长……”

但是他实在很忙，因为征兵已经开始，再加上一大堆其他的事务，而且他还得在驴子城里筹备一次盛大的晚会。并且，这个女人说了半天也没说清楚。于是他只好挥了一下手，说道：

“啊！伏特卡酒啊伏特卡酒！真可惜，这个女人又年轻又漂亮！”

然后他又用同样的语调对热巴老婆说话，她听了几乎要无地自容了。

“如果你清醒过来了，那你就把事情汇报到镇公所去，然后由镇公所再上报给我。”

最后这句话就像鞭子在抽打她的脸，但是说完他就匆忙朝前走了。跟在他后面的那些人又开始恳求：“县长先生大人！”“听我说一句，就一句，县长大人！”“仁慈的县长大人！”

…………

人都走光了，走廊一下子变空了，显得一片安静，只有她的孩子的哭声。热巴老婆仿佛梦中初醒一般站了起来，她抱起孩子，用一种不像是她自己的声音哼了起来：

“啊……啊……”

她走出了这座房子。这时，天空中布满了乌云，地平线的尽头响起了雷声，空气闷热得很。

当热巴老婆经过那座改革后建立起来的教堂，动身回羊头镇的时候，她的灵魂深处有什么样的感受，我不想去描写。啊哈！如果换做是雅德维佳小姐遇到这样的事情，那我就会写出一部惊险的浪漫史来，我会用这部小说说服那些最顽固的实证主义者，在现今的世界上还存在着理想的人物。在雅德维佳小姐身上，一切印象都能自然而然地得到表现，心灵的绝望挣扎会用非常戏剧性的思想和言词表达出来。那毫无出路的死胡同，那种对于无能为力、软弱和受到压迫的深刻而又苦痛的感受，那种犹如飘荡在暴风雨中的树叶一样的人物，还有那种跑遍天涯海角都无法得到帮助的绝望感觉……所有这一切部会激发雅德维佳小姐说出一段充满灵感和激情的独白来。我只要把这段独白抄录下来，就可以名扬四海了。

但是，热巴老婆呢？她不过是个普普通通的农家女子，当她遭受痛苦的时候，她只有痛苦，再没有别的！热巴老婆被不幸这只强有力的手掌捉住，就像一只被顽童抓住的小鸟一样，完全被玩弄于股掌之中。她朝前走去，风在后面推着她，汗水从她额上流了下来，这就是她的整个故事了。有时她那生病的孩子张开嘴巴，急速地喘着气，就像马上要死了似的，她就对他轻轻说道：“雅希科！我亲爱的雅希科！”还把她那母亲的嘴唇紧紧贴在孩子的滚烫的前额上。她终于走过了那座教堂，朝原野走去。她走了很远很远，突然停住了，因为一个醉醺醺的农民正朝她走来。

天上的乌云翻滚着，越来越厚，正在酝酿着一场暴风雨，时不时还电闪雷鸣。可是那农民什么也不顾，他让他的披衫在风中飘动，还把帽子拉下盖住了他的耳朵，东倒西歪地向前走，一边还哼唱着小调：

“多达悄悄地
来到了园里，
她在挖药草。
可是我给了一棍子，
打在多达的脚上，
多达一溜烟跑掉了。
呜……呜！”

他一看见热巴老婆便站住了，他摊开双手大声唱了起来：

“啊，让我们到大麦地里去，
因为你是个好心的女人！”

他冲上来想把她抱住。她和孩子都吓到了，向旁边跳去。那农民紧紧地跟在后面，他喝醉了，踉跄一下，便摔倒在地上。可是他又立即爬了起来，但他没有去追她，而是拾起了一块石头，用力地朝她扔去，石头划过天空，呼呼生风。

热巴老婆觉得脑袋一阵疼痛，眼前一片漆黑，跪倒在地。这时候，她的脑子里只有一个词，那就是“孩子”，她又继续朝前逃跑，一直逃到一个十字架下她才打住脚步，她回头看去，那个农民离她已有半里之远，蹒跚地走着，往城里去了。

这时候，她才感觉到她的后颈上有一股奇怪的暖流，她用手一摸，一看，手上全是血。

她的眼睛一阵发黑，便失去了知觉。

等她清醒过来时，她的肩膀正靠在那个十字架上。远远地有一辆奥希契辛米的马车正驶近前来，马车上坐着奥希契辛斯基少爷和庄园里的家庭女教师。

奥希契辛斯基少爷并不认识热巴老婆，可是热巴老婆却能认出他是谁，她在教堂里见到过他。她打算走近马车，求求少爷发发善心，在暴风雨来到之前就算是能把她的孩子带走也好啊。于是她站了起来，但已经没有力气向前走了。

这时候，那位少爷已驱车来到她的面前，他看见了这个站在十字架下的不认识的女人，便大声叫道：

“女人！女人！快请坐下吧！”

“上帝保佑……”

“不过是坐在地上，坐在地上！”

啊，这个奥希契辛斯基少爷是出了名的调皮鬼，在路上都喜欢要弄别人，这次也是拿热巴老婆来耍笑的，然后便驱车而去。热巴老婆只听见他和那个家庭女教师的大笑声，她还看到他们在接吻，不久他们就和马车一道消失在茫茫黑暗中了。

热巴老婆独自留在那儿。不过，有一句话说的一点儿也没错：“女人像癞蛤蟆一样，就是用斧头砍也砍不死！”过了一个小时，她又拖着沉重的脚步上路了。虽然她的腿还弯着，有点支持不住的样子，可是她还是挣扎着朝前走去。

“这孩子有什么罪过呢，他是一条小金鱼！啊，我的上帝！”她喃喃说道，把生病的雅希科紧紧抱在她的胸前。

终于，她自己也发起烧了，她开始说起胡话来，像是喝醉了似的：

“家里的摇篮是空的，家里的男人已经拿起枪打仗去了。”

风把她头上的帽子也给吹掉了；她的一头漂亮的头发披散开来落到肩上，在风里飘动着。突然一道闪电划破长空，一声霹雳就在她的近处轰鸣，她吓得蹲下，这反而使她清醒了一些。她大声叫道：“末日来临了！”

她抬头望望天空，那是一个愤怒无情的狂暴的天空。她开始用颤抖的声音唱起圣歌来。“凡是请求庇佑的人……”这时突然有一道剧烈的闪光从云中落到地上。热巴老婆拼命朝树林里走去，可是那里面更黑，更令人害怕。树林里时不时发出一种呜呜的声音，仿佛那些被吓坏了的树木在低声说话，它们的交谈汇成了一股巨大的窃窃私语声：“怎么办？啊，上帝！”接着便是一片沉寂。有时又从森林的深处传来一种声音，热巴老婆心想，也许是妖怪在森林里大笑，也许是有许多魔鬼，正朝这边走来，吓得她全身都起了鸡皮疙瘩，“只要走出这座树林就好了，没有树林就不怕了，”她心里想道，“在树林那边有一座磨房，还有磨房主雅哥金斯基家的住房！”于是她用了她最后的一点力气，飞跑着，张开干裂的大嘴去呼吸空气。这时候，在她的头上，老天像是打开了一道闸门，雨水夹着冰雹倾盆而下。狂风在怒吼，在咆哮！连树木都被吹得弯到了地上。森林里充满了雾气、水蒸气和雨水的波浪，连道路都看不清楚了。树木被狂风吹得弯倒在地上，吼叫着，发出断裂的声音，到处都是树枝折断的响声——四周是一片昏暗。

热巴老婆觉得自己越来越虚弱了。

“来人啊！救命啊！”她用低弱的声音叫着，可是没有人听得见，狂风又把声音吹回到她的喉管里，压得她连气都喘不过来。这时候，她知道，她再也走不动了。

她取下了头巾，脱下了外衣和围裙，身上几乎只剩下一件内衣了，她把孩子包了起来。她看到近处有一棵像是在哭泣的白桦树，她手脚并用才爬到那棵树下，她把孩子放在浓密的树枝下面，自己也倒在孩子的身旁。

“啊！上帝，请把我的灵魂拿去吧！”她低声说了这一句，便闭上了她的眼睛。

暴风雨持续了一段时间，最后终于减弱了。这时，黑夜已经来临，浮云中间，星光在不断闪烁。白桦树下还躺着热巴老婆一动不动的白色躯体。

“哪依！”黑暗中出现一个声音，不久又传来了大车的辚辚声，和马蹄踩在大水洼里的噼啪声。

这是赫尔舍克，夫热强什的佃农，他在驴子城里卖完了鹅，正连夜赶回家去。

他一看见热巴的老婆，便从车上跳了下来。

第十章　天才的胜利

夫热强什的赫尔舍克从白桦树下把热巴的老婆抱上了车，打算送她回羊头镇去。在路上，他遇见了热巴。热巴看到暴风雨就要来了，便驾车来接老婆。她在家里躺了整整一夜和第二天的一整个白天，但是她第二天晚上就起来了，因为孩子病了。她的亲戚们都来到她的家里，用神圣的花环为孩子祈祷祝愿。后来，那年老的齐索娃也来了，这个铁匠的老婆，手里拿着一个筛子和一只黑鸡，来为孩子驱邪除魔。孩子的病确实立马有了好转。可是热巴的问题却越来越严重，他毫无节制地把烧酒灌到肚子里，怎么劝他都不听。

奇怪的是，有时，当她清醒过来，问起孩子的情况时，他不但不对她表示关切，反而阴沉地说道：

“你一个人跑到城里乱晃悠，魔鬼差点把孩子夺去了，若是你真把他丢了，看我怎么收拾你！”这个女人受到他这样无情的对待，心里感到极大的痛苦。那无比痛苦的心让她本想责备他一番，可是她仅仅大叫了一声“瓦夫隆”，便再也说不出话来了。

她望着他，眼里充满了泪水。热巴仿佛从他坐着的箱子上被人给拖了下来，他沉默了一会儿，然后换了个口气说道：“我的玛丽希卡，请你原谅我刚才说的话吧，因为我知道，是我对不起你！”他一说完，便亲着她的双脚放声大哭了起来，她也陪着他一起哭了起来。他觉得他配不上这样一个好妻子。可是这样的好情况并没有持续很久，忧愁就像伤口一样折磨着他们，让他们之间不断产生矛盾。当热巴回到家里，不论是喝醉了酒，还是清醒的时候，他对妻子都是一句话也不说，只是坐在箱子上闷闷不乐，用狼一样的目光望着地面，在那儿一坐就是好几个钟头，像块儿石头一样。他的老婆在屋里进进出出，还像以前一样忙碌着，但同样也是沉默寡言，以致到了后来，当一个人想要和另一个人说话时，都感到有些不自在了。他们之间的感觉，就像是经历了大吵大闹，一种死寂般的沉默笼罩着这座茅屋。他们还有什么话好说的呢?！他们既然都已经知道，没有人能帮助他们了，他们的苦命也就要完结了。几天之后，热巴的脑子里出现了一些可怕的念头，他赶忙去找齐吉克神父忏悔，神父当时没有替他赦罪，只吩咐他第二天再去。可是到了第二天，热巴没有去教堂，反而来到了酒店。

人们都听到了他酒后说的话：若是上帝不肯帮助他，他就要把灵魂卖给魔鬼。村里的人都开始躲着他，好像某种诅咒就要降临到这座茅屋似的。人们在传播种种流言蜚语，这些流言厉害得像乞丐的棒子。有的人说，镇长和文书做得好，像热巴这样的坏人，只会招来上帝对整个羊头镇的惩罚，那些老婆子也开始在热巴老婆面前编造出一些无中生有的事情来。

有一天，热巴家的井里没水了。热巴老婆便到酒店门前的那口井去打水，在路上，她听见孩子们在说："大兵的老婆来了！"另一个孩子说："不是大兵的老婆，而是魔鬼的老婆！"她继续朝前走，一句话也没有说，可是她看见了孩子们都在朝她画十字。她把水罐装满了水，便朝家里走去。什莫尔正好站在酒店门前，他一看见热巴老婆，便立即把嘴里那挂在胡子中间的瓷烟斗拿下，对她叫道：

"热巴太太！"

热巴老婆停住问道：

“你有什么事?”

“你们到镇上的法庭去过吗?”

“是的。”

“你也去找过神父吧?”

“是的。”

“你还到贵族庄园里去过吧?”

“是的!”

“你去过县里吗?”

“是的!”

“你们什么也没有得到?”

热巴老婆只是叹了一口气，什莫尔接着说道：

“你们真是傻瓜！全羊头镇也找不到比你们更傻的傻瓜了！你们何必到处去求情呢?”

“那我该到什么地方去呢?”女人问道。

“什么地方?”犹太人回答说，“合同是签在什么地方的？是在纸上，没有了那张纸，也就没有了那个合同，只要把那张纸撕掉，不就行了!”

“嗨，你说得倒容易！若是我能得到那张纸，我早就把它撕成碎片了。”女人回答说。

“唉呀，难道你不知道，那张纸是在文书手里？喏……我知道，热巴太太，你在文书那里一定能得到很多帮助的，他自己就对我说过，‘让热巴老婆到我这儿来求求我，’他说，‘那我就会把那张纸撕掉，这件事情就算是了结了。’”

热巴老婆什么话也没有说，只是提起水罐的提手朝家走去，这时候，院子里已经天黑了。

…………

晚上，文书先生已经脱掉了外衣，只穿着一件衬衫，他躺在床上，山羊胡子向上翘起，正在读布勒斯拉维尔出版社出版的那部《杜勒里宫廷秘史》。他正好读到西班牙公使奥洛查格正在吻着欧亦妮的袜子，这一场写得实在是太动人了，使得文书先生都差点儿无法安安稳稳地躺在床上。蜡烛在燃烧，被烧着的苍蝇在灯油里四下溅开。突然佐乌齐凯维奇听见有人在敲门，咚！咚！敲门声是那样轻，轻得刚刚能让文书听得见。

“是谁?”他大声问道。他觉得受到了别人的打扰，这让他感到很恼火。

“是我!”一个低低的声音在回答。

“你到底是谁?”

回答的声音非常低：

“热巴家的！……”

佐乌齐凯维奇立即跳下床来，跑到门口开门。热巴老婆走进门来，她看起来十分慌乱，想说什么可又说不出来。不过，佐乌齐凯维奇是个好人，他鼓励她，他没有穿外衣便立即搂腰抱住了她，说道：

“啊哈！合同签订那么久了，你终于来求我了！玛丽霞，是吧?”

“是的!”

这时候他把她拉得更近，紧紧抱住了她，把他的嘴紧紧贴在她那发抖的嘴唇上。

“现在该怎么样呢!”他愉快地问道。

女人的脸色苍白得像夏布。

“凭上帝的意旨!”她轻声地答道。

文书先生……便把蜡烛吹灭了……

第十一章　悲惨的结局

天上的大熊星已经落下去了，启明星升上了天空。这时候，热巴家的门打开了，热巴老婆悄悄地回到了屋里。她刚一踏进门，便定住了，像是被钉在了地上一样。她原来以为，热巴会像平时那样在酒店里过夜的，可是现在，他却坐在墙边的箱子上，将他的拳头放在膝盖上，眼睛望着地面。

炉膛里的煤火已经烧完了。

“你去哪儿了？”热巴阴沉地问道。

她没有回答，倒在了地上，躺在他的脚边，大声哭了起来，她开口说道：

“瓦夫隆！瓦夫隆！我这都是为了你呀！为了你呀！我受了侮辱，他欺骗了我，然后还骂我，把我赶了出来。瓦夫隆！至少你应该可怜我的啊！我的亲爱的！瓦夫隆！瓦夫隆！”

热巴从箱子后面拿起了一把斧头。他用平静的语气说道：“不！你的末日已经到了，可怜的女人！你快向这个世界告别吧，因为你再也不能看到它了！可怜的女人，你再也不能坐在这间屋里了！你就要躺在坟墓里了！……你……”

她恐惧地看着他。

“难道你真的要把我杀死吗？”

“是的！玛丽希卡，你也别浪费时间了，快画十字告别吧！然后一切都结束了，你就会什么都感觉不到了，可怜的女人！”他答道。

“瓦夫隆！你真的要……”

“快把你的头放在这箱子上”

“瓦夫隆！”

“快把你的头放在这箱子上！”他大声叫道，唾沫四溅。

“啊！上帝啊！救命啊，快来人啊，救……”

只听见一个沉重的响声，接着便是一声呻吟和脑袋掉到地面上的声音，继而是第二下响声和更轻微的呻吟声。随后是第三下、第四下、第五下和第六下响声……地面变成了血泊。火炉里的煤火已经全部熄灭了。热巴的老婆从头到脚痉挛了一下，随后她的躯体僵直了，一动不动地躺在那里。

过了不久，一片巨大的鲜血似的火光驱散了夜晚的黑暗，地主庄园的房子着火了。

尾　声

亲爱的读者，现在我要在你们的耳边悄悄告诉你们，他们并没有把热巴送进军队，他们在酒店里签订的那种合同是不具备法律效应的。可是你们也看到了，农民怎么会知道这些呢，而知识阶级呢，由于他们的中立态度，也知道得很少。因此，只有佐乌齐凯维奇才对这样的事情有所了解，但是他估计到，不管其结果如何，他的做法都能使问题复杂化，而那女人，在担惊受怕的情况下，一定会为了求他而来投怀送抱的。

这位大人物估计得一点儿都没错。

你们一定会问，他后来怎么样了？事情又是怎样发展的？热巴烧了地主的房子，便准备来找他算账，可是一听到“着火啦！”的叫喊声，全镇的人都起来了，于是佐乌齐凯维奇先生也就得救了。

他继续担任羊头镇的文书职务，而且现在有希望当选为本地法官。他刚刚读完《巴尔巴拉·乌布里克》这本书，幻想着会有那么一天，雅德维佳小姐会在桌子下面握住他的手。

至于他那被选为法官的愿望最后有没有实现，还有雅德维佳小姐到底有没有在桌子下面握住他的手，那就得诉诸未来，听下回分解了。

哈尼娅

第一章

老米科瓦伊临终前把哈尼娅托付给我，希望我能好好照顾她。那一年，我刚满十六岁，而哈尼娅比我小不到一岁，和其他少女一样，正值人生中的花季雨季。

我几乎是硬把她从死去的爷爷床边拉走，带着她来到我父亲的小礼拜堂。礼拜堂的大门敞开着，两只蜡烛在古老的拜占庭圣像前摇曳着烛光。烛光虽然微弱，却能照亮圣坛所有的角落。我们并排跪着。哎，可怜的哈尼娅，她因为悲伤哭得很厉害，再加上这些天来极度缺乏睡眠，她显得疲惫不堪，甚至没有一丝力气支撑她的身体，她把自己可怜的小脑袋轻轻依偎在我的肩膀，我们就一直那样静静地跪在那里很久。

时间已经很晚，礼拜堂隔壁的房间里，格但斯克式老钟上的布谷鸟尖叫着撕开寂静，现在已经是午夜两点。除了很远处雪片拍打礼拜堂窗户的声音，一切都在这个时候沉静下来，只能听见哈尼娅沉重的叹息。我无法向她说句安慰的话，只有让她这样靠着，紧紧地贴在我的身上，而我就像个合格的监护人，像她的亲哥哥一样。我也无法祈祷，此时此刻，回忆的默片在我的脑海不断重现，复杂的情感不停在我心房翻滚，我思考着和想象着，一幅又一幅景象在我眼前掠过。渐渐地，渐渐地，有一种思想，一种情感，从我心中的五味杂陈中摆脱出来，那就是：这个脸色苍白，紧闭双眼，偎靠在我肩膀的小丫头，这个孤苦无依的小姑娘，现在成了我最心爱的妹妹，为了她，我愿意付出自己的生命，为了她，我甚至可以向全世界挑战。

这时候，我的弟弟卡查也进来了，他跪在我们身后，旁边是路德维克神父和几个仆人。按照惯例，我们开始做晚祷。路德维克神父高声地念起了祷文，我们跟着他念。偶尔我们也会念着对应的祷文来附和他吟唱。圣母的脸庞被烛光映得幽暗，隐隐约约可以看见两道伤痕，但在此刻，我却感觉她那么慈祥。她和蔼地看着我们，仿佛能理解我们现在的苦难、不幸、忧虑和悲伤，好像也想要来与我们共同承担一样，我能够感受到她对我们这些跪在她脚下的人的默默祝愿。在祈祷时，路德维克神父开始念死者们的名字，我们以“愿他们安息”来回答。当路德维克神父念到死者米科瓦伊的名字时，哈尼娅又一次放声痛哭起来。看到她这样，我在心中暗暗发誓：死者托付给我的任务，我一定尽力地完成，不管为此付出多大代价！这个少年冲动的誓言啊！他并不知道这样的责任有多重大，也不知道履行这份责任需要怎样的牺牲，然而，它却包含着少年的激情和发自内心的热忱。

晚祷结束，我们便各自回去休息。我吩咐女管家老温格洛夫斯卡把哈尼娅带到她的新房间，而不是回她那个以往安排女用人住的起居室，同时，我还特地嘱托女管家整夜陪在她身边。而我，深深吻了一下这个孤女，便独自向厢房走去。我、卡查和路德维克神父都住那儿，家里人把那里叫做“公寓”。我脱去衣服，躺在床上，回忆刚刚过去的这一天。诚然，米科瓦伊是我最喜爱的管家，他的死令我十分悲伤，但另一方面，我为自己能够担任保护人这个角色感到非常满意、欣喜，甚至有一丝的骄傲。它让我感觉我在家里的地位得到了明显提高。我，一个十六岁的少年，已经成了一位柔弱无助的可怜女孩的靠山，一时间，我相信我已经成了一名堂堂男子汉，或者我完全有权对外这么宣称。我暗自思忖道：“我的老米科瓦伊啊，你临终前做了一个非常明智和正确的选择，你把你孙女的未来托付给你的小东家和少爷，而他正是这么一个值得信赖和依靠的人，你是不会失望的，他完全可以独挑重担，让你在九泉之下得到安息。”

的确，对于哈尼娅的未来，我没有丝毫担心，就连一点顾虑，在我看来都是没有必要的，我的家庭完全可以养活她。但是，对于哈尼娅也会长大成人，终有一天也要出嫁，我在当时却没有考虑到。我那时只是想，我会让她永远和我生活在一起，就像我的妹妹那样，得到我精心照顾。我会关心她，喜爱她，她会生活得很安逸，很平静。

按照这里古老的传统，长子继承的财产要超过弟弟妹妹们的五倍。在我的家里，虽然没有法定的长子继承制，但弟弟妹妹们一向尊重这种习俗，从未表示过反对。我是家中的长子，家里的财产大部分将来都得归我所有，所以，虽然我现在还只是个学生，我却已将家产视为己有了。我父亲是这一带最富有的大地主之一。我们家虽比不上王公贵族拥有万贯家财，富可敌国，但作为当地最富有的大地主，殷实的家境也足够让我们过着丰衣足食的，平静的生活，一直到老都无须为生活发愁。所以，不论现在还是将来，我都是足够富有的，所以对于我自己和哈尼娅的未来，我非常地放心。我知道，不管等待着她的是怎样的命运，只要她需要，她随时都能从我这儿得到安宁和帮助。

想了很多的我终于沉沉地睡着了。第二天一清早，我便早早起来，开始担任起保护人的角色。但那时我的方式是多么的幼稚和可笑。但直到今天，只要我一回想起那时候的情形，心中还是会激动不已。

当我和卡查一块去用早餐时，餐桌旁边已经坐好了路德维克神父，还有戴维斯夫人——我们的家庭教师，还有我的两个小妹妹，她们俩像往常一样坐在高藤椅上，乱踢小脚，高兴地说着话。我神气十足地坐在父亲座位上，用眼神横扫一下桌面，而后转向站在一旁的小男仆，用冷淡而又命令的口吻说道：

“给哈尼娅小姐拿一套餐具来。”

我特地加重了“小姐”这个词。我们家从未有这样的先例，以前哈尼娅都是和其他女用人在她们的起居室里吃饭。虽然我的母亲曾经要求她和我们一起用餐，但老米科瓦伊却不同意，他总是说：“那怎么行，她得学会尊重你们家的人，其他的就不用啦。”而现在，我决定把新的习惯带到家里。善良敦厚的路德维克神父会心地笑了，他闻了闻鼻烟，拿出他随身携带的丝绸手帕捂住了鼻子好掩饰他的微笑。戴维斯夫人却一脸不高兴，虽然她也十分心地善良，但由于她法国贵族的出身，她常常贵族派头十足，也很看重高尊卑贱。而小男仆弗兰奇什克正惊讶得张大了嘴，将信将疑地看着我。

“你没听见我说话吗？给哈尼娅小姐拿一套餐具来。”我抬高声调，又重复了一遍。

“我听见了，我尊敬的老爷！”弗兰奇什克胆怯地答应道，显然，他被我刚才的口气震慑到了。

不得不承认，当这位“尊敬的老爷”生平第一次听到别人这么称呼他时，他已经快要抑制不住心中的满足感，差点儿就从嘴角泄露出微笑。但是，“老爷”的威严可不允许他这么做，哪怕是丝毫的笑意。

这时，餐具已经摆放好了，不一会儿，餐厅的门也打开，哈尼娅走了进来。她身着一件黑色长裙，这是女仆和管家老温格洛夫斯卡连夜为她赶制出来的。哈尼娅面色苍白，满脸泪痕，两条金黄色的发辫垂挂在衣裙上，辫梢还扎着黑色缎子。我站起身，急忙走向这个可怜的女孩，把她带到餐桌前。我异常的殷勤和看似非常隆重的场面，都只能徒增这位小姑娘的窘迫和尴尬，让她更加忸怩不安和无所适从。那时的我并不明白怎样合理表达关心和体贴，我并不知道，一个人在悲伤的时候，需要的只是一个安静或者隐蔽的角落，这远胜于亲友间只言片语的问候，哪怕这种关切的问候是他们最真实，真挚，最发自肺腑的流露。那时候的我正为自己的表现感到满意，我相信我很好地诠释了保护人的角色。殊不知，哈尼娅的幼小心灵正遭受着我一次次的摧残。哈尼娅低着头，一言不发，只在我问她是否需要吃点或者喝点什么的时候，她才勉强开口答道：

“我什么都不需要，谢谢少爷的关心！”

“谢谢少爷关心！？”这让我感到很不舒服，特别是当我想到平日里，哈尼娅一直都和我非常亲近，她总是直呼我“亨利克先生”。然而，自从我昨天被任命为哈尼娅的保护人，以及哈尼娅受到我的特殊安排开始，我们之间的关系变得微妙了，这使得哈尼娅在我面前显得比原来胆怯和温顺。等到刚用完早餐，我迫不及待地把哈尼娅带到一旁，说道：

“哈尼娅，你要记住，从今天起，你就是我的妹妹，你再也不许对我说‘谢谢少爷关心’这样的话了。”

“是的，少爷……噢，不……好的，谢谢。”哈尼娅赶紧低下头，不知所措。

这让我也开始窘迫起来。我和她在房间里走来走去，却不知道如何开口。原本，我想来安慰她，可是我意识到，如果我再提到老米科瓦伊刚刚死去的事，又会让哈尼娅重新痛哭流涕，陷入悲痛之中。沉默片刻之后，我们在房间另一头的长椅上坐了下来，小姑娘又把她的小脑袋靠在了我肩膀上，我抚摸着她的金发。

也许在她心里，她已经真的把我当作她的哥哥了，她紧紧地靠在我身上，我能够感受到她内心对我的信任。也许是因为在心灵无依无靠后重获了这份幸福，哈尼娅又放声哭出来，我竭尽所能地去安慰她。

“你又哭了，我的小哈尼娅！”我说，“你爷爷现在是去了天堂，我会尽心尽意……”

我再也说不下去了，因为我的眼泪也快要流出来了。

“少爷，我现在能去爷爷那儿吗？”哈尼娅哽咽着，轻声问道。

我知道棺材刚刚运到，这会儿应该正给米科瓦伊入殓。在一切尚未收拾好之前，我不希望哈尼娅到那里去，所以我自己一个人先去了那里。

半路上，我碰到了戴维斯夫人，我请她稍等我一会儿，因为我有重要的事情想要和她商量。待我对葬礼的事情做了最后一些指示，并在老米科瓦伊遗体旁祷告一番之后，我便回到了这个法国女人面前。寒暄过后，我问她，过些时候，等服丧期结束，她是否愿意教哈尼娅法语和音乐课。

“亨利克先生！”戴维斯夫人说道，她显然还在为早餐的事生我的气，觉得我就像只满天乱飞的灰天鹅一样，随意乱发命令。“我倒是十分愿意这样做，因为我本人也很喜欢哈尼娅这个小丫头。可是我不能确定，是否你的父母也支持你的决定，以及，你自作主张地把哈尼娅当作家庭成员来对待，你父母在这件事上是否也能够接受，这是不是合乎他们的意思。但是，我觉得你不要过分热情了，亨利克先生！”

“哈尼娅是受我保护的，”我大声说道，“我得对她负责。”

“但是，我的亨利克先生！我并不在你的保护之下。”戴维斯夫人答道，“因此，如果可以的话，我得等到你的双亲都回来后再作出决定。”

这个法国女人的固执让我满心不悦，幸好与善良的路德维克神父打交道要容易得多。这位明智的神父，以前曾教授过哈尼娅一些功课，现在他不仅同意继续教她，让她多学一点知识，甚至还一再夸奖我的热情和细心周到的安排。

“我看到你在认真履行自己的责任。”路德维克神父说道，“虽然你还不大，还只是个孩子，但是你的这种精神是很让人钦佩的，你这件事做得很对，我要称赞你。不过，你也要记住，热情不是激情，也不是一时的冲动，还要有长久坚持下去的决心。”

我知道平日里神父就很喜欢我。现在我以一家之主的身份自居，这不仅没有使他反感，反倒令他很欣慰。这位老人能够看出，虽然我的行为带着些孩子气，但不乏善良而崇高的动机。他对此感到非常地骄傲和高兴，因为他觉得他在我幼时心灵里播下的种子，不但没有白白浪费掉，并且已经在我的心灵开花，指导着我去做每一件善良的事情。我敢肯定老神父的确很喜欢我，虽然在我年纪还很小的时候我十分怕他，但是如今我已长成大人，我很敬重他，当年的那种畏惧和胆怯早已烟消云散了，反而现在的我倒觉得，我似乎越来越能左右他了。我想，这是出于他对我的宽容，他总是允许我做所有我觉得对的事情。同时，他也很爱哈尼娅，只要他能够做到的，他会尽力去改善她的命运。所以，这么看来，在这方面我是不会遭到他的任何反对的。

戴维斯夫人也是一位和蔼慈祥、心地善良的好人，我知道尽管她还在生我的气，但是，我看得出来，平日里，她对哈尼娅也是关怀备至。有这么多人关心和爱护她，这个孤儿是不能抱怨她周围缺乏爱她的人的。现在，我们家的仆人对待哈尼娅也开始有所不同了，他们都把她当作小姐来侍奉，而不再是原来那个自己的小伙计。

在我们家里，尽管长子还是个孩子，但是长子的意志依然要受到大家尊重，长子的命令也还是要认真听从的，平日里，我的父亲都这么要求大家。对于长子的意愿，别人有权向老爷和太太提出申诉，但未经准许，是不能反对的。从长子的孩提时起，大家就必须称呼长子为“少爷”，而不能是别的什么称呼。家里的仆人，和长子的弟弟妹妹们都得习惯于这种对长子的尊敬，并且这种尊敬将一直持续他们的一生。“这是立家之本”，我的父亲常常这么告诫大家。实际上，长子可以比其他弟妹获得更多财产的家族规矩，并没有形成书面的规定，也缺乏法律的根基，但是世代以来，大家总是这样恪守，以至于成了一个和遗产一样世代传承的家族传统。因此，在家里，我早已被看做是这个家庭未来的主人，甚至连刚刚去世的米科瓦伊也或多或少地受到这种习惯的影响，虽然他在我的家庭里享有特权，是唯一能直呼我名字的人。

我的母亲在家里开设了一个小药房，她还经常亲自去看望病人。在霍乱流行期间，她不顾生命危险，和医生一道到农民家里看病，在农民家度过了许多个彻夜不眠的夜晚。我的父亲很担心她，但并没有制止她这么做，只是一再对我们强调："这是义务！是义务！"尽管我的父亲很严厉，但没有人能否认和质疑他是个非常乐于助人的人。当佃农陷入困难时，他曾不止一次地减免对方的劳役和租金。他还常常替农民还债，自己出钱为他们举行婚礼，为他们的孩子洗礼。不但以身作则，我的父亲还时常教导我们要不分高低贵贱，尊重别人，每当年老的农民向他敬礼时，他总是站住脚步，脱帽，鞠躬还礼。噢，对了，他有时甚至邀请他们来家里商量事情。当然，我也必须承认，农民们对我们家也是非常友好的，这种友好在以后不止一次地得到了确凿的证明。

我之所以要这么描述一通，首先，是要把我们家过去和现在的情况，清晰地呈献给大家；其次也是为了说明，我让哈尼娅在我们家的地位升上为"小姐"，并没有遇到什么阻力。可是，我本人在她那儿却受到了很大的消极反抗。这个小姑娘确实太胆怯了，而且又是老米科瓦伊一手教导出来的。他总是教导她要对"东家"时时刻刻地尊敬，这使她养成了卑微和顺从的性格，以至于不能习惯于新的身份。

第二章

米科瓦伊的葬礼在他死后第三天举行，很多邻居都前来凭吊。他们来纪念这位老人，向他表达敬重之情。米科瓦伊虽然只是个仆人，却受到广泛的尊敬和喜爱。我们把他安葬在了我们家的坟地里，他的棺材刚好紧挨着我那当过上校的祖父的灵柩。在葬礼举行期间，我一刻也没有离开过哈尼娅。她是和我乘坐同一辆雪橇去的，原本我也打算和她一道回家，但路德维克神父要我邀请前来参加葬礼的邻居来家里暖和暖和，吃顿斋饭。于是我只能委托我的同学兼好友赛义姆·米查-达维多维奇来照顾她。赛义姆的父亲老米查-达维多维奇是个波兰公民，也是我父亲的一个邻居。他是鞑靼人，也是个伊斯兰教徒，不过他们家族好几代以来就已经在我们这里定居，而且很久以前，他们就已经获得了公民权和当地的贵族头衔。我必须和乌斯吉茨基一家人乘坐一辆雪橇。哈尼娅与戴维斯夫人和赛义姆坐一辆雪橇。我看见这个心地善良的小伙子把自己的皮大衣披在了哈尼娅身上，然后从橇夫手里夺过鞭子，对着马儿一声吆喝，扬鞭一甩，便像狂风似的疾驰而去。

一回到家，哈尼娅就躲到她祖父的房间痛哭起来，我不能跟她进去，因为我得和路德维克神父一起去招待客人。

终于，客人都走了，只有赛义姆还留在这里。他要和我们过完圣诞节假期里剩下的日子，还要和我一道温习功课。我们俩都是七年级学生，正面临着毕业考试。除此以外，我们还会在一起骑马、射箭、用手枪打靶、击剑，还有打猎，在我们看来，这都要比翻译塔西佗的《编年史》和色诺芬的《赛洛培底亚》有趣得多。这个小米查是个乐天派，又是个特别调皮的家伙，古灵精怪的，还喜欢恶作剧。他脾气暴躁，可是却又特别讨人喜欢。在我们家里，除了我父亲以外，大家都很喜欢他。至于我父亲嘛，我也知道的，因为这个年轻的鞑靼人在射击和击剑方便都比我强。而戴维斯夫人尤其喜欢他，是因为他能说一口流利的法语，就像个地道的巴黎人。他的小嘴巴没有一刻是闲着的，总是东拉西扯，谈笑风生，他逗这法国女人开心的本领比我们任何一个人都要强。

路德维克神父本来还抱有希望，想要劝说赛义姆改信基督教，尤其因为这个小家伙经常拿穆罕默德开玩笑，这使他的这种愿望更加强烈了。如果不是因为怕他父亲，恐怕赛义姆早就抛弃可兰经了。然而他的父亲是个固执的人，他为了维护家族的传统，坚决信奉伊斯兰教。他父亲常说，作为一个贵族世家，他宁愿当一个忠实的伊斯兰教徒，也不愿意做一个新基督教徒。除了这点以外，我实在想不出老达维多维奇还有什么其他土耳其人或者鞑靼人的怪癖了。他的祖先早在维托尔德大公时代就移居到这儿定居。与我们家一样，他家也是个富裕的地主家庭。他们所拥有的家产，是波兰国王杨·索别茨基亲自授予轻骑兵上校米查·达维多维奇的，米查上校在维也纳曾立下赫赫战功，至今他的画像还挂在霍热尔的庄园里。

至今我还清晰地记得那幅肖像给我留下的，非常奇特的印象。米查上校是个令人望而生畏的人，他的脸上满是疤痕，只有上帝才知道是被什么样的刀剑划伤的，看上去就像是刻满了《可兰经》的经文。他的皮肤黝黑，颧骨突出，上挑的眼睛里透露出一股阴郁的光芒。更加让我捉摸不透的是，无论你是站在肖像的什么方位，正对面又或是两侧，你都会发现这双眼睛直盯着你看，简直有一种毛骨悚然的感觉。

不过我的好伙伴，赛义姆，却一点也不像他的祖先。他的父亲同他母亲在克里米亚结的婚，他母亲并不是鞑靼人，而是个高加索女人。我已经不记得她的模样了，不过我知道大家都说她长得特别漂亮，或许赛义姆在外貌上得了她母亲的遗传，他们看上去像极了，就像是两滴水那么相像。

啊，赛义姆是个多么英俊的小伙子啊！他的眼角只是微微上挑，若不仔细看都看不出来。我敢肯定，那不是鞑靼人的眼睛，更像是格鲁吉亚女人的眼睛，那样的大而有神，那深黑色的眼眸水灵灵的充满着忧郁。当他平静的时候，那双眼睛更是有着文字无法形容的美感，我相信我这辈子都不曾见过类似的眼睛。而当他恳求你的时候，他的眼睛就那样看着你，让你看一眼就整个心都软了，再也无法拒绝他的请求。赛义姆有一副高贵典雅的面容，精美得就像是刚从雕塑师手下诞生的艺术品。他的皮肤黝黑，但是十分细腻，嘴唇略微上翘，红得像娇艳可口的树莓。他笑容十分吸引人，牙齿像珍珠一样白皙。

但每当赛义姆和同学打架时——这倒是常有的事——他的甜美可爱立刻像骗人的幻影一样消失得无影无踪。他仿佛换了个人一般，变得十分骇人。他的眼角更加上挑，怒目狰狞，眼神有如恶狼一般，气势汹汹，炯炯发光，脸色阴沉，青筋怒张。一时间，鞑靼人的血液在他体内复活了，他被鞑靼人附了身，变得与那些同我们祖先战斗过的鞑靼人一样。然而这种情形并不会持续太久，不一会儿，他准会痛哭流涕地来向你道歉，求情，他会亲你吻你，直到你原谅了他，言归于好。赛义姆心肠很好，却容易受一时感情的冲动，他总是一副漫不经心的样子，常常轻举妄动，是个热情奔放的浪荡公子。他骑马，射箭的技巧都很高，而击剑的时候，更像个不可战胜的怪物。但他在学习上的表现并不如他的击剑一样出色，成绩总是平平，他人很聪明，却有点懒惰。我们之间的友谊就像亲兄弟一般，或许连亲兄弟都没有我们这么亲密无间，虽然偶尔也会吵架，但大部分时候我们的关系都很融洽，可以说我们的友谊牢不可破。每逢假期或者任何一个节假日，不是他在我家度过，就是我去霍热尔。就像现在这样，既然他来我家参加老米科瓦伊的葬礼，那么他就得留在我家，直到这个圣诞假期结束。

午饭后，客人各自散去，这会儿已是下午四点钟。冬天的日子特别短，天黑得也很快，此时一大片夕阳的霞光透过窗户照射进来，照在窗台上，花瓶上，和窗台旁的茶几上。窗外，还是那一片霞光，把挂满白雪的大树照得有些反光，偶尔可以看见某根树枝上掉落一团雪球，散在地上，成了说不出形状的几何图画。乌鸦在树枝上哇哇乱叫，突然飞起来，惹得早已不堪重负的树枝轻轻摇晃，吵吵，吵吵，又抖落了一地图画。乌鸦从树林飞到了池塘边，仿佛是要沐浴这最后的夕阳。

午饭过后，我们都沉默不语地呆在大厅里。戴维斯夫人已经回到了自己房间，像往常一样，摆弄起她的排阵来。路德维克神父在大厅不停踱着步子，一边还闻着他的鼻烟。我的两个小妹妹则在桌子下面的地毯上嬉戏玩闹，互相用她们的小脑袋玩着顶牛，结果两个小丫头的金黄色发辫都缠到一块儿去了。而哈尼娅，赛义姆，还有我，则一同坐在窗户旁的长沙发上，向外望着花园那边的池塘，池塘对岸的森林，和渐渐消隐的落日余晖。

没过多久，天就全黑了。路德维克神父出去作祷告，我的一个小妹妹追着另一个，跑进了隔壁的房间。此时，大厅里只剩下我们三个人。赛义姆开始说起话来，唠唠叨叨说个没完。突然哈尼娅朝我靠过来，低声说道：

“少爷，我害怕！我怕极了！”

“不要怕，我的哈尼娅！”我一边说着，一边把她拉到我身边，“来，靠在我身上吧。呣！就是这样。你只要和我在一起，什么可怕的事情都不会发生的。你看，我什么都不怕，我会一直保护你的！”

不过，这不是实话。不知是因为太阳落山了，没有了一丝夕阳的余晖，整个大厅都被一种昏沉沉的黑暗笼罩着。又或是哈尼娅的这番话让我又想起米科瓦伊的刚刚去世，此刻我也有一种莫名的异样感觉，不禁连脊背都感觉冷飕飕的。

“哈尼娅，你要不要一盏灯？”我故作镇定地说道。

“好的！少爷！”

“赛义姆，叫弗兰奇什克拿盏灯来。”

赛义姆忽地从沙发上跳起来，跑出大厅。不久，我们便听见门外传来奇怪的脚步声和嘈杂声。紧接着,“砰”的一声,大厅的门被推开了,弗兰奇什克像阵风一样冲了进来,赛义姆紧跟在他后面,一把抓住了他的肩膀。弗兰奇什克神色慌张地看着我和哈尼娅,表情紧张得有些呆滞。赛义姆双手抓紧他的肩膀,像个陀螺似的推着他转来转去,他自己也跟着一起转,直到两个人一起转到我和哈尼娅坐着的沙发这边才停下来。

赛义姆气愤地说道:“少爷叫你拿盏灯来,因为小姐觉得害怕,你到底是想拿灯来,还是想我把你的脑袋扭下来?”

弗兰奇什克出去拿灯,立刻就回来了。灯芯灼烧着灯油,发出噼噼叭叭的声音,不算明亮的灯光在黑压压的大厅里,显得格外刺眼。一看到灯光刺痛了哈尼娅那双哭红的眼睛,赛义姆立马就把灯给吹了,于是我们又重新陷入大厅神秘的黑暗之中。大家一言不发,空气安静得可以听见交错的呼吸声和若隐若现的心跳声。

月光透过乌云从窗口照射进来,被乌云遮挡得有些斑驳的月光凌乱地散落在窗台和地上,形状奇怪。哈尼娅又害怕了,她紧紧贴在我的胸口,搂着我的手快要陷进我的身体,我能够感受到她内心的惊恐,于是我本能抓住她的一只手,她的手心滚烫,还有湿湿的感觉。赛义姆是觉察不到这些的。他坐在我们对面的椅子上,就像往常一样,他从好动爱闹的天性一下子又转入到沉思中,似乎陷入一种很深沉的思考,连眼皮都有些招架不住他脑海里智慧的擦碰,慢慢耷拉下来,赛义姆显然是有些睡眼惺忪了,他一会儿揉揉眼睛,一会儿又开始一动不动,只偶尔点点脑袋。

深沉的寂静最容易让人感到不安,我担心哈尼娅会因此一直害怕下去。而我自己却不然,此时此刻我反倒觉得非常的惬意。于是,我说道:

“我们还是请赛义姆给我们讲个故事吧!哈哈!赛义姆可会讲了。你觉得呢,我的小哈尼娅?”

“好的!”小姑娘看了看我,回答道。虽然我们靠得这么近,但是因为我俩背着光,并不能看清对方。

赛义姆揉了揉眼睛,抬着头看窗外,又想了一会儿。他正对着月光,月光照亮了他美丽的侧脸,配合着他可爱的表情,让人看了有些忍俊不禁。没多久,他就用他那颤动的、低沉悦耳的声音讲起故事来:

“在克里米亚崇山峻岭边缘的稠密森林里,住着一个善良的女巫,名叫拉拉。有一天,一个名叫哈龙的苏丹王来到她家。苏丹可是一个非常非常富有的国度,他有一座非常宏大的珊瑚宫殿,你若想从它的一头走到另一头去看看,得花一年时间。更让人惊奇是,宫殿里的柱子都是用钻石锻造的,而宫殿的屋顶是最上等的珍珠。这位苏丹王的头巾上,镶嵌的不是宝石,也不是珍珠,而是真正的星星,就是你现在能够看到的天上的那颗。”赛义姆说着,用手指着窗外的天空,“他的头巾是用采集的太阳光芒做成的,头巾的顶角是一弯月牙儿,那是一个神奇、高超的魔术师切下来献给苏丹王的。苏丹王来到女巫拉拉那里,他放声大哭起来,哭得是这样惊天动地,你仿佛能感受到房子,噢,不,是大地都在颤抖。他哭得非常悲伤,眼泪止不住地流淌在地上。眼泪洒落的地方,立刻长出一朵朵盛开绽放的百合花。

“‘你为什么哭呀?我尊贵的苏丹王!’女巫拉拉不解地问道。

“‘我怎能不哭呢?!’哈龙苏丹回答说,‘我只有一个女儿,他就像天上的彩虹一样美丽,可是我不得不把她交给眼里喷火的妖怪,黑德弗斯,他每年……’”

突然,赛义姆停住了。他看了看哈尼娅,又看了看我。

“哈尼娅睡着了吗?”他轻轻地问我。

“没有!我没有睡着!”小姑娘用睡意朦胧的声音含糊地回答道。

“‘我怎能不哭呢?!’苏丹哈龙对女巫拉拉说,‘我只有这么一

个女儿，而我！而我不得不眼睁睁把她送给妖怪黑德弗斯！'

"'不要哭，我尊贵的哈龙！'拉拉又说道，'你坐上这匹有翅膀的马儿，一直飞到波拉的洞穴。你在过去的路上，一定会有恶云追赶你，但你只需把这些罂粟籽往云里撒去，那些云便会立刻睡着……'"

就这样，赛义姆继续讲着。直到他再次打住话头，朝哈尼娅望去。现在小姑娘是真的睡着了。她太疲惫了，又悲伤过度，所以睡得很沉。我和赛义姆都几乎快屏住呼吸，尽量把呼吸声放得很轻，很轻，不忍心惊醒她。我们就这么坐着，好让时间走得慢一点，让这个可怜的姑娘多睡会儿。她的呼吸均匀而平静，只是偶尔会发出深深的叹息。赛义姆用一只手撑着头，又陷入了沉思。我也仰面望向窗外，心不觉有些飘飘然了，仿佛我已经坐上了天使的翅膀，在天空中翱翔，哈哈！而且是带着我的小哈尼娅一起。

我知道，这个可爱的小姑娘是这么地信赖我，她可以毫无拘束地靠在我的身上，特别在她害怕，紧张，或是无所适从时，我更是成了她唯一的依靠。就像现在这样，她是如此平静地依偎在我胸口，一种无法形容的快乐从我的胸口蔓延开来，浸透了我的整个身体，甚至渗透到我的骨头里，让我有一种又麻又酥的感觉。这似乎已经超脱了人世间的快乐，这是一种非常新奇的感觉，在我的人生中这还是头一次，让我既想形容，又感觉不可名状，这是一种怎样的幸福啊！我的脑海里开始响起了各种美妙的旋律，从我的灵魂开始飘出的第一个音符，是动听的歌声，是绝妙的演奏，是所有我不能言语的美丽。啊！我的心快要融化了！我是多么爱哈尼娅啊！虽然直到现在，我还只不过作为一个兄长和保护人来爱她，但是这份爱早已经是漫漫无边，无法约束的了。

我轻轻地低下头，把嘴唇紧贴在哈尼娅的发辫上，她的头发透露着我所喜爱的清香。我抿着嘴，深深地吻着它。这个吻一点儿不带有世俗的杂念，就如同我本人一样纯洁无瑕。

赛义姆突然颤栗了一下，仿佛刚刚从深思中惊醒。

“你真幸福！亨利克！”他低声对我说道。

“是的，赛义姆！”

可是，我们总不能一直呆在这里吧。

“我们不要叫醒她了，就这样把她抬到她的房间里吧！”赛义姆这样对我说道。

我摇摇头，“我来抱着她，你给我开门就好了。”我回答他。

我小心翼翼地把一只胳膊伸到这个熟睡的姑娘头下，把她的头靠在长沙发上面。接着，我便轻轻地把哈尼娅抱了起来。虽然我自己也还只是个孩子，可是出生在一个身强力壮的家庭，而这个小姑娘又是那样的娇小柔弱，我就像手托羽毛一样，轻松地把她抱了起来。赛义姆打开通往卧室的侧门，里面正点着一盏油灯，我们把哈尼娅抱进了她住的小房间。管家老温格洛夫斯卡已经将她的小床铺好，房间里的炉火也烧得旺旺的，温格洛夫斯卡正坐在火炉面前拨动着炭火。看见我这样抱着这个小姑娘，便大声喊道：

“啊！我的上帝呀！少爷干嘛要这么费劲地抱着那姑娘，难道你不会把她叫醒，让她自己起来走吗？”

“温格洛夫斯卡，你给我说话小声点！”我生气地说道，“我再告诉你一次，她是小姐，不是姑娘。是小姐！你给我记清楚了！温格洛夫斯卡你听见没有？小姐困了，请你别弄醒她。你来给她把衣服脱了，动作要轻一点，让她躺在床上好好休息。”我尽量压低声音，眼神不停地转换在温格洛夫斯卡和哈尼娅之间，害怕把哈尼娅吵醒。“温格洛夫斯卡，你要记住，小姐曾经是孤儿，现在祖父又去世了，你一定要好好安慰她。”

“啊！可怜的孤儿，她现在可真是孤儿了！”善良的温格洛夫斯卡非常动情地呜咽道。

看到管家温格洛夫斯卡这么激动，赛义姆还吻了一下这位老太婆，以示对她的尊敬。之后我们便回去喝茶了。

喝茶的时候，赛义姆开心地闹着，开着玩笑，我并没有跟着他一起闹，首先是因为，我的确很悲伤；其次，我认为我已经是哈尼娅的保护人，身为保护人的角色，必须是一个担得起重任，有自己尊严的人，必须是一个心智成熟的人，而不能再像以前那样顽皮淘气了。这天晚上，赛义姆受到了路德维克神父严厉的责备，起因是我们在小礼拜堂做晚祷时，他跑到庭院里，爬上了冰窖的矮屋顶，在上面大喊大叫，惹得看院子的狗也从四面八方奔跑过来，跟着他一起狂吠不止，而且吵叫声是那么大，连我们在小礼拜堂里都无法正常祷告了。

"你疯了吗，赛义姆！"路德维克神父责怪道。

"对不起，神父！我这是在用伊斯兰教的方式进行祈祷。"

"你这个淘气鬼！任何宗教信仰都是不能拿来开玩笑的。"

"可是，神父……我自己很想成为基督教徒，就怕我父亲反对。其实，穆罕默德对我来说又算什么呢？"

神父的软肋一下被他击中了，只好默不作声。之后我们便各自回房睡觉去了。赛义姆在我家的时候，都和我共住一个房间。神父也知道我们之间总有聊不完的话题，他并不愿意打扰我们。我刚脱去衣服，准备上床就寝，却发现赛义姆还没祷告就脱衣睡觉了，我很是诧异地问道：

"赛义姆！你真的一次祷告都没有做过吗？"

"谁说的？我当然做过祷告。你要是不信，我现在就可以做给你看。"

于是，他走到窗前，抬头看着月亮，张开双臂，用一种动听的声音歌唱道：

"啊！阿拉！阿格巴阿拉！阿拉凯里姆！"

他只穿了一件白衬衣，面向天空，显得那样高贵而优雅，让我无法不盯着他看。

他转过身来，向我解释道：

“亨利克！你说我该怎么办呢？我根本不相信我们那个先知。你看看，他只许别人娶一个老婆，而他自己呢?！他爱娶多少个就娶多少个。另外，我跟你说，我还特别喜欢喝酒。除了伊斯兰教，他们不允许我信别的宗教，但是我早就信仰上帝了，噢，我的耶稣！我时常尽可能地向他祈祷。但是对于上帝，我知道了些什么呢？我只知道我的心里住着一个上帝，除此以外，我就别无所知了。”

过了一会儿，他又聊起了别的话题。

“哎？你知道吗，亨利克？”

“知道什么？”

“啊哈！我要郑重地告诉你！我有一些上等的雪茄烟，我们不再是孩子了！我们可以抽烟了！”

“那就拿来吧！”

赛义姆立马跳下床去，不知道从哪儿摸出了一包雪茄，在我面前晃了晃。我们各自点了一支，躺在床上一声不吭地抽了起来，然后又各自悄悄地往自己床下吐着唾沫。

“你知道吗，亨利克，我是多么羡慕你啊！你现在看起来真像是个真正的大人了！”

“当然咯！”我故作镇定地回答，表现出一副理所当然的样子，其实心底已经乐开了花。

“因为你是个保护人了！”赛义姆继续说道，口气里充满了对我的羡慕之情。“啊哈！要是有谁也给我留下这样一个孤儿，让我来保护，该有多好啊！”

“那可不是件容易的事呢！而且你要知道，你在世界上哪能找到一个像哈尼娅这么可怜的孤儿呢？不过，”我刻意顿了顿，以一种故作成熟的口吻说道，“你知道吗，我估计我不能继续上学了。毕竟一个人在家里肩负着如此重大的责任，他是没有精力再去上学的。”

“你在胡说些什么呀，亨利克！难道你再也不用上学了，连大学也不想考了吗？”

“不不不，赛义姆，不是我不想去，你是知道我的，我是非常爱学习的。但是，毕竟我还有这么重要的责任，我怎么能置之不顾呢。除非……除非，我的父母把哈尼娅和我一起送到华沙去上学。”

“我想，他们做梦也不会想到你会有这样的要求的！”

“如果我还在中学念书，那是肯定不会的。可是，”我提高了声调，一个字一个字地缓缓说道：“只要我上了大学，我敢打赌，他们肯定会把哈尼娅交给我的。难道你会不知道大学生意味着什么吗？”

“是的，是的！完全有可能，你先是照顾她，接着你们就结婚。”

我几乎从床上跳了起来。

“赛义姆！你是不是疯了？”

“为什么不能？中学生是不允许结婚的，但是大学生就不一样了，大学生不仅可以娶老婆，甚至可以有孩子，哈哈！”

在这时候，大学生的种种特殊待遇和特权，我一点也不关心，但赛义姆的话却犹如闪电一般，顷刻间照亮了我心灵深处至今还很模糊的那一部分。千百种思想，带来千百种快乐，就像千百只鸟儿一般，在我脑海掠过，留下千百种眷恋和幻想。是的，和我最亲近、最心爱的姑娘结婚。真的，这就像一道闪电！一道新的思想和升华的情感交汇的闪电！我恍惚间觉得，有人在我心灵深处点亮了一盏明灯，为我的感情找到了最终的归属。我的爱很深沉，在这以前，也还只是兄妹之爱，然而，现在！我的爱被这亮光猛然间激醒，变得异常炽热，散发着玫瑰的芬芳和玫瑰色的迷人光芒，是我从未体验过的温馨和真挚。和她结婚，是的，我要和我的哈尼娅结婚，和这个金发小天使，和这个我最珍贵、最心爱的、最念念不忘的哈尼娅小姐结婚！……我用一种轻微的无力的声音，默默念叨重复着刚才的问话：

“赛义姆！你是不是疯了？”

“喂！我敢打赌，你一定是爱上她了！”赛义姆说道。

我没有回答，便熄了灯。然后紧紧抓住枕头的一角，疯狂地吻起来。

是的，的确，我已经爱上她了！

第三章

葬礼后的第二天或是第三天，我的父亲被发去的电报召回来了。我内心很惶恐，我不知道父亲会怎么看待我对哈尼娅的种种安排，我生怕他会反对或是取消，这样，我之前的种种努力和期望也许就要破灭了。我的预感在某种程度上得到了证实。父亲拥抱了我，称赞我在这件事上表现出男子汉应有的热忱和高度的责任感。他甚至好几次都说道：“这是我们家的血统！”往往，只有在他非常满意我的做法时，他才会这么说。他根本没有料到，我的这份热忱背后有着怎样的个人私心。但是，我的那些安排并不中父亲的意，我想是戴维斯夫人言过其实的话产生了某种作用。不过，自从那天晚上，我意识到自己对哈尼娅的感情以后，之后的那几天里，我确实把哈尼娅奉为全家的座上宾来对待。此外，对于哈尼娅应该和我两个妹妹一样受到同样教育的计划，我父亲也不满意。

“我不反对，也不会取消。至于怎么安排，那是你母亲的事。”父亲这么对我说道，“她会按照她的意思来做，这是她拿主意的事。不过，我想你也应该慎重考虑考虑，怎么做才能对这位姑娘更有好处。”

“但是，无论如何，教育从来不会对人有害，我的父亲，您曾经不止一次这么对我说。”

“是的！但那只是对男人而言，”他继续说道，“教育可以给男人更好的社会地位，可对女人而言，并不是这么回事。对女人的教育应该和她将来的社会地位相符，像她这样的姑娘，只需要一般的教育就足够了。她根本不用去学习法文、音乐这样的科目，一般的教育更适合她，更容易使她找到丈夫，找到一个很不错的公务员。”

“父亲！”

他惊讶地看着我：

“你怎么了？”

我的脸涨得通红，就像个甜菜头，血液似乎快要从我的脸上喷出来。我的眼前顿时一片漆黑。竟然把我的哈尼娅同公务员相提并论，这简直……简直就是对我未来美好憧憬的一种侮辱！我几乎快要不可抑制地将我的愤怒喊出声来。然而，令我更加痛苦的是，这种亵渎竟是出自我父亲之口。这是残酷的现实对这位年轻人的火热激情所泼出的第一桶冷水，是生活向他的幻想世界射出的第一发炮弹。这让他在心中确信自己的爱以来，第一次感到如此的失望和痛苦。面对如此大的打击，我们往往会用悲观和怀疑来进行自卫。但是，就像一块烧红了的铁，只要有冷水滴在上面，便立刻会发出嗞嗞的响声，接着化为一缕蒸汽消失得无影无踪。人类那火热的心也是如此，当它被现实的冰冷的手触碰时，确实也会痛得嘶嘶作响，不过，它立刻就会用自己滚烫的热度把现实也炙烤得热热的。

父亲的话，当时的确伤害了我，而且是用一种奇怪的方式伤害了我，但是我并没有对父亲感到反感，相反，我倒生起了哈尼娅的气。然而过了不久，由于只在青年体内才有的那种内在反抗力的存在，这些话从我心中被永远地抹掉了。父亲对我的激动并不理解，他或许是认为我过分看重我所担负的职责才会出现这样的举动，并且，他认为这在我这样的年纪是很自然的事。因此，他非但没有生气，反倒对我更加赞赏了，对于我要求哈尼娅接受高等教育的一事也不那么反对了。我和父亲商定，由我给还得在国外住一段时间的母亲写一封信，请她对这件事情作出最后的决定。我不记得在我一生里，后来是不是还写过一封像这样长、感情如此真挚的信。我在信里详细描述了老米科瓦伊的死和他临终前的遗言，以及我的打算、担心和我的希望，我极力试图触碰到我母亲心里那块最柔嫩，最易感动和最富有同情心的土地。我诚挚地向她描述着，如果我们不尽全力去给予哈尼娅最好的教育，这不仅对于哈尼娅本人是很不公平的，即使是我，恐怕也会因此怀有一辈子的良心不安。总而言之，这封信写完后，我又认认真真，仔仔细细地读了很多遍，直到我确信这封信可以作为这类书信中的典范，值得后人效法，并且能够对我母亲起到我预期的效果，我才毕恭毕敬地把它寄出，并且确保它的每一个书角都是工整、洁净的。

信寄出以后，我的内心平静了许多。我耐心地等待着我母亲的回信。

终于来信了！回信竟是两封，一封是给我的，另一封是给戴维斯夫人的。我迫不及待地拆开信来。字里行间所表达的意思像燃放的烟火，炸开，而后绚烂！我胜利了！我母亲不仅完全同意给予哈尼娅接受高等教育的安排，而且非常热切地要求我们这样做。我的慈母在回信中这样写道："我希望，如果你父亲也同意的话，哈尼娅无论从哪个角度来讲，都应当被当作我们家庭成员来看待，无论是出于对老米科瓦伊的纪念，还是出于这么多年来他对我们家的忠心耿耿与任劳任怨的报答，我们都应该这样做。"这样一来，我的心愿总算实现了，而且是取得了彻底的、全面的胜利。赛义姆也分享了我的喜悦，他由衷地为我感到高兴，因为凡是与哈尼娅有关的一切，他都表现得非常热心，仿佛他自己和我一样，也是哈尼娅的保护人。

说句实话，赛义姆时常表现出的对哈尼娅的同情和关切，已经让我这个名正言顺的保护人有些不快。自从我在那个意识到自己对哈尼娅真实情感的不眠之夜以后，我和哈尼娅的关系已经变得非常微妙，这也使我对赛义姆的不满越发的强烈。现在，每当我和她在一起时，总有一种触电的感觉，而之前的天真烂漫和亲密无间早已荡然无存。就在几天前，这个姑娘还在我怀里安然入睡，现在想起来，竟会使我激动得起满身的鸡皮疙瘩。几天之前，每每我向她道早安或晚安的时候，都会像兄长一样吻她苍白的嘴唇，可现在我只要一触碰到她细腻的手，就会有触电或是像是被火灼烧一样的感觉，但我的心底却是在快活地打颤。我就像崇拜初恋对象那样崇拜她。这位天真的小姑娘却并不知道这一切，还是像往常一样和我亲密相处，这让我心里暗暗地生气，一边怪她的愚钝无知，一边又觉得自己是个亵渎神圣的人来。

爱情可以带给相爱的人幸福，却也会使人徒增无穷的烦恼。如果我能……向谁倾诉衷肠，如果我能……在谁的怀里大哭一场（附带一句，我常常有这种奇怪的想法），那么，压在我心头的痛苦就可以减少一半。的确，我本可以向赛义姆坦白这一切，可是他的性格却又不能不叫我担心。我知道起初他会诚心实意地同情我，不过谁又能向我保证第二天他不会用他那特有的方式来嘲弄我，不会用轻浮的语言来伤害我那不敢有丝毫非分之想的意中人呢？和赛义姆相比，我的性格是内向的，并且我和赛义姆还有一个很大的不同，就是我总是有点多愁善感，可你在赛义姆身上是找不到任何忧伤或是伤感的情绪的。因而我只能忧郁地爱着，而赛义姆的爱却可以无比疯狂。同样，我总是对所有人隐瞒我的爱情，甚至……甚至对我自己也是这样，因此，我唯一可以确信的是，没有人能够从我身上看出我爱情的蛛丝马迹来。

短短几天里，虽然没有可以学习的榜样，我却本能地学会了怎样掩饰爱情的痕迹。譬如，当别人一提到哈尼娅，我就会心神不宁，满脸通红。总之，在这方面，我已经变得非常狡黠，凭借这种狡黠，一个十六岁的孩子能够逃过最锐利的眼光的审视。我并没有打算向哈尼娅表达我的爱意，我爱她，这本身就已经足够了。可是有时候，只有我们两个人在一起时，我真的很想跪在她面前，用我整个心去亲吻她的裙边。

这期间，赛义姆像发了疯似的闹着，绞尽心思做着各种恶作剧，但是，他却是第一个逗得哈尼娅发笑的人。那是一个早晨，我们正围着餐桌吃着早饭。赛义姆突然一本正经地和路德维克神父说他建议神父改信伊斯兰教，并且和戴维斯夫人结婚。看着他那副亲热的模样，还有他望着他们面带坏笑的神情，就连器量很小的法国女人和我们的神父都没法对他生气，他只是挨了戴维斯夫人几句温柔的责备，这件事便在哄堂大笑中过去了。

赛义姆对哈尼娅的举动显然是带着温情和关切的，而他活泼的天性，也不免要在哈尼娅面前流露出来，与我相比，他比我要和哈尼娅亲密得多。同时，可以看出来，哈尼娅也是非常喜欢他的，因为只要他一走进屋，她就要快活些。他总是喜欢取笑我，或者不如说，他总是喜欢拿我忧郁的样子开玩笑，他把我的忧郁看做是一个急于想当大人的人故意伪装出来的严肃。

“你们看着吧，我敢打赌，他一定会当上神父的！”他指着我，说道。

这时候，我故意把我手上的东西假装掉落在地，然后弯腰去拾起，害怕别人看见我脸上泛起的红晕。而路德维克神父此时就会闻闻鼻烟，仿佛没有在意他刚才的话，独自说道：

“赞美上帝！赞美上帝！”

转眼间，圣诞假期快结束了，我想留在家里的那点微弱希望也随之破灭，终于有一天，家人吩咐我这个大保护人做好第二天离家上学的准备。我们不得不很早就动身，因为要先去霍热尔，让赛义姆去和他父亲道别。

我们早上六点就起床了，那时天还是黑乎乎的。啊！我的心情是如此烦闷，就像这早晨的天气一样，阴暗中寒风瑟瑟。赛义姆似乎也好不到哪去，自打从床上起来开始，他就一直在抱怨说这世界是极其愚蠢，糟糕透顶的，对此我倒是非常赞同。我们很快穿好了衣服，离开厢房去大厅吃早点。

院子里也是一片漆黑，雪片被寒风卷起扑打在我们脸上，像刀片一样锋利。大厅的窗户里露出灯光。台阶下面停靠着已经备好的雪橇，我们的行李就整齐地堆放在雪橇上，被捆绑得紧紧的。突然一阵寒风吹过来，马匹抖动着脖子，摇得铃铛直响，旁边的雪橇犬也伸长了脖子拼命叫唤。所有这一切，就像是一幅无比凄凉的油画，即便是最好的画家都不能传神地表达这样的悲情，让你只需要瞥一眼，心立刻就沉了下去。

我们走进大厅，看见我父亲和路德维克神父神情严肃地踱着步，而哈尼娅不在那里。我的心怦怦地跳着，眼睛不停地望向绿房间的那扇门，看她是否会出来，或者我来不及和她道别，就不得不匆匆地离开。我的心思更乱了，心里想的全是这件事情。

我父亲和路德维克神父在那儿不停地踱步是有原因的，他们在想怎样教诲和忠告我们，让我们去了外地以后能在学校认真地学习。他们说，以我们这样的年龄，按道理已经无须再过多解释学习的重要性。虽然似乎他们想了很久，但说来说去，讲的全是千篇一律的内容。我一面啃着面包，一面喝着难以下咽的热葡萄酒，他们说的话，我能听进去一半就算不错了。

突然，我似乎听见哈尼娅的房间里面传来沙沙声音，我的心顿时跳得厉害了，甚至感觉自己在椅子上已经坐不住了。

门开了，可从里面走出来的……竟然是……穿着晨衣，头上夹着卷发纸的戴维斯夫人！她一看见我，便走过来拥抱了我，可我心里满是失望，甚至竟有些对她不满，我真想就这么把手里的热葡萄酒从她头上浇下去，但即使这样做了，也不能让我心里感到一丝的愉快。她对我们说，她相信像我们这样深明事理的孩子，一定会努力学习取得优异的成绩的。赛义姆回答说只要一想起她头上的卷发纸，就会立刻信心百倍，更加认真地学习。而我这时，眼睛不停地望向哈尼娅的房门。

皇天不负有心人，当我们用完早餐，正准备从桌旁起来时，哈尼娅从她的屋里走了出来。她睡眼惺忪，脸上红通通的，一头金发散乱着，很显然她还没睡醒。我想，或许她是特地起来为我道别的吧。我握着她的手，向她道了声早安，她的手是滚烫的，是不是哈尼娅因为我要离开而难过得发烧了？我的心里顿时开始浮想联翩，而其实她的纤手只不过因为睡得温热了而已。过了会儿，父亲和神父都出去取信了，他们打算让我和赛义姆把这些信带到华沙去。赛义姆则调皮地骑在一只刚跑进餐厅的大狗身上，一溜烟跑了出去。现在，屋里只剩下我和哈尼娅两个人了。

泪水顿时在我眼睛里打着转，热情而炽烈的话语也一股脑儿都涌到了嘴边。原本我没有打算向她表白，然而这种愿望现在却是如此的强烈，一种火热的情感猛烈地冲击着我的心房，扑通扑通直跳，我是多么想吻着她的手，对她说，“我的哈尼娅，最最心爱的哈尼娅！”啊！此刻，也许是让感情爆发的最佳时刻了；尽管我觉得当着所有人的面我也会这么做，可是我却一直没有这样的勇气。我该怎么办呢？眼看着这千载难逢的机会就要白白浪费了。我踟蹰着走近她，向她伸出了手，可我的动作是这样的笨拙，连我自己都感到别扭。我艰难地开口，叫了一声“哈尼娅”，声音也是如此的不自然，我竟然就这样立马退下阵来，重新坐回了原处，一声不响了。我在心里暗暗责备着自己，真想打自己一耳光。

倒是哈尼娅先开口说话了。

“啊！我的上帝！少爷不在的日子，该有多难受啊！”

“复活节的时候，我会回来的！”我生硬而不自然地低声回答道。

“可是复活节还很遥远哩！”

“快了！”我低着头，嘟哝着。

就在这时，赛义姆冲进屋来，随后我父亲、路德维克神父、戴维斯夫人和其他几个人也跟着进来了。“快上雪橇！”“快一点！”他们在催着我。我们都来到了门廊外，我父亲、路德维克神父和戴维斯夫人依次拥抱了我。可是轮到和哈尼娅告别的时候，我有一股不可抑制的冲动，想和过去一样紧紧拥抱她，像过去那样吻她，可是我现在却没有勇气这么做了。

“再见了！哈尼娅！”我故作矜持着，伸出手说道。此时此刻，我的心里却有上百种声音在哭泣，有成千句最热烈和最温柔的话语涌到了唇边，却都被我含在嘴里。

突然，我发现这姑娘在偷偷地抹着眼泪，我的心里顿时像打翻了五味瓶，有一种恨不能把自己伤口撕裂的冲动，就像在我后半生时常感受到的一样。但是，尽管我的心里难过得像是被扎了无数刀，我依然用着冷漠和生硬的口气说道：

“不要无缘无故地哭，哈尼娅！”说完，我没敢再看她一眼，就急忙上了雪橇。

与此同时，赛义姆也在向大家道别。他跑到哈尼娅身边，猛地抓住她的双手，虽然她试图把手缩回去，但他还是热烈地吻着她的手。啊！我顿时气不打一处来，我多么想揍他一顿啊！赛义姆一亲完哈尼娅，便跳进了雪橇。父亲喊了声：“出发吧！”路德维克神父在胸前画着十字，保佑我们一路顺风。车夫这时扬起鞭子，朝马“嗨哒！驾！”吆喝了一声，马车便开动。伴随着清脆的铃声和雪橇滑板下白雪被压实的“吱嘎吱嘎”声，我们真的出发了。

“坏蛋！你这个无赖！”我暗自在心中咒骂自己，“你对你的哈尼娅就是这样道别的吗?！你给她带来了烦恼，不但没有安慰她，还责怪她流眼泪，你根本不值得她为你流泪……她可还是个孤儿，是个需要保护的孤儿啊！”

我把大衣领子翻了上来，尽量遮住脸，便像个孩子似的呜咽起来。我竭尽全力地压低了声音，不想让赛义姆发现。其实赛义姆早就发现了，只不过当时他也很伤感，他并没有打断我。待快到霍热尔的时候，他开口说道：

“亨利克！”

“什么事？”

“你是在哭吗？”

“别管我！”

接着是一阵沉默，我们都没有要开口的意思。过了会儿，赛义姆又问道：

“亨利克！”

“什么事？”

“你是在哭吗？”

我没有回答。赛义姆突然弯下身去，抓起一把雪，取下我的帽子，把雪全都洒在了我的头上，而后又重新给我带上帽子，说道：

“这会让你冷静下来的！”

第四章

我没有回家过复活节，因为毕业考试快到了。另外也因为我父亲的要求，他希望我在大学开学前就完成华沙大学的入学考试。我父亲很了解我，他知道我在长长的暑假里是不愿意学习的，而且经过一个假期，我必定会把学校学到的东西至少忘掉一半。所以，我只能非常用功地学习起来，除了学校的课程和毕业考试以外，我和赛义姆还跟着一个年轻的大学生补习功课。作为一个刚刚进入大学不久的学生,他最清楚怎样才能考上大学了。

这段时间,对我来说即使不是最难忘的,恐怕也是为数不多能让我时常回忆起来的时光了。就在这段时间里,由我父亲和路德维克神父在我脑海里多年经营,苦苦树立起来的价值观、人生观和世界观彻底崩塌了,家留给我的那份宁静的氛围在我心里也被驱散。这个年轻的大学生无论从哪方面来说都是个极端的激进分子。比如在讲到罗马史时,他把格拉齐兄弟的改革分析得鞭辟入里,让我们大开眼界,不得不叹服。当然,他也在潜移默化中,把他对一切寡头政治的轻蔑和厌恶的思想灌输给了我们,让我多年来信奉的贵族至上的保守信念像烟云一样不堪一击,立刻消失得无影无踪。我的这位年轻老师坚定地对我说,对一个即将成为掌握权力,在各方面都对社会有极大影响的大学生而言,应该摆脱一切"迷信封建的思想",并且要以一个真正的哲学家的眼光去俯视世界。总之,在他看来,一个人最能发挥统治世界的聪明才智,并对人类产生重大影响的年龄,应该在十八岁到二十三岁之间,过了这段时间,就会逐渐趋向保守,变得像个白痴。

他总是用怜悯的口吻谈论那些既非大学生,也不是大学教授的人。但是他并不只是单纯地夸夸其谈,他也有自己的一套理想,并且经常和我们描述他的理想。也就是在这时,我才第一次听说莫勒斯霍特和布赫娜的名字,或许这两位是他最为钦佩和崇拜的科学家,他经常引用这两位科学家的名言。说真的,你们真应该听听我们这位年轻的补课教师讲课,听他以何等的激情向你描述近代,乃至当代的科学成就,听他是怎样向你阐述我们这个世界的真理。这些真理被愚昧和迷信的过去所轻视,只有现代的学者才会有以前所未有的勇气把它们从"遗忘的尘埃中"发掘出来,并将其公布于世。每当他发表这些言论的时候,他总是煞有介事地晃动他那头又厚又密的卷发,一根接一根地抽着烟。有时候他会和我们打赌,自豪地告诉我们他已经是一个老烟袋了,对他来说，不论从鼻孔里出烟，还是从嘴里吐出烟圈，都是易如反掌的事，他确信除了他以外，整个华沙都不可能找到第二个人了。而后，他总是先站起来，披上他那件大约掉了一半扣子的旧大衣，神情紧张地说他今天必须赶紧走，因为他有个“小小的约会”。他一边说着，一边朝我们神秘地眨着眼强调：鉴于我和赛义姆还太年轻，有关约会的事情，他不能对我们说得太详细，不过也无须他多说，我们将来都会明白这回事的。

在这个年轻的大学生身上，的确有着一些非常优秀的品格，尽管其他方面不一定会合我父母的意。首先，凡是他辅导的功课，一定都是他自己十分精通的。是的，他不只是精通，他还是个地地道道的科学迷。他总是穿得破破烂烂的，旧靴子上有几个洞，外衣也掉了一排扣子，还有他那顶破鸟巢似的帽子。他的身上从来没有钱，一分钱都没有，但是他从来都不会因为个人经济上的拮据而影响到他对科学事业的热爱，恰恰相反，他是靠自己对科学的热爱而活着的，个人的不幸他丝毫不会放在心上。这让我和赛义姆都把他看成是一位超凡脱俗的厉害人物，他的智慧像海洋那样广博，他是我们永远无法超越的权威。我们坚信，如果有一天人类发生了危险，需要有什么人解救人类于危难，那么不用怀疑，这个人一定就是他了，必定是这个伟大的天才。事实上，他自己也一直这么认为。我们不可挣脱地被他的信念迷住，就像被万能胶粘住了一样。

对我而言，也许未来我要比这位老师走得更远，这才只是对我身体里保留的那些之前所受教育的一种很自然的抵抗，现在这位年轻的老师给我打开了通往未知真理的大门，让我不仅大开眼界，更使我意识到我过去的思想和认知领域的狭隘。我不可自拔地着迷于眼前这些崭新的真理，以至于并没有太多的闲暇去思念和心疼我的小哈尼娅了。最初，在我刚刚来到学校的时候，哈尼娅俨然是我的梦中情人，无时无刻不出现在我的心头，出现在我的脑海里。而她每一次给我的来信，更是煽动着我心灵上热烈燃烧的爱火，让我很多天都不能集中精力地学习。但是，现在，这个年轻的大学生成了我思想和信念上的导师，在渊博的真理面前，那个小小的乡村天地虽然还是一如既往地宁静和美好，却也越发地渺小了，哈尼娅的形象虽然并未完全消失，却也好像随着它渐渐地飘入弥漫的云雾之中。至于赛义姆，他和我一样，也走上了激进改革的道路，他比我更少想到哈尼娅，因为有一个名叫约佳的女中学生常常坐在我们宿舍对面的窗口。赛义姆开始为她唉声叹气，食不知味，这样一连好几天。他们俩常常坐在各自的窗前，像两只关在笼中的小鸟彼此对视着，赛义姆甚至坚定不移地告诉我说，他“此生非此女不爱”。有好几次，他仰面躺在床上，正看着书，突然他跳起来，像个疯子似的，抓住我，大声喊道：

“啊！我的约佳！我是多么爱你啊！”

“你见鬼去吧！赛义姆！”

“啊！竟然是你！你不是约佳！”赛义姆装出一脸惊讶的表情，回答道，然后又装模作样地看起书来。

考试的日子终于来到了！幸运的是，我和赛义姆双双顺利通过了中学毕业考试和大学的入学考试。一时间，我们彻底自由了，我们就像长期关在笼中的小鸟突然得到了天空的拥抱一样，甚至不知道怎么去释放这欢快的心情，不过我们还是选择在华沙先尽情地大玩三天。利用这段时间，我们给自己置办了大学的校服，还设了谢师宴犒劳我们年轻的老师，而他也觉得这样的庆贺一定是必不可少的。其实所谓谢师宴，就是我们三个人在一家老字号的酒馆里狂欢畅饮了一番。

两瓶酒下肚，我和赛义姆都有些晕乎了，眼前天旋地转，那位年轻的老师，现在成了我们的同学，也是满脸通红。年轻人之间酒一喝多，是总爱发表些高谈阔论的，特别像现在，就有一种莫名的激动和急于表露衷情的强烈愿望占据着我们心头，于是这位年轻的老师开口说道：

“嗨！我亲爱的孩子们，现在你们已经是大人啦！世界向你们敞开了大门，你们可以尽情地寻欢作乐了。你们可以随便花钱，摆摆公子哥儿的阔气，也可以谈恋爱了，但是，我要告诉你们，那些都是十分愚蠢的做法。这种花天酒地，寻欢作乐的生活，缺乏为生活奋斗的理想，是极其庸俗的。所以，为了能够理智地生活，聪明地与困难作斗争，你首先要清醒地看待一切问题。先说说我自己，我认为我看问题是很清醒，很深刻的，凡事除非亲眼所见，我绝不会轻易相信，我希望你们今后也能做到这一点。毕竟，上帝才知道这世界上有多少条道路，有多少种不同的思想，而且这么多思想交汇在一起，又是这样的混乱不堪，要使一个人能够在这样的环境下不迷失方向，恐怕也只有上帝才能做到了。但是，没关系，我坚信科学，这也就足够了！有了科学的指导，我不会被事物的表象所蒙蔽。同时，你还要有包容别人的胸怀，如果谁告诉我生活是愚蠢的，我也不会用瓶子去砸破他的脑袋。真理必定是存在的，要不然，我早就朝自己的脑袋开枪了。我认为自杀是每个人都拥有的权利，如果有一天我对科学也失去信心了，我一定会自杀的。除此以外，你们要记住，一切都可能令你们失望，但是科学绝不会，科学应该是使你们坚定活下去的真理。假如你恋爱了，可是你的女人欺骗了你，即使你依然相信她，怀疑却也会不可避免地出现。对于科学，你可以这一生都安安静静地坐在那儿去研究你的鞭毛虫，你可以一切都不闻不问，直到某一天来临，你眼前渐渐模糊，渐渐昏暗了，那就是你的末日来临了。再之后，便是讣告，一张带黑边的相框和一篇关于你这一生的，写得多少有些愚蠢的生平传记，一切就像个喜剧一样结束了。再往后，谁知道呢，你的一切都已经结束了。我的孩子们，小大人们，我现在就可以给你们打保票，对于一切胡说八道的东西，就像我教过你们的那样，你们可以，而且应该大胆地拒而不收，但是科学，才是一切事物真正的根本啊！而且，它另有好处，就像我一样，你只需专心致志地去做你的研究，你尽管穿着有破洞的皮鞋走来走去，回家睡在草垫子上吧，这些对你们来说，都是毫无意义的，你们都听懂了吗？”

“让我们为健康干杯！向科学致敬！”赛义姆高声喊道，他的两眼像炭火一样在发光。

年轻的老师一手把一头乱蓬蓬的亚麻色头发往脑后拨去，一手举杯一饮而尽。他猛地吸了口烟，然后从鼻孔里喷出乌青色的浓烟，继续说道：

“除了科学……，”此时他看了看赛义姆，停顿了一下，拍着他的肩膀说道，“唉，赛义姆，你喝得够多了，你已经醉了。”他又吸了口烟，接着往下说道：

“还有哲学，还有各种不同的思想，这些都能够使生活变得丰富多彩。但是我更喜欢自然科学。对于哲学，特别是唯心论的实用哲学，我可以实话告诉你们，我是丝毫没有好感的。那些全是废话，它看上去像是在追求最本质的真理，但其实就像是条狗在追着自己尾巴一样。一般而言，我是非常讨厌废话连篇的，我喜欢一目了然的事实。毕竟你是从水里是挤不出奶酪来的。至于谈到伟大的思想，那又是另一回事了，为了它，你甚至可以抛头颅，洒热血。但你们和你们的父亲走的却是一条愚蠢的路。以上就是我所有对你们说的。真理万岁，伟大的思想万岁！”

我们又干起杯来。此时，其实我们早已经酩酊大醉了。这杯刚下肚，眼前更加模糊了，房间也越发的昏暗，桌上的蜡烛似乎燃尽了蜡油，烛光是这么的朦胧，烟雾弥漫，连墙上的挂画都有些看不清了……窗外的院子里，一个乞丐在奏唱着圣歌：《神圣、崇高和纯洁的圣母》。他拉着小提琴，每唱完一节，就用小提琴奏起那悲伤的调子。我听着，心里充斥着各种奇怪的情绪。我完全相信老师的话，但是，我总感觉他还是没有把一切可以使生活充实的东西说出来，似乎还是少了点什么。我趴在桌子上，渐渐地，一种情绪，思念的情绪爬上了我的心头，借着这大谈理想，充斥幻想的氛围，借着这股还没消退的酒劲，我低声地问道：

“但是，先生，还有女人，一个心爱和忠诚的女人，难道这样的女人对我们的生活也是无足轻重的吗？”

没等年轻的老师回答，赛义姆便唱起歌来：

女人呀，就是水性杨花，
相信她的人是个傻瓜。

年轻的老师用惊讶的眼光看着我，似乎在思考什么特别重大的问题，他猛地抖了一下身子，说道：

“啊呀！你已经表现出多情的苗头出来了。你知道吗，亨利克，赛义姆比你要懂事得多，你会很吃亏的。一定要当心啊，当心！我告诉你，只要你一个不小心，就会有女人闯进你的生活，她会坏了你的前程，甚至毁了你一生。女人啊！这就是女人！”我的年轻老师说到这里，照例又眨巴起眼睛来，“我比你懂得这都是些什么货色，但是我也不能抱怨。我的上帝，我真的不能抱怨啊！可是，我知道，你不能向魔鬼伸出一根手指头，不然他会把你整个人都拽过去。女人！爱情！我们全部的不幸就在于，我们把愚蠢的事看成了意义重大的事情。如果你们只是像我这样玩玩，还是可以的，但我劝告你们，绝不要把整个人生都搭进去。正如我刚刚告诉你的，你要时刻保持清醒的大脑，可不能花了大钱，却只买到些没用的东西。也许你们现在会认为我这都是在说女人的坏话，可我告诉你们，决不是这样，我连做梦都不会这样做！相反地，我很喜欢女人，只是我绝不会沉迷于她们，让她们把自己搞得晕头转向。我很清楚地记得，我第一次爱上了一个叫罗拉的女人。那时候，我认为她穿的花衣裙，都是件十分神圣的东西，可实际上，你知道，那只不过是块印花布而已。难道你要因为她没有在天上飞，而是在地上走，就指责她的不是吗？不，不可以的，愚蠢的人是我，是我硬是把翅膀插在了她的身上。男人本身就是一种有很大局限性的动物，每个男人心目中都会有上帝才知道的一个或者两个意中人，可是等他感觉到他需要爱时，即便是看到一只好看的小鹅，他也会坚定地告诉自己，'她就是我心目中的人'，直到最后，他才不得不承认是自己错了。但已经晚了，这个小小的错误害苦了他，不是让他整日打不起精神，就是一辈子都像个白痴一样。"

"不过，你也得承认，男人的确是需要爱的。而且你自己也和别人一样，已经感受到了这种需要。"我说道。

老师的嘴角扬起了一丝几乎令人察觉不到的微笑。

"每一种需要都可以用不同的方式来满足，"他回答道，"我有我自己的方式来满足我的需要，我劝你们也能这样做。我已经说过，我不会把愚蠢的事当作伟大的事情去做，我是清醒的，真的，我比任何时候都要清醒。但我也见过不少这样的人，他们的一生都被一个傻婆娘给拴住了，结果他的生活就像线团一样被搞得乱七八糟。所以，我一再告诫你们，把整个生命都搭在这上面，是很不值得的。人生应该有更美好的事物和更崇高的目标。爱情只不过是件渺小的事情。让我们为清醒干杯！"

"为女人的健康干杯！"赛义姆大声喊道。

"好吧，那就为女人的健康干杯吧！"老师回答说，"她们的确是很讨人喜爱的东西，但是，别把她们看得太重就行了，来！让我们为女人的健康干杯！"

"为了约佳的健康干杯！"我起劲地喊道，一边和赛义姆碰杯。

"等一下！现在该轮到我了，"赛义姆按着我的肩膀说道，"为了……为了……为了你的哈尼娅的健康干杯！"

顿时，我火冒三丈，血直往脑袋里涌。

“你给我住嘴，赛义姆！”我大声喊道，“我不允许你在这个小酒馆里提到哈尼娅的名字！”说着，我使劲把酒杯摔在了地上。刹那间，酒杯被摔得粉碎，玻璃摔成了粉末，向四下溅开。

“你简直疯了！亨利克！”老师朝我斥责道。

可是我根本没有疯，我只是怒不可遏。我可以听老师发表各种对女人品头论足的言论，甚至听得津津有味，自在其中，我也可以随声附和，像别人那样跟着嘲笑她们。我之所以能这么做，是因为我没有试图把她们和我家里任何一个女人联系起来。我甚至连想都不会想到，这其中任何一句话，或者这一般性的理论，可以安在我那些心爱的人身上。可是，当我在这家小酒馆里，在这个充斥着香烟、灰尘、空酒瓶、谩骂和各种讽刺，甚至侮辱的小酒馆里，听见别人如此轻率地提及我那纯洁无瑕的孤儿和我心目中神圣的爱人时，我就仿佛听见了最令人厌恶和作呕的亵渎神灵的话，这是一种对哈尼娅莫大的侮辱，以致我当时差点昏厥过去。

赛义姆惊讶地盯着我看了好一会儿，但没多久，他的脸色也阴沉了下来，目露凶光，额头上的青筋暴涨着。他拉长脸，变得凶狠得可怕，像是个真正的鞑靼人。

“我就喜欢这么说，凭什么你不让我说?！……”他用粗哑的声音向我吼道，嘴里还不停喘着粗气。

幸亏这时候老师出来调停了，他朝我们喊道：

“你们这是怎么了？你们真配不上这身制服！难道你们还想打架不成？就像小学生那样互相揪住对方的耳朵！你们真是两位了不起的哲学家，想拿酒瓶往对方头上敲吗？你们不觉得害臊吗？你们这也配和我谈一般的理论问题？你们不觉得难为情吗？你们把对观念的争论降低到拳头的格斗，太不像话了！你们都给我冷静一点，听我说，现在我们举杯向大学致敬，如果你们不好好地碰杯，或者碰完杯，你们的杯子里还有一滴酒没有喝完，那你们统统都是坏蛋！”

我们俩都冷静了下来。尽管赛义姆比我醉得更厉害，但他是最先冷静下来的。

“原谅我吧，我亲爱的亨利克！我真是个傻瓜！”他脸色恢复了之前的模样，温和地对我说道。

我们热情地拥抱在一起，为我们的大学致敬，我们把酒喝得一滴不剩。接着年轻的老师带头唱起了《让我们欢乐吧！》，惹得店里的伙计们都一个个透过店堂的玻璃门瞅着我们。外面天色彻底黑了下来，我们都已喝得酩酊大醉，刚刚欢乐已经到了极点，现在慢慢地开始消退。老师是我们当中第一个陷入沉思的，过了一段时间，他才说道：

“一切都是美好的，不过，总的来说，人生还是愚蠢的。所有这一切都不过是人为的补救办法，可是对人的灵魂究竟如何，那就是另外一回事了。明天和今天一样，还是一样的贫穷，还是四堵墙壁，一块草垫子，一双有破洞的皮鞋和……等等，说也说不完。工作，工作，没完没了的工作，至于幸福……一个人只能尽量地欺骗自己，沉醉在自己的幻想之中，仅此而已……祝你们健康！”

他一说完，便拿起他那顶帽檐已经破烂不堪的帽子戴在头上，在纽扣已经掉光的大衣上，机械地做了几个动作，像是在扣衣服似的。他照例点起一支烟，摆了摆手，说道：

“好了，你们去付账吧，小伙子们，你们知道我是个穷光蛋！再见了！你们记得我也好，忘记我也罢，反正对我而言是一样的，悉听尊便。可我并不是一个很重感情的人。再见了！我诚实的小伙子们！祝你们健康！”

他最后这几句话说得轻柔而深沉，仿佛充满了复杂的情感，和他声称的不重感情的言论刚好相反。其实我知道，他那颗可怜的心并没有什么不同，也和别人一样，需要爱，也充满爱。可是从他的童年起，不幸，贫穷和世态炎凉早已把他锻炼得非常老练，让他内向而不合群。他应该是个热情的人，却又很自傲，也很自视清高，因为他害怕受到别人的拒绝，不敢先对别人表达出自己真实的感情。

我和赛义姆在那儿又多呆了一会儿，心里有一种悲戚的感觉，压抑得打不起精神。也许这是一种预兆，因为也许在我们今后的一生中，都不可能再见到这位年轻的老师了。无论他自己还是我们都没有料到，那置人于死地的病菌，那无可挽救的不治之症，早已侵蚀着他的肺部，而贫困、过度疲劳、废寝忘食和彻夜不眠地学习，以及长期的饥饿更是加速了他病情的恶化。就在这年秋天，大约十月初，我们的老师不幸死于肺病。送殡的朋友寥寥无几，因为当时正值假期。只有他可怜的母亲，一个在多米尼克教堂旁边贩卖圣像和蜡烛的小贩，为了她儿子嚎啕痛哭。儿子在世时，她虽然并不了解他的很多想法，但是和天底下所有母亲一样，她深爱着他。

第五章

就在这次宴请之后的第二天，霍热尔的老米查派来了车马，我和赛义姆打算第二天一早便动身回家。我们有两天难走的路，所以天刚蒙蒙亮就起床了。在我们住的那所公寓里，人们都还沉浸在梦乡中，只有对面厢房的那个窗口，约佳的脸庞出现在了天竺葵、香罗兰和倒挂金钟的鲜花中间。时候不早，赛义姆已经背起行囊，戴上大学制服的帽子，站在窗前准备出发了。他这样做是为了要让约佳看出来他要走了。他得到了回应：对面花丛中投来了一丝忧郁的眼神。赛义姆一只手放在胸口，一只手向对面送去了一个飞吻，藏在鲜花从中的那个小脸满是羞怯，立刻退回了屋里。此时在楼下，一辆由四匹高头大马拉着的轻便马车已经驶进了院子里的石板地。该上路了，是告别的时候了，可是赛义姆还是迟迟在窗口站着，希望能再看到那张小脸。然而他的希望落空了，对面的窗口一直空荡荡的，再也没有出现人影。我们只好走下楼，当经过那座通往厢房的昏暗过道时，隐约看见一双白袜子，再然后是一条栗色的裙子，和一个弯着的身影。两只水灵灵的大眼睛被一只手遮住，从黑暗处注视过来。赛义姆立马奔了过去，我则先下楼，坐进停在院子里的马车。我听见了悄悄说话声和好像亲吻的声音。不一会儿，赛义姆过来了，他满脸通红，面带笑容，显得有些激动，上车后坐在了我的旁边。

车夫挥舞马鞭，驱车出发了。我和赛义姆都不由自主地向窗口看了一眼，约佳的小脸蛋又出现在了鲜花中间，她伸出小手，挥动着一条白手绢，向我们告别。很快，马车便驶上了外面的大街，载着我和那个可怜的约佳的漂亮心上人。

这时候，天刚破晓，整个城市都还在睡梦中。黎明用它玫瑰色的光辉，透过稀薄的空气映照着还在沉睡的屋子，窗户上可以看见一道道迷人的光束。鸟儿是起得最早的，这会儿此起彼伏的啾鸣声正回响在这个城市的上空，打破了沉睡的寂静。偶尔，有赶早的路人用他匆忙的脚步声打断了这喧闹的鸟鸣，紧接着便是一阵鸟儿扑打翅膀，划过天空的声音。有时，也可以看见一两辆马车辚辚而来，载着满车的蔬菜从农村驶向集市方向。这城市的早晨到处都是安静的，很容易使人静下心来。天空明朗，空气清新，似乎夏日的早晨大都如此。

我们这辆小马车被四匹骏马拉着，像是用绳子拉着一颗核桃，正在石砌路上跳跃着前行。过了一会儿，从河面上吹来一阵清新凉爽的微风，轻拂着我们的脸庞。马车飞快地奔在桥板上，发出吱吱呀呀的响声。大约半个小时过后，我们已经驶过了哨卡，飞驰在广袤的田野、庄稼和森林之间了。

我们尽情地呼吸着这来自森林的早晨的清新空气，沿途变换的美景目不暇接。大地渐渐从睡梦中被阳光叫醒，舒展着身躯，整个世界又恢复了一片生机盎然的模样。珍珠般的晨露挂在湿润的树叶上，摇摇欲坠般的晃荡着，因为折射了一缕阳光而变得五彩斑斓，格外耀眼。地里的稻穗也披上了晨露的外衣，变得晶晶发亮，格外饱满。小鸟在灌木篱笆上欢腾跳跃着，叽叽喳喳地唱着歌，歌声连成一片，迎接这可爱的白天的来临。乡间的晨雾看上去有些朦胧，让森林和草原仿佛还在襁褓中一样，透露着初生的朝气。草原上不均匀地分布着水洼，在天空的倒映下，显得如此清澈透明。偶尔可以看见一两只鹳鸟来回飞着，用脚尖轻点着水面，泛起一圈圈的波纹，就好像他们想要飞向这水面之下的天空一样。

而不远处的小村落也开始热闹起来。在那里，茅屋的烟囱已经升腾起浅红色的袅袅炊烟，一阵微风拂来，把炊烟吹散开不同的形状。而田间金黄色的小麦则掀起阵阵细浪，把昨晚的夜露都抖落了下来，仿佛是在宣誓着新的一天到来。到处都是欢歌笑语，到处都是万物欢腾的景象。一切都已经苏醒，一切又重新充满了生机，好像四周都在歌唱着：

当太阳升起的时候，
大地和海洋一片欢腾……

这时候，我和赛义姆的心情，无需多说，相信大家都能体会出来，如果让他回忆自己青春少年时某个美好的夏日早晨，此时久别还乡的情景就足够了。我们的童年时光和中小学生时代已经一去不复返了，青春年华在我们的面前展现了更广阔的前景。有如我们面对着一片大草原，草地丰茂，鲜花盛开，宁静之中又掩藏不住盎然的生机，视野所及一望无际。对我们而言，那是一块十分有趣，却又充满未知的土地，我们只在美好预兆的指引下出发奔向那里。我们年青而强壮，像是羽翼丰满的小鹰等待第一次飞行。年轻是最宝贵的财富，现在世界就在我们面前，等待着我们去改变和征服，我们要借着青春的光芒，马上启程！

我们日夜兼程，一路上所有的驿站都有事先备好的马匹在等着。经过一天一夜的赶路，终于在第二天傍晚，我们穿过一座森林后看见了霍热尔，或者倒不如说，看见了沐浴在夕阳中的米查家清真寺的塔尖。不一会儿，我们便驶进了两岸种满柳树和水蜡树的堤坝，堤坝的两边是一片宽广的蔚蓝色湖水，湖的周围零星坐落着几座水磨坊和锯木厂。在绿茵繁茂的堤坝上，在杂草丛生的湖岸边，在波光粼粼的湖水上，“呱呱”的蛙鸣声此起彼伏地传来，低沉而连绵，合着夕阳余晖暗淡的节奏，伴随着我们的马车飞奔在堤坝石板路上。显然，这意味着白天又将逝去，黑夜即将来临。笼罩在尘埃中的家畜和羊群，迈着疲惫的步伐，成群结队地沿着堤坝两边往农家走去。到处都是一群群的人，拿着小镰刀，大镰刀，扛着钉耙，嘴里抽着烟袋，敞着衣衫，说笑着朝家走，嘴里时不时地哼着小曲儿：“达娜，啊达娜！”这些诚实的农民透过马车的窗户向赛义姆挥着手，有的还拦住马车，上来吻着赛义姆的双手，向他的归来表示欢迎。没多久，太阳更加西沉了，那闪耀着光芒的圆盘已经有一大半被湖边的芦苇挡住，只有依稀可见的几束余晖透过芦苇的缝隙，照射在湖中央。

马车向右转了过去，很快，穿过菩提树、白杨、枞树和梣树交杂的小树林，霍热尔庄园的白色墙壁出现在了眼前。此时，院子里响起了钟声，在清真寺的塔楼上，一群伊斯兰教徒吟唱着赞歌，宣告白天的逝去和夜晚的来临，伟大的真主阿拉！塔楼旁的大树上，一只鹳鸟正站在它高高的巢里，像一只艾特努里亚的水壶，凝立在那里一动不动。突然它把尖嘴抬向天空，看上去像是刺向空中的一把利剑，接着又迅速垂下头欢叫起来，一边不停地点着头，像是在对我们表示欢迎似的。我转过头，瞄了一眼身旁的赛义姆，他的脸颊红通通的，泪珠在他眼睛里上下打转，眼神里透露着无与伦比的激动与兴奋，就像他平时的那种幸福和欢乐一样。终于，我们的马车驶进了院子。

此时，老米查正独自坐在镶着落地窗户的门廊前面，一只手拖着含在嘴里的烟斗，从烟斗里丝丝缕缕的飘着一阵一阵的青烟，他看着眼前平静而忙碌的生活场景，脸上露出欣慰的笑容。赛义姆等不及了，他一个飞身，从马车上跳了出去，飞快地跑向老米查。老米查这时看见他的儿子，也急忙站了起来，紧紧抱住赛义姆，久久地把他抱在怀里。尽管他一向对儿子很严厉，却又爱他胜过一切。他询问了儿子的考试情况，接着又是一阵拥抱。这时候，家里的仆人也全都围了过来，热情地欢迎少爷的归来。几只小狗欢快地在他身旁跳来跳去，时而用身子蹭着赛义姆的腿。从门廊里面飞奔过来一头温驯的母狼，它是老米查最喜欢的宠物。赛义姆半蹲着，朝它叫道："米拉！米拉！"母狼一跃，用前腿搭在他的肩上，来回舔着他的脸，然后发疯似的围着他转来转去，一边叫着，一边露出它那可怕的牙齿。

老米查带我们来到了餐厅。我两手背在身后，高昂着头，以一个改革派的眼光，巡视着霍热尔和它里面的一切。这里的变化不大，还是我所熟悉的样子。赛义姆的祖先们，那个骑兵上尉和少尉的肖像依旧像过去那样，工整地挂在墙壁正中央。那位令人望而生畏的米查祖先，索别茨基时代的铁骑兵上校，也还是那副凶狠的样子，每当我站在这里，我总能感觉到他好像在注视着我，那布满刀痕的面孔，让我感到毛骨悚然。变化最大的，要数赛义姆的父亲，老米查了。他那一头乌黑的头发，现在已经变得斑白，浓密的胡须也几乎全部花白，剩下几根稀稀拉拉的黑色看上去很显眼。现在，他的面貌看上去比过去更像是鞑靼人了。啊！这与赛义姆看上去是有多大的差别啊！老米查的颧骨突出，额头高耸，表情严厉得近乎狰狞，而年轻的赛义姆则有着天使一般的面孔，就像鲜花一般娇嫩而可爱。但是老米查看着他儿子时的眼神又是这么的温柔和慈祥，我甚至无法用言语形容这样的真挚感情，当然，我也无法向你描述他的眼神追逐着儿子的身影时所展现的一举一动。

我不想打扰他们一家人的团聚，便一个人在一旁的角落里站着，可是这位老人就像是真正的波兰贵族那样殷勤好客。不大一会儿，他又十分热情地拥抱我，对我表示欢迎，还执意留我住下。我并不想留下过夜，因为我急于回家，可是我也不好意思拒绝他的热情，于是只好留下来吃了晚饭。

我离开霍热尔时，已是深夜。等我到达家里，连金牛宫七星都已经升上了天空，这意味着此时已是午夜三更。村落里漆黑一片，家家户户早已熄灭了灯光，只在远处的森林里，还隐约闪现着松脂堆的微光。狗在农舍附近吠叫着。通往我家宅院的菩提林荫路黑压压的，伸手不见五指，马车只能放慢速度，缓缓前行。这时，一阵清脆的马铃儿声在马车后边不远处响起，有个人骑着马慢慢从我们旁边经过，他嘴里还哼着小曲，可惜实在没有光线，我没能看清他的面孔。

马车停了下来，已经到家了。我走下车去敲门，敲了很久都没有人出来应门，这让我感到很不快，我本以为家里人会等着我回来，我才会不辞辛劳地连夜赶车。差不多又过了好一会儿，院子里才有了点动静，有束灯光从玻璃窗上闪动过来，门那边传过来一声睡意朦胧的问话，我听出来是弗兰奇什克的声音：

“这么晚了！是谁呀？”

我答应了一声，弗兰奇什克打开了门，他立刻抓住我的手吻起来：

“是你呀！我尊贵的少爷！”

我问他家里的人是否都安好。

“大家都很好的！”弗兰奇什克回答说，“只有老爷去了城里，不过明天就会回来的！”

一边说着，他把我带进了餐厅。他利索地点亮了餐桌上那盏大油灯，便跑去沏茶了。餐厅里只剩下我一个人，我环顾着四周熟悉的事物，大脑里浮现起很多很多记忆犹新的往事，理不清的思绪和激动的心情在我心里跳动着，我站起来左右踱着步子，想让自己略微沉淀一会儿。

等待的时间不长，路德维克神父很快就出来了，他穿着睡衣，只披了一件外套。好心的戴维斯夫人也出来了，她也穿着一身白睡衣，和往常一样，头上依然套着卷发纸，只不过戴了顶睡帽。还有卡佐，他是比我早一个月回来过暑假的。这些善良的人都非常热情地向我表示了欢迎。看到我又长高了，大家都表示非常地惊讶。路德维克神父夸我长得像个真正的男子汉了，戴维斯夫人也说我比原来长得更加英俊魁梧了。路德维克这个可爱的神父，见我没有主动说起，便试探着问我关于考试和学校证书的事情。当他得知我考试非常顺利时，竟激动得热泪盈眶，他紧紧抱住我，连声说道，“真是聪明的孩子啊！”就在这时，从隔壁房间里传出了光着脚在地板上奔跑的啪嗒啪嗒声，原来是我的两个小妹妹，她们知道我回来，只带了个睡衣帽就飞跑出来，嘴里还不停地念叨：“亨利克回来了！亨利克回来了！”接着便一下子跳到我的膝盖上。戴维斯夫人逗着她们：“两个年青的小姐穿着这样随便的衣服就出来见人，不觉得害臊吗。”大家听着都笑了起来。可是无论她怎么说也无济于事，两个小姑娘什么也不问，就用他们的小胳膊抱着我的脖子，把两个小嘴唇紧紧贴在我的两边脸颊。

哈尼娅还没有出来。过了会儿，我才讪讪地问道：

“哈尼娅最近好吗？”

“噢！她已经长大啦！”戴维斯夫人回答说，“她一定是在打扮哩，马上就会出来的！”

果然，只不到五分钟的时间，哈尼娅便出来了。我呆呆地看着她，我的上帝！仅仅半年多的工夫，这个纤细瘦弱的孤女就发生了那样大的变化！现在站在我面前的，几乎是一个成年的，至少快要成年的小姐了。她的身材高挑了，也丰满了，出落得亭亭玉立，就像盛开的玫瑰一样娇美。她的面容粉嫩，面颊里透露着嫣红，犹如黎明时的朝霞。她只是站在这儿，就已经让我感觉到了一个少女健康蓬勃的朝气和成熟女人妩媚与高贵的气质。迷人的气场很自然地从她身体里散发出来，是娇艳欲滴的花儿，是清新脱俗的彩虹，是春天里遍地的嫩芽儿，是夏天里茵茵的灌木林，是秋天里漫山的红枫叶，是冬天里皑皑的雪花儿……总之，是一切美好，甚至是比美好更美好的东西。当我正惊讶于她的变化之大，我发现她也好奇地用她那双碧蓝清澈的大眼睛看着我，我还从她的眼神里感觉到，她也察觉出她的变化给我带来的惊讶，她似乎很得意自己的改变，因为一个难以描述的微笑正在她的嘴角时隐时现。在我们相互奇妙的对视中，已经多了一份少男少女的羞涩与微妙的情愫，我们时而紧紧盯住对方打量着，时而又似乎羞涩地游离着眼神，而后又忍不住再偷偷多看两眼，视线里带着暧昧不明的微妙心思。这让我们曾经那种单纯而亲切的兄妹之情和天真无邪的亲人关系，悄悄融化成难以琢磨的甜蜜情愫，回忆已经被新的情感所代替，曾经的关系是再也回不去了。

啊！她嘴角上那个隐秘的微笑，那个无法形容的美妙弧线，是多么可爱呀！还有她眼神里传递的那种安静的快乐，也许我此生都不会再感受到。让我只要一想起，就会嘴角弯起和她一样弧度的快乐。

悬挂在桌面上的那盏油灯跳动着不算大的火苗。以前，我总向弗兰奇什克提起它的灯光太暗，然而，现在我才真正感受到它的光芒。它的灯光不仅照亮了整间屋子，照亮了哈尼娅秀美的金发，照亮了她窈窕的身体，也照亮了我一个少年情窦初开的情怀。不仅如此，它还让我整个心都体会到火热的感觉。它放在这儿真的再合适不过了，没有什么比它更好的。

哈尼娅穿着一件黑衣裙，外面只披了一件黑披风，像是匆匆忙忙披上的，她用一只手在胸前捏住了它，露出她那雪白的脖子。她这匆忙穿上的零乱衣着看上去别有韵味，妩媚动人。当我和她握手问好时，她的手温热而柔软，就像天鹅绒一般，一触碰到它，就有一种奇妙的快感传遍我全身，深入我的骨髓，让我身体里骨与骨的结合处有一种酥酥麻麻的感觉，就像一个人疲惫很久之后躺在柔软被窝里的懒散劲一样，我整个人“无力地”幸福着，你决不会轻易体会到这样的美妙。

哈尼娅的内心和外表，都发生了巨大的改变。我刚离开她时，她还是个单纯的小姑娘，还保留着很多仆人的气息；可现在，她出落得可是个真正的大小姐了，高贵的气质，优雅的举止，举手投足完完全全有着大家闺秀的风度。这也说明我离开的这段时间里，她的确受到了良好的教育，得到了上流社会的熏陶。一眼就能看出，无论在精神还是智慧方面，她都已经觉醒了，她已不再是曾经的那个小姑娘了。这从她那种无法描述的笑容，和她看我时眼神和体态所表现出的娇嗔就可以很容易看出。这种娇嗔使我相信，她已经懂得现在我们之间的关系和以前是大不相同了。没有多久，我还看出，她在某些方面甚至已经超过了我。虽然在学习方面，我读的书比她多，受到的教育也比她更加全面。但在其他方面，比如生活和社交，在对待不同身份、不同语境的理解上，我显得就像个单纯的孩子。哈尼娅对我的态度，比我对她要更为落落大方。不得不承认，我作为她的保护人，作为少爷的威严已经消失得无影无踪。原本在回家的路上，我还一直思忖着自己该如何向哈尼娅问好，之后又该说些什么，我该怎样表达我对她的关心和爱护，可是现在，这些考虑显得不仅多余，而且完全没有必要。现在我们的关系，不知怎么，似乎完全反了过来，不是我去关心、体贴和保护她，反倒是她来关心和体贴我了。刚开始我并不清楚这种状况，慢慢地我开始察觉出来这些变化。我原本已经想好怎样开口问她正在学什么，已经学到些什么，她最近过得怎么样，平时是怎么消磨时间的，以及戴维斯夫人和路德维克神父对她是否满意，等等；然而实际情况却是，她嘴上依旧挂着那样的笑容，她问着我在学校都干了些什么，学到些什么，将来的打算如何，等等。事实就是这样的奇怪，事情发展得并不如我所料，一切和我之前的设想完全不同。总而言之，我们之间的关系完全颠倒过来了。

谈了大约一个小时，我们都各自回去休息了。我走进我的房间，脑海里回荡着各种各样的场景，感觉好像生活在梦里，有惊讶，有欣喜，有甜蜜，也有失望和挫败感。然而没多久，我重新得到鼓舞的爱情又开始喷薄而出，犹如蓄势爆发的火山，根本无须多久，就把其余所有印象全都覆盖住了。此时，我的眼前，只剩下哈尼娅的倩影，就像我刚才看到的那样，她年轻貌美，亭亭玉立的身上散发着睡意的温馨，一只纤细的玉手在胸前捏住匆忙穿上的披风，垂散的发辫被微风吹着，柔弱地飘动……所有这一切，又重新激发起一个年轻人的幻想，使我对其他一切都淡然冷漠了。

回忆着哈尼娅的倩影，我坠入了梦乡。

第六章

第二天，我一早就起床，跑进了花园。那是个美丽的早晨，朝晖落满地，花朵芳香馥郁。我朝榆树林荫道上跑去，因为我的直觉告诉我，我会在那里“偶遇”哈尼娅。可我太相信感觉了，哈尼娅根本没在那里。直到早饭后，我才单独碰见她。我问她愿不愿意去花园里走走，她欣然同意了。她跑回自己的房间，不久就回来了，头上戴了顶大草帽，帽檐可以一直遮住她的额头和眼睛，手里还拿着一把遮阳伞。她一只手撩起帽檐，调皮地朝我笑了笑，仿佛在说“你看我这样是不是很美呀！”我们一同朝花园走去，走上了榆树林荫小道，我边走边想着如何开始这段谈话。我料到，在这方面比我厉害的哈尼娅是不会来帮我的，相反，她甚至会拿我的窘态来取笑。我一路思忖着，走在她旁边，一言不发，只是不停地用马鞭抽着花圃里的花朵，直到哈尼娅突然大笑起来。她一手抓住我的鞭子，说道：

“亨利克先生！难道这些花儿得罪你了吗？”

“哼！哈尼娅，这花又算得了什么呢？不过，你也看得出来，我实在不知道怎么开口和你说话。但是，哈尼娅，你的变化真大啊！你现在变得厉害多了！”

“就算变得厉害，那又怎么样？难道这也能叫你生气了？”

“不不，我不是这个意思。”我慌忙解释道，有点难过地看着她，“我只是有些不习惯，因为我觉得，我所熟悉的那个小哈尼娅，和现在的你，简直判若两人了。那一个已经深深根植于我的记忆和心里，长大了起来，像个妹妹，哈尼娅，就像我妹妹一样，所以……”

“所以这一个你就觉得陌生了，是不是？”她用手指着自己，轻声问道。

“不是的，哈尼娅！哈尼娅！你怎么能这么想呢？”

“这是很自然的呀！虽然有点叫人伤心。你一直想找回你心里对我的兄妹感情，但是现在找不到了，就是这么回事！”

“不是的，哈尼娅！我并不要找回以前的那个哈尼娅，因为她是永远都在我心里的。我是要在你身上找到她。至于我的心……”

“至于你的心，”她愉快地打断了我的话，“我猜得出来，一定是留在华沙的什么地方了吧，是和另一颗幸福的心在一起了。这倒是理所当然的。”

我深深地凝视着她的眼睛，我想看透她说这句话的含义，但是我自己也不知道，她是不是正在试探我。或许是昨天她给我留下的印象太深刻让我无法掩饰，所以她今天就想用点残酷的手段来戏弄我。这时候，我心里突然萌发了反抗的愿望。我想我的神态一定很可笑，我就像头快死的母鹿那样用眼睛死死盯住她，努力克制住刚刚使我动心的感情，回答道：

“如果是真的，那又怎样呢？”

一丝不易察觉的惊讶和似乎是不快的神情掠过她美丽的脸颊。

“如果真是那样，那么变了的人不是我，而是你！”

她一说完，便微微蹙起眉头，斜着眼睛看我。我们又默默地走了一会儿，谁也没有说话。这时候我极力掩饰住内心对于刚才谈话的愉悦心情。我心想，她的意思是如果我爱上了别的姑娘，那么变心的人就是我。这么说来，她没有变，她是对我……

我高兴得不敢将这一聪明的推论进行下去了。

尽管如此，变了的也不是我。不是我，而是她。就在半年以前，这个对人情世故一无所知的小姑娘，根本不会想到要来谈什么感情问题，感情问题对她来说，就像中国话一样难懂。可时至今日，她在谈起这些感情问题的时候，却是这样游刃有余，口齿伶俐，自如到就仿佛在朗诵烂熟于心的课文一样。真是让人难以置信，这个不久前还满是孩子气的小姑娘，竟会在这屈指可数的日子里，变得如此兰质蕙心，颖悟绝人。的确，这样的奇迹，常常会发生在年轻的姑娘身上。常常会有这样的事情：晚上睡觉时，还是个顽皮的孩子，可等到第二天醒来，却完全换了个人，变成了一个韵味十足的少女，而且还换上了另一套思想和情感。对于生性聪颖、机灵，而且悟性很高的哈尼娅来说，在她年满十六周岁以后，又有半年多的时间生活在一个完全不同的生活环境里，再加上完善的教育计划，以及阅读各种各样的书籍，所有这一切已经足够解释她现在这样令人惊讶的变化了。

这时，我们仍在默默地并排走着，哈尼娅首先打破了沉默。

“那么，你已经恋爱了吗，亨利克先生？”

“也许是的！”我笑着回答道。

“那你一定很想念华沙咯？”

“不，哈尼娅，我宁愿一辈子都不离开这里！”

哈尼娅猛地朝我看了一眼，动了动嘴唇，但什么也没说。显然她心里也在想着什么。过了会儿，她用遮阳伞拍了拍自己的裙子，自言自语道：

“啊！我是多么地天真幼稚啊！”

“为什么这么说呢，哈尼娅？”我问道。

“哎，没什么。要不我们在这条长凳上坐会儿吧，聊聊别的什么。你看呀，从这里望过去，风景是不是很美？”她一只手向远处指着，嘴上露出我熟悉的笑容。

她在林荫路边的长凳上坐了下来，这条长凳正好放在一颗枝叶稠密的大菩提树下，阴凉遮蔽，从这里可以看见池塘、堤岸和池塘对岸的森林。不得不说，风景确实美极了。哈尼娅用遮阳伞指点给我看她喜欢的风景，虽然我平时也很爱欣赏这样的美丽风景，可现在却一点点欣赏的心思都没有。首先是因为，在这儿生活了这么多年，这些风景我早已了然于心，过于熟悉；最重要的是，有哈尼娅在我身边，她的美丽要远胜于这美景的一百倍；最后是因为，我心里一直在想着别的事情。

“你看那些树倒映在水中是有多美啊！”哈尼娅专心地说道。

“看得出来，你还是个艺术家。”我回答道，我既没有看水里的倒影，也没有看那边的树。

“哈哈，因为路德维克神父正在教我画画。你不在的这段时间里，我真是学到了不少东西呢。我在想……你怎么啦？你是不是在生我的气？”

“不不，不是的，哈尼娅。我没有生气，我怎么会生你的气呢？但是，我是觉得，你好像在回避我的问话，而且……我们两个好像在捉迷藏,彼此间没有过去那样的坦诚,那时我们可以直率地说出自己的心里话来。也许你没有觉察出来,可是我却非常苦恼,我的哈尼娅……”

这些直率的话语不仅毫无作用,反倒使我们俩都感到非常不安。哈尼娅把她的一双手放在了我的手里,我紧紧握着它们,也许是握得太用力,我看到她脸色有些嫣红起来。我迅速俯下身去,热烈地吻着她的双手。这让我们俩都更窘迫了,她羞得连脖子都通红着,我也是一样。接下来我们俩又都一言不发,谁都不知道要怎么开始这坦率真诚地谈话。

她看着我,我也这样看着她,我们的脸齐刷刷地红着,像初出的太阳。我们一言不发地坐在那儿,就像一对儿木偶。空气出奇地安静,我可以很清晰地听见自己的心跳。现在的处境真是难堪得可怕。我总是感觉有只手在抓着我的衣服,要把我按到在她的脚前,然后又有另一只手在保护着我,按着我让我不得动弹。哈尼娅突然站了起来,用急促慌张的声音说着:

“我该走了,我还得去上戴维斯夫人的课呢,快到十一点钟了。”

于是,我们顺着原路往家里走去,又和原先一样沉默不言。我一路像来时那样用鞭子抽打着花朵,不过,这次哈尼娅没有再怜惜这些可怜的花朵。

要是我们能完全恢复过去的关系,那该有多好啊!

“耶稣玛丽亚!我到底是怎么了?”当哈尼娅留下我一个人时,我心里这样问道。我爱得是这么深,连我自己都毛骨悚然了。

这时,路德维克神父走了过来,他想带我一道去庄园里看看。在路上,神父和我谈起了家里财产的情况,可我现在对这些没有丝毫兴趣,可以说完全打不起精神,但又不能不装出专心聆听的样子。

我的弟弟卡佐正享受他的假期,整天不回屋子,把时间都耗在了马厩和森林里。有时候他也提着枪打猎去，或者驾只小船去湖上划船，现在他正在农庄的场院里训练着小马驹。他骑着一匹栗色骏马，一看见我和路德维克神父，就策马朝我们奔来，那匹马在他的胯下发疯似的蹶跳着。卡佐热情地向我们介绍他的骏马的体型、烈性和迈步的姿态，之后他下了马和我们一道步行。我们先去看了马厩、牛棚和谷仓，正当我们打算去地里看看时，仆人过来报告说老爷回来了，于是我们不得不返身回家去。

我父亲从来没有这样热情地欢迎过我，尤其在听到我的考试结果后，父亲更是激动地抱住我说，从此以后要把我当作成年人看待了。事实上，他对我的态度也确实发生了不小的变化，比以前更加信任和亲切了。他立刻和我谈起了我们家庭里一些财产上的事情，他考虑买进邻近的一处田产，并询问我的意见如何。我猜想我父亲是有意和我谈起这件事的，他应该早已深思熟虑过，权衡过这桩买卖的利弊，但他想通过这种方式向我表明他是多么地重视我，已经真正把我当作成年人和家里的长子来看待。而且，我也知道我父亲确实非常喜欢我，他常为我在学习上的进步而高兴不已。他现在正用尊重和慈爱的眼光看着我，这是过去所没有的，以前他都是把我当孩子看待，但是现在这个情况正在改变。我随身带回的那张学校授予的毕业证书，使他这个做父亲的感到格外自豪。关于父亲已经把我当作大人看待，我还可以从其他方面找到证明。我注意到，他在平时与我的交谈中有意地向我提出各种问题以便听听我的看法，通过这些对话，他在暗中考察我的性格、思想观点，以及我的家族观念。不过，我能感觉到，我在这场由我父亲主持的考试中表现得非常不错。虽然我的哲学观点和为人处事原则与我的父亲大相径庭，可是在他面前，我丝毫没有表露出来。至于其他事物的认识上，我们的看法相当接近。平日里，我父亲的脸总阴沉和严肃得像头雄狮，然而今天却是如此地和颜悦色、平易近人，这让我感觉既是惊讶又很欢喜。

就在今天,他还送了我一大堆礼物,其中有一样很珍贵。那是一对手枪,不久前,他和佐尔先生决斗时用的就是它。这把手枪枪身上刻有几道记号,这代表在他青年时代服役时,曾参加过几场决斗。接着,父亲还送了我一匹东方血统的纯种骏马和一把祖传宝刀,刀柄上镶有宝石,刀身很宽,是用正宗的大马士革钢打造而成,上面还清楚地雕刻着圣母的镀金像,刻有"耶稣玛丽亚"的题字。这把刀有着悠久的历史,是非常珍贵的,它是我们家最代表身份的祖传宝物之一,在我和卡佐眼里,早就成为梦寐以求而极为神圣的宝贝,而且它刀锋犀利,削铁如泥。父亲把这把刀交给我的时候,先拔出刀鞘,进而顺势挥刀而舞,砍得虎虎生风,满屋子都是闪闪刀光。随后他停下,用刀在我的额头前划了个十字,并深深地亲吻了一下刀身的圣母像,才把刀郑重地交给我,说:

"我把它传给了最适合的人,它在我身边这么多年,我从没辱没过它,我希望你也要这样!"

之后我们紧紧地拥抱在了一起。这时卡佐乘机把刀夺了过去,尽管他才十五岁,但是却有着非凡的力气,他也开始舞起刀来。他的刀术准确而敏捷,绝不输任何一个有多年深厚经验的剑术老师。我父亲很满意地看着他,然后对我说道:

"他会是一个很好的剑手,而你,也一定和他一样好吧,是不是?"

"我肯定能,爸爸!而且我一定能打败卡佐的。在所有和我一起学剑术的同学中,只有一个能超过我。"

"他是谁?"

"赛义姆·米查!"

父亲顿时蹙起了眉头:

"噢!是米查!不过你要比他强壮多了,这是不争的事实。"

"是的,也就是凭这一点,我才能和他平分秋色,打个平手。唉,不过……不管怎么样,我和赛义姆之间是不会发生决斗的。"

“唔……我认为这倒不一定！”我父亲回答道。

午饭过后，我们都在凉台上坐着，凉台很宽敞，上面爬满了葡萄藤，从这里可以看见整个大院子和远处那条栽着菩提树的林荫小路。戴维斯夫人正在用钩针钩织一块祭坛用的罩布，我父亲和路德维克神父在一旁抽着烟，手边还放着热腾腾的黑咖啡。卡佐在凉台前面转来转去，目不转睛地盯着天空中盘旋的燕子，他很想用枪把它们打下来，但是父亲并不同意。我和哈尼娅一起看着我从华沙带回来的绘画，不过我们俩的心思都不在画上，至少对我来说是这样，这些绘画只不过是掩人耳目的幌子，好让别人不会发现我其实在注视着哈尼娅。

“喂！你觉得哈尼娅看上去怎么样？”我的父亲看着我，开玩笑地问道，“是不是觉得她变丑了，我的保护人先生？”

我开始仔细地看起画来，从画纸后故作自然地回答道：

“爸爸，我没觉得她变丑，不过她倒是长大了，似乎变了样。”

“亨利克已经责怪过我的变化了。”哈尼娅从容地插了一句。

她的勇气和镇定使我感到惊讶，即使在我说出这句话时，也不会这番的镇定自若。

“她变丑变美都无关紧要！”路德维克神父说道，“我看，她学习倒是又快又好呢。戴维斯夫人你说说看，她的法语是不是进步得很快？”

这里不得不提一下，路德维克神父虽然是个学识渊博的人，却不会法语，尽管他和戴维斯夫人朝夕相处了已经有十多年之久，但他依然没有学会法语。然而这个可怜的神父，又是如此地看重法语，在他看来，掌握法语是一个受过高等教育的人不可缺少的身份标识。

“是的，哈尼娅不但学得很快，而且她还特别爱学习。”戴维斯夫人说道，“不过，有件事，我必须向你告发她。”她转身对我说。

“啊！夫人！我到底犯了什么过错呢？”哈尼娅直起身子，两手合掌放在胸前，大声说道。

“犯了什么过错？你得赶紧在这里和大家解释清楚。”戴维斯夫人说道，“请你们想一想，这位小姐哪怕只要有一丁点的时间，都会迫不及待地抓起一本小说来看。我说话可是有根据的。晚上去睡觉时，她不但没有按时吹灭蜡烛，躺下睡觉，反而一看就是好几个小时。”

“这样是不太好。不过我也知道她一定是和她的女老师学的。”我父亲说道。当他心情好的时候，老爱拿戴维斯夫人打趣儿。

“哎呀，对不起了，我已经是个四十五岁的老太婆了！”法国女人回答说。

“哟？有这回事吗？我可从来没这样认为。”我父亲说道。

“先生，您太坏了！”

“这我不知道，不过我倒是晓得，如果哈尼娅能从什么地方弄到小说的话，那绝不是从图书室借来的，因为图书室的钥匙一直是由路德维克神父掌管的。所以呢，说到责任，我想估计还得由她的老师来承担了。”

的确，戴维斯夫人看了大半辈子小说了，而且她还有个爱好，就是把她喜欢的故事和情节讲给别人听。哈尼娅也肯定听她讲过。因此，在我父亲半开玩笑的谈话里面，是包含一部分实情的，他也是故意这样说的。

“你们快看！那是谁骑马朝我们这里来了？”卡佐突然大叫道。

大家都直起身子或站起来朝菩提树林里黑压压的林荫小道上望去。只见在林荫路向更远处大概还有一俄里的地方，一团灰尘，以极快的速度，像沙尘暴一般向我们滚来。

“这会是谁呢？骑得多快呀！”我父亲站起来，略微皱起眉头，说道，“但是灰尘太大了，什么也看不清。”

那段时间，天气一直很热也很干燥，差不多有两个多星期没下过雨了，每当有车马经过，都会扬起漫天的尘土，更不用说这飞奔的速度了。我们又看了会儿那滚滚而来的尘土，虽然距离近了点，也还是什么都看不出来。等到这股尘土离庄园只有几百步远的时候，尘土中间渐渐露出一只马头，它大张着红鼻孔，眼睛瞪得完全凸出来，连鬃毛也横着飘了起来。这匹白马疾驰如飞，几乎脚不沾地。而马背上那个典型的鞑靼人骑法伏在马脖子上的人不是别人，正是我的朋友赛义姆。

“是赛义姆！赛义姆来了！”卡佐第一个大叫道。

“这个疯子到底想干什么，院子门是关着的，快让他停下来！”我大声喊道，几乎跳了起来。

然而，已经来不及了，因为谁也无法在他之前赶到那里。这时候，赛义姆丝毫没有停下的迹象，仍像个疯子似的猛冲过来。如果你当时看见这场景，我敢打赌，你也会为他紧紧捏把汗，并且认定他非撞在栅栏上不可。我的上帝！要知道，栅栏可是有六尺多高，而且顶上还削得尖尖的！

“上帝啊！请您保佑他吧！”路德维克神父担心地闭上眼睛祈祷道。

“大门！赛义姆！大门！赛义姆！”我像着了魔似的大声喊叫着，挥舞着手帕，拼命朝院子里跑去。

几乎是一瞬间的时间，赛义姆已经在距离院门只有五步远的地方，他直起身子，闪电般横扫了栅栏一眼，接着我就听到坐在凉台上的女人们的尖叫声，而后是一记重重的马蹄猛踏在地上的声音。那匹马用后脚全力一蹬，前腿跃腾在空中，整个飞了起来，并以最快的速度跨过了栅栏，连一眨眼的工夫都没有停滞。

赛义姆一直冲到了凉台脚下，才把受到惊吓的马死死勒住，而由于刚才冲得过猛，马的前蹄已经深深陷进了地里面。赛义姆倒是表现得非常镇定，他随即摘下帽子，把它当作旗子似的挥动着，大声叫道：

“大家好！我尊敬的先生们，女士们！您好！先向我尊敬的先生问安，”说着，他弯下腰向我父亲鞠了一躬，“再向我尊敬的神父大人、尊敬的戴维斯夫人和尊敬的哈尼娅小姐问安！”他又依次朝着他们鞠躬，“我们大家终于又见面啦！万岁！万岁！”

说完，他跳下马来，顺势把缰绳扔给了刚好从大厅里走出来的弗兰奇什克。赛义姆热情地拥抱了我的父亲和路德维克神父，并俯身亲吻了女士们的手。

戴维斯夫人和哈尼娅吓得脸色煞白，似乎还没从刚才惊险的一幕里缓过神来。她们把赛义姆当做一个刚从生死边缘得救归来的人来欢迎，凑上前来嘘寒问暖，十分关心，就连路德维克神父也略带责备的口气关心道：

“你这个疯子，真是个疯子！你知不知道，你把我们都吓坏了，我们以为这下再也见不到你了。”

“哦？那是为什么呢？”

“为什么？那是座院门呀！栅栏这么高，上面还削得尖尖的，你怎么能这样横冲直闯哩？”

“啊哈！我可不是横冲直闯哦，我亲爱的神父。我原本就知道院门是关着的，哈哈！何况我还有着一双非常锐利的鞑靼人的眼睛。”

“那你跳起来的时候，就一点点都不害怕吗？”

赛义姆这时大笑起来：

“哈哈！我一点都不怕！路德维克神父。不过这得感谢我那匹骏马，这是它的功劳，可不是我的！”

“真是个勇敢的小伙子！”戴维斯夫人带着赞许的眼光夸奖道。

“是啊，而且并不是每个人都有这样的胆量呢！”哈尼娅补充说道。

“我觉得你的意思是，不是每匹马都能够跳得过去，至于人嘛，那可未必，敢跳的人有的是！”我接过她的话茬说道。

哈尼娅久久地凝望着我，似乎听出了些什么。

“我可不想劝他去试试。”

说完，她又转向赛义姆，投以钦佩的目光，眼神里充满了少女的纯真的情愫。老实说，鞑靼人这种大胆勇敢，却很冒险的行为，常常很容易博得女人们的欢心。我们先撇开这一行为不说，这时赛义姆的神采是多么动人啊，一头漂亮的头发自然地垂在前额上，由于刚才剧烈运动的缘故，他的两颊通红，这使他显得更有朝气。他的眼睛炯炯有神，闪烁出欢乐和欣喜的光彩。看得出，他对自己刚才这一大胆而惊险的行为也是感到非常满意和自豪的。

现在，他站在哈尼娅身旁，用好奇的眼光打量着她，即使是画艺高超的艺术家也无法描绘出比他们这一对儿更美的美人儿了。

而我却被她的话深深刺痛，心里难过极了。我觉得，在她说“我可不想劝他去试试”这句话时的眼神、表情和声调里，都饱含着对我的嘲笑，甚至是讽刺。我用委屈和请求的眼神望向我的父亲，他刚才正欣赏地看着赛义姆的那匹马，我了解他那作为父亲的自尊心。我也知道每逢别人在某一方面表现得超过我时，他都会暗暗嫉妒，所以，他也早就对赛义姆心怀不满了。我料想，我如果这时提出要露一手，证明我的骑术并不逊于赛义姆，我父亲是一定不会反对的。

“这匹马刚才跳得勇敢极了，爸爸！”我走过去，对着父亲说道。

“嗯，不过这鬼东西骑得也忒大胆了。”他嘟哝了一句，“如果是你，你敢这样跳吗？”

“哈尼娅也怀疑我不敢，”我苦笑了一下，自卑地说道，“我可以试试吗？”

父亲目光注视着我的表情，仿佛想看透我似的，过了会儿，他又转头看了看那边的栅栏和低头喘着粗气的马匹，说道："还是算了吧。"

我不觉冷笑道："是啊，我知道，和赛义姆比起来，我就像个老太婆一样。"我朝父亲绝望地抗争着。

"说什么呢！亨利克！你在说什么傻话啊！"赛义姆喊道，一边用双手搂住了我的脖子。

"去跳吧！跳吧，我的孩子！拿出你的胆量和实力来！"父亲说道，他的自尊心和我一样，也受到了不小的伤害。

"把马给我牵到这里来！"我朝弗兰奇什克喊道，他正在院子里慢悠悠地溜着这匹刚刚受累的马，一只手在喂它吃草。

哈尼娅突然站了起来，她朝我大声叫道：

"亨利克先生！您这是因为我才去的，我不要，我不要呀！您别去跳了，求您了，就算为了我！"

哈尼娅盯着我的眼睛，她水灵灵的眼睛里此时多了几份担心和怜惜，仿佛她不能用语言表达的感情，全在这眼神里了。

在某个瞬间，她的眼神的确让我心软了，为了这眼神，我就是流干最后一滴血也心甘情愿。但是此时，还有另一种情感驱使着我不能退缩，我受了伤的自尊心此时已经完全支配了我，让我努力控制住心里的情感。于是，我淡淡地说道：

"哈尼娅，如果你认为我这是因为你才去跳，那你就错了，我完全是凭着自己高兴。"

说着，我跃身上了马，不顾所有人的劝阻(我父亲除外)，驱马向菩提树林走去，弗兰奇什克为我打开院门，待我一出去，他又立即把院门关上了。我回头看了一眼栅栏和院门，暗自说道，纵使这栅栏再高个两倍，我也一定要跳过去，让大家看看。我驱马小步快跑，走了大约三百步的距离，便掉转马头缓缓策马，接着便飞奔起来。

突然，我有一种不好的预感，我发现马鞍在我身下松动了。

我脑袋里思绪飞快地转着，之所以发生这种事情，只有下面几种可能：要么，马肚带在上次跳跃过程中，就不小心断了，而赛义姆没有发觉；要么，弗兰奇什克为了让马更好地休息，将马肚带暂时松开，而他又由于糊涂或者给忘记了，便没有事先告诉我。但是，现在，已然来不及！一切都晚了！而我也不愿意在这个时刻勒住马。我略微抬头，扫视了一眼凉台，大家正全神贯注地看着我。“要死就死吧！管不了了！”我心里这样想道，一种悲观的情绪在我身体里流动，我闭上眼睛，脑海里浮现出哈尼娅紧张、焦急的眼神，我父亲期盼和爱惜的目光，路德维克神父和戴维斯夫人担心、爱怜的面孔，以及赛义姆惊讶、好奇的表情。“死就死得爽快点，至少对得起我的哈尼娅了！”我下意识地用双腿狠命夹紧马肋，耳边只听见风在咆哮。刹那间，栅栏在我眼前晃动了一下，我挥动马鞭，觉得自己跟着马腾空了起来，但是心里却没有着落一般，十分难受。我屏住呼吸，似乎世界也跟着停住了，耳边只回响着来自凉台的呼喊声，尖叫声。随即像是有人把我重重地摔在了地上，我眼前一片漆黑，呼吸变得很压抑，心也跟着发疯似的跳动着，浑身半边凉半边热，肩膀上一阵刺痛，想挣扎却没有力气。我这是怎么了？我这是在哪儿？我脑海里不停反复着这两个问题，直到慢慢失去了所有感觉。

过了会儿，我从昏迷中苏醒，头还有点隐隐作痛。一想到刚刚还在策马飞跃院门，我立即跳了起来。

“怎么回事？”我叫道，“是不是我摔下来了？然后又昏过去了？”

我的床边依次站着我的父亲、路德维克神父、赛义姆、卡佐，戴维斯夫人和哈尼娅，她们围着床，站成了一个圈。哈尼娅的脸色像白桌布一般，眼睛里噙满了泪水。

“你怎么样？你怎么样了？”大家纷纷问道。

“一点也没事……我刚才摔了下来，不过我得声明，这都要怪马肚带断了，我直到马跳起来时才发现，不过你们也知道，那时太晚了，根本停不下来，不然我肯定能顺利跳过去。”是的，我说的都是实话，在短暂的昏迷过后，我现在体力很充沛，身体迅速恢复到和之前一样的状态，只是略微有点喘不过气。我的父亲用他那慈祥的手轻轻抚摸着我的头和手。

“现在还感觉痛吗?”我父亲问道。

“不痛，我身体好得很!”

没多会儿，我也不觉得气喘了。只是我一想到刚才从马上摔下来的情景，就很不高兴，甚至有点儿难堪，我料定那场景是一定可笑之极的。是的，我从马上摔了下来，由于冲力，我被摔过了那条环绕草地的大路，一直摔到草地中央。更令我难堪的是，我那身浅色衣服的胳膊肘和膝盖部分都被草给染成了绿色，一大片草地被我直接压成了烂泥，我的衣服差点没全蹭掉，头发也散乱不堪，整个场景已经不能简单地用可笑来形容。尽管一切如此糟糕，但这次事件却给我带来了意想不到的好处。刚刚不久之前，赛义姆作为客人，而且又以这样的出场方式进入我们家，成了所有人众目所瞩的焦点。可是现在，虽然我付出了胳膊肘和膝盖弄脏的代价，却得到了意料之外的关照，现在我取代他赢得了所有人的关注。而哈尼娅也不停地在一边责备自己并向我道歉，说她是这次冒险行动的起因(顺便说一句，这句话是对的)，才招致了这么严重的后果。她为了弥补自己的过错，便要尽量给我多一点的温柔和亲切的照顾以使我能早日康复，尽管我已多次声明我一点事也没有。在这种情感氛围的包围之下，我的心情立刻变得愉悦起来，而我的愉悦也感染了大伙儿，虽然刚才的确让他们吓坏了。整整一下午，我们都玩得很开心，之前的小插曲似乎早已被大家忘记。仆人把下午的茶点端来了，哈尼娅以女主人的身份招待大家。用完茶点，我们又一起来到花园，赛义姆像个孩子一样在花园里狂奔乱跳，尽情地玩耍，时而放声大笑，和大家开起各种各样的玩笑来。哈尼娅也兴高采烈地跟着他一起闹。这时，赛义姆激动地说道：

“哈哈！看啊！现在我们三个人一起玩得多快活啊！”

“对啊！我真想知道，我们三个谁最快活？”哈尼娅笑着答道。

“那一定是我！”赛义姆不假思索地回答说。

“那可不一定哦，也许是我，我天生就是个乐天派。”

“反正最不快活的一定是亨利克啦！”赛义姆接着说道，“他生来就是个严肃的人，又有点伤感，如果他生活在中世纪，他一定会成为一个游侠骑士，或者行吟诗人的。只不过可惜了，他不会唱歌！哈哈！”赛义姆说着，又转身朝向哈尼娅，接着说道，“不过，我们俩彼此性格倒是十分合得来呢。”

“我完全不同意你的意见，赛义姆。我认为只有性情相反的两个人才是真正般配的，因为这样一来，他们彼此间可以互相取长补短。”没等赛义姆说完，我急忙否定了他的观点。

“哈哈！那就让我们设想一下吧，你是个天生爱哭的胆小鬼，而哈尼娅小姐又是这样乐观爱笑，于是你们结婚了……”

“赛义姆！你！……”

赛义姆看见我生气的样子，哈哈大笑起来。

“这有什么关系呢，我年轻的亨利克公子！哈哈！如果你还记得的话，西塞罗曾经在《为亚奇亚斯辩护》中描写过一段‘年青小伙子害臊了’的情节。不过，这对你来说算不了什么，因为众所周知，你是个喜欢无缘无故脸红的人。看看他吧，哈尼娅小姐，他出了名的爱脸红。喏喏，你看，你看，他现在又脸红了，不过我知道的，既是因为他自己，也是因为你！哈哈！”

“赛义姆！”我感到既羞愧，又愤恨，朝他大喊道。

“没什么，没什么！让我们继续说说刚才那个假设吧。于是你，爱哭泣公子，和你呢，爱笑小姐结了婚，于是就会发生下面的事情：你哭的时候，她总是在笑，于是你们彼此永远也无法理解，所以，你们也永远都不会产生真正的爱情，而总是互相指责，你懂吗？你们这两种截然不同的天性能很好地结合在一起吗？啊哈！但是呢，如果爱笑小姐和我在一起，情况就会完全不同，我们一辈子都会非常快活。道理就是这么简单！”

“啊呀呀！你们都在胡说些什么呢！”哈尼娅略带羞愧地打断了赛义姆的谈话。

然而，她刚说完，他们俩便一起哈哈大笑起来，笑得前仰后合，几乎都喘不上气了。

我却一点想笑的感觉都没有。我被他们孤零零地丢在一边，心里难过极了。赛义姆不知道，他刚才的话对我是多么大的伤害。他灌输给哈尼娅关于我和她的性格不合的这番话，是我最害怕听到的，我特别担心哈尼娅会被他的言论所误导。我恼恨极了，恨不能把这个坏蛋痛打一顿，但是哈尼娅在旁边，我必须极力维护自己的崇高形象。于是，我便朝赛义姆冷笑道：

“我很好奇，你这是哪儿来的奇怪想法。但是，让我更加惊讶的是，我发现你对多愁善感的人倒有特殊的偏爱。”

“我？”赛义姆停止了大笑，表情诧异地看着我。

“是的！我只需提醒你在某个地方，有一扇不大的窗户，窗台上摆着几盆鲜花，而鲜花的中间就是一张忧郁的小脸蛋，噢！我敢打赌，我这辈子都没见过一张比她更加忧郁的脸庞。”

哈尼娅拍起手来。

“哈哈哈！我可算听到你的新闻了呢！”她边笑边说，“干得真不错！赛义姆先生！啧啧啧！”

我自信地以为我这次还击会让赛义姆觉得惶恐不安，就此闭上他的嘴，可是他却说了声：

“亨利克！”

“什么事？”

“你知道，应该如何对付那些舌头太长的人吗？”他又大笑起来。

但是哈尼娅并未跟着转移话题,她开始取笑他,逼着他至少把他那个意中人的名字说出来。赛义姆也没打算隐瞒或者搪塞,他没有考虑多久就说出了:“约佳!”后面的事实证明,如果他真的对这件事非常在意的话,那么,他的确是为他的坦率付出了很高的代价。因为从这一刻起,直到晚上,哈尼娅就再也没让他消停下来。

“她长得漂亮吗?”她问道。

“还可以。”

“那你说说,她的头发和眼睛都是什么颜色的呢?”

“很漂亮,不过不是我最喜欢的那种。”

“那你最喜欢的又是哪一种呢?”

“头发要是金黄色的。眼睛嘛,”赛义姆故作停顿了一下,“要碧蓝色的,请原谅我的冒昧,就像我现在正在看着的这双眼睛。”

“赛义姆先生!”

哈尼娅略带羞涩地蹙起了双眉,眉目间娇嗔的表情让她看上去更加精致。赛义姆立马双手合十,摆出祷告时的架势,向她赔礼道歉,眼睛里露出一种只有他才有的,那种无与伦比的动人神情,说道:

“哈尼娅小姐!请你不要生气。难道我这个可怜的小鞑靼人会有意冒犯你吗?快别生气了!请你笑一个吧!就像我这样。”赛义姆说着摆出一个逗人的大笑表情。

哈尼娅望着他,只是这样看着,她脸上的阴云便渐渐消失了。也许是他把她给迷住了,也许是他的神情的确有趣,一丝浅浅的酒窝出现在她的脸颊。她的眉头舒展了,眼睛也明亮了,愉快的气息衬着她的嘴角,她用温和轻柔地声音说道:

“好吧,我暂且不生气就是了,不过,一定请你老实点!”

“我发誓,凭我对穆罕默德的热爱发誓,我保证听从哈尼娅小姐的话!”

“哟?那么你一定是很热爱你的穆罕默德咯?”

“就像狗爱叫花子那样热爱!”

“哈哈!”他们俩又大笑起来。

“喂,现在请你告诉我,”哈尼娅压低了声音,悄悄对赛义姆说道,“亨利克先生爱上了谁呢?我问过他,可是他不愿意告诉我。”

“亨利克?你知道吗,”说到这里,他朝我看了一眼,“他大概谁也没爱上,可是也许即将会爱上的。啊,至于爱上谁呢,我知道得很清楚。说到我嘛……”

“你怎么样?”哈尼娅问道,竭力地想掩饰她的慌乱。

“我也会一样的。不过……等等,等等,我想想,也许他已经爱上了。”

“赛义姆,我请求你别再说下去了。”

“嘿!我亲爱的好青年!”赛义姆边说,边用一只手搭在我的肩膀上,“可惜哟,哈尼娅小姐并不知道,他是个多么善良的人呢!”

“嘿嘿!我知道的!我清楚地记得,在我爷爷死后,他对我是那样的好!”哈尼娅刚说完,便叹了口气,声音很轻很轻。一小朵悲伤的云飘到了我们中间,气氛沉闷了下来。

“啊哈!让我告诉你,”赛义姆想把话题转移到别的方面,于是说道,“我告诉你吧,我们考完大学入学考试之后的一天晚上,我们和我们的补习老师在小酒馆里喝醉了,那时候……”赛义姆故作神秘地卖了一下关子,看了眼我和哈尼娅。

“你们都喝醉了?”

“是的,那是无法避免的,几乎已经是公认的惯例了。那时候我们都喝醉了,于是我……你看,我真是个糊涂虫,在那个时候提出要为你的健康干杯,可是亨利克这个家伙竟然立刻跳了起来,他冲我大声说道:‘你竟敢在这种场合提到哈尼娅的名字!’我刚才说了，那是家普通的小饭店，就因为这个，我们差点打了起来。他是决不允许别人对你有丝毫不敬的，在这件事上，他可是个说一不二的人。”

哈尼娅把手伸给了我，说道：

“亨利克先生，你真好！”

“嗳，这不算什么的。”连我自己都被赛义姆的话感动了，想起刚才还为他的冒失言论怒不可遏，我觉得应该说点什么，“不过，哈尼娅，其实，赛义姆能这么说，不也证明他其实也是一个好人么？”

“嗨，我算哪门子好人哪！”赛义姆坏坏地笑道。

“当然是的，我觉得你们俩都是好人呢！我们现在这样在一起真是好极了！”

“那你来做我们的女王吧！”赛义姆热情地喊道。

“先生们，哈尼娅小姐，快来吃晚饭！”从花园的走廊上传来了戴维斯夫人的召唤声。

我们三个高高兴兴地过去吃饭了。饭桌就摆在凉台附近，几只蜡烛插在灯座上，用玻璃罩着，烛光透过玻璃懒洋洋地照射出来，引来一群飞蛾围着烛光飞舞。它们一会儿栖息在灯罩上，一会儿又绕着灯罩盘旋，然后一个冲刺，撞在玻璃罩上。野葡萄的藤叶盘绕在支架上，和煦的晚风轻拂过，惹得藤叶簌簌作响。不远处的白杨树后面，一轮月亮冉冉升起，在落日余晖的映照下，好像镶了一圈儿金边一样。因为最后那段愉快的谈话，我、哈尼娅和赛义姆我们三个人变得特别亲热，相处得非常和睦，一时间又和原来一样形影不离，无话不说了。在这样一个宁静安适的夜晚，我们仨愉悦的情绪也感染了我们的长辈们，我父亲和路德维克神父的脸上也好像这晴空一样的明朗。

晚饭后，戴维斯夫人兴致勃勃地摆起了她的牌阵来。我父亲兴致也很高，主动和我们天南海北地闲聊起来，这代表着他的心情很好。

“我记得有一次，”他开始说道，“我们来到离克拉斯诺夫斯克不远的一个小村庄，那天晚上天很黑，天空中看不见月亮，四周也没有任何灯光，黑得伸手不见五指，”说到这里他猛吸了口烟，朝着蜡烛的火焰缓缓吐出一个个烟圈，每当父亲感到很惬意时，他总会玩起这个小把戏，他曾告诉我，他最好的一次记录是连续吐出十几个烟圈。父亲吐烟圈的样子的确很优雅，赛义姆看着烟圈入了神。待到烟圈散尽后，父亲接着说道：“我们累得就像犹太人的瘦马一样，屏息凝神地站在那里，接着就……”

父亲讲述了一个很离奇的惊险故事，路德维克神父虽然听过不止一次，但还是听得很专注，甚至在听到关键的情节时，都忘记了抽烟，他频频地点着头，一再说着“唔！嗯！唔！嗯！”就好像当时他也在场，是在确认父亲回忆情节的准确性。每当父亲停下吸口烟时，他又迫不及待地追问道：“我的耶稣玛利亚！后来怎么样了？”我和赛义姆肩靠肩地坐在一起，眼睛紧紧地盯着父亲，生怕错过他的某一句话。从他们脸上的神采就可以很容易看出来，在座的每个人都聚精会神地听着父亲讲的故事，但是没有一个人像赛义姆那样强烈。他的双眼像烧红了的木炭一样闪耀着炽热的光辉，他的两颊通红，是初升太阳的颜色。他那种东方人的火热性格就像油花浮在水面一样显而易见。他两眼瞪得几乎突了出来，简直坐不住了。戴维斯夫人看到他这副模样，忍不住笑了起来，还用眼神指给哈尼娅看，而后她们俩都注视着他，似乎这比父亲的故事还要有趣和吸引人。赛义姆的脸就像一面镜子，或者说像一片平静的湖水，无论什么东西，只要一走近他的面前，都会立刻反映出来。

即使到了今天，只要我一想起我们度过的那些个夜晚，我的心情都不免十分激动。打那时起，不知道水面激起了多少朵浪花，也不知道天上飘过多少片云彩，回忆总像长了翅膀似的，不停地飞到我的面前，把我带回那个宁静的夏天，那座地主家的庄园里。一个和睦幸福的家庭围坐在一块儿，听着头发斑白的老退伍军人讲述着他一生传奇的经历，年轻的孩子们听得全神贯注，两眼散发出钦佩的光芒，人群中还有张像娇美鲜花一样的脸庞。啊！那是个怎样的夜晚啊，是多么令人心醉！

这时候，十点的钟声响起来了，时候不早了，赛义姆不得不站起身，因为来之前，他的父亲曾要求他回去过夜。全家人都执意要送他出门，一直陪他走到最外面的院门，走到菩提树荫路口附近。只有卡佐没有和我们一起，因为白天玩得太疯，他早就累得不行，呼呼大睡了。一会儿，我还要骑马再送他一程，直到走过那片草地。

哈尼娅、赛义姆，还有我，我们三个人走在前面，三位长辈跟在我们的后面。我和赛义姆牵着马步行，哈尼娅双手交叉着，走在我们中间。此时林荫路上已经非常昏暗，农户们都已熄灯，睡下了，只有月光努力穿过浓密的树叶，星星点点地洒在黑沉沉的路上。

"我们就这么走着，太没劲了，何不唱支歌什么的。就来支古老优美的民歌吧，比如关于费朗的那支歌。"赛义姆说道。

"那支歌早就没人唱啦，但是，我会另一支歌：'啊！秋天，秋天啊！树叶在树枝上凋零。'"哈尼娅回答道。

我们还是商定先唱关于费朗的歌，神父和我父亲也很喜欢这支歌，因为每每唱到，他们都会回忆起自己逝去的年轻时代，顿时又会有种青春复燃的感觉。然后又唱"啊！秋天，秋天啊！"那支歌。哈尼娅用她白皙的纤手抚捋着赛义姆那匹马的马鬃，开始唱道：

月亮已经西下，狗儿也已沉睡，
有人在树林那边拍起手掌，

一定是我的费朗，
他来赴我的约，
他在等我，在我们喜爱的枫树下。

我们一唱完，身后的长辈们便拍手叫好："唱得真好！再唱一个！"我尽力和着他们，可说实在的，我的确不擅长唱歌，而哈尼娅和赛义姆却天生就有副好嗓子，特别是赛义姆。更让我烦恼的是，他特别喜欢唱歌，他还喜欢拉着别人一起唱，就像现在，当我唱走调的时候，他们就会取笑我，这让我既羞愧，又让我在哈尼娅面前显得很尴尬，很害怕出声。在他们唱的时候，我就在想，为什么哈尼娅老是把手放在赛义姆的那匹马的鬃毛上，而不放在我的马身上呢？她似乎很喜欢那匹马，她时而依偎在那马的脖子上，抚捋着它的鬃毛，时而又用手轻轻地拍着它，对它说着，"我的小马！我的小马！"这头温驯的牲畜兴奋得喷着鼻子，用张着的、喘着粗气的鼻孔试图去蹭她的脸，就好像一个顽皮的孩子在找糖吃似的。所有这一切，都让我感到十分的惆怅和压抑，这让我在下面一段时间里脑袋里很混乱，眼睛哪儿都不想看，只盯着那只一直放在马鬃上的手。

没多久我们就来到了路口，菩提树小道就到这里为止。赛义姆转身一一和大家道别，一副很不舍和惋惜的表情说着"晚安！"他还吻了戴维斯夫人的手，他本想也吻哈尼娅的，可是哈尼娅朝我望了一眼，担心地把手抽走了，没有让他得逞。等到赛义姆悻悻地上了马，她才走近马前和他交谈起来。这个地方没有任何遮蔽，也没有菩提树的树荫，借着皎洁的月光，我可以看得一清二楚。我看见她抬头望着赛义姆，眉目间夹杂着温柔的神情。

"你可要经常来看看亨利克先生，下次我们还要在一起玩，在一起唱歌，但是现在，晚安了，赛义姆！"

她说完，悄悄地把手伸了过去。之后她就和长辈们一道转身回去了。而我和赛义姆则骑马朝草地那边奔去。

我们骑着马，在没有树木的开阔道路上默默地走了一会儿。四周那样的明亮，你可以清晰地看见种在路旁的矮杜松树上的小针叶。只有马的喘息和马蹄拍打地面的声音不时地打破这种沉寂。我用余光瞥了赛义姆一眼，他仿佛在沉思，他的眼睛在注视着沉沉的黑夜中远方不可及之处。我有种迫切的冲动想打断他的沉思，来谈谈关于哈尼娅的事，而且这是非常有必要的，有好多话在心里整整憋了一天，我需要找个人倾诉一下这一天来我的种种感受和哈尼娅谈到的每一句话。可是，每每当我张开口，我又假装打了个哈欠，把话给咽了下去，我实在找不到一个方法开始这个话题，我甚至觉得开口和赛义姆讲起这个话题会是件很尴尬的事，又或者赛义姆不会替我保守这个秘密，甚至借此嘲笑我。然而，和先前一样，还是赛义姆先开了口。他慢慢赶着马儿，朝我靠过来，突然弯着腰，搂着我的脖子，在我脸上重重地亲了一口，大声吼道：

"亨利克！你的这位哈尼娅小姐是多么的美丽，多么让人着迷啊！与她相比，就让华沙的那个约佳见鬼去吧！"

他这声喊叫，犹如寒冬凛冽的冷风，一直吹到我骨头里，让我不禁浑身上下打颤。我没看他一眼，也没有开口，用力把他架在我肩膀上的手撇开，冷冷地推开了他，继续一声不吭地朝前小步快跑。此刻，我心神不宁，心里很不是滋味。赛义姆也沉默了下来。过了会儿，赛义姆忍不住又凑过来，脸对着我说道：

"亨利克，你这是怎么了？"

"你太幼稚了！"

"是你在嫉妒吧！"

我丝毫不能忍受别人的挑衅和侮辱，立刻把马勒住。

"晚安！赛义姆！"

他不太情愿地伸出手来和我握手，很显然，他还不想和我道别。他张开口，像是要说什么，可我再也不想听到他说任何挑衅或者道歉的话，我立即调转马头，慢步朝家里走去。

“晚安！亨利克！”赛义姆远远地朝我背影叫道。

他在原地又站了一会儿，然后也慢慢地往家里走去。

我放慢了脚步，缓缓地走着。今天的夜晚其实是很美的，轻轻的风，皎洁的月，宁静的星空，布满露珠的草原。微风拂动青草，像是一阵阵的波浪，偶尔传来的几声蛙鸣，更是让我感觉置身在美丽的湖泊中。草地里秧鸡也在叫唤着，不远处的芦苇中有鹭鸶在栖息。我抬眼望向夜空的繁星，长长地吸了口气，啊！我多么想就这么大哭一场啊！

忽然，身后又传来急促的马蹄声。我扭头一看，是赛义姆。他赶上了我，又和我肩并肩走着。我毫无要理他的打算，也没看他一眼。随后，他驱马强行挡住了我的去路，用激动的声音说道：

“亨利克，你肯定是有哪儿不对劲，所以，我又回来了。最初我想，你要是生气，就让你生气好了！但是，毕竟作为你的好朋友，我是无论如何也不能这么漠不关心你的。还是告诉我吧，亨利克！你究竟怎么了，是不是我和哈尼娅说了太多话，你不高兴了？你一定是爱上她了吧。”

在赛义姆赶回来之前，我刚想大哭一场，但现在，我不得不忍住情绪，故作镇定。声线却早已被眼泪哽住，憋得说不出话来。如果当时，我能按照最初的念头投入这个善良的小伙子怀抱中，纵情大哭一番，把一切都告诉他，该有多好啊！可惜，哎！我之前也已说过，在我的一生中，曾有过多少次遇到别人对我的热诚相待，而就在我要向他倾诉衷肠的时候，心底总会有种无法遏制的、固执的傲慢将我的心用石头包裹，使我含在嘴里的话又全都咽了回去。这种傲慢也许在我体内早已根深蒂固，比用十字镐挖石头还要难上千倍。啊！我的一生中有多少幸福是被我这种无知的傲慢给毁掉，又有多少次事后，我会撕心裂肺般地后悔啊！但是，当生活如旧电影的场景一般在我面前重现时，我依然会不由自主地做出明知会让自己后悔莫及的选择。

可是，赛义姆本不该告诉我他在关心我，这在我看来完全是对我的可怜，单是这句话，就足以让我把嘴封住。

我一直默不作声，他用他那温柔的眼神就这样看着我，而后用一种恳求和惋惜的语气说道：

“亨利克，我想你是爱上她了。也许，你也已经看出来，我是喜欢她的。但是，事已至此，如果你要求我以后不再和她多说一句话，我可以做到。你只要说说，你是不是已经爱上她了！你今天是不是在生我的气！”

“我没有爱上任何人，也没有在生你的气，我今天不舒服，白天从马上摔下来以后身上摔痛了。听清了吗?!”我倔强的傲慢再次占据了上风，当我看到赛义姆还没来得及反应时，我竟有一丝隐隐的快感，以致我骄傲地重复道，“我再告诉你一遍，我根本没有爱上谁，仅仅是从马上摔下来的缘故。晚安！”

“亨利克！亨利克！”

“我已经告诉过你，只是从马上摔下来，仅此而已。”

我们重新道别了。赛义姆上前亲了我一下，作为正式的告别，他这时心情已经平静了，因为我从马上摔下来是确有其事的，所以他对我的话也就信以为真了。之后他便飞快地骑马往家奔去。

此时，又只剩下我一个人。悲伤的情绪重新占据了心房，泪水再也止不住，一下子全涌了出来，鼻孔和嗓子眼都被泪水哽咽住。我停下脚步，伏在马背上，边哭着，边大口喘着气。赛义姆是善良的，他的好心让我非常感动，我也为自己感到不满，心里痛骂着自己为什么要回绝他，为什么不直接把真相告诉他。

复杂的情绪宣泄之后，揪着的心略微舒展开。我使劲擦干眼角的泪水，努力不留下一点痕迹，因为我不想别人知道我刚刚哭过。随后，我催马快跑，不一刻就到了家门口。

客厅里的灯光还亮着，从窗口传来欢快的钢琴声。我把马交给了弗兰奇什克，便径直走进了客厅。哈尼娅在那儿弹着钢琴，是一首我不知道的曲子。她带着一种初学者的自信在弹奏，虽然时而走调，时而弹错，不过这已经使我感到心满意足了，因为我有的是恋爱的耳朵，而不是对音乐的鉴赏。当我走进大厅时，哈尼娅朝我微笑着，轻轻点了点头，没有停下来。我挑了张她对面的椅子坐下来，这个角度，刚好可以看到她的脸庞，而不至被钢琴挡住。我注视着她，盯着她明朗白皙的额头和修整的眉线。她的眼睑低垂，全神贯注在自己的手指和琴键上。她又继续弹了会儿，才停住。她抬起头来，用轻柔而娇嗔的声调说道：

"亨利克先生！"

"什么事，哈尼娅？"

"我想问你一件事，……嗯……是这样的，……啊，你有没有邀请赛义姆先生明天来这里呢？"

"没有！我父亲希望我们一起到乌斯吉查去，因为我母亲寄过来一个包裹，要我们转交给乌斯吉茨卡太太。"

哈尼娅没有作答，只是继续弹了几下钢琴。看得出来，她有些心不在焉，只不过是机械地弹几下而已，心里在考虑别的事情。过了会儿，哈尼娅又抬起头来，看着我：

"亨利克先生！"

"什么事，哈尼娅？"

"我想问你一件事，……嗯……唉，……我就是想问问华沙的那个约佳长得漂亮吗？"

太过分了！这简直太过分了！怒火一直在灼烧我的心灵，痛苦的利剑又狠狠地刺了过来，我的心像被一点一点撕碎一样剧痛难忍。我立即朝哈尼娅走去，用近乎狰狞的面孔朝她说道：

"比不上你漂亮，你大可放心！你完全可以凭借自己的姿色去把赛义姆夺过来。”当我说出这句话的时候，浑身感觉一阵冰凉，嘴唇都气得发抖了。

哈尼娅一听我这么说，也忽地从凳子上站了起来，因为气恼，她的脸颊火一般的红晕。

“你在说什么呀！亨利克先生！”

“说什么？！说了你想要做的！”

我一说完这句话，便折起帽子，向她鞠了一躬，快步离开了大厅。

第七章

不难想象，经过这一整天的折腾后，那一夜我是怎样度过的。当我独自躺在床上的时候，我在想，这一天究竟发生了什么，为什么我在不停地折腾。答案很简单，其实事情就和以前一样，没有什么稀奇的事情发生。也就是说，我对赛义姆和哈尼娅的指责都是毫无根据，毫无道理的，他们没有做出任何超出爱好和好奇的事情，也没有任何超越友谊的越轨行为发生。只是哈尼娅喜欢赛义姆，而赛义姆也刚好喜欢哈尼娅，仅此而已，这也是显而易见的。但是，我又凭什么为了自己的嫉妒心，而对他们大发脾气，搅得大家都不愉快呢？所以，今天发生的一切，没有任何人需要对此负责，错的只是我。

其实这种想法本该使我平静下来，可恰恰相反，尽管我一再劝说自己他们还只是普通的朋友关系，尽管我一再对自己暗示没有任何值得怀疑的事情发生，也无论我怎么承认对他们发脾气是不对的，但是我却无法抹去在我内心悄然出现的阴影，它就像一种难以掌控的威胁，正在试图破坏我和哈尼娅的关系。只是这种威胁还不明显，暂时只是我的某种怀疑，因为我没有抓到把柄去指责哈尼娅和赛义姆的不道德，这在相当程度上更是加剧了我内心的痛苦和焦躁。除此之外，我还为自己感到忧虑，尽管我没有权利去指责别人，但是这种忧虑却是实实在在地改变了我平静的生活，因为越是捉摸不透的东西，越容易刺激我敏感的内心，让我面对可能的威胁保持警惕。然而现在这种威胁，却使我根本无所适从，我那颗单纯的小心脏就像是坠入了黑暗的深渊，或是颤立在危机四伏的十字路口，反复经受着恐慌和痛苦的折磨。此时，我感到精疲力竭，仿佛正经历着一段路途艰险的长途跋涉，并且仍然没有到达终点。就像现在，有一个念头，而且是最坏，最令我痛苦与后悔不已的念头，反复萦绕在我的脑海：啊！正是由于我自己，由于我愚蠢的想法和嫉妒，弄巧成拙地促成了他俩间的相互亲近。尽管那时的我还涉世未深，也缺乏人生阅历，但我还是清楚地意识到了这一点。毕竟这样的结果是很容易猜到的。而且，我逐渐认识到，在这个歧路上走下去，是不会达到我最初的目的的，只会给我带来一些与感情无关，却会关系到个人福祸的改变。因此，总的来说，我是非常不幸的。至于你，也许并不这么认为，你会觉得这是无足轻重的小事，而我显然是在杞人忧天，或是庸人自扰了。但是有句老话是怎么说的呢？痛苦的大小并不取决于它的实质，而取决于我们各自对它的感受。

"是的，有些事情还没有发生，至少现在还没有发生！"我躺在床上，嘴里不停念叨着这句话，直到我的意识开始模糊，变得支离破碎，直到烦恼和失望也开始渐渐瓦解，仿佛正离我而去。我的思绪像在睡梦中一样纷繁杂乱，种种互不关联的事情紧挨着，在我记忆里播放着默片。我父亲讲过的故事，故事中的情节，和现实生活中我周围的人们，不停变换着角色交织在一起，跟赛义姆，跟哈尼娅和我的爱情混杂在了一起。

也许是我有点发烧吧，特别是白天那一跤，摔得可真不轻，这使我更加肯定我一定是发烧了。我感到头很热，很痛，浑身都软弱乏力，嘴唇干燥得快要裂开，胸口像憋了股气，压抑得呼吸都很吃力。屋子里，光线渐渐暗了下去。快烧光的蜡烛噼里啪啦地燃尽最后一截灯芯，化成灯灰，掉落在烛台里。接着，又突然冒起一股蓝色的火焰，然后渐渐熄灭，光线也越来越弱，这次真的是熄灭了。夜一定很深了，我隐约听见窗外有公鸡在啼叫。我努力闭上眼睛使自己入睡，然而睡得并不踏实，我并不确定自己是什么时候才睡着的，但是第二天醒来时，的确已经很晚了。

次日早晨，我睡过了用早餐的时间，也就错过了在午饭前同哈尼娅见面的机会，因为直到下午两点钟，她都要在戴维斯夫人那里上课。不过，这对我来说也不是件坏事，因为睡足了觉，整个人都感觉精力充沛，心情也随之好转，对世界的看法也就不那么阴暗了。我想：我要对哈尼娅好一些，温柔点也热情点，以弥补昨天对她发的那顿脾气。可是，我不知道的是，我昨天最后那几句话，不仅刺痛了她，也伤害了她。当哈尼娅上完课，同戴维斯夫人来吃午饭的时候，我兴冲冲地迎上前去向他们打招呼，可是突然间，仿佛一盆冷水从头浇到我身上，我的心顿时凉了下来，满腔热情也立刻烟消云散。我之所以这样，并非出于我的羞涩或是本意，而是遭到了无情的拒绝。哈尼娅向我问好，异乎平常地彬彬有礼，但神态里透露着冷淡，使我想要对她热情的想法一下子消失殆尽。随后她走到戴维斯夫人身边坐了下来，整个午饭期间，她都没和我说过一句话，仿佛她不知道我的存在似的。我承认，有那么一瞬间，我觉得自己极其可怜，甚至连自己的存在都觉得很荒谬，要是有人愿意出三分钱收买它，我会毫不犹豫地告诉他，你出的价钱太高了。可是我又该怎么办呢？

我身上的自我保护意识又回来了，我决定针锋相对，伺机对哈尼娅报复。说实在的，我竟这样对待一个我爱她胜过一切的人，确实是件怪事。可我又能怎样呢，有谁知道，当我下定这个主意的时候，我真是“利剑在手，疼痛在心”啊！

整个午饭期间，我们没有直接说过一句话，都是通过第三者来交谈的。比如，哈尼娅说傍晚会下雨，她这是直接对着戴维斯夫人说的。我也同样对着戴维斯夫人说道，今天天气很好，不会下雨，而不是直接回答她。不过，这种怄气和交谈的方式虽然令人不快，却也十分有趣。我突然想起，我们即将一起动身去乌斯吉查，我暗自取笑道："我尊贵的年轻的小姐，等着吧，我倒要看看，等到了那儿，我们该怎样相处。等到了乌斯吉查，我要当着外人的面，故意问你一些问题，我想你是不得不回答的，这样一来，你还会继续生气吗？那我们之间的隔阂不就自动消除了？"想到这里，我对我们这次乌斯吉查的访问不禁产生了很高的期待。当然，戴维斯夫人会和我们一道过去，但是善良的戴维斯夫人不会造成任何妨碍。不过现在，我更担心这一桌吃饭的人中会不会有人看出我们在斗气。如果被他们看了出来，他们一定会问我们是不是在斗气，这样一来，就什么也瞒不住了，不得不把真相说出来。想到这里，我不禁脸上火辣辣的，心里害怕起来。啊！说来奇怪，哈尼娅似乎一点也不担心，反而表现得很镇定，而且当她看到我越来越害怕和着急时，就越觉得开心。这让我觉得自己又受到了侮辱，但是却又无计可施。不过，只要一想到下午就要动身去乌斯吉查，我就又是信心满满的，仿佛一个将要淹死的可怜人抓住了一块木板那样，这次出行让我有了反击的机会。

哈尼娅当时心里也在想着要去乌斯吉查的事。刚一吃过午饭，她给我父亲端了杯咖啡，然后吻了吻他的手，说道：

"老爷，请您允许我不去乌斯吉查，好吗？"

"啊！我亲爱的哈尼娅怎么这么可恶呀，真是太可恶了！"我心里想道，但是我什么也没有说，因为我想知道我的父亲是怎么回答的。

可是，我的父亲有点耳背，似乎并没有听清楚，他亲了亲她的前额，说道：

"你想做什么呢，哈尼娅小姐？"

“我只有这一个请求！”

“什么请求？”

“我不去乌斯吉查，好吗？”

“哈尼娅，你怎么啦？你是身体不舒服吗？”

真糟糕，为什么我父亲会这么问呢，我在想。倘若她回答说自己身体的确很不舒服，不能够远途奔波的话，我父亲一定会同意她的请求的，特别在现在这个我父亲的心情很愉悦的时刻。

但是，哈尼娅从来不说谎，的确是这样，即使是善意的谎言，她也从来没有说过。所以她不仅没有推说头疼不去，反而回答道：

“不是的，我很好，只是不想去。”

“哦，那你还是要去乌斯吉查的，你应该到那里去一次。”

哈尼娅行了一个屈膝礼，一句话也没有说就出去了。至于我，简直是乐坏了。想象着她失望的表情，如果可以的话，我真想竖起小拇指当面羞羞她，好好气她一气。

过了会儿，只剩下我和父亲单独在房间里时，我不解地问道父亲为什么一定要哈尼娅非得去乌斯吉查不可。

“我是想让我们的邻居们都习惯于把哈尼娅看成是我们的亲属。而且，要带哈尼娅去乌斯吉查去也有让她代表你母亲去的意思，这点你懂吗？”

我可爱的父亲！我不仅明白了他刚才的做法，还真想为他这伟大的想法去亲吻我这位可爱的父亲哩！

我们打算五点钟出发。哈尼娅和戴维斯夫人正在楼上换衣服，我吩咐好一套可供两个人乘坐的轻便马车，自己则打算骑马去。到乌斯吉查大约有一个半米拉的路程。眼下这天气不错，我想我们的旅程一定会很愉快的。哈尼娅走下楼来，身着一件黑色外套，看上去格外的雅致和端庄。这也是我父亲的意思，是他要求哈尼娅这么打扮的，这正对我的胃口，我的眼睛简直无法离开她了。她真的太美了，我的心立刻软了下来，先前在我心里涌动的报复的想法和假装的冷淡，此时都被抛到了九霄云外。然而，她却以一种女王的气势缓缓从我身边走过，连看都不曾看我一眼，虽然在出行前，我也的确费尽心思打扮了一番。不过，哈尼娅是有她的难处的，因为她确实不愿意去那里，这倒不是因为她想气气我，而是有别的更为充分的理由，直到后来我才知道。

五点整，我上了马，女士们也进了马车，于是我们出发了。一路上，我都走在哈尼娅的那一边，想尽一切办法吸引她对我的注意。但她看我只有那么一次，还是在我的马用后脚站起来的时候。她略微转过头来，平静地从头到脚打量了我一眼，而后朝我嫣然一笑。当时的我真是欣喜若狂，刚想炫耀一番，借此打开话匣，她又立即把脸转向戴维斯夫人那侧，和她谈着什么有趣的话题，而我竟一句也插不上嘴。

我们终于来到了乌斯吉查。在那里，我们又见到了赛义姆。乌斯吉茨卡太太不在家，家里只有乌斯吉茨基先生，两个女家庭教师，一个来自法国，一个来自英国。还有两位小姐，大的叫罗拉，小的叫玛丽娜。罗拉是位漂亮的，性格很开朗的黑发小姑娘，和哈尼娅同岁。玛丽娜还只是个小孩子。女士们互相问候之后，一起去后院采草莓去了。乌斯吉茨基先生则把我和赛义姆带去欣赏他新买的武器，还有专门用来围猎野猪的猎犬，这些狗是他以高价从弗洛兹瓦夫买来的。我已经说过，乌斯吉茨基先生是这一带最热衷于打猎的人，他很富有，却也乐善好施，品德高尚，还很喜爱运动，是一个近乎完美的先生。但是，他有个缺点，倒是让我有些受不了，这就是他老是爱笑，而且每说几句，就用手拍拍他的肚子，一再说道："笑话，亲爱的先生，它叫什么？什么？"因为这个缘故，周围的人们都把他叫做"笑话邻居"，或是"叫什么邻居"。

这位"笑话邻居"又热情地带我们去看他的狗屋，他没有看出我们更乐意和年青的小姐们在一起，这远比参观他的狗屋有意思得多。有一阵子，我们还能勉强耐着性子听他讲自己的故事，直到我突然想起我还有件事情要告诉戴维斯夫人。可是赛义姆却直截了当地说道：

“尊敬的先生，这一切都很好！谢谢您热情的招待，猎犬也的确很棒！不过，我们其实更愿意到小姐们那边去，您说我们该如何是好呢？”

乌斯吉茨基先生依然用他的双手拍着肚子说道：

“啊！笑话！哈哈，亲爱的先生，它叫什么？什么？嗯，我想你们说得是对的，好吧，你们去吧，我也和你们一块儿去。”

于是我们都去了。但是很快我就明白，我抱着这样强烈的愿望想和小姐们在一起，真是打错了算盘。哈尼娅似乎和她的女伴们合不来，但也不愿意理睬我。不过，我想她或许是故意这样做的，为了气气我，所以只和赛义姆亲近，于是我只好去陪罗拉小姐了。到底我和罗拉小姐都谈了些什么，我是怎么控制自己有没有瞎说一气，以及我如何回答她那些彬彬有礼的问题，我都不记得了，因为我的注意力完全放在了哈尼娅和赛义姆的身上，我一直在监视着他俩的一举一动，注意着他们的神情，以及侧耳偷听他们的谈话内容。赛义姆并没有发现，但是我的举动却被哈尼娅看出来了，于是她故意放低声音，或者有意在我面前和她的伙伴眉来眼去，这让那位不知情的伙伴欣喜若狂，有点飘飘然了。“哼，等着吧，哈尼娅，你竟敢这么对我，看我怎么回敬你！”我怀着这样的想法，便转身朝向我的女伙伴。我忘记说了，罗拉小姐看上了我，而且在我面前表现得非常明显，于是我便借机和她亲热起来，谈笑风生。哎，其实我内心很是纠结，我哪里想笑，我倒是真想大哭一场。罗拉小姐用她那双水汪汪的深蓝色大眼睛注视着我，脸上容光焕发，看得出来，她已经深陷在这暧昧的情调中了，脸上透露出坠入爱河一般的幸福表情。

啊！她要是能够明白此时我是多么地恨她就好了！但是，我自己扮演的角色的确也很过分，竟做出了一些不该做的事情：谈话当中，罗拉小姐说了很多关于赛义姆和哈尼娅轻佻刻薄的话，但是我并没有按照一个好朋友应该表现出的那样去反驳或是斥责她，只是僵硬地笑了笑，就一声不吭地放它过去了。我们就这样在园子里来回闲逛，散步了大约有一个小时。

时候不早了，大家就在枝叶繁茂的栗树下共进晚餐。这栗树长得真是繁茂，树枝都被压得快垂到了地上，这形状就像是在我们头顶上环绕成一个绿色的华盖似的。直到这时，我才明白哈尼娅之所以不愿来乌斯吉查，不仅是因为我，还有其他更充分的理由。

事情是这样的：戴维斯夫人出身于法国一个古老的贵族家庭，而且自幼比别的家庭教师受过更好的教育，然而自认为高于乌斯吉查的那个法国女人在她面前总是一副颐指气使，盛气凌人的模样，至于那个德国女人则更是表现得不屑一顾。由于哈尼娅的祖父当过用人，那两个女教师因而也同样不把哈尼娅放在眼里。在交谈中可以看出来，戴维斯夫人显然是受过良好教育的，举止谈吐彬彬有礼，可是这两个外国女人却表现得非常露骨，对哈尼娅的蔑视和侮辱甚至达到了粗暴无礼的地步！也许这只是女人交往中常见的嫉妒和小心眼而已，但是我不能容忍她们这么对待我亲爱的小哈尼娅。对我来说，她要比整个乌斯吉查的人加起来都要重要一百倍，哪能让她遭受她们这样的讥讽呢？哈尼娅以她那令人尊敬的性格、值得称道的脾气，豁达而又温婉地忍受着她们轻蔑的神态和嘲讽的言语，但这不可避免地使她感到屈辱。我想，倘若这时乌斯吉茨卡夫人在家，是断然不会发生这样的事情的，而现在，这两个女教师正是利用着女主人不在家的机会，肆意地侮辱着我的亲人们。

赛义姆刚在哈尼娅的身边坐下，她们又开始嘀嘀咕咕说起风凉话来。罗拉小姐因为嫉妒哈尼娅的美貌也加入了这场冷嘲热讽。我实在看不下去，对她们的嘲弄进行了多次回击，甚至措辞也有些过于激烈了。不一会儿，赛义姆便取代了我，对她们刻薄的言论进行反驳，这让我有些很不情愿。我看到愤怒有如闪电在他眉宇间迸发，随后又慢慢消失，他冷静下来，神态自若地转向那两个家庭教师，用轻蔑的眼神注视着她们。他机智俏皮，幽默风趣，巧言善变，这对他这样年纪的人来说真是少有。没有几个回合，他就把她们打得落花流水，无地自容了。戴维斯夫人用自己的威严帮助了他，而我不仅给了他最大的帮助，甚至真想狠狠地揍这两个外国女人一顿。罗拉小姐避免引起我对她的反感，也倒向了我们这边，虽然看得出来，她不是真心诚意的，但至少对待哈尼娅也比平时多了几分友好。总而言之，我们大获全胜。但不幸的是，这一次的功劳又落在了赛义姆身上，这让我懊丧不已。哈尼娅十分镇定，她自始至终都强忍着泪水，任由其在眼眶里打转，而不掉落下来。她用感激和崇拜的眼神望向赛义姆，眉目间满含着感动和欣慰，她把他当成了自己的救星。晚饭后，当我们离开餐桌又开始结伴在花园里散步时，我看见哈尼娅双手合十，侧身对着赛义姆满怀感激地说道：

“赛义姆先生，我真是非常……”

她突然把话停住，一只手捂着脸，生怕自己会在大家面前大声哭出来，也怕自己的感情凌驾于意志之上肆意宣泄。

“哈尼娅小姐！我请求你别再提它了，也请你不要放在心上，为这样的人和这样的事，是犯不着生气的！”

“可是，赛义姆先生，你也看得出来，我真是不知道怎样表达才好。不过，我还是要感谢你！”

“谢我什么呢？哈尼娅小姐，你需要谢我什么呢？看见你流泪，我心里真的受不了。我很愿意为你……”

这回换到赛义姆说不下去了，也许是他一下子找不到合适的词句，也许是他意识到自己激动得快要不能控制了。他慌忙转过身去，不愿让别人看出他此时的激动，转而开始沉默起来。

哈尼娅两眼闪着晶莹的泪光望着赛义姆，在这种时候，我也不想再去关心发生什么事了。

我以一个年青人的全部热情爱着哈尼娅，我崇拜她，就像崇拜天上的仙女一样地崇拜她。我爱她如花的面容，我爱她那双水灵灵的大眼睛，我爱她金黄色的秀发，我爱她甜美的声音，我爱她的每件衣服，我爱她呼吸过的空气……这种爱浸透了我的全身，融在血液里，流进我心里，包裹着我整个灵魂。我只为这种爱情而存在。这种爱情像是空气，无时无刻不包围着我，让我时刻感受着对它的渴望。我不知道对于别人，除了爱情是否还有别的什么东西的存在，对我来说，我的整个世界都已被爱情占据，以至于失去了爱情，我的世界将会一无所有。对世界说来，我是又聋、又瞎、又愚蠢的，因为我全部的理智、感官和精力都集中在那一种感情上。我觉得自己就像一支燃烧着熊熊火焰的火把，燃烧着火焰，也燃烧着自己，火把越来越短，就像我正走向死亡和毁灭。这种爱情是什么呢？是一个灵魂对另一个灵魂的呼唤："我崇敬的上帝，我圣洁的仙女，我真挚的最爱，请你听听我内心的告白吧！"所以，此刻我不愿再去关心究竟发生了什么，因为我知道，哈尼娅并不是对我和我的真诚做出的回答！一个渴望得到爱情的人迷失在冷漠的人群中，像是行尸走肉般找不到归宿。就好像一个在森林里走丢的孩子，内心里充满了焦急和恐惧，他在奔跑着呼喊，但却听不到一声亲切的声音回应他的孤单，对孤单的恐惧远比危险的迫近更容易摧毁人的意志，让人撕心裂肺般的绝望。此时我再也不愿去关心下面会发生什么，姑且任由我炽热的爱情和徒然的呼唤在我胸口爆发吧。这是我唯一的选择，因为我仿佛已经听见赛义姆和哈尼娅两颗相爱的心相互碰撞的声音，他们是在用彼此的心灵交流，他们心心相印。他们在一起似乎是最好的，我还能说什么呢，我又能怎么样呢，他们何曾知道这对我来说是多么大的不幸啊！他们何曾知道，这就像是吸血的恶魔狠狠地抓住我的心脏，我愤怒，我想挣脱，但我却无力反抗，直到绝望。倘若我们都是迷失在森林的孩子，他们在用我听不懂的语言应和着对方的呼唤，他们感受到的是上帝所能赋予的最大的幸福，而我依然迷失在陌生的绝境中，难道有什么办法能让我打破这个对他们来说是莫大的幸福，对我而言则是不幸到恐怖的结局吗？我又有什么办法去反抗这自然的法则，这种事态发展不可抗拒的必然性，以及无法逆转的结局呢？当一股无法战胜的力量强行将哈尼娅从我身边拉过去时，我又如何能够重新赢取她的青睐和爱慕呢？

我离开大家，独自一人走到花园角落的椅子旁坐了下来。我就像只惊弓之鸟，被强烈的痛苦和失望占据着，这些想法回旋在我的脑海，胁迫着我的泪腺，快要击溃我不堪一击的防线。孤独、恐惧也通通袭来，嘲笑着我的失败和懦弱。我感到即使这时在家里，面对的是那些非常亲切的可爱的人们，我也依然是孤独的。世界在刹那间变了脸，变得那样的空虚和冷漠，就连万能的上帝也漠不关心地看着我，仿佛我的存在与这世界无关。这使我不由自主地萌生了一种新的想法，并且迅速压倒了其他一切想法，以吞噬一切的广度和深度成为我脑海里和心里唯一符合我现在处境的想法，并以它阴森凄凉的威严将这周围的世界全部掩盖起来，这种想法的名字就是“死亡”。是的，只要死了，我就可以逃出这座痛苦的迷宫，不用再看见我挚爱的人们上演着这部可悲的喜剧。是的，只有死亡，我才能砍断那折磨灵魂的一切枷锁，使它在经历磨难之后得到永远的放松。啊！我的上帝，只有你才知道我是多么渴望这一劳永逸的休息，即便是长睡不醒，但只要能免除这生活的痛苦折磨，我便心甘情愿。对我而言，只有这样的休息，才是真正的解脱，永恒的休息！

我是一个被眼泪、痛苦和疲劳折腾得筋疲力尽的人。“我该去睡觉了。”我心里想，“不惜一切代价，即便是付出生命也在所不辞!”后来,从那广袤的平静天地中,从我童年时代就开始幻想的天地中,一种想法像只飞鸟似的突然降落在我的脑海里,可以简单地把它概括为两个字:

“如果?”

这是一座新的迷宫。无情的命运再次摆弄着我,让我还未从旧的痛苦中得到解脱,又陷入了新的噩梦。啊!我该怎么形容我悲惨的境地呢!然而就在那边,不远处的林荫路上,他们的悄声耳语和阵阵快乐的欢笑声,像记沉重的铁锤一下子将我打入了十八层地狱,将我对世界的最后一丝眷恋也全部打碎,只剩下痛苦、悲伤和绝望。世界是这样的讽刺,完全没有人能体会我的感受。我的周围是盛开的鲜花,芳香馥郁;我的头顶是鸟儿在树枝上啁啾,呼唤着它的玩伴归巢栖息;远处是明朗的天空,被夕阳的余晖染得殷红,一切如同往常一样的平静、欢乐。这悲与喜的反差是那么强烈,是我衬托出这万物生机勃勃的快乐,还是这平静的欢乐加深了我的痛楚?我和这世界是如此的格格不入,因为此时此刻,只有我咬紧牙关,坚定着赴死的信念。

想到这,我不禁浑身一阵颤抖。一件女裙也在这时飘到了我的面前,瑟瑟作响。

我吃力地抬起头,原来是罗拉小姐。她的神情恬静而又温和,正抱以同情的目光看着我。也许不只是同情吧。借着夕阳泄露在树荫下的余光,我看见她苍白的面容,她那被拨弄散开的浓密发辫垂在肩上。

忽然间,她变得似乎不那么可恨可恶了。她是来安慰我的吗?我心里思忖道。

“亨利克先生,你看上去气色不太好,是哪儿不舒服吗?”

“啊!是的,罗拉小姐!我很不舒服!”我激动地喊道,抓起她的手,放在我发烫的额头上,而后我又狂热地吻起它来,随即跑开了。

“亨利克先生!”她在我身后压低了声音喊道。

偏偏就在这时,赛义姆和哈尼娅从花园的拐角处走过来,看见了刚才的情形。他们看见了我感情的爆发,看见我亲吻罗拉的手,看见我把她的手按在我的额头,这些他们都看见了。他俩四目相视,交换着眼神,而后会心一笑,仿佛在说:

“瞧! 我知道这是什么意思。”

差不多该回去了。尽管一出院门,赛义姆就朝着另一个方向走去,但我还是担心他会不会送我们一程。于是我急忙跃身上马,大声说着:“时候不早了,赛义姆和我们都该回家了。”告别时,罗拉小姐显得特别不舍,她热情地握着我的手,想要和我再说些什么,可是我心里烦恼着别的事,并没有回应她。很快我们便动身了。一出门,赛义姆便朝相反的方向走去。在和哈尼娅告别时,他第一次亲吻了她的手,这次,哈尼娅没有拒绝他。

她再也不理睬我了。而我也不再对早上的事情耿耿于怀,此刻我的心是平静的,因为我已对我们的关系做了最坏的打算。

经过这一天的行程,戴维斯夫人有点疲劳了,没过多久,她便垂下脑袋昏昏欲睡了,她的头向两边歪来倒去,偶尔发出沉闷的呼吸声。我的视线快速扫过哈尼娅,她没有瞌睡,一双眼睛睁得大大的,闪耀着幸福的光芒。

哈尼娅依然没有打破沉默,显然她已经沉浸在自己的快乐中,无暇和我聊天。我也只好作罢,一路就这么安静地走着。直到离家不远的地方,她才看了我一眼,说道:

“亨利克,你在想什么? 是在想罗拉吗?”

我没有作答,只是抬起头朝远方眺望着,暗暗咬紧了牙。“你尽管折磨我吧,哈尼娅!”我心想,“如果你能从中得到愉快,你就折磨我好了,可是你休想我对你有任何表示。”

其实,哈尼娅做梦也没有想过要折磨我。

她问这个问题,只是因为她有权这么问,甚至是带着对我的关心。

这时她对我的沉默倒是感到些许的惊讶，于是轻轻地又问了一遍，我依然没有回答。她以为我还在生着她的气，也就不再说话了。

第八章

几天之后的某个清晨，阳光透过百叶窗照射进来，照亮了木质的地板。几缕光线平躺在我的床边，耀眼的光斑是玫瑰花的形状，将我从睡梦中唤醒。我慵懒地看了眼窗外，窗户那边正传来沉闷的敲击声。那不是诗人密茨凯维奇长诗中的佐霞，虽然她时常用这种方式叫醒塔杜斯。也不是我亲爱的哈尼娅，那是看林人瓦赫的身影。他正满脸胡子拉碴地贴近窗户，急促地朝我喊道：

"少爷！"

"什么事？"

"一群公狼在波霍洛威树林里围追一只母狼，正是诱猎的好机会，我们赶紧去吧！"

"你等我一下！"

我赶忙穿好衣服，挎起猎枪，提着猎刀走了出来。瓦赫已经站在门口等我，他的裤脚向上翻着，外面的一层被草地的露水沾湿。他手上提着锈迹斑斑的单筒长枪，这支枪是他的老伙计了，在他手上从来都是弹无虚发。天色尚早，太阳还没有升起，勤劳的人们也还没有下地干活，田野上找不到放养的牲畜。慢慢地，东边的天空露出浅浅的鱼肚白，但仍看不清太阳，只在树林间、草地上映下粉一块、金一块的光斑，而西边还是昏暗的！这位老人可真是急性子！

"我已经备好马匹和马车，我们赶紧去森林里吧。"他说道，脸上一副迫不及待的神情。

我们坐进马车便出发了。马车一路飞奔，在驶过谷仓的时候，一只兔子飞快地窜了出来，从我们前面夺路而逃，跳进了路旁的草地里，在繁茂的草地上留下了蹿过的痕迹。老人朝着马屁股狠狠抽了一鞭，严肃地说道：

“野兔穿路过，真不是个好兆头！”

我疑惑地看着他，他又补充了一句：

“现在也不早了，太阳马上出来，地上就要看到影子了。”

这倒是真的，因为在黑暗里，物体是不会把影子投到地上的。

“但是，有影子又能怎样呢？”我问道。

“要是影子很长，那还有办法可想，如果影子短的话，我也无能为力了。”

稍微懂点打猎的人都会知道，打猎要赶早，越晚越糟，因为越接近中午，影子就越短。

“那我们赶紧开始吧。”我说道。

“嗯。不过得在波霍洛威森林里，就从刨树坑那里开始吧。”

波霍洛威森林其实只是整个大森林里的一部分，不过因为那里的树木长得尤其茂密，动物也很多，因此常常是这一带人打猎的首选。而刨树坑就在不远处。至于这个树坑，说来有段故事，它其实是某个暴风雨的夜晚，一棵大树被连根拔起时留下的树坑，现在成了波霍洛威森林里一个定位的标记。

“你打算怎么诱猎，是用诱叫的方法吗？”

“我先学母狼叫，也许会引来一只公狼。”

“瓦赫，这能行吗？也许根本不会来。”

“不，一定会来的！”

我们下了马车，把马车和马匹都交给童仆看管，自己则提着猎枪和猎刀径直向前走去。差不多一个钟头，我们在树坑里隐蔽好，这时太阳也升起来了。刨树坑的四周是一片密密麻麻的小灌木林，只有几棵异常繁茂的大树矗立其中，仅仅是这几棵大树枝叶间的相互交错,就足以给这灌木林提供天然的华盖。树坑非常深,我们藏在里面,连头都不敢露出来。

“我们现在背靠背站好。”瓦赫压低声音说道。

我们相互背靠背地半蹲在坑里,只有我们的眼睛和枪口露在外面。

“注意了,我要开始叫了。”瓦赫小声说道。

瓦赫把两个手指放在嘴里,猛吸口气,便发出了狼嚎一样的长啸,就像母狼通常呼唤公狼时那样。

“注意听!”

他把耳朵贴在树坑的侧壁上,紧锁着眉头。我什么也没能听见,只好等待着他发号施令。瓦赫抬起耳朵,扭头对我说道:

“有狼上钩了,它也在叫,不过现在还很远,差不多有半米拉的距离。”

我们屏住呼吸,凝神注意着周围的动静,就这样又等了大约一刻钟的时间。瓦赫又把手指放在嘴里,和刚才一样,发出狼嚎一样的声音。这叫声先是在树坑里回荡了几个来回,而后穿过树丛,传向远方,回旋在整个树林的上空。

瓦赫再次把耳朵贴在树坑的泥土壁上。

“准备好!狼应声叫了,离这儿最多一俄里半路程。”

的确,声音很清晰,我也听见了从远处传来的低沉的狼嚎声,虽然有一段距离,但在鸟鸣声、树叶的沙沙声中依然可以清楚地辨别。

“它在哪个方向?”我开始有点紧张,也有点兴奋。

“我想应该是你那边,少爷!”

瓦赫又叫了第三声。这次回应的狼嚎声已经相当近了。我不由得紧紧握住猎枪,屏住了呼吸。但又好像什么都没有发生,还是一如既往的沉寂,只能听见微风吹着落叶发出的沙沙声。在未知的方位,一只松鸡隔着很远的距离啼叫着早晨的到来,啼叫声在树林间回荡了几圈后，传入我的耳中。

正当我略微松了松手中的枪，突然，在距离我们大约三百步的距离，像是有个什么东西在蹿动，松树枝开始剧烈摇晃，从密密麻麻的松叶中间，一个三角形的灰色脑袋探了出来。我很想开枪，但是距离太远，目标也不大，我并没有十足的把握，在这种情况下贸然开枪，前期的埋伏就前功尽弃了。我耐住性子，只好再等它走近点，心里却蠢蠢欲动，着急得要命。不一会儿，那家伙在树丛后露出了全身，慢慢朝树坑走来，它不停向四面八方嗅着气味。突然，这只狼停住了脚步，站在离我大约一百五十步距离的地方。它警觉地直起身子，竖起耳朵，仿佛预感到了什么。我知道，它再也不会走近了，于是立即扣动了扳机。

枪声混着那野狼的哀叫声，我迅速跳出了树坑，瓦赫紧跟在我身后，但是我们却没有在原来的位置找到那只公狼。瓦赫仔细观察着地上被踩过的痕迹，说道：

“少爷！你打中了，它流血了！”

草地上果然有血迹。

“虽然距离很远，但你还是打中了！它流了不少血，我们赶紧去追吧！”

我们沿着地上的血迹一路跟踪。草地上的血迹很明显，有些地方血块还很大，显然是这头受伤的公狼不时停下来舔舐伤口，或者喘一喘气。我们在灌木林里走了很久，太阳也已经高高地挂在天上。但是走了这么远的路程，除了血迹，我们什么也没有找到，有时候连血迹也不见了。我们一直追到树林旁的田野里。这血迹沿着两俄里长的田野，一直伸向对面池塘的方向，最后消失在长满芦苇和菖蒲的沼泽地里。没有猎犬，我们只好作罢。

“它跑不了多远的，我们明天准能捉到它！”瓦赫肯定地说道。于是我们就先回了家。

很快，我就不再去想那只狼和这次不太顺利的打猎行动了。

因为我又重新陷入了那个也许是我人生最痛苦的事情当中。以至于当我们走到森林边上时，一只野兔几乎是从我脚下蹿过，我不仅没有开枪打它，反倒被吓了一跳，仿佛是从睡梦中惊醒一般。

“少爷！就是只蚂蚁从我眼皮子底下溜过，我也会毫不犹豫给它一枪的。”瓦赫对我刚才的反应很不理解，嘟哝道。

我只是笑了笑，没有接过话茬，一声不吭地想着我自己的事情，朝前走去。这条小路连接着通往霍热尔去的那条大道，我在潮湿的泥土里看见了新踩过的马蹄印。

“瓦赫，你知道这是谁留下的马蹄印吗？”

“依我看，这应该是霍热尔的少爷骑马去往我们宅院的。”瓦赫答道。

“知道了。我现在也要立刻回去，再见了，瓦赫！”

瓦赫热心地邀请我去他的小屋坐坐，他的小屋就在这儿附近。而且我知道，如果我拒绝他，他会非常难过，但我犹豫再三，还是拒绝了。因为我很反感我不在的时候赛义姆和哈尼娅单独呆在一起太久的时间，这会让我内心感到不安。作为补偿，我答应他明天早晨再来。

令我烦恼的是，自打那次访问乌斯吉查回来之后，赛义姆一连五天，每天都会到我家里来。更为恼火的是，这两个年轻人，就在我眼皮子底下，迅速发展着他们的爱情，而我竟只能眼睁睁地看着。即便如此，我也必须对他们严加监视，就像看护着我的心脏一样，绝不给他们任何独处的机会。然而今天，终于让他们得逞了，他们可以长时间地呆在一起。啊！我的上帝！我是这么地愚蠢。他们现在肯定已经在相互表白了！我就像个濒死的人，已经完全失去了对生命的希望。我的脸一下子变得煞白。

我害怕这样的事情就像害怕某种灾难的发生，就像将赴死场的囚犯害怕死刑一样，尽管他知道枪决迟早会施行，不会早也不会晚，但他还是祈祷着有什么办法可以推迟这一天的到来。

一回到家，我就在院子里碰见了路德维克神父。他头上戴着透明的塑料头套，又套了只铁丝网，正往蜂房走去。

“路德维克神父，您看见赛义姆了吗?”我问道。

“嗯！他来了差不多有一个半钟头了!”

我的脑袋忽地有种胀开的感觉，心脏不安地跳着。

“那我去哪儿能找到他呢?”

“他和哈尼娅，还有艾乌尼娅，一块儿到湖边去玩了。”

糟了！他们肯定是想掩人耳目，避开我的视线，划船去湖里告白了。

我撒腿奔向花园，往湖边停泊小船的地方跑去。果不出我所料，那条大渔船不在了。我扫视了一眼湖面，什么都没有看到。“该死的赛义姆！他们肯定是划远了!”我不禁心里暗暗咒骂着赛义姆，失落感也顿时聚拢过来。

我猜想赛义姆一定是把船划到了赤杨林那边，因为这样一来，湖边茂密的芦苇和菖蒲就能够把人和船都遮住。我立马抄起木桨，跳进一条只能容纳一个人的小船，轻轻地划入湖中。我沿着芦苇划过去，一直不离开芦苇太远，这样我既可以发现他们，还能避免他们看见我。

没划多久我就发现他们了，那只小船一动不动地停在一片广阔的水面上，四周没有芦苇的覆盖，他们把桨绑在船舷上。我的小妹妹艾乌尼娅坐在小船的这一头，背对着他们，高兴地拍打着湖水，玩得着了迷。赛义姆和哈尼娅坐在船的另一头，几乎是肩并肩地坐着，像是在相互倾吐着什么，哈尼娅面露羞涩地笑着。这时候，风平浪静，天气也不错，湖水倒映着蓝天白云和赛义姆、哈尼娅、艾乌尼娅他们的身影，就像一幅刻意勾勒出的传世名画，画面温馨而唯美。这本该是多么令人心醉的画面啊！可我一看到它，血就立刻涌上头来。我算是明白了，他们把艾乌尼娅带来，真是一个十足的阴谋！一是因为艾乌尼娅年纪刚好，既不需要人照看，不会妨碍他们，也听不懂他们之间的情话；二是这样一来，当别人问起的时候，他们完全可以用艾乌尼娅掩人耳目。

“完了！全完了！”我连生气的力气都没有，身子骨顿时软了下来。“是的，你完了！”甚至连芦苇也这样说我。“你完了！”水波拂过我的船舷，也在对我说。我的眼前一片漆黑，身上感觉忽冷忽热，心里有一种声音在向我嘲笑着：“你已经失去哈尼娅了！你已经失去她了！”我的脑海里，我的心里，我的周围到处都在回荡着这样的声音：“你已经失去她了，你已经失去她了！”接着，我又听见它们在说：“划近点吧，划近点你会看到更多东西！”我听从了这声音的召唤，忐忑而小心地把船划向前去。可是这样的距离依然听不清他们在说什么，只是看得更清楚些。他们肩并肩坐着，倒没有手牵着手。赛义姆脸朝着哈尼娅，我甚至感觉他是跪在哈尼娅面前，不过这只是我的一种感觉而已。他面对着她，像是在哀求什么。哈尼娅并没有看他，而是心神不定地朝四周观望，然后再抬头看看天，看得出来，她有些心慌意乱。我看到他在哀求她，一会儿举起右手像是在发誓，一会儿又双手合十像是在祈祷什么。哈尼娅慢慢转过头来，眼睛注视着他，紧接着她的头慢慢朝他肩膀靠去。突然间，她又像惊醒一般，身子一震，直往船舷方向挪动着身体。赛义姆见状赶忙抓住哈尼娅的手，像是怕她掉进水里似的。我看见赛义姆紧紧抓着她的手不放，之后就什么也看不清了，因为一片乌云遮住了我的眼睛。我丢下船桨，瘫倒在船舱里。“上帝救救我吧！”我在内心呼喊，“他们快要把我杀死！”我感到快要窒息了。啊！哈尼娅，我是多么地爱你，而我自己又是多么不幸啊！赛义姆，你又为什么要这么做，为什么要背叛我呢！我笔直地躺在船舱里，就像一个中了枪，等待死亡的困兽。我愤怒地撕扯着自己的衣服，但是我也知道，我的愤怒完全是无足轻重的，根本不会再改变什么。是的，我是这样地无能为力，就像一个手脚被捆绑住的大力士，纵有浑身的力气，也只能听天由命，任人宰割。我可以杀死赛义姆，再杀死我自己；我可以用我的小船去冲撞他们的小船，把他们俩双双淹死在这湖里。可是无论怎样，我都无法消除哈尼娅心中对赛义姆的爱意，使她重新全身心地投入我的怀抱，和我永远在一起啊！

啊！这是一种怎样的无能为力和束手无策的感觉啊！这是我这辈子遇到过的最糟的时刻了。平日里，我总因为哭泣而感到羞耻，哪怕是独自一人的时候。每当痛楚和困苦快要让我泪如泉涌时，强大的自尊心便会逼迫我强忍着把它们咽下去。然而现在，任凭自尊心告诉我要怎样坚强，这种无能为力的挫败感和歇斯底里的愤怒再也无法压制地在我心底爆发了，从泪腺里喷薄而出。面对着对面的小船和它载着的这对情侣，我感到我是如此孤独，只有湖面倒映的船影在陪着我。而这宁静的碧空，和一片沙沙作响的芦苇，更是将这沉寂而凄凉的氛围渲染到了极致。我想我有足够的理由可以放声大哭，因为此时在这世界上再也找不到第二个人比我更痛苦。

我仰卧在小船中，双手交叉着遮住眼睛。我感到我越来越虚弱，一种麻木的感觉从小腿向我的大脑传来，思维也几乎停止了活动。渐渐地，四肢开始冰冷，呼吸越来越慢，越来越轻。我用我仅有的知觉猜测，也许这是死神在召唤我了，因为一阵刺骨的寒冷伴着巨大的宁静正笼罩着我。“我应该已经被抓住了吧，那也没什么好怕了。”我用平淡、黯然的目光来迎接这个新世界的到来。“一切都结束了。”我这样想着，终于将心头的一块大石头放下了。

然而，事情并未结束。我在船里究竟躺了多久，连我自己也不知道。等我睁开眼，太阳已经高悬在空中，鸥鸟和灰鹤不时从小船上飞过，发出悲鸣。风息了，芦苇也不再沙沙作响，阳光炽热灼人。我恍若惊醒一般，赶忙坐起身四下张望着，哈尼娅和赛义姆的小船已经划走了。整个大自然的安宁和欢快与我刚醒来时的麻木状态形成了鲜明的对比。暗青色的蜻蜓时而停落在船舷上，时而又栖息在睡莲的扁圆形叶片上。灰雀在芦苇间跳跃着嬉戏，欢快地啁啾着。忙碌的蜜蜂嗡嗡地飞过水面，向树林飞去。一只母鸭嘎嘎地叫着，带着一群小鸭子从水草间嬉游出来。大自然向我展现了一幅和谐温馨的画面，充满着勃勃生机，可这一点儿都不能让我打起精神，不能让我感到好受一些。我的困倦也丝毫没有因为刚才这一觉而得到缓解。我的头还是痛得厉害，天气很热，我感到浑身发烫，于是我俯在船边上，双手舀着水，大口喝起来。气力总算恢复了一点儿，估摸着时候也不早了，怕家里人担心我一天未归，我拿起桨，开始吃力地划船回去。

在回家的路上，我竭力让自己平静下来。我想，如果赛义姆和哈尼娅已经相互表白了爱情，这反倒好一些，至少能让我从这可恨的捉摸不定的日子中解脱出来。我这么想着，仿佛不幸之神已经在我面前解开了他的面纱，我已经没有机会，也无力与他抗争，只能承受他给我的命运。虽然结果是如此地糟糕，但我已经愿意接受这个事实，我已经不想再被猜测与幻想折磨得痛苦不堪。这结果虽然也是一种痛苦，但对我来说，自有它能让我接受的痛苦的魅力。

对于他俩现在的情况，我并没有确切的把握。虽然心里一遍遍告诉自己想放弃，想从这样的困境中挣扎出来，但一次次的犹豫后，我还是决定再做一次努力。于是，我决定略施小计，去盘问艾乌尼娅一番。

我回到家时，正好大家在吃午饭。我冷冰冰地和赛义姆点了点头，便默默地入席就餐了。我的父亲望着我，关切地说道：

“你怎么啦，我的孩子？是生病了吗?”

“不是的。我没有病，就是累了点。我早上三点钟就起床了。”

“起这么早去做什么呢?”

"我和瓦赫一道打猎去了,我打中了一只狼。后来,因为太困,就躺下睡觉了。现在头又有点痛。"

"哦,你去照照镜子瞧瞧,看看你的脸色有多难看。"

哈尼娅放下餐叉,紧紧地盯着我看了会儿。

"也许是乌斯吉查之行对你造成的影响吧,亨利克先生!"

我严肃地看着她,气势汹汹地问道:

"你这是什么意思,哈尼娅小姐?"

哈尼娅没料到我会是这种反应,被吓得有些手足无措,支支吾吾地解释起来,赛义姆见状,出来解围:

"亨利克,这自然是很正常的事呀!谁在恋爱,谁就会萎靡不振。"

这话真是说到了我气头上。我先是看了看哈尼娅,又盯着赛义姆的眼睛,慢慢地,一个字一个字,每个音节都说得铿锵有力:

"那我也没有看到你和哈尼娅有一点儿萎靡不振的!"

顿时,他们俩的脸涨得通红,餐桌上出现了令人尴尬的沉默。我也不知道自己是不是做得太过分了,或者这会不会引起大人们的注意。幸运的是,我父亲当时并没有听清我们的对话,而路德维克神父也仅仅把这当做是我们年轻人之间普通的斗嘴而已。

"他是一只会蜇人的大马蜂,喏,瞧见了吧,他叮着你们了吧!你们得要小心,不要招惹他!"神父一边嗅着鼻烟,大声说道。

啊!我的上帝!这次斗嘴带给我的胜利的快乐是多么微不足道啊,我宁愿拿它去和赛义姆互换角色。

午饭后,回到卧室,我特地照了照镜子。难怪父亲怀疑我是不是病了,我的样子确实像鬼。眼睛发青,眼袋肿大,面容惨白而憔悴。这一上午的折腾,让我看上去丑多了,可是现在这一切对我来说,都已经无关紧要了。

我去找了艾乌尼娅。两个小妹妹午饭吃得比我们早,这会儿她们在花园里的游乐场玩耍。艾乌尼娅正坐在秋千架的木椅上,这张木椅用四根绳子吊在秋千架的横梁上。她坐在上面，抚摸着垂在她胸前的发髻，喃喃自语，一边晃动着她的两只小脚丫。

她一看见我过来，便娇嗔地伸出了双手，想让我抱抱。我把她抱在怀里，朝花园的角落走去。

我们在一张椅子上坐了下来，艾乌尼娅坐在我的腿上。我问道：

“艾乌尼娅今天都做了些什么呀？”

“艾乌尼娅同她的丈夫还有哈尼娅小姐一块儿去划船了。”她开心地答道。

艾乌尼娅总爱把赛义姆称作是自己的丈夫。

“那艾乌尼娅表现乖不乖呢？”

“乖！”

“哈哈！艾乌尼娅表现真不错！不过乖孩子得认真听大人们是怎么说话的，这样她才能学到不少东西呢。艾乌尼娅还记得赛义姆和哈尼娅都说了些什么呀？”

“艾乌尼娅都忘了。”

“没关系，也许艾乌尼娅还记得一点点呢？”

“一点都不记得了。”

“你真不乖。艾乌尼娅赶快想起来，要不亨利克就不爱她了，以后也不带她一块儿玩了。”

这个可怜的小姑娘顿时一脸苦相，皱起眉头，嘴角向斜下方拉着，开始用两只拳头揉着她的眼睛，一幅要哭的样子。她撅起嘴，用一种像是抽泣的颤抖声音说道：

“艾乌尼娅真不记得了。”

哎，这个可怜的小丫头如何能回答我的问话呢，她根本不会在意他们在聊什么，又或者，他们也根本不会让她听见他们的谈话内容。说老实话，连我都觉得自己太傻，怎么会想出这种馊主意。同时，我有些为自己用这样一种方式去哄骗一个无辜的小女孩，一个天真可爱的小天使而感到羞耻。我问的是一件事，而心里想知道的又是另一件事。更何况，艾乌尼娅是我们全家，也是我自己的掌上明珠，是最珍爱的宝贝，我不忍心再这么折磨她了。我亲了亲她的小脸蛋儿，抚摸了一下她的小脑袋，便让她回去了。这个小姑娘立马朝秋千那边跑去。我也离开了那里，就像我来的时候一样，仍然一无所知。不过我还是深信，赛义姆和哈尼娅已经互诉衷肠了。

傍晚的时候，赛义姆对我说：

"亨利克，我差不多要有一个星期看不到你了。我要走了。"

"你要去哪儿?"我冷漠地答道。

"我父亲安排我到苏姆纳去看望我的叔父，我在那儿大概要呆上一周的时间。"

我看了眼哈尼娅，听到这个消息，她没有表示出任何反应。很显然，赛义姆已经事先告诉过她了。

她只是淡淡一笑，停下手上的针线活儿，用带着娇媚和调皮的眼神瞟了赛义姆一眼，然后说道：

"那你是不是也想到那边去呢?"

"就像一只被人牵着锁链的狗一样开心。"他回答道。不过，当他一看见不喜欢听到任何粗话的戴维斯夫人，又急忙做了个鬼脸，然后解释道：

"我尊贵的戴维斯夫人，请您原谅我刚才不恰当的比喻。我是爱我的叔父的，但是您也看得出来，我更喜欢呆在这里，呆在夫人您的身边……"

他一边说着，一边含情脉脉地看着戴维斯夫人，惹得大家都哈哈大笑起来，戴维斯夫人自己也是。尽管她很容易生气，但她对赛义姆却格外的偏爱和宽容。她轻轻地提起赛义姆的一只耳朵，和颜悦色地说道：

"年轻人，我都能做你的母亲了。"

赛义姆吻了吻戴维斯夫人的手，他们又开始说说笑笑了。我在心里想着，我和赛义姆是多么的不同啊！若是我得到了哈尼娅的芳心，那我肯定把注意力都放在她身上，哪还有闲情和戴维斯夫人开玩笑呢？可他却丝毫不介意这些，和平时一样地开玩笑、做鬼脸，谈笑风生。

正当他要离开的时候，他叫住我，说道：

“亨利克，我就要回去了。你知道，我正有话要对你说，你骑马送我一程吧。”

“我不想去，也没有兴趣送你。”我回答的口吻是那样冷淡，甚至让赛义姆感到很惊讶。

“你变得有些奇怪了，亨利克。从乌斯吉查回来的这段时间里，你像是变了个人。不过……”

“有话就说!”

“不过，对于恋爱的人来说，一切都是可以理解的。”

“除了那些妨碍我们的人外。”我淡淡地补充了一句。

赛义姆用他锐利的目光看着我的眼睛，仿佛能直视进我的内心。

“你想说什么?”

“我说，我不去!”我一字一顿地说道，“不是所有的事情都可以原谅的。”

如果不是因为还有很多人在场的话，赛义姆一定会当场就要把事情追究个明白。可是，在事情找到确凿的证据前，我是无论如何不会和他摊牌的。不过，可以看出来，我最后这句，令赛义姆极为不安，也让哈尼娅感到了害怕。赛义姆不停磨蹭着时间，想要找到一小段机会和我说话，都被我给岔开了。末了，他看准一个机会，拉着我的衣服，低声对我说道：

“快去骑马送我一程，我想和你谈谈。”

“下次再说吧，”我大声说道，“我今天有点不舒服。”

第九章

赛义姆确实是到他叔父家里去了，只不过他呆了不止一周，而是十天。然而，情况并没有因为赛义姆的离开而得到好转。这些日子里，我们过得也很不愉快。哈尼娅像是在躲着我，看着我的时候眼神里总是提心吊胆。这样的氛围，让我无法和她坦诚相见，自尊心让我对我的至爱只能缄默不语。令我无法理解的是，她总是刻意避免我们之间有单独相处的机会，而她却又这样的神情憔悴，甚至一天天在消瘦下去，很明显，她是在想念赛义姆。虽然我很烦恼赛义姆和她之间的这种亲密关系，但当我心痛地看见她这副日思夜想，茶饭不思的模样，我也不得不承认，这姑娘对赛义姆并不是一时的喜爱，相反，她的爱是真挚而深沉的。

与此同时，这段时间里，我也变得萎靡不振、脾气暴躁、惆怅颓废，整天愁眉苦脸。无论我的父亲，路德维克神父和戴维斯夫人怎么关心我，问我是不是病了，到底怎么了，我都一概否认。他们的关心没有让我感到一丝丝慰藉，反倒成了我的心理负担。我终日在马背上度过，不是骑着马没有目的地瞎逛，就是在树林子里躲一天。再或者，驾着小船去芦苇荡中打发时间。时间过得很慢，我就像个行尸走肉，每天醒来不知道这一天要去哪儿，晚上合上眼，甚至在想明天这个时候，我会在哪儿躺着。有一天早晨我背着猎枪，带着猎犬，去森林里燃了堆篝火，然后就坐在那儿度过了一整天，晚上也在那儿过了夜。有时，我会和我家的牧羊人呆上大半天，他每天一个人放牧，因而性格总是有些狂野的。不过，他不只会放牧，他还是个江湖郎中，放牧闲暇的工夫，他就去采些草药，研究他们的特性和药效，常年如此。他也将我带入了这个充满迷信，讲究巫术的世界里。唉！有谁会相信，在这么多个无聊和痛苦的日子里，我是有些想念赛义姆的，想念这个带给我“痛苦生活”的人。

有一次，我去拜访了霍热尔的老米查。这位老人一听说我是特意去拜访的，高兴得张开双臂，紧紧拥抱我。不过，我是另有目的的，我想去看看画像上那个可怕的老米查的眼睛，就是那位曾在索别茨基时代担任过骑兵上校的老米查。当我看着他的眼睛，我会想起我自己的祖先们，他们的画像就挂在我家的客厅里，也是那样的严厉和冷酷无情。

受到这些眼神的影响，我的心情也变得莫名的激动。本该在这样一个孤独、宁静的夜晚，与大自然融为一体，能让我的心境达到一个绝对平静和豁达的状态，但现在却像中了一支毒箭似的，虽然箭被拔了出来，箭毒却深深地留在了我的身体里。我常常沉浸在一些不切实际的幻想中，这让我的心情变得更糟和更加捉摸不定。有时，我躺在树林某个偏僻的角落里，或是漂浮在湖面的小船上，我会想象自己是在哈尼娅的房间里，我跪在她的面前，热烈地吻着她的双手，她的腿和她的衣裙，用最亲昵的称呼呼唤着她。而她，会用她那可爱的双手抚摸着我的脸颊，对我说着：“亲爱的亨利克，你的苦难受够了，我实在不忍心看见你再这样下去，让我们忘记过去那些不愉快的事吧，就像忘记一场噩梦那样，然后重新开始！我爱你，亨利克！”但是，每每到这儿，梦就醒了，可怕的现实就在我睁眼的一刹那重新涌入我的心里。这灰暗的现实，让我仿佛从天堂跌入地狱，让我害怕，让我恐惧，让我感觉我将失去她了，永永远远地失去她了。

我变得越来越古怪了，总是躲着人，谁都不想见，甚至连我最亲爱的父亲，路德维克神父和戴维斯夫人都不想看见。他们都不能理解我的感受。连卡佐也让我感到反感，他总像小孩子一样的多嘴多舌。他的多管闲事，他那整天停不下来的笑声和没完没了的恶作剧，都让我厌烦透了。尽管如此，这些可爱的人们总是想方设法为我消愁解闷，暗地里为我的苦闷烦恼，他们不明白我到底为什么会这样。哈尼娅不知是出于猜测，还是别的什么原因，认为我已经无法自拔地爱上了罗拉·乌斯吉茨卡小姐，于是她也想尽一切办法来安慰我。但是现在，就连对她我的脾气也实在好不起来，害得她每次和我说话时都一副提心吊胆的模样。我的父亲对我一向严厉，现在也主动为我分忧了。他常常会刻意假装与我闲聊，一方面是想帮我转移注意力，另一方面，他也想弄明白，是什么让我精神状态这么萎靡。有一次，吃过午饭，我们来到院子里，他用试探的口吻问道：

“不知道你有没有注意到一件事，我很早就发现了，赛义姆是不是在哈尼娅身边转得太勤了？”

按照通常情况，我听到这话，会表现得心慌意乱，很紧张，就像大家常说的那样——被抓了个现行。可我当时偏偏是那样的镇定，就仿佛从未发生过一样，连哆嗦也不打一个，叫人一点也看不出我父亲的话对我有什么影响。我很平静地说：

“不，没有这回事的。”

我父亲干预这件事，让我心里很受伤。我觉得，这既然是我自己的事情，就该由我一个人去承担。

“你能保证吗？”父亲问道。

“我敢保证，因为赛义姆爱上了华沙的一个女学生！”

“要知道，你可是哈尼娅的保护人，你有责任照看好她。”

我知道，我父亲之所以提起这件事，是为了激发我的自尊心和责任感，让我把注意力从充满阴霾的坏情绪中转移出来，去做更有意义的事情。但我就像一只将死的困兽，在气息奄奄的时刻只有一两声愤怒的咆哮，对外界刺激已经丧失了反应能力。我低着头，冷淡而忧郁地答道：

“我算什么保护人？因为当时您不在家，老米科瓦伊才把哈尼娅托付给我，但我并不是真正的保护人，我也没有资格做保护人。”

我父亲皱起了眉头，他发现这个办法并不能使我打起精神，他只能另谋良策。很快他那灰白的胡子下面又露出了笑容，他转身对着我，半开玩笑地说道：

“这么说来，那是哈尼娅把你给迷住咯？哈哈，孩子，老实说吧，我们都看出来了，是不是这样？”

“哈尼娅？”我故作惊讶地说道，“怎么可能，一点儿也没有。这真是可笑！”

不得不承认，这也许是我这辈子撒过的最大的一次谎了，而我表现得竟如此的从容和真实。

“那就是罗拉·乌斯吉茨卡小姐咯，是不是？”

“对不起，父亲，我认为罗拉·乌斯吉茨卡小姐是个轻浮的姑娘！”

我父亲显得有些不耐烦了，他反问道：

“如果你谁都没有爱上，那你为什么像个打了败仗的士兵一样拖着脚走路呢？”

“我怎么知道，难道我非得爱上谁吗？我很好，什么事都没有！”

出于对我的关心，我父亲、路德维克神父和戴维斯夫人常常轮番地对我进行盘问，这让我越来越无法忍受，甚至连和他们呆在一间屋子都觉得难受。我的脾气变得越来越糟，一件不起眼儿的事情，就可以让我火冒三丈，大吵大闹。路德维克神父看到我身上这种专横性格的某些特征随着年龄增长越来越显现出来，便对我父亲意味深长地笑道：

“都是些好斗的公鸡！”

后来连我父亲都有些不耐烦了。于是我和父亲之间也不可避免地发生了一些不愉快的事情。有一次吃午饭，用餐时我们聊起了贵族和民主的话题。我激动地宣称，为了民主，我一百次地宁愿自己不是出身于贵族世家。我父亲立刻要求把我赶出房间，我们争执得很厉害，女人们都吓哭了。之后的两天，全家人都为此愁眉不展，气氛很压抑。

其实，我既不是什么贵族，也称不上民主派或是自由人士，我只是个失恋的可怜人。什么原则、信念、理论或是社会舆论，对我来说都毫无意义。如果我非得和别人争执什么，或者强调某种观点的优越性去反对另一种观点，那肯定是出于我的斗气心理，我需要找个出口释放我心中的闷气，既不是针对谁，也没有任何立场可言。同样的情况还发生在我和路德维克神父之间。有一次，我和神父讨论起宗教问题来，结果是，神父气愤得摔门而出。总而言之，我不仅把自己搞得一团糟，也把全家人弄得不得安宁。因此，当十天没有露面的赛义姆来到我家的时候，大家终于松了口气，心里就像是一块大石头终于落了地，因而对赛义姆也表现得比平时更加欢迎。

赛义姆来的时候，刚好我不在家，因为白天除了吃饭的时间，我都会骑着马去森林里打发时间。直到傍晚时分，我才回到家里。我直接将马骑到了院子里，马童赶忙上前把马牵了过去，并对我说道：

“少爷，霍热尔的少爷来了。”

就在这时，卡佐跑了过来，对我说了一样的话。

“我已经知道了。”我粗暴地打断了他的话，“赛义姆人在哪儿呢？”

“我猜他正和哈尼娅在一起，应该在花园里。我这就找他去！”

我们俩一道往花园走去，卡佐跑在前面，我慢慢地跟在后面，我故意表现出不急于去见这位客人的样子。我还没走到五十步，刚到林荫路的转弯处，就看见卡佐急忙掉头朝我跑来。卡佐是个出色的小丑和表演家，在离我还很远的地方，就开始做着各种鬼脸和搞怪的动作。他满脸通红，用手捂着嘴巴，一边想笑，一边又使劲憋着，想把这笑声压下去。他跑到我身边，对我说道：

“亨利克！你猜我看到什么了？嘿嘿，嘿嘿！噗！”

“你在搞什么鬼花样？快点告诉我！”我不满地叫道。

“哈哈！哈哈！我对天发誓，赛义姆正在凉亭里给哈尼娅下跪哩！我以耶稣基督的名义保证！”

我一只手死死地抓住他的肩膀，另一只手捂住他的嘴，说道：

“你给我闭嘴！留在这里，哪儿也不准去！还有你也不许对任何人吐露一个字，如果你希望我能活着回来的话，最好谁也别告诉。现在，我一个人过去，你在这儿守着。”

卡佐起初只是觉得这事情有趣可笑，可是当他看见我严肃的表情和可怕的脸色，立刻愣住了，他张大嘴巴看着我，一动不动。而我则像发了疯一般朝凉亭飞奔过去。

凉亭的周围长满了牵牛花，我匍匐在花丛中，像条蛇一样轻巧而又急速地爬着，直到凉亭的墙角下。这墙是用木条围成，我可以很清楚地看见他们的一举一动，听清他们说的话。尽管我一向对偷听的行为嗤之以鼻，但在当时看来，我觉得是非常正义，甚至是必须的。我轻轻拨开花瓣和树叶，偷窥着他们的一举一动。

“好像有人来了！”我听见哈尼娅听声说道。

“不会的，是树叶在响。”赛义姆答道。

这时，赛义姆已不再跪在哈尼娅面前，而是坐在她身旁的凳子上。她的脸色很白，紧闭着双眼，依偎在他的肩上。赛义姆一只手搂着她的腰，另一只手激动地紧紧抱住了她。

“我爱你！哈尼娅！我爱你！我爱你！”他激动地重复着。

他慢慢把头低了下来，靠向她的嘴唇。哈尼娅像是在抗拒，可他们的嘴唇还是靠上了，而且是紧紧地贴合在一起，相互用力吻着，持续了相当长的时间。啊！这对我来说，简直就是一整个世纪！

他们要说而尚未说出的一切，都包含在这个深深的吻里。羞耻之心使他们难以开口，所有的勇气也都表达在了这个吻中，再没有勇气能让他们继续交谈。四周一片死寂，只有他们急促而激动的呼吸声传入我的耳朵。

我双手紧紧握住凉亭的木条，这些木条几乎要在我的紧握下折断。我两眼发黑，顿时觉得天旋地转，脚下的大地也仿佛裂开一般，让我一下子坠入无尽的深渊。但是，无论如何，我也要听他们把剩下的话说完，即使拼了命也要去听。于是我极力克制住自己的情绪，张着干裂的嘴唇，大口呼吸着空气，耳朵紧贴在墙上。我倾听着，甚至默数着他们呼吸的次数。

沉默持续了很久，哈尼娅终于先开了口，她轻声说道：

“够了！够了！我都不敢看你的眼睛了，我害怕呆在这里。我们快走吧！”

她把头转向旁边，努力让自己挣脱他的怀抱。

“啊！哈尼娅！遇见你是我最大的幸福！我真的幸福极了！”赛义姆大叫道。

“我们赶紧离开这儿吧，会有人来的！”

赛义姆听到这话，立即跳了起来，两眼炯炯放光，激动得涨红了脸，他大声说道：

“那就让全世界的人都来吧！我就是爱你！我要当面告诉所有人！我不知道我们的感情从什么时候开始，我挣扎过，也痛苦过。以前我以为亨利克爱你，而你也爱他。可现在，我什么都可以不顾，你爱的是我，这才是决定你一辈子幸福的大问题！啊！我的哈尼娅！我最爱的哈尼娅！”

接着，又传来了接吻的声音。然后，便是哈尼娅用一种温柔的，又仿佛是虚弱的声音说道：

“我相信！我相信你！赛义姆先生！不过，我也有事情要告诉你。他们想把我送出国，到太太那边去。昨天戴维斯夫人曾向老爷提起这件事，因为戴维斯夫人认为我是亨利克先生这些天来反常现象的根源，他们认为他爱上了我。但是他到底有没有爱上我，我也不是很清楚。有时候，我也觉得他是爱上我的。但我不了解他，我害怕他。而且，我觉得他肯定会阻扰我们在一起，会想方设法来拆散我们，而我……”

她用刚好能听见的声音说道：

“我非常非常地爱你！”

“你听着，哈尼娅！这世上没有什么能把我们分开！如果亨利克不让我来见你，我就写信给你。我认识一个人，他一定可以把信送到你手中。我自己也会从湖那边骑马过来，你一定记得要在傍晚时分到花园里来。但是，你不要离开这里，如果他们要把你送走，我也会想尽一切办法阻止你离开。上帝在上，哈尼娅，请不要再说这样的话了，不然我会发疯的！啊！我的爱人，我最心爱的人啊！”

赛义姆紧握着她的双手，疯狂地吻着。突然，哈尼娅猛地从凳子上跳了起来。

“我听见有人来了！”她惊恐地叫着。

尽管没有人来，但他们还是离开了凉亭。夕阳的余晖把金黄色的光芒洒在他们身上，但我却觉得这阳光像血一样红。我拖着双腿，步履蹒跚地往家走，在林荫道的转角处，我看到了一直守在那里的卡佐。

“他们走了，我刚刚看见。告诉我，现在该做什么！”他轻声对我说道。

“朝他脑袋开枪！”我愤怒地握紧拳头，乱捶着，眼神像火一样在燃烧。

卡佐的脸涨得通红，眼睛里仿佛有光芒在闪动。

“好！”他斩钉截铁地答道，转身要走。

“站住！别犯傻了！你什么都不用做，什么也别管。你不能卷进这件事里来。你只需要以你的名义发誓，今天看到的事情，一个字都不会说出去。剩下的事情交给我来办。如果需要你帮忙，我会告诉你，但是你一个字都不能和别人提起。”

“放心！就是杀了我，我也不会说出一个字！”

我们沉默地走了一段路。卡佐似乎已经意识到这件事的严重性，心里怦怦乱跳，突然他神情严肃地看着我，紧张地问道：

“亨利克！”

“什么事？”

虽然周围没有人，我们还是尽量压低了声音说话。

“你会和赛义姆决斗吗？”

“我不知道，也许吧！”

卡佐停下脚步，用力搂住我的脖子。

“亨利克，我亲爱的！我心爱的、唯一的哥哥，如果你想要和他决斗，那就让我替你去吧！我已经能够对付他了，你就让我去吧，让我去吧！亨利克，让我去吧！”

我知道，卡佐只不过在向往一种骑士精神。但我没有什么时候像现在一样感觉他真是我的亲兄弟。我也把他紧紧搂在怀里，说道：

“卡佐！我现在什么也不知道。再说，他可能也不会接受你的挑战。我不知道，不知道，我现在乱得很，我还是先把整件事搞清楚吧。你赶紧去吩咐用人给我备匹马，我要比他早些离开，这样可以在路上截住他，问个明白。我要你现在去看着他们，但不要让他们察觉你已经知道他们的事情。赶紧去吩咐给我备马吧。”

“那你要不要带武器去？”

“呸，卡佐！他身上也没有武器，我不能做这种事。我只是去找他谈谈，你放心好了。快去马厩吧！”

卡佐听从了我的吩咐，立刻跑去了。我也慢慢往家里走去。我像是被人从背后猛地砸了一闷棍，拖着脚步，有种找不到方向的感觉。说句实话，我真不知道现在该怎么办，也不知道如何是好，我只想找个没人的地方大吼几声。

在还没有完全确信我已经失去哈尼娅之前，我一直希望得到肯定的答案，那样至少可以让我的心安定下来。然而，当不幸现在真的降临到我身边时，我发现我一样不能接受这样的结果。不幸长着一张死神的面孔，冷若冰霜地直视着我的内心。此时，一种新的不安又在我心里萌发了，这并不是对不幸本身的不确定，而要比它糟糕一百倍，是一种束手无策，甚至是坐以待毙的不安。这种不安让我在与不幸作斗争时，犹豫而无助。

苦涩与悲愤交杂在我心里。我就像在全世界面前受到了羞辱一样，内心在颤抖着怒吼、咆哮。过去我常常会想，为了哈尼娅的幸福，就放手吧。如果我是真的爱她，我首先要为她的幸福着想，牺牲自己以成全她的幸福。而现在，这些声音全消失了。我就像只任人践踏的甲虫，早已被世界忘记，可怜得只剩下身上的毒刺。我听任不幸肆意追逐着我，就像一群恶犬追逐着一只受伤的狼，狼受尽了凌辱，被逼得走投无路，决定即使用光最后一丝力气，也要为了尊严反扑。我的内心重新燃烧起一团火焰，它的名字叫“复仇”，它正慢慢在我体内积蓄着力量。我开始感到，我对赛义姆和哈尼娅是有那么一种仇恨了。我暗暗在想，既然我得不到哈尼娅，那我也不能让他们得到幸福，就算让我失去生命，失去我在世上拥有的一切，我也在所不惜。我就像个罪孽深重的人紧紧抓住十字架那样紧紧抓住这个思想，它让我重新找到活下去的理由。我前方的地平线又清晰可见了。我深深地呼吸着，深深地、自由自在地呼吸着，那是一种痛快的轻松感，我知道没有哪个时刻我会像现在一样坦然和释怀。烦躁的世界重新变得可爱，就像它本来的面目一样，这都是因为，我已经找到所有不愉快的罪魁祸首：赛义姆和哈尼娅。当我回到家里后，我重新变得神态冷静、镇定自若。大厅里坐着戴维斯夫人、路德维克神父、赛义姆、哈尼娅和卡佐。卡佐刚从马厩回来，这会儿一步不离地跟着他们。

“给我的马准备好了吗？”我问卡佐。

“准备好了。”

“你可以送送我吗？”赛义姆插了一句。

“好。我正打算到草堆去，看看有没有什么损失，马的饲料够不够。卡佐，把你的位置让给我。”

卡佐让出了位置，于是我挨着哈尼娅和赛义姆坐在窗边的一张木椅上。我不由想起很久之前，就在老米科瓦伊过世之后，我们也是这样坐在一起。如果我没有记错，那时候，赛义姆讲的是苏丹王哈龙和仙女拉拉的故事，而哭得伤心的小哈尼娅，没等听完就把自己的金发小脑袋靠在我胸前，昏睡了过去。今天，同样是那个金发的哈尼娅，却借着大厅暗淡的光线，偷偷握着赛义姆的手。除此之外，曾经欢乐的友谊将我们三个人紧紧联系在一起，而现在我们就要为爱与恨展开一场殊死的搏斗。不过，表面看来，一切还是相当地平静，事情只在暗地里发酵。瞧啊，这一对恋人相对而笑，眼神里交换着甜蜜幸福，而我看到这些，也是打心底里快活，但是谁也不知道，这是一种怎样的快活。

过了会儿，戴维斯夫人邀请赛义姆为大家弹奏一曲。于是，赛义姆站起身，在钢琴面前坐下来，开始弹奏起肖邦的玛祖卡舞曲。只剩下我和哈尼娅坐在长椅上了。我看到哈尼娅像欣赏彩虹一样注视着赛义姆，神情陶醉得就像是插上了翅膀，翱翔在赛义姆的音乐天地里。我决定把她拉回现实中来。

“啊哈！哈尼娅，我说这个赛义姆真是多才多艺，歌唱得好，也弹得一手好钢琴。”我冲她说道。

“啊！还真是的呢！”她答道。

“而且，你瞧，他长得多么漂亮，你现在好好看看他。”

哈尼娅顺着我眼神的方向看了过去。赛义姆坐在黑暗中，只有头部被夕阳的余晖照亮着。借着这缕光线，能看到，他两眼闭目向上，看上去像是个充满灵感的钢琴家。他此刻沉醉在自己的钢琴声中。

“他真美，是不是，哈尼娅？”我又问了一遍。

“你很爱他吗？”

“我爱不爱他无关紧要，重要的是女人们都是很爱他的。啊！那个叫约佳的女学生是多么爱他啊！”

哈尼娅快乐的眉宇间露出了不安的神色。

“那他呢？”她问道。

“啊！这可真把我给难住了。说实在的，我也不知道。他嘛，今天爱这个，明天又爱那个，从来没有长久地爱过一个女人。毕竟这是他的本性。如果他什么时候说他爱你（说到这里，我故意加重了语气），你可千万不要相信。他想要的只是你的吻，而不是你的心。你明白吗？”

“亨利克先生！”

“这可是真的。哎，算了，你不想听，就当我多嘴好了。这跟你没有什么关系，像你这样温文尔雅的好姑娘，是不会随随便便让外人来吻你的。是不是，哈尼娅？我觉得，就算谁有这样的想法，那也是对你的冒犯，因为你绝对不会允许这样的事情发生的，决不会的！”

哈尼娅站起身想离开。我一把抓住她的手，试图强迫她留下来。我努力装得心平气和，但是愤怒使我喘不过气来，像是被什么东西掐住了喉咙。我觉得我快要不能控制住自己了。

“回答我！否则我不会放你走的！”我一再压制快要爆发的愤怒，鼻子里却喘着粗气。

“亨利克先生！你想干什么呀！你都在说些什么！”

“哼哼！我说什么？我说什么？我说……我说你不要脸！”我咬牙切齿地低声吼道。

哈尼娅两腿一软，失去了重心，不由自主地倒在长椅上。我看着她，她的脸色惨白得像夏布一样。但是，我对这个可怜的孩子已经毫无怜悯之心。我以胜利者的姿态紧握她的手，揉搓着她的小拇指，继续说道：

“你听着，我曾经是那样深深地爱慕你，甚至超过世上的一切！”

“亨利克先生！”

“你闭嘴！给我听着！但是我已经听见，也什么都看见了！你是个不要脸的人，你和他都不要脸！”

“我的上帝啊！”

“你别装可怜了，你这个不要脸的！我连你的衣裙边都不敢碰，怕玷污了你圣洁的灵魂，可他却吻了你的嘴，而你还紧紧地抱住他！哈尼娅，我告诉你！我真的很鄙视你，厌恶你，憎恨你！”

我把拳头攥得紧紧的，我想咒骂这个世界，咒骂这两个肮脏的人。我要咆哮，要怒吼，好多好多话连同怒火已经憋到了喉咙口，使我只能急促地呼吸着。我的脸涨得通红，一直红到了脖子，脖子上的青筋也一根根怒张了出来。我简直要疯了。

过了会儿，我又说道：

“哼哼，你猜对了，我就是要拆散你们！就算赔上我自己的性命也在所不惜。只要能拆散你们，哪怕先杀死你和他，然后我再自杀，我也一定会做到。我告诉你，我刚才说的都不是真话，他是爱你的，他也不会抛弃你，但是我一定会拆散你们！”

“你们在聊什么呢，争得这么起劲?”坐在大厅另一端的戴维斯夫人突然问道。

有那么一瞬间，我真想站起来，大声把一切都说出来。但是，复仇的心理让我立刻打消了这个念头，我又故作平静，用略带开玩笑的口吻说道：

“我们在讨论花园里哪座凉亭最漂亮，是玫瑰花凉亭呢，还是忽布树凉亭？”

赛义姆突然停了下来，若有所思地对着我们的方向，然后饶有兴致地说道：

“唔……我认为，还是忽布树凉亭更别致，比其他所有凉亭都要好看。”

“哈！赛义姆，你的品味真不错。不过哈尼娅小姐倒不这么认为呢。”我回答道。

“是这样吗，哈尼娅小姐？”

“是的。”哈尼娅轻声回答说。

但是，这样的谈话，我恐怕连一分钟也坚持不了了。一片红色在我眼前晃动着若隐若现。我来不及和任何人打招呼，立即跳起来，飞奔过几个房间，来到了餐厅。我拿起桌上一只盛水的长颈玻璃瓶，把水从头上浇了下去。后来自己也不知道为什么就把瓶子给摔在地上，碎成了几百个碎片。而后我又跑到了门廊那边。

我和赛义姆的马都已经备好马鞍在台阶前面等候了。我回到自己房间，把身上的水擦干，之后又来到了客厅。大厅里，只有路德维克神父和赛义姆两个人，表情看上去很惊慌。

“发生什么事了？”我问道。

“哈尼娅刚才昏过去了。”

“什么？”我很惊讶，抓着神父的胳膊大叫道，“这到底怎么回事？”

“你刚出去不久，她就放声大哭起来，可能是悲伤过度吧，然后就昏了过去。戴维斯夫人已经带她到自己的房间了。”

我听到这话，立马朝戴维斯夫人房间冲了过去。哈尼娅的确大哭过，眼角的泪痕还没完全擦干，也曾昏厥过，不过现在已经恢复过来，戴维斯夫人正在她的旁边照看她。我一看见她，便忘了一切。我不顾戴维斯夫人还在场，像疯子一样，跪在她的床边，焦急地问道：

“哈尼娅，我亲爱的！我心爱的人！你这是怎么啦？”

“没什么，我已经好了！”她用微弱的声音回答道，朝我勉强微笑了一下。“真的好了，已经没事了。”

我在她床前又坐了一刻钟，亲吻了她的手，便回到了客厅。我的情绪一直在欺骗我，其实我并不恨她。当我听说她昏倒时，刹那间涌上心头的担心和着急才是我内心最真实的语言。我感到从来没有一个时刻，我会像现在这样爱她，我好想就这样一直坐在她的身边。但是，当我在大厅一见到赛义姆，我真是有股想要掐死他的冲动，如果不是因为神父就在旁边，我至少会头也不回地从他身边走过去。啊！我真正恨的人是他，是他啊！上帝知道，我是真正打心底里恨他！他和神父朝我走来。

“哈尼娅她怎么样了？”

“已经好了！”

我转向赛义姆，慢慢凑近他的耳边小声说道：

“你回去吧，我不想在这里见到你。明天我们在森林边上的小山丘会面，我要和你谈谈。我们的关系必须就此中断。”

“你这是什么意思？”赛义姆顿时血气涌上脸来。

“明天再说，我今天什么都不想说。你回去吧。明早六点。”

我一说完，便回到了戴维斯夫人的房间。赛义姆跟在我后面走了几步，最后停在了门口。几分钟之后，我从窗口看见他骑马离开了我家。

我在哈尼娅隔壁的房间坐了一个多小时。我没有去她的房间，因为她哭得精疲力尽，已经睡着了，而且睡眠很浅，稍有动静就会被惊醒。戴维斯夫人和路德维克神父一起到我父亲那里去商量事情了，只剩我一个人坐在那里，直到吃晚饭的时候。

吃晚饭的时候，我看见我父亲、路德维克神父和戴维斯夫人的神情既严肃又神秘，这使我感到惶恐不安，我害怕他们是不是猜到了什么。而且，这是完全有可能的，毕竟今天在我们这群年轻人之间发生了一些很不自然的事情，我想换作任何人都会觉得奇怪。

父亲先开口了，他并没有提及我所担心的事情，但这让我更加觉得不安，因为他总是喜欢旁敲侧击我的想法，在闲聊中打探虚实。

“我今天收到了你母亲的来信。”父亲对我说道。

“妈妈她身体好吗？”

“很好。不过，她很担心家里的情况，她想早些回来，但是我没有同意，她必须在那里多疗养两个月。”

“妈妈有什么不放心的呢？”

“难道你不知道，村子里现在流行天花？我真是考虑不周，竟把这消息告诉她了。”

老实说，村里流行天花这件事，我真是一点也不知道。也许什么时候我听别人说过，但我没有当回事，早就忘记了。

“父亲，你不去看看妈妈吗？”我问道。

“再等等吧，这事以后再说！”

“我们亲爱的夫人已经出国快一年了吧？”路德维克神父接过话茬说道。

“为了她的身体，只能这样。等到冬天她就可以回来了。她在信里说，她的身体好多了，只是时常挂念我们，不放心家里。”我父亲回答道。然后，他又转向我，继续说道：

“吃过晚饭，你到我房间来，我有话要和你说。”

“好的，爸爸！”

我站起身，和大家一起来到哈尼娅的房间。她已经全好了，看到大家进来她便想下床，但被我父亲阻止了。晚上十点钟，一辆马车来到我家门前。这是斯坦尼斯瓦夫医生，他一下午都在农民家里看病。他为哈尼娅做了全面仔细的检查，说她没有生病，只需要注意休息和进行适当活动。他要求哈尼娅这段时间停止学习，最好多参加一些娱乐活动，这样可以使身心得到充分的放松。

父亲询问他，是把我的两个妹妹送到别的地方去，等瘟疫过了再回来，还是留在家里好。斯坦尼斯瓦夫医生安慰他说其实没什么危险，不用过于担心，他本人愿意亲自写信给我母亲，让她安心。之后他便打算回去休息了，忙了一整天，他累得实在支撑不住了。这时候已经很晚了，出于礼貌，我父亲便将他挽留了下来。我提着烛灯，把他送到我的卧室，今晚他和我睡在一起。其实我自己也早就想躺下休息，因为这一天的种种经历把我折腾得着实有些精疲力竭。然而，就在这时弗兰奇什克走了进来，说道：

“少爷，老爷请你过去一下！”

我想起晚饭时候父亲的嘱咐，立即过去见他。父亲正坐在他的书桌旁，桌上放着母亲的来信。路德维克神父和戴维斯夫人也都在那里。我心里顿时产生一种不祥的感觉，此刻我就像一个站在法庭前等待审判的犯人，内心充满着惊悸与惶恐。我几乎可以断定，他们是为了哈尼娅的事情，或者说是我们三个年轻人之间所发生的不自然的事情，将我找来谈话的。

我父亲和我谈起一些重要的事情。他说，为了让我母亲放心，他已经决定把我的两个妹妹和戴维斯夫人送去我在科伯强的叔叔家里。这样一来，哈尼娅就得单独和我们在一起了，但是父亲不想让一个女孩子留在家里。同时，他也知道在我们这些年轻人中间的确发生了一些事情，出于对我们的尊重和信任，他不打算追问，但也不代表这是对我们的肯定。不过，他希望哈尼娅的离开可以让我们之间的事情不了了之。

说到这里，他们都用询问的眼光看着我。他们本以为我会激烈地反对，或是露出苦恼的神色，至少可以从我脸上观察出一些蛛丝马迹。但令他们惊讶的是，我非但没有对哈尼娅的离开表示反对，反而非常赞同父亲的做法。当然，我是有自己的考虑的。事已至此，让哈尼娅离开就等于中断了她与赛义姆的一切联系，这无疑是父亲在帮我完成我的复仇计划。而且，在我心里还有一丝微弱的希望，那就是：把哈尼娅送往我母亲那里的只能是我，而不会是任何其他人。因为我知道，收割在即，父亲是不能离开的。我也知道路德维克神父从没有去过国外，这样一来，便只有我能担当此任了。然而，这样的希望瞬间就被打破了。我父亲说，再过两天乌斯吉茨卡夫人就要到国外的海滨去，她很乐意顺道把哈尼娅带过去，送往我母亲那里。也就是说，后天晚上，哈尼娅应该就要离开了。这个结果不禁让我感到一丝怅然。但毕竟她不会再和赛义姆在一起，这才是最让我满意的地方。即使我不能亲自陪送她，我也不愿意她留在这里。一想到明天我就要把这个结果告诉赛义姆，看看他会有什么反应和行动，我就感到十分的痛快。

第十章

第二天早上六点钟，我来到小山丘，赛义姆已经等候在那里了。当我驱马向他走去的时候，我在心里暗暗告诉自己过会儿一定要镇定自若。

“你想和我说什么?”赛义姆开门见山地问道。

“我要告诉你，你们之间的事情，我全知道了。你爱哈尼娅，她也爱你。但是，赛义姆！你这是在骗取哈尼娅的感情，你的行为是可耻的，这是我要对你说的第一句话!”

赛义姆脸色煞白，突然暴跳起来，骑着马就向我冲过来。我们的马差点儿撞在了一起。他向我吼道：

“你凭什么这么说！说话给我注意点!”

“凭什么？就凭你是回教徒，而她是基督教徒，你们不可能结婚。”

“我可以改信基督教!”

“你父亲决不会同意你这样做的!”

“啊! 他会的!”

“哼哼! 除此之外,即使你改信了宗教,无论是我,或是我父亲,都不会把哈尼娅给你,现在不会,以后不会,永远都不会! 你明白吗? 你就死了这条心吧!”

赛义姆身体微微前倾,朝着我一字一句地、把每个音节都咬得很重地说到:

“我希望你可以明白,我是决不会去求你们的!”

我依然很镇静,暂时还不打算把哈尼娅要离开的消息告诉他。我觉得这样的消息只有作为今天谈话的结束语才最能显示出分量。

“她不仅不会成为你的人。而且你将再也见不到她了。”我用同样的语调,冷冰冰地回答说,“我知道你会给她写信,不过我在这提醒你一句,你的这一切举动都会在我的严密监视下。如果有谁敢帮你给她送信,即使是头一次抓住,我也会把他狠狠鞭打一顿。你自己也不能再到我家去。我家不欢迎你,我禁止你再来!”

“好啊! 我现在总算认清你了,亨利克! 咱们走着瞧!”他气冲冲地说道,“现在轮到我说了。我要告诉你,不是我,而是你的行为可耻! 我问过你,你爱不爱她,你说没有! 念在多年好朋友的份上,我本打算及时退出,但你拒绝了我的自我牺牲。这到底是谁的过错! 你自己口口声声说你不爱她,其实是你在撒谎! 为了你可怜的自尊心,为了你可笑的骄傲,你羞于承认自己爱她,你不敢正视这件事! 你是偷偷摸摸地爱,而我是正大光明地爱! 你总在暗地里,而我是大胆和坦诚地向她表示我的爱! 你在破坏她应有的幸福,而我努力给她最好的幸福,这又是谁的错?! 我原本可以退出来,就是因为你的虚伪,上帝可以作证! 我本可以退出来,但是现在为时太晚,哈尼娅现在深爱着我,而我也爱她! 亨利克！我告诉你，你也给我好好听着我对你说的话！你可以禁止我去你家，也可以没收我的信，但是我对你们发誓，我向上天发誓，我，赛义姆是绝不会放弃哈尼娅的！我忘不了她，我要永远爱她，哪怕走到天涯海角，我也要找到她，我要和她在一起。我的行为是光明磊落的，是诚实的！我爱她，胜过这世上的一切，她是我的全部生命，没有她，我就活不下去。你放心，我不会给你的家庭带来麻烦。但是，有一点你给我记住了！我不想看到什么可怕的事情发生，但我已经做好一切准备，如果哈尼娅受到一丝一毫虐待的话！”

赛义姆几乎是用疯狂的怒吼朝我讲完了刚才的话。他说得很急，脸色苍白，嘴唇像要裂开一般。炙热的爱情攫住了这个火热的东方少年的心灵，如同火焰一样的光芒和热量从他身上喷射出来。但我对此毫不在乎，仍然冷静而淡漠地说道：

“我来这里不是想听你讲这些，你的威胁对我也不会起任何作用。但我还是要郑重告诉你一次，哈尼娅永远都不会是你的！”

“亨利克，你再听我说一次。”赛义姆的神情很复杂，愤怒、无奈、焦急和害怕全写在脸上。“我很爱哈尼娅，爱得有多深已经无法用言语形容，而你也不想了解。我要向你声明的是，尽管我这样爱她，但我尊重她，只要她是爱你的，我就会永远放弃她。亨利克，我们都得为她着想啊！你一向是个心胸宽广的人，所以，请你也能为她着想，放弃她吧！以后不管你对我提出什么要求，哪怕是要我的性命，我也会答应你的。亨利克！这可事关哈尼娅，事关她的幸福啊！你可得记住了！”

他俯身过来，向我张开双臂。我勒马后退。

“哈尼娅以后由我和我父亲负责照顾，我们已经为她安排得妥妥当当的。另外，我要很荣幸地通知你，哈尼娅后天就要出国，你再也不可能见到她了。再见！”

我立刻掉转马头，扬鞭向家里奔去，再也没有向后看一眼。

“既然这样，那咱们走着瞧！”赛义姆在我身后远远地喊道。

哈尼娅离开的前两天，家里的气氛一直很沉闷。自从我和父亲的那次谈话之后的第二天，戴维斯夫人和我的两个妹妹就去了我叔叔那里。家里只剩下我父亲、路德维克神父、卡佐、哈尼娅和我。这个可怜的姑娘已经知道自己将要离开这里，这让她很绝望。她试图从我这儿得到救援，恳求我能给予她最后的帮助。我猜到了她的意图，所以尽力避免自己有任何与她单独相处的机会。我清楚地知道，只要一看到她掉泪，她就能从我这儿要走她想要的一切，我什么也不会拒绝她，所以我只能回避她的眼神。每当她望着我或我的父亲时，她的眼睛就像在诉说着委屈和哀求，这让我无法忍受。

不过，话说回来，就算我愿意为她去向父亲说情，我知道那也是无济于事的。因为一旦我父亲决定了什么事情，就再也无法改变了。除此之外，我和哈尼娅离得远远的也因为心里的内疚。我和赛义姆最后的那次谈话，我近来的冷漠态度，以及我所做的全部事情，包括我不接近她却远远监视她的行为，都让我觉得自己有愧于她。不过，我是有理由监视她的。我知道赛义姆就像只野禽那样，成天在我们家周围转来转去。就在我和他谈话的第二天，我发现哈尼娅慌慌张张地藏起一张纸条。毫无疑问，这不是他的来信，就是她写给他的信。我猜想他们应该还偷偷见过面，尽管我一直也在监视着赛义姆，但还没有机会抓住他。

两天的时间很快就过去了。哈尼娅晚上就要到乌斯吉查了。那天下午，我父亲带着卡佐去集市上买马，因为卡佐告诉父亲他可以当场帮他试马。家里便只剩下我和路德维克神父陪着哈尼娅。我注意到，随着出发的时刻越来越近，哈尼娅表现出一种奇怪的不安。她开始神情恍惚，浑身发抖，有时就像是受到惊吓似的畏缩成一团。

太阳终于要落山了。一轮橘红色的圆盘陷入翻腾的云朵，云朵被抹上了黄色的染料。渐渐地，云朵越来越厚，天色也突然暗了下来，似乎一场暴风雨就要到来。果然，西边的天空中传来沉闷的雷鸣声，像是野兽正躲在云层后面怒吼。空气里充满了沉闷与燥热。小鸟都回到了屋檐下或是大树上，偶尔有几只燕子还在半空中来回飞翔。刚刚还沙沙作响的树叶都停下了摆动，有气无力地挂在那里。庄园里响起了从田里耕作回来的牲口的哞叫声。不安和压抑笼罩着整个大自然。路德维克神父吩咐用人们关好窗户。我站起身，看了看外面的天色，大约真的要来暴风雨了，我思忖着，朝马厩走去。我打算在暴风雨到来之前把哈尼娅送到乌斯吉查。当我离开房间的时候，哈尼娅也站起身来。我转身看了她一眼，她脸上一阵红，一阵白，又坐了下去，嘴里说着，“我真要闷死了，闷死了！”她坐在窗前，用手帕扇着风，身上的不安和焦躁越发显得奇怪了。

“还是再等等吧，”路德维克神父说道，“过不了半小时，暴风雨就会来的！”

“有半个小时，我们就能到达乌斯吉查了。”我回答说，“光是看这天色，谁也不能肯定这是不是一种虚惊哩！”说完，我便跑进了马厩。

有一匹马已经给我备好了马鞍。可是像往常一样，他们在准备马车时总是拖拖拉拉，大约过了半个小时，车夫才把马车赶到大门口。我骑马跟在马车后面。眼看着暴风雨随时会到来，我不想再耽搁一秒钟。哈尼娅的行李已经搬了出来，放在了车上。路德维克神父穿着一件白色的麻布外套，在门口等候着，手上还提着一把白色的伞。

“哈尼娅准备好了吗？快叫她出来吧！”我向神父说道。

“准备好了！她已经在小教堂祷告很久了。”

我跑到了小教堂，哈尼娅不在那里。我又从小教堂跑到餐厅，从餐厅到客厅，她都不在，到处找不见她人。

“哈尼娅！哈尼娅！”我开始大声喊了起来。

依旧没有半点应答。

我有些着急了，以为她又病了。我赶忙跑到她的卧室，房间里只有老温格洛夫斯卡坐在那里抽泣。

“是不是到了该和哈尼娅小姐告别的时候了？”她问道。

“小姐在哪儿？”我焦急地问道。

“小姐到花园去了。”

我赶紧跑进了花园。

“哈尼娅！哈尼娅！”

一片寂静。

“哈尼娅！赶紧上车了！”

仍然听不到回应。只有树叶在发出不安的响声。接着，天上开始落下斗大的雨点。而后又是一片寂静。

“到底怎么回事？”我问自己，担心和恐惧笼罩在我心里。

“哈尼娅！哈尼娅！你到底在哪儿啊！”

有那么一刹那，我仿佛听见从花园的另一端传来的回答声。我松了口气，“啊，我真是个傻瓜！明明她就在那里！”我心里想到，朝那个方向奔了过去。

然而，仍然一个人影也没有找到。

花园的这一边是一道篱墙，墙外是一条小路，通往草地中间的羊圈。我爬上墙头，朝小路的两边望去。路上空无一人，只有庄园里的牧童伊格纳兹在篱笆墙下面的水沟里放鹅。

“伊格纳兹！”

伊格纳兹朝我这边跑来，脱下帽子，行了个礼。

“你看见哈尼娅小姐没有？”

“是的，少爷！她刚刚坐车从这里经过。”

“什么？你看见她去哪儿了吗？”伊格纳兹的回答让我很是惊讶和疑惑。

“朝树林那边去了。她是和霍热尔的少爷一道坐车走的。他们把车赶得快极了！”

我的上帝！耶稣！玛利亚！哈尼娅竟然和赛义姆私奔了！

起初，我一下子懵了。然而，当哈尼娅这几天来种种可疑的迹象在我脑海里闪现，她的慌张，她的坐立不安，和她手里攥着的那封信，都让我相信，他们是事先安排好的。赛义姆给她写过信，而且还和她见面了。他们挑选了在我们准备动身的时候逃走，因为他们知道，这时候大家都在忙着，没有人刻意看着她。噢！我的上帝！耶稣玛利亚！我感到我浑身都在冒冷汗，不知不觉，我已走到了家门口。

“牵马来！快！给我牵马来！”我用可怕的声音喊道。

“出什么事了？出什么事了？哈尼娅呢？”路德维克神父大声问道。

回答他的是一声巨雷在半空中轰响。我催马疾驰，风在我耳边忽忽而过。我冲进了菩提树的林荫路，策马朝他们逃走的方向飞奔过去。他们刚走不久，地上的车轮印还清晰可见。但在这时候，暴风雨来临了，天空一片昏暗。一道道耀眼的闪电划破重重乌云，整个天空仿佛变成了一片火海，而后猛然又是一阵昏沉的黑暗。雨水从四面八方倾泻下来，路旁的树木痉挛地扭曲着，跟着狂风肆意地摆动。我用马鞭疯狂地抽打着马，它已经痛得喘息、呻吟起来，而我也被愤怒折磨得喘不上气来。我把身体伏在马背上，仔细寻找着马车驶过的痕迹，很快就跑进了森林。

暴风雨越来越猛烈了，仿佛天空和大地都在颤抖。森林就像是麦田里的稻穗，黑色的树枝在狂风中起伏不停地摇摆着。雷声在黑压压的松树间回荡。雷电的轰鸣，树叶的沙沙声，以及树枝折断的咔嚓声，所有这一切交织成一首最可怕的交响曲。地上已经看不清车轮的痕迹，但我仍像疯子一样向前狂奔。直到出了森林，借着闪电的亮光，我才又重新辨认出地上的痕迹。无论是天气，还是事情本身，都没有丝毫转好的迹象。更令我不得不担心的是，我的马呼吸更困难了，奔跑的速度也慢慢降下来，尽管我还是拼命挥舞着马鞭，但似乎无济于事。在这森林外面，是一大片沙地，我本可以从它旁边绕过去，但我断定赛义姆也一定是从这里穿过去的，因为那样会使他的逃跑缓慢下来。

"啊！上帝啊！救救我吧！让我快点追上他们吧！如果你愿意，即使拿我的生命交换也可以！"我抬头朝天空绝望地呐喊。也许是我的虔诚感动了上帝，就在刹那间，一道红色的闪电从天空直插入地面，借着它的光芒，我看见了前方正在奔跑的马车，它离我大概有半俄里的距离。虽然我还不能辨清他们的面孔，但我相信一定就是他们。因为这天昏地暗，大雨滂沱的天气，他们行驶得也不算快，再加上哈尼娅正坐在后面的马车里，赛义姆只能小心翼翼地前进。这让我感受到了希望，眼看着我就要追上去了，他们显然是无法逃脱了。于是我愤怒而又欣喜地大吼了一声。

赛义姆回头看见了我，也大喊了一声，随即扬起马鞭用力抽打那两匹受惊的马。借着闪电的亮光，哈尼娅也认出了我。我看见她绝望地紧抓住赛义姆，而他又对她说了些什么。一分钟后，我已经离他们这么近，连赛义姆说话的声音都可以听得一清二楚。

"你不要靠近，我身上有枪！不然，我要开枪了！"他在黑暗中向我喊道。

但我什么都不在乎，离他们原来越近了。

"你别再靠近了！我要开枪了！"赛义姆继续朝我喊道。

我离他们只有十五步远了。但这时路又突然变得好走了，赛义姆继续挥鞭催马飞奔，不一会儿，我们之间的距离又拉大了。我不甘示弱，依旧拼命向他们靠近，距离眼看着在缩短。这时候，赛义姆转身，把手枪对着我在瞄准，他看上去怒气冲冲，但是动作依旧很沉稳。我没有害怕，心里算计着机会抓住他的马车，跳过去。机会要来了，再有几步的距离，我就能抓住马车了。突然，“呯”的一声枪响，我的马一个趔趄，跟着又跳了几下，前腿便跪在了地上。我试图把它拉起来，它又一屁股坐下了，大口喘着粗气，和我一起倒在了地上。

我立即跳了起来，拼命朝马车追赶着，但这不过是瞎跑一气罢了。马车很轻易地把我甩在了后面，越来越远，越来越远。直到闪电再次划开乌云时，我才又一次看见它。最终马车连同我最后的希望一起消失在了远方的黑暗里。我试图大声呼喊，但喊不出声。我气喘吁吁地走着，直到车轮的辚辚声也越来越弱，再也听不见。最后，我被石头绊倒在了地上。

过了会儿，我重新站了起来。

“他们走了…走了！他们再也不会回来了！消失得无影无踪！”我大声地反复对自己说。我也不知道我是怎么回事，我感到浑身乏力，好像丢了魂儿一样，就像个行尸走肉。在这样一个暴风雨的天气里，在这茫茫黑夜中，我只能独自回去，得不到任何帮助，那么孤单。更令人痛苦的是，这个恶魔赛义姆竟然战胜了我！啊！若是卡佐没有跟着我父亲去集市，如果是我们两个一起去追赶他们，那该有多好。可是现在呢？

“怎么办？怎么办？我究竟该怎么办！”我发疯似的叫喊着。只有这样让我听见自己的声音才不至于那么孤单。我感到连风也在嘲笑我，它在怒吼，在狂笑，在说着：“瞧！你只能坐在路上，没有马，你追不上她。你只能看着你的心上人和他远走高飞了！”我又回去找我的马。从它的鼻孔里涌出的鲜血已经开始凝结，发黑。虽然它还活着，却已经奄奄一息。它把它那失去光彩的眼睛转向我。我跪在它旁边，抚摸着它的脑袋，把头靠在它身上，我感觉自己也快要死了。风还在呼啸，还在叫喊着：“你的心上人和他远走高飞了！”有时候，我觉得我又听见了那可怖的车轮声，仿佛它刚从我眼前逃走，驶向黑暗的远方，把我的幸福也一起带走了。

风继续肆虐地刮着，嘲笑着我的悲痛："你的心上人和他远走高飞了！"渐渐地我便失去了知觉。

我不知道我昏迷了多久，等我醒来的时候暴风雨已经停了。一片片白云轻柔地飘过天空，月夜明朗，田野上升腾起湿润的雾气。身边僵硬的死马让我回想起刚刚发生的一切。我环顾四周，想辨认出自己的位置。在右前方，我看见有灯光透过窗户闪烁着，我急忙朝那里跑去。原来，我就在乌斯吉查的村口。

我决定要去见见乌斯吉茨基先生。在这里要见到他很容易，因为乌斯吉茨基先生不住在大院里，而是单独住在庄园旁边的一间小房里，这是他工作和休息的地方。他的窗口还亮着灯，于是我轻轻敲了敲门。

乌斯吉茨基先生亲自给我打开门，见到我，他的表情一下子愣住了。

"笑话！亨利克！看看你变成什么样子了！"

"我的马在乌斯吉查附近被雷给劈死了。我没有别的办法，只有到您这儿来了。"

"我的上帝啊！亨利克，你全身都湿透了，会着凉的。笑话！现在也很晚了。我让他们给你拿点吃的穿的来！"

"不，不，我马上就得回去！"

"是吗，这么着急？哈尼娅怎么没和你一块儿过来？我的太太两点钟就要出发了。我们以为你会把她送到这里来过夜的。"

我决定把一切都告诉他，因为我需要他的帮助。

"乌斯吉茨基先生，我们家发生了一件不幸的事情。我希望您不要告诉任何人，连您的夫人、女儿和家庭教师也不要告诉，因为这关系到我家的名誉。"

我知道他是不会告诉任何人的。不过，我对把这件事瞒住并没有抱太大希望。但是，我想事先给他打声招呼，以便在必要的时候他可以为我做一些解释工作，要知道这远比从我嘴里说出来要有用得多。所以我把一切都告诉了他，除了我爱哈尼娅这件事。

“什么？笑话！你下定主意要和赛义姆决斗啦?”听完我的叙述，乌斯吉茨基先生惊讶地问道。

“是的！我想明天就和他决斗。不过，我今天得先找到他们。我恳请您能给我一匹最好的马。”

“你不用去找他们，他们跑不了多远。跑来跑去总得跑回霍热尔。他们还能跑到什么地方去呢？笑话！他们一定会回到霍热尔的，然后跪在老米查的面前！没有别的可能。而老米查会把赛义姆关进谷仓，再亲自把哈尼娅小姐送回你家里。笑话！可是哈尼娅啊哈尼娅！竟也……唉！”

“乌斯吉茨基先生！”

“喏！喏！我的好孩子，你别生气！我不会把她当坏女人看待。但是我家的女人们就不一定这么认为了。不过，她们又能怎样呢，我们别为了这个浪费时间了。”

“是的，乌斯吉茨基先生！我们不能浪费时间了。”

乌斯吉茨基先生考虑了一会儿，说道：

“我知道该怎么办了。我马上到霍热尔去，你可以选择回家，不过最好还是先呆在这里。如果哈尼娅现在在霍热尔，我就把她给你送回去。你可能觉得他们不会把哈尼娅交给我，笑话！但我更希望和老米查一道送哈尼娅回去。因为你父亲是个性情暴躁的人，我猜他一定会向老米查挑战的！而且你是知道的，这并不能怪那个老头子，对吧?”

“我想我父亲应该不在家！”

“那太好了！事情好办多了！”

说到这里，乌斯吉茨基先生拍了拍手。

“雅涅克，过来一下！”

他的男仆走进了房间。

“十分钟内给我备好车，明白吗?”

“也请你给我备匹马吧。”我说道。

“亲爱的先生，笑话！给这位先生也备辆马车。”乌斯吉茨基先生指着我，对雅涅克说道。

我们短暂地沉默了片刻。我突然说道：

“乌斯吉茨基先生，你觉得我应该给赛义姆写封信吗？我宁愿用正式的书信去向他挑战。”

“为什么?”

“我担心老米查不会同意他决斗，他只会把赛义姆关上一阵子。他肯定觉得这样足以惩罚他了，但这对我来说太轻了！如果赛义姆已经被老米查关起来，你就无法亲口告诉他。而让老米查转告他也根本不可行，但是你可以委托别人把信转交给他。再说了，我也不打算让我父亲知道这件事，也许他会代我去向老米查挑战的。正如你刚才说的，老米查是无辜的。如果我已经和赛义姆决斗了，那我父亲就失去挑战的理由了。另外，你也说过，我必须和他决斗!”

“我的确说过。决斗！对于贵族来说，这是最好的办法，无论老少，全都一样。对于普通人来说，可以不这么做，但是，贵族！笑话！对于一个贵族来说只能如此。好！你说得对！你写吧!”

我拿起笔，写下了这封信：

你是个无赖，这封信就是我给你的一记耳光。明早带着手枪或者刀剑在瓦赫小屋的附近见，不然，你就是世界上最无耻的懦夫。实际上，你就是这样的人。

我把信封好后，交给了乌斯吉茨基先生。随后我们都来到院子里，备好的马车已经停在了那里。我刚踏上车，脑海里突然闪现一个可怕的想法，我赶忙又叫来乌斯吉茨基先生。

“先生，赛义姆会不会没有把哈尼娅带回霍热尔去？那样的话，我们该怎么办呢？”

“如果他们没有回霍热尔，那么这么久的时间，他们早就去了别处了。这儿大约有五十条道路通向四面八方，你就是去找，也是瞎跑一气，根本不会找到他们。更何况，他们不回霍热尔，他们能去哪里呢？”

“到N城！”

“哈哈！笑话！就凭他们一对儿马哪能跑十六米拉那么远？这点你放心好了。要是他们没去霍热尔，我明天就去N城，甚至今天就可以出发。不过，还是要先跑一趟霍热尔。亨利克，你就放心好了！”

一小时之后，我回到了家里。夜很深了，但家里的窗户都还闪着灯光，显然是人们举着蜡烛在房间里走来走去。当我的马车刚到大门口，门立即开了，路德维克神父手拿蜡烛来到了门廊里。

“轻点儿！”神父把一只手指放在唇边，轻轻对我说。

“哈尼娅呢？”我焦急地问道。

“声音轻一点！哈尼娅已经回来了，是老米查送她回来的。你跟我来，我把情况告诉你。”

我们来到了路德维克神父的房间。

“你今天怎么啦？去哪儿了？”

“赛义姆带哈尼娅逃走了，我去追他们回来。在路上赛义姆开枪打死了我的马。我父亲呢？他回来了吗？”

“老米查刚走他就回来了。但真是不幸啊！真是不幸！我们以为他要中风，现在医生正陪着他。你父亲想去找老米查决斗，但是你现在不要去，以免打搅他恢复。明天你再去请求他不要和老米查决斗，毕竟老米查是没有过错的。真是罪过啊！何况他已经把赛义姆打了一顿，关了起来，还亲自把哈尼娅给送了回来。幸亏你父亲当时不在家，老米查嘱咐大家不要说出去。”

啊！乌斯吉茨基先生真是料事如神啊，所有这一切都被他说中了。

“哈尼娅怎么样了？”

“她发烧了，回来的时候，全身湿透了。你父亲刚把她痛骂了一顿。哎，可怜的孩子。”

“斯达希医生看过她吗？”

“看过了，他吩咐她躺下多休息。老温格洛夫斯卡正守在她床边照顾她。对了，你在这里等我一下，我去告诉你父亲你回来了。他派人去附近找你，卡佐也找你去了。噢！我的上帝！怎么会发生这样的事啊！”

路德维克神父一说完就到我父亲那里去了。我无法安心在他房间坐着，便朝哈尼娅的房间走去。我并不是真的想见到她，只是想亲眼证实她真的回来了，终于又安全了。这次她付出的代价太大了！这个可怜的小姑娘，只有像现在这样，在我家里，在我的保护下，才能不受到暴风雨的袭击，不用担心今天发生的这些可怕的事情。当我走近她的房间，一种奇怪的感情涌上心头。它让我感到的不是愤怒，不是仇恨，而是深深的悲哀，为哈尼娅悲哀。这是一种无法描述的巨大怜悯，怜悯这个不幸的可怜人，怜悯她成了赛义姆疯狂的牺牲品。就像一只被老鹰抓住的兔子，尽管极不情愿，但也无力挣脱。啊！不难想象这个姑娘受了多大的侮辱，当她在霍热尔，面对老米查的责备该是感到多么的羞耻啊，尽管她自己也是受害者。我心里暗暗发誓：无论今天，还是以后，我都不能责备她，我要当作这件事完全没有发生过，还要给她比以前更无微不至的关心，这样才会让她不至想起这件事的时候过分内疚。

我刚刚走到她的门口，正巧门开了。老温格洛夫斯卡从里面走了出来。我叫住了她，问道：

“小姐睡着了吗？”

“还没有睡！可怜的人啊！我的少爷！你要是看见刚刚这里发生的事情就好了！老爷把哈尼娅痛骂了一顿。”说到这里，老温格洛夫斯卡撩起她的围裙，擦着眼睛，呜咽着，“可把我吓坏了，很少看见老爷发这么大的火。当时我就想，这个可怜的姑娘肯定会当场死去，至少也会晕厥过去。她也确实吓坏了。要知道她才刚刚回来，全身湿透了，会生病的。啊！我的上帝啊！上帝保佑啊！”

“唉！那她现在怎么样了？”

“少爷，你快去看看她吧，安慰安慰她。可怜的姑娘啊，这一切会让她大病一场的。唉！幸好医生就在家里。”

我让老温格洛夫斯卡回到哈尼娅的床边，别把门关上，我想远远地看看她。老实说，我不知道这时候我应不应该进去安慰她。我站在黑暗的房间里，从开着的房门望进去，看见哈尼娅正身着睡衣坐在床上。她的脸蛋儿潮红，目光黯淡，呼吸很急促，显然她是有些发烧了。

要不要进去呢？我正思忖着。正好这时候路德维克神父走过来，碰了碰我的肩膀，说道：

“你父亲叫你去！”

“路德维克神父，可是哈尼娅病了。”

“你放心，医生很快会来看她的。你现在快去和你父亲谈谈，已经很晚了！”

“几点了？”

“凌晨一点！”

我用手拍了拍额头，猛然想起，早上五点钟，我就该和赛义姆决斗去了！

第十一章

我和父亲谈了半个小时，然后回到了我的卧室。我一夜没有合眼。我在考虑，如果要在五点前赶到瓦赫的小屋，那我最好四点钟就得离开家，也就是说现在只剩下不到三个小时。而且过了一会儿，路德维克神父又来看望我，看我在这次疯狂的追逐后是不是病了，有没有把淋湿的衣服换掉。但对我来说，衣服有没有湿透，全都无所谓，我的心思完全不在这上面。神父嘱咐我立即躺下休息，可他自己却继续唠叨个没完，就这样又过去了一个小时。

路德维克神父又把老米查的话告诉了我。从这些谈话中可以看出，赛义姆真的是疯了。他告诉他父亲，他已经没有退路了，没有别的选择，但他认为只要他私奔成功了，他的父亲就只好祝福他们，而我们也不得不把哈尼娅许配给他。同时他也承认，就在和我的那次谈话之后，他不仅给哈尼娅写了信，还和她见过面。就是这次见面时，他成功说服了哈尼娅和他一起私奔。可怜的姑娘一开始并不了解这种行为会有怎样严重的后果，只是本能地竭力反对，可是赛义姆却拼命用各种甜言蜜语来打动她，以爱情的名义向她发誓。并且，他还轻描淡写地告诉她这只不过他俩去霍热尔的一次旅行罢了，并且从此以后他们就可以永远幸福地生活在一起，再没有人会打扰他们。同时，他还向她保证，在她成为了他的未婚妻后，他会亲自再把她送回我家来，在那个时候，我父亲就会同意这一切，而我也不得不颔首默认了。更重要的是，那个时候，我也许早就和罗拉·乌斯吉茨卡小姐在一起了，有她的陪伴我会很容易心情愉悦的。之后，他又不停地苦苦哀求她，他对哈尼娅说她是他的一切，为了她，他宁愿牺牲所有，哪怕是生命。如果和她分手，他会活不下去，他会痛苦死掉，他会投河自尽，会开枪自杀，或者干脆把自己毒死。最后，他又在她面前长跪不起。就这样，一番苦苦哀求终于让她的心软了下来，答应了他的请求。但是，在他们刚开始逃走时，哈尼娅就害怕了，她含着泪水哀求他送她回去，但是他没有这么做。正如他告诉他父亲的那样，那时候，他连整个世界都置之不顾了。

这就是老米查对路德维克神父所说的一番话。他之所以这么告诉他，也许是想说明，赛义姆采取这种疯狂的方式，只是出于对爱情的忠诚。年轻人对于爱情总是有一些冲动的。路德维克神父听了这话后，并不赞成我父亲大发雷霆地责怪哈尼娅的忘恩负义。实际上，哈尼娅并没有忘恩负义，她只是被爱情蒙蔽了双眼，况且，她在事情发生后，已经请求赛义姆送她回来，这也说明她已经意识到错误的严重性。路德维克神父顺带也对我进行了一番有关世俗爱情的精辟见解。其实，事情的自始至终，我都没有因为哈尼娅的这种世俗的爱情而责怪她，事实上，只要她愿意将她爱情的对象转向另一个人，即便要我用性命去换，我也心甘情愿。此时此刻，我打心底同情哈尼娅的不幸遭遇，同时，我发觉我比以前更加爱她了。谁要是想剥夺我爱她的权利，除非他把我的心撕成碎片。我请求神父在我父亲面前替哈尼娅说情，就像刚刚对我说的那样，去解释她的过失。然后我们就告别了，因为我告诉他我想单独呆一会儿。

神父离开以后，我从墙上取下了我父亲送我的那把祖传马刀和两把手枪，把清晨决斗所需要的一切东西准备就绪。对于这次决斗，我既无时间考虑，也不愿多想。我只想拼个你死我活，仅此而已。我相信，赛义姆也是不会爽约的。我用柔软的棉布轻轻擦拭着刀面，很难想象这是一把二百多年的马刀，它那发青的刀面上没有一丝砍痕。尽管这些年里，它砍掉过无数的脑袋和盔甲，浸泡过瑞典人、鞑靼人和土耳其人的血，但刀身上“耶稣玛利亚”的金色题字依然闪闪发亮，清晰可见。我试了试刀锋，就像最薄的丝带一样薄，仿佛能劈开烛灯的光线。刀柄上的土耳其蓝宝石光泽依然耀眼，仿佛在向我微笑，邀请我去握住它，温热它。

我擦完马刀，又小心翼翼地拿起了手枪。我还不知道赛义姆会选用哪种武器来决斗。我给扳机上了油，又用碎布把每颗子弹都轻轻擦拭一番，然后非常小心地给两把手枪都装上了子弹。我看了眼窗外，天空已渐渐露出灰白色，现在是凌晨三点。做完这些事情，我便靠在沙发上，开始沉思起来。

回想起事情发展的全部过程，再加上路德维克神父告诉我的那段话，我越来越清楚地看到这样一个确凿无疑的事实，那就是：在整个事情里面，我有着不可推卸的责任。扪心自问，我是否忠实地履行了老米科瓦伊交给我的"保护人"职责呢？回答是"没有"。是不是全心全意为哈尼娅着想，而没有考虑自己的得失呢？回答是"没有"。那么我在整个事件中都在为谁的利益得失考虑呢？回答是"我自己"。哈尼娅这个可怜的、毫无防备的姑娘身处在我们当中，犹如一只鸽子落在凶鸟的巢穴里，只能任人摆布。我无法消除我心中那种丑陋的思想，但事实正是如此：我和赛义姆在为争夺一只到手的美味而互相较量，只为了能亲口撕碎它。在这场食物的争斗中，凶鸟们关心的只是自己能否得到猎物，没有人真正关心她的感受。她应负的责任最少，却承担了最深的痛苦。争斗的最后，凶鸟们更是赤裸裸地进行了最后的搏斗，它们只在乎能否赢得这场竞赛，而猎物的意义已经不那么重要了。这种想法是这样令人不快，也让我更加痛苦，但再过两个小时，一场关乎生死的决斗已然不可避免。除此以外，我甚至还觉得我们这些贵族阶级对待哈尼娅都是那么粗暴和残忍。也许是因为我母亲太久不在家，而我们这些男人又如此粗暴，把那朵夹在我们中间的娇艳花朵凶狠地捏碎了。是的，我们全家都有无可逃脱的责任，但这份罪责，现在只有用我或者赛义姆的鲜血才能洗净！无论怎样，我已经做好了准备！

天越来越亮了。房间内的烛光慢慢被阳光取代，燕子在窗外啁啾鸣叫迎接着黎明。我吹灭了桌上的蜡烛，正好这时大厅响起了三点半的钟声。“是时候了！”我心里想道。我披上了一件斗篷，以便遮住我的武器，免得被别人看见，随后我就悄悄地离开了房间。

走过宅院的时候，我发现通往大厅的门已经敞开了，而通常晚上，这扇大门都是用狮子头铁锁锁住的。显然，家里有人出去了。我必须小心谨慎，千万不能被别人撞见。我沿着庭院的墙边蹑手蹑脚地朝菩提树林走去，一边仔细观察周围的动静。不过四周并没有什么异样，大家应该都还在睡梦中。直到我走上了林荫路，我才敢直起身子走路，我深信已经没人会看见我了。经过昨天的那场暴风雨，早晨的空气显得格外清新。林荫路上，菩提树仿佛刚沐浴过一般，潮湿的树叶上还挂着水珠，远远地散发出蜂蜜似的诱人气味，强烈刺激着我的嗅觉。我转向左边，朝铁匠铺和磨房的方向走去，去瓦赫的小屋就这一条路。早晨的菩提树林生机勃勃，鸟儿叽叽喳喳，初出的太阳洒下明媚的阳光，软绵绵地照在我身上。清新的空气沁人心脾，似乎能将我身体里的情绪全都洗净。我深深吸了口气，疲倦和睡意顿时从我身体里消失了。此时我的心情很愉悦，内心有一种预感告诉我：马上进行的这场战斗，我一定会打赢。虽然赛义姆是个射击能手，但是我的枪法也不差；赛义姆的剑术技巧掌握很好，但是我的力气比他大，而且大到我每一剑刺过去，他几乎都招架不住。“一切终于要有个了结了！”我心里想道，“这个长期折磨我的心结，即使不能解开，也可以一刀两断了！上帝是公正的，就让一切听天由命吧！但是，赛义姆终究还是要偿还他的罪过！无论他是真心实意，还是虚情假意，他都必须要对哈尼娅受到的伤害负责。”

我这样想着，不觉已来到湖岸边。晨雾笼罩在湖面上，从湖中央向四周慢慢散开。朝阳的光芒在水雾中折散成彩虹的形状，倒映在湖面，连成一道七彩的光环，明媚而又静谧，仿佛一个触手可及的梦。这时，一排野鸭嘎嘎地叫着，从芦苇中游进了那圈神秘的光环，带着一丝天真无邪的美好，让整幅画越发地唯美了。就这样我慢慢走着，边看边走，羡慕而又不舍地来到了桥边。突然，我停住脚步，仿佛被钉在了地上。

我父亲正背着双手站在桥上，手上夹着一根已经熄灭的烟斗。他靠着栏杆站在那里，沉思地看着湖面。很显然，他和我一样，也是彻夜未眠。他早早地就出来，也许是想呼吸呼吸清晨的新鲜空气，也许是想四处走走，散散心，顺便看看他的农田。

我是沿着湖边走的，路边的垂柳挡住了我的视线，当我看见他时，我们是这么近，几乎只有十步的距离。我下意识地躲在一颗柳树后面，想着该怎么办。

我侧过脸，偷偷朝他望去。我的父亲依然站在那里，似乎还未发现我。我看见他满脸忧郁的神情，疲惫的眼神显示着他的心力交瘁。他环视了眼湖面，喃喃念起了早祷：

“善良的主啊，全能的上帝，赐万恩的父！”

他低下头，双手合十，高声念道：

“我真心地赞美你！满心感谢你赐给我新的一天。求你的宝血洁净我一切的罪，求你垂听我的祷告。”

我站在柳树后，急不可待地想快点溜过去。我想我是很容易溜走的，因为我父亲面向湖水站着，而他又有些耳背（那是他在军队服役期间，不幸被巨大的炮声震聋的）。这么想着，我轻手轻脚地往桥上走去。我想，只要过了桥，我可以迅速钻到小树林里，这样就没事了。然而不幸的是，桥面的石板铺得并不平整，尽管我很小心，桥板依然发出“咕咕”的响声。父亲警觉地回过头来。

“你在这里干什么？”他问道。

我丝毫没有心理准备，顿时脸红得像个甜菜头。我吱吱呜呜地说道：

“出来转转。父亲，我是出来转转的！”

我父亲皱起眉头打量了我一眼，然后朝我走来，把我裹得紧紧的斗篷掀了起来。他顿了一下，指着马刀和手枪问道：

“这是干什么？”

没有办法，瞒不住了，我只好如实供认。

“对不起，父亲。我是要去和赛义姆决斗。”我胆战心惊地说道。

原以为父亲会大骂我一顿，可是出乎我的意料，他并没有发脾气，只是问了一句：

“谁提出的决斗？”

“是我提出的。”

“为什么不和我商量一下，就自己跑去决斗了呢？”

“我是昨天追到乌斯吉查时，立刻向他提出的要求。当时我无法征求您的意见，也担心您会不准我去决斗。”

“你说对了。这种事情我会处理。你快回家去！”

父亲的话让我很痛苦，比任何时候都要绝望。我大声叫道：

“我尊敬的父亲，我以您眼中一切神圣事物的名义恳求您，恳求您别阻止我去和那个鞑靼人决斗。曾经您把我叫做民族主义者，还曾为我们不同的观点生气，但我意识到，我身上终究还是留着祖父和您的血液。父亲！您不能阻止我去决斗！他侮辱了哈尼娅，难道我们应该这样放过他吗？这会招来别人在我们背后的议论和指指点点，别人会说我们没有骨气，任凭家里的孤女遭受别人的糟蹋和欺侮，却不敢替她报仇。而且，我的父亲！我必须这么去做，因为我爱哈尼娅！很抱歉，这件事我一直瞒着您。但是我可以发誓，即使没有这个原因，我也会为了我们家族的荣誉，为了祖先们的名誉去决斗！良心告诉我，这是我应该做的事，是高尚的事。父亲，我想您是不会否认这一点的。如果您也这么觉得，那么，请您不要阻止我成为一个品格高尚的人！我不相信您会这么做，因为我深信您是如此爱我！而且，我已经向那个鞑靼人下了战书！我作出了诺言，我不能在这个时候放下我的诚实，那样会一辈子遭到别人耻笑的。我知道我还没有成年，但是难道只是因为这个，我就没有成年人应有的自尊和荣誉感了吗？从小到大，您不止一次教导我，荣誉是贵族的最高准则。现在哈尼娅被别人侮辱了，这是我们家的污点！我们不能胆怯，不能任凭别人践踏我们家族的荣誉啊！父亲！我已经约定了！父亲！”

我把嘴唇紧紧贴在他的手上，伤心得大哭起来。我几乎是在祈求我的父亲。不过，当我说完这些话时，他那严厉的面孔也变得温和起来。他抬起头望着天空，一颗硕大的泪珠顺着他的脸颊，滑落在我的额头。我凝视他的脸庞，为这滴父亲的眼泪而感动不已。我想他此刻一定正经历着激烈的心理斗争。他把我当做他的心头肉，爱我超过世上的一切，他是出于对我的关心和爱护，才不准我去决斗的。但最终，他还是低下了他白发苍苍的头，用轻得刚刚能听见的声音说道：

“愿祖先们保佑你！去吧！我的孩子，去和那个鞑靼人决斗吧！”

我激动得和父亲拥抱在一起。父亲用他那健硕的臂膀紧紧把我搂住，我们久久地抱在一起，像是这么多年的感情全都浓缩在了这个拥抱里。最后，他终于从激动的感情中平静下来，坚定地对我说道：

“孩子，好好去打吧！让祖先们的在天之灵都能看见！”

我吻了吻他的手，我想此时对我来说，没有比这更恰当的表达方式了。他又问道：

“是用刀，还是用枪？”

“由他挑选！”

“有证人在场吗？”

“没有。我信任他，他也信任我，这就够了。”

我该走了，我最后一次搂住我父亲的脖子，和他道别。当我走出一段距离，我不舍地回头看了眼父亲，他仍然站在那儿，远远地朝我画着十字，为我送行。清晨的第一缕阳光照在他高大的身躯上，我看到他的背有点儿弯了，头发也已经全都花白了。他高举着双手，向我挥别，就像一只年老的雄鹰，在远远祝福它的小鹰去寻找自己的生活，而这一刻，也正是他这么多年所期待的。

啊！这一刻，我真是热血沸腾了！我的内心充满着自信、激情和骄傲。这么多年来，我第一次感到自己已经可以取代父亲来承担起维护整个家族荣誉的重担，这是一件多么令人自豪的事情！这时，即使有十个赛义姆站在瓦赫的小屋旁等待着我，我也会勇敢地向他们挑战，誓要决出胜负！

我终于到了小屋旁，赛义姆已经在那儿等我了。不得不说，当我望着他的时候，我心里有一种感觉，就像一只饥饿的狼在盯着自己的猎物。我们相互好奇而又恶狠狠地打探着对方。这两天时间里，赛义姆像变了个人，变得更瘦了，也变丑了，但也许只是我个人的感觉罢了。他的眼睛闪动着狂热的光芒，嘴角不时抽动着。

我们两个立刻朝树林的深处走去。一路上，我们没有交谈过一句话。走到松树林中间的一片空地时，我停了下来，对他说：

"就这里吧，你同意么?"

他点了点头，开始解开外衣，做着决斗前的准备。

"你挑武器吧!"我指着马刀和手枪，对他说道。

他没有看我，指了指他带来的马刀。那是一把用大马士革钢做成的土耳其马刀，刀尖是弯的。

我脱掉了外衣，他也跟我一样。不过，在脱掉外衣前，他从口袋里拿出了一封信。

"如果我死了，麻烦你把这封信转交给哈尼娅小姐。"

"不行。"

"这不是情书，只是一封解释的信。"

"那行。"

我一边说着，一边卷起衬衫的袖口。直到这时，我的心跳才略微快一点儿。赛义姆拾起刀柄，挺直身子，摆好了战斗的姿势，挑衅似的把马刀横握在头上，果断地说道：

“我准备好了！”

我也摆好相同的姿势，把我的马刀架在他的马刀上。

“可以开始了吗？”

“开始！”

“好！动手吧！”

我非常凶猛地朝他劈过去，他不得不后退几步，好不容易才架住我的刀式。之后我每刀砍去，他都能立刻给予回击，或是灵活地避开，然后从侧面砍过来。他满脸通红，鼻孔张大，眼睛像鞑靼人一样向上怒视着我，露出冰冷凶狠的目光。

局面胶着着，周围只有刀锋的猛烈撞击声，脚在地上的摩擦声，和我们沉重的喘息声。几个回合下来，谁都没能占据优势。赛义姆明白，如果形势得不到改善，时间拖太久的话，他是必定要失败的，因为他的体力和肺部都快支持不住了。大滴大滴的汗珠顺着他的额头往下流，他的呼吸越来越吃力，但此刻他的情绪正被一种战斗的狂热和对胜利的渴望疯狂占据着。散乱的头发垂落在他湿漉漉的额头上，他咧着嘴，牙齿暴露在外面，就像一头野兽面对着猎物那样，神情透露着杀气。谁都能看出来，当他一拿起刀剑，血腥的杀气就让他那鞑靼人的天性苏醒了，立刻变得野蛮起来。不过，我的气势丝毫不输于他，而且我还比他强壮。有一回，他没能架住我的刀式，我一刀直接劈在了他的肩膀上，顿时鲜血从他肩膀上流了下来。我顺势侧刀划去，刀尖刺破了他的前额，鲜血混着汗水流到了他的嘴和下巴上，模样看上去非常可怕。他似乎被激怒了，像只受伤的猛兽，用尽最后的力气反扑过来。他变换着步伐向我压来，刀光有如闪电般在我头上、胸口和臂旁晃过，风驰电掣般地飞舞着。我非常吃力地招架着他的攻势。我计划着该如何进攻，这种疯狂的刀法让我很难应付。好几次我们厮杀成了一团，挨得那样近，胸口几乎都要相撞了。赛义姆猛地向后一跳，他的马刀呼啸着划向我的太阳穴，我凶猛地挡开他的刀，用力之大竟使他来不及抽刀护住自己的头部。我瞄准了一刀砍下去，我想，这一刀下去一定会把他的脑袋劈成两半。可是突然间，我头上像遭到雷劈一般，我大叫了一声"耶稣玛利亚！"马刀从手上滑落下来，我就像颗被闪电击中的大树那样，脸朝地上倒了下去。

第十二章

有很长一段时间，我都记不起后来发生了什么事情。当我睁开眼睛的时候，我正在父亲的床上躺着。父亲则坐在床边的椅子上，头靠着椅背。他时而睁开眼睛看看我，时而又继续闭上眼睛，脸色憔悴，显得十分疲惫。屋子里只点了一根蜡烛，窗户的百叶窗也全都关上了，光线很是昏暗。这昏暗的氛围，再衬着墙上嘀嗒的钟声，寂静得有些可怕。我盯着天花板，试图回忆起一些事情，却根本无法集中注意力。于是，我又看了眼父亲，然后试着翻动身子，想要朝向他那边。但是很快头像快要爆裂一般疼痛，让我完全动弹不得。这疼痛多少让我又回忆起了一些事情，于是我用虚弱地声音说道：

"爸爸！"

我的父亲身体惊颤了一下，迅速地朝我俯下身来。他神情显得既惊喜，又满是怜爱。他本想抚摸我的脑袋，然而手伸出一半又收回去了。他不确定我的头是否已经痊愈，害怕一点轻微的触碰，都会让我感到疼痛。他抿了抿嘴唇，说道：

"上帝啊！我的上帝！你终于醒过来了！什么事，我的孩子。头还痛吗？要不要喝点水？"

"爸爸，我是不是刚和赛义姆决斗过？"

"是的，我亲爱的儿子，别去想它了！"

沉默了片刻，我又问道：

“那，爸爸，是谁把我抬回来的呢？”

“我把你抱回来的。好了，好了，别说话了孩子。醒了就好！再休息会儿吧。”

也许是好久没说话了，过了不到五分钟，我又问起他来。

“爸爸！”

“怎么啦？我的孩子！”

“赛义姆呢？他怎么样了？”

“他流血过多，也昏过去了。我叫车把他送回去了。”

我还想问问我母亲和哈尼娅的情况，但是意识似乎有些模糊了。我看见烛光在眼前晃动，还有两只小狗在我床边欢跳，我开始注视它们的时候，它们又消失了。接着，我听见从树林里传来的笛声，还有树叶的沙沙声。对面墙上的挂钟好像谁的脸，在看着我笑，一会儿又像捉迷藏似的，躲在墙的后面去了。这种感觉持续了很长一段时间，这倒不是因为昏迷，而是发烧让我有些神志不清了。有时候，我会稍微清醒些。这时候我可以分辨出那些善良人们的脸，我父亲的、路德维克神父的、卡佐的、斯达希医生的。但是，在这些熟悉的面孔中，似乎少了谁的，我本能地在寻找它，但是已经记不清了。

有一天晚上，我睡得很沉，快到天亮的时候我才醒过来。桌上的蜡烛还在点着，我觉得自己非常的虚弱。突然，我发觉有个熟悉的身影守在我的床边。我没有一下子认出她，但是幸福感本能地从我心底涌了上来。看见她的那一刻我是如此的欣喜，仿佛自己又在做梦，像来到了天堂一般。那是一张天使的脸，她的模样善良而又圣洁，温柔而又亲切。她抚摸着我的手，眼睛里噙着眼泪，我感到自己顿时也潮湿了眼睛，鼻子酸酸的。我的意识突然恢复了，我张开干涩的嘴唇，轻轻叫道：

“妈妈！”

这张天使的面孔，俯下身，对着我骨瘦如柴的手深深亲吻了一下。我试图坐起身来，可是头盖骨上剧烈的疼痛让我立刻失去了力气，我撒娇地说道：

“妈妈，痛！”

是的！她就是我母亲，我最亲爱的人！她为我换掉头上的冰绷带。之前，每换一次绷带，对我来说都是一次苦不堪言的痛。可是现在，这双天使般的手是如此地小心翼翼，在我被砍伤的头上轻柔地进行每一个动作，让我感受不到丝毫的疼痛。我轻轻地对她说道：

“太好了！有你在，真是好极了！”

从那时起，我的意识开始渐渐恢复了。只是到了傍晚时候，又发起烧来。我发烧的时候常常会看见哈尼娅，虽然我并没有真的见到她。每次见到她时，她都处在某种危险中。有时是一只红着眼睛的狼朝她扑过去；有时，她又被某个人给带走，这个人似乎是赛义姆，但又不是他，这个人满脸长着黑毛，头上还生了一对角。每当这些时候，我都会急得叫喊起来，或是毕恭毕敬地请求那只狼或是长了角的怪物不要把哈尼娅抢走。但不管什么时候，只要母亲将她的手轻轻放在我的额头，噩梦便立刻消失了。

后来，我的烧终于退了，我也完全恢复了意识。但这并不代表我的病情得到了好转。事实上，我又很快出现了新的并发症。我变得极度虚弱，一直在死亡边缘挣扎，好像我的生命随时都要结束了。我整天整夜地盯着天花板的某一点。看上去我是清醒的，但我对一切都非常淡漠。对我来说，生或死已经不那么重要了。对于守在我床边那些关心我的人们，我也是漠不关心的。我看得见周围的一切，我可以很清晰地回忆起刚刚发生的事情，但我无法用心去感知他们的存在，我没有力气去理会它们。

终于在某天晚上，我似乎快要死了。他们在我床头点起了一支巨大的黄蜡烛。接着，我看见身穿道袍的路德维克神父在为我举行临终圣礼。他一边给我涂着圣油，一边哭泣着，差点昏了过去。我母亲不省人事，已经被人抬出了房间。卡佐则蹲在墙边，撕揪着自己的头发，嚎啕大哭。我父亲双手交叉着，呆坐在那里，一动不动。这一切我都看得清清楚楚，但又仿佛是看着别人的故事，与我无关。我依然像往常一样，呆滞地看着天花板。

接着，所有的仆人依次从门里走了进来。卡佐带头哭起来，悲伤的情绪充满了整间屋子，抽泣声、呼喊声此起彼伏。只有父亲还是沉默地坐在那里。之后，神父开始祷告，大家都跪在了地上，然而神父却哽咽得无法念下去。我父亲突然站起来，大喊道："我的上帝！上帝啊！"随即扑倒在地上。我觉得我的身体和手指慢慢变凉了，一种莫名的困意向我袭来，眼睛已经睁不开，"啊！我就这么死了！"我这样想着，昏睡了过去。

但我没有死，真的是睡着了，而且睡得这样沉，等我醒来才知道，我已经睡了两天两夜。醒来后，我感觉好多了，精力恢复了大半儿，冷漠感也消失了，连我自己也很奇怪这是为什么，也许是我年轻的躯体战胜了死亡，重新燃烧起了新的生命之火。现在，我的床边又出现了无比欢乐的场面，你无法想象你的家人们在痛失一个亲人后，又能重新和他拥抱的兴奋心情。卡佐在屋内四处跳蹿着，高兴得无法形容。后来他们告诉我，决斗之后，我父亲立刻把昏迷的我抱回家，当时没有哪个医生能担保我能活下来。卡佐听到这话，气得简直要发疯了，他立马就要冲到霍热尔找赛义姆报仇。家里人不得不把我这个好心的弟弟关起来。但是，他继续在屋里吵嚷着发誓，如果我死了，他一定要亲手开枪把赛义姆打死。幸亏当时，赛义姆也受了重伤，不得不在床上躺很长一段时间。

从这时候起，我的身体一天比一天强壮，这让我也重拾对生命的渴望。我的父亲、母亲、路德维克神父和卡佐日夜守在我的床边。啊！我是多么地爱他们啊！他们天天陪伴着我，无论他们中的哪一个，只要一离开我的房间，我就会非常地想念他。与此同时，我之前对哈尼娅的感情也被唤醒了。当我从别人认为是永眠的昏睡中苏醒时，我第一个就问起哈尼娅来。父亲告诉我，她现在很好，正和戴维斯夫人，以及我的两个妹妹在我叔叔家住着，因为最近村子里流行天花，她们到那儿去避避。他还告诉我说，他已经原谅哈尼娅了，要我放心。但是，在后来和妈妈的聊天中，我还是经常提到哈尼娅。母亲看到我对这个话题比别的都要感兴趣，她也开始主动谈起她来。在结束谈话时，她总会对我说，说只要我身体一恢复，她和我父亲会经常和我聊聊我感兴趣的事情，但是现在最重要的是我安心养病，尽快让身体康复。她一边说着，一边向我露出苦涩的微笑。虽然我觉得我并没有完全明白母亲这番话背后的意思，但是每次听着，都会让我开心得要哭出来。

然而，我隐约感到，家里的确有一些事情在瞒着我。有那么几次，发生的事情让我觉得难以理解，甚至是有些恐惧。

有一次，大约在傍晚的时候，我母亲坐在床边正和我聊天。仆人弗兰奇什克进来，请我母亲到哈尼娅的房间去。

我立即在床上坐了起来。

“哈尼娅回来了吗?”我问道。

“没有！她还没有回来。”母亲回答道，“我们打算把哈尼娅的房间重新粉刷一遍，然后糊上新墙纸。”

有时候，我感觉我周围的善良人们的头顶总是笼罩着一层愁云和掩饰得并不好的哀伤。我很想知道究竟发生了什么，但总是得不到正面回答。即使是问卡佐，他的回答也和别人一样，说家里一切很好，戴维斯夫人、哈尼娅和我的两个妹妹很快就会回来。最后会嘱咐我安心养病。

“为什么大家看上去都心事重重呢?”我问道。

“好吧，我把一切都告诉你，你可要帮我保密。”卡佐摆出一副很无奈，而又不情愿的表情，“老米查和赛义姆天天都到这里来。赛义姆哭哭啼啼地非得见你，可是我们的父母担心他的出现会刺激到你，这样对你的恢复不利。”

“赛义姆真是鬼机灵！他上次差点把我脑壳当柴火劈成两半，现在倒来哭哭啼啼的。你说说看，他到底是关心我，还是因为心里还想着哈尼娅？”

“嘿！都这样了，他还想什么哈尼娅！当然，我没亲自问过他，不是很清楚。不过我想，他应该已经放弃她了。”

“还真不一定呢！”

“不管怎样，他是没机会了，这点你就放心好了！”卡佐说到这里，冲我做了个鬼脸，调皮地说道：

“我甚至还知道谁会娶她，不过，只求上帝保佑了！”

“保佑什么？”

“保佑她早点回来呀！”

卡佐的话让我感到大为宽心。几天后的一个晚上，我和父亲在床上下棋，母亲则坐在旁边。过了会儿，母亲出去了，没有关门。抬眼往外看，可以看见外面一排房间，哈尼娅的房间就在这排房间的尽头。我仔细朝尽头看去，什么也没看清，因为除了我这间屋子外，其他房间都是漆黑的。我唯一可以肯定的就是，哈尼娅的房门是关着的。

过了会儿，又有人走进了那间屋子，似乎是斯坦尼斯瓦夫医生。他进去后，也没有关上房门。

我看见哈尼娅的房间点起了灯，我的心开始有些不安了。

灯光从敞开的门缝里透了出来。我隐约看见一阵淡淡的烟，顺着光线的方向袅袅飞舞着，就像灰尘在初出的阳光中打转一样。

渐渐地，我的鼻子不知闻到了什么气味儿。后来这种味道越来越强烈，我立刻坐直了身子。我确定这是杜松子的味道。

“爸爸！这是怎么回事？”我粗暴地叫道，一手掀翻了棋盘，指着哈尼娅的房间质问我的父亲。

父亲也闻到了这气味儿，他慌忙站起身来，急忙把房门关上。

“没什么，没什么！”他赶紧解释道。

我没心思听父亲解释，跳下床，快步朝门口走去，虽然我走路还有些不稳。

“为什么要烧杜松子！我要到那里去！”我大声吼道。

父亲抱住了我的腰。

“你不要到那里去！不要去！我不准你去！”

刹那间，我突然感觉这么久以来，我没有见到哈尼娅是由于某种噩耗，而这，家里人一直在瞒着没有告诉我。我感到一种近乎毁灭般的绝望，我抓住包扎在头上的绷带，撕扯着，气冲冲地嚷道：

“你不让我去，我就扯下绷带，用手撕开我头上的伤口！哈尼娅死了，我要去看她！”

“哈尼娅没有死，我向你保证！”我父亲喊道。他握着我的双手，和我扭在一起，“她病了，不过现在快康复了，你放心吧！我的孩子，亨利克，你要冷静些！难道这阵子我们家遭受到的不幸还不够多吗？你现在躺下来，我把一切都告诉你。你如果现在去她房间，你是在害她！你快躺下歇着吧，别再想这么多事情了。我向上帝发誓，她真的好多了。”

我感到浑身没有力气，一下子瘫倒在床上。嘴里反复说着：

“我的上帝！这都怎么了！救救我吧！”

“亨利克！你要振作些！你还是个男子汉吗？快给我振作起来。她已经脱离了危险，现在正在恢复期。我答应过你，会把一切告诉你，但这必须要等你缓过来再说。快去把头靠在枕头上，然后盖上被子，好好躺着。”

我按我父亲说的做了。

“我平静多了，爸爸！快告诉我吧，哈尼娅究竟怎么了？我不会再闹情绪了，告诉我吧，我应该知道所有的真相。她真的好些了吗？她到底发生了什么事？”

“行，你好好躺着，我就告诉你。赛义姆和她私奔的那天晚上下了场暴雨。哈尼娅当时只穿了一件薄裙子，所以浑身全湿透了。这次疯狂的行为让她付出了不小的代价。赛义姆把她带到霍热尔时，那里没有衣服可换，所以她不得不穿着那件淋湿的衣服回到家里。再加上一路上她受了不少寒气，当晚她就发起了高烧。然后第二天，老温格洛夫斯卡不小心把你的事情又告诉了她，甚至对她说，你和赛义姆决斗时被杀死了。这个消息让她情绪变得很坏，结果病情突然间加重了，到了傍晚更是不省人事。换了好几个医生都检查不出她这是害了什么病，直到后来，才查了出来。你也知道村里前阵子爆发了天花，现在也还没绝迹。哈尼娅就是得了天花。”

我闭上眼睛，感觉自己快要昏过去了，我勉强开口说道：

“爸爸，你继续说吧！我很平静。”

“有很长一段时间，她的病情极其严重，甚至性命都随时可能保不住。就在我们以为会失去你的那一天，”说到这里，父亲默默叹了口气，“她也几乎快要死了。不过你们两个命大，总算从死亡线上挣扎了过来。她现在也和你一样正在恢复期，需要好好休息。医生说，大概再有两个星期，她就完全好了。这阵子，家里真是遭了不少罪啊，太让人难过了！”

父亲说完后，便盯住我看，好像在担心他的话会使我的内心承受不住似的。我一动不动地躺着床上，脑海里重复着父亲刚才的话。我们都沉默了相当长的时间，这段时间里，我所有的思想都集中在了这个新的不幸上。我父亲站起身，在房间里来回踱着步，不时地看着我。

长久的沉默之后，我开口说道：

“爸爸！”

“什么事，我的孩子！”

“她是不是……破相了？”我的声音平静而低沉，可是在等待父亲回答的时候，心却跳得很厉害。

“是的！”父亲回答道，“就像通常得过天花的人一样，也许以后脸上不会留下疤痕。但是现在脸上还是有些麻点，以后可能会消失，一定会消失的。”

我转向墙面，我感觉自己的病情加重了。

一星期以后，我可以下床走路了，又过了两个星期，我看见了哈尼娅。啊！我实在是无法形容原本那娇小、可爱、美丽的脸庞，现在变成了什么样子。当可怜的女孩走出她的房间，当我第一次看到她病后的模样，虽然我曾经发誓绝不有丝毫的表情，虽然我极力想掩饰，但是当我看到她时，我还是晕了过去。哦，她脸上的麻点实在是太可怕了。

等我从昏厥中清醒过来，哈尼娅在一旁大声地哭泣，不仅是为了她自己，也是为了我，因为那时候，我已经虚弱得像个影子了。

“这一切都是因为我，都怪我！”她一边哭，一边不停地说。

“哈尼娅，我亲爱的妹妹，我会永远都爱你的。”说着，我抓住她的双手送到我的嘴唇边。突然，我愣住了，嘴巴下意识往后退去。这双手，曾经是那么白皙可爱，可现在，上面布满了麻点，叫人看了就恶心。

“我会永远爱你的！”我又吃力地说了一遍。

我说谎了，我的心里充满了同情，充满了兄长对妹妹的怜爱，但是以前那种感觉已经不复存在了，已经像一只小鸟一样飞走了。

我走进花园，在赛义姆和哈尼娅互诉衷情的那个凉亭里，我放声大哭，仿佛死去了我心爱的人死。实际上，以前的哈尼娅已经死了，现在在我心里剩下的，只有空虚和痛苦，以及一个难以愈合的伤口，还有一段充满泪水和苦楚的回忆。

静静的秋夜，晚霞照在树梢上。我在那里坐了很久很久。大家在屋子里到处找我，最后，父亲找到了凉亭。他看着我，似乎感受到了我的痛苦。

“可怜的孩子，上帝是那样严格地考验了你，可是你要相信他，他很清楚自己在做什么。”父亲对我说。

我把头靠在父亲的胸前，我们两个沉默了一会儿。

“你曾经是那么地爱她，”说到这里，父亲停顿了一会儿，“那么，现在告诉我，如果我对你说，我要把她交给你，让她做你终身的伴侣，你会怎么样？”

“爸爸，爱情也许会逝去，但是荣誉永远存在，我已经准备好了。”我回答道。

父亲和蔼地亲了我一下，说道：

“愿上帝保佑你！我已经知道你的人格了，不过这不是你的责任，而是赛义姆的。”

“他回来吗？”

“他会和父亲一起来，他的父亲现在知道了一切。”

天快黑的时候赛义姆才来，他一看见哈尼娅就脸红了，接着又变得苍白，像夏布一样白。我很明显地可以从他的脸上看出，他在自己的心和良心之间经历了剧烈的挣扎。显然，他心里那只叫做爱情的小鸟，早已经飞走了。

但是这个高尚的年轻人最终还是战胜了自我，他站了起来，伸出双手，跪在哈尼娅的面前，大声说：

“我的哈尼娅，我永远都不会变的。我永远不会抛弃你的，永远不会！”

豆大的泪珠滑落在哈尼娅的脸上，但是她还是轻轻地推开了赛义姆。

“我不相信，我不相信现在还会有人爱我。”她说着，用双手捂住自己的脸，大声哭了起来。

“哦，你们都是高尚的，都是完美的，只有我是下贱的。不过现在，一切都结束了，我现在已经是另外一个人了。”

尽管老米查一再坚持，赛义姆也一再恳求，哈尼娅还是拒绝了他的求婚。

人生中的第一场暴风雨，就把这朵美丽的、含苞待放的花朵摧残成了这个样子。可怜的女孩，在经历了这场灾难以后，她需要一个圣洁、安静的地方，让自己恢复平静，让自己得到慰藉。

她找到了这样的地方，她成为了慈善姐妹会的修女。

后来，因为新的一些事情，以及一场可怕的暴风雨，我很久都没有再见到她。几年以后，我意外地遇见了她。平静和祥和呈现在她天使般的脸孔上，病魔给她带来的所有伤痕都已经不见痕迹了。她穿着一件黑色连衣裙，带着白色的修女帽子，看起来那么美。不过，这不是人世间的美，而是天使的美。